名作家记

张守仁 著

北京出版集团公司
北京十月文艺出版社

时光流逝，人生苦短。

从80年代至今三十多载过去了，“当时共我夜语人，点检如今无一半”。

我和他们打过交道的、给《十月》写过稿的，如茅盾、巴金、丁玲、冰心、邓拓、汪曾祺、孙犁、徐迟、季羡林、钱钟书、杨绛、冯牧、陈荒煤、吴伯箫、李准、林斤澜、冯其庸、刘绍棠、骆宾基、张贤亮、张一弓、张天民、张笑天、余易木、章仲锷、史铁生、程乃珊、苇岸、胡冬林、张弦、张玲、秦志钰……先后离世。

我时常怀念他们。

名作家记

我永远感激他们——《名作家记》自序 001

最后一位文人作家汪曾祺 011

揭开诗人徐迟跳楼之谜 027

王蒙：文学是一种特殊的记忆方式 051

看着铁凝一路走来 073

兰心蕙质的冯宗璞 093

史铁生：死是一个必然会降临的节日 103

世间已无张贤亮 127

贾平凹和他的散文 141

李存葆的《高山下的花环》与我 163

名作家记

目录

我梦见了逆境中独行的余易木 179

张一弓，河南文学的旗帜 193

陈祖芬那雪一样的童心 207

冯骥才半天的艺术生活 221

陈建功早期的写作方式 227

怀念吾师冯其庸 233

邓拓与《燕山夜话》 245

怀思陈荒煤 261

文坛一号伯乐冯牧 267

我在孙犁家里 285

名作家记

简记吴伯箫 291

沿着徐志摩的足迹 295

大学者钱锺书和杨绛的人生风采 303

冰心——一朵美丽的晚霞 313

回忆我和管桦的友谊 319

从维熙苦难结出了文学硕果 327

大地的歌者——苇岸 333

忆青年诗人骆一禾 347

张洁的天真、向往与决绝——从《拣麦穗》谈起 353

程乃珊的微笑 359

目录

萌娘、唐敏的代表作 365
到密歇根大学看望李陀 373
写作机器张笑天 379
“海碰子”邓刚 385
郭雪波和沙漠 395
生态文学先驱者——徐刚 401
我有个亲人胡冬林在长白山 419
“文学摆渡人”崔道怡 431
怀念和章仲锷在一起的日子 451
在老子撰写《道德经》的地方 459
我和张弦一家人 469
跋 500

我永远感激他们

——《名作家记》自序

在首都文学界纷纷庆祝《十月》创刊四十周年、欢度这一文坛节日之际，不禁回想起 1977 年夏天，我、王世敏、章仲锷仨人，在山东济南南郊宾馆商议出版一本大型文学杂志，以打破封冻的坚冰，吹响文艺的号角，迎接思想解放的新时代到来。

当时想了许多刊名，先后提议的有《东方》《东风》《首都文学》，全被否定，最后王世敏想出《十月》的刊名。我眼前一亮，说这个名字富有意义：十月革命发生在 1917 年 10 月，红军长征胜利在 1935 年 10 月，中华人民共和国建立在 1949 年 10 月，打倒“四人帮”在 1976 年 10 月。章仲锷也赞同，说“十月”还能表示金秋丰收的喜悦之情，以此园地迎接作家们归队后的创作高潮。我们仨人决心做第一个吃螃蟹的人，冲出禁区，思想领先，让新办的刊物走在时代

张守仁

前面。

王世敏当时是北京出版社文艺编辑室主任。他办事果断，有权调配人力，回京后立即挑选黎汀等人筹备班子，组织稿件，请故宫博物院书法家写刊名。经过一年多策划，《十月》创刊号（当时以书代刊），终于1978年8月问世。这是打倒“四人帮”、“文革”结束后出版的第一个大型刊物，新华社立即播出通稿，将这一重要文学消息昭告全国读者。由于第一期登出了茅盾、臧克家、杨沫、李准的稿子，由我编发了刘心武冲破禁区的小说《爱情的位置》，由黎汀在“学习与借鉴”栏目里刊出了鲁迅的《药》、茅盾的《春蚕》、屠格涅夫的《木木》和都德的《最后一课》等赏析文章，故刊物大受欢迎，各地读者奔走相告。

紧接着佳作像雨后春笋般涌现于《十月》编辑部：丁玲的《“牛棚”小品》、黄宗英的《大雁情》、王蒙的《相见时难》、邓友梅的《追赶队伍的女兵们》、从维熙的《第十个弹孔》、刘绍棠的《蒲柳人家》、陈世旭的《小镇上的将军》、汪曾祺的《岁寒三友》、蒋子龙的《开拓者》、冯宗璞的《三生石》、古华的《爬满青藤的木屋》、白桦的《苦恋》、张洁的《沉重的翅膀》、季羡林的《天雨曼陀罗》、理由的《痴情》、陈祖芬的《经济和人》、靳凡的《公开的情书》、孙犁的《书的梦》、巴金的《致〈十月〉》、林斤澜的《矮凳桥小品》、李存葆的《高山下的花环》、张承志的《北方的河》、李国文的《花园街五号》、张一弓的《张铁匠的罗曼史》、张贤亮的《绿化树》、铁凝的《没有纽扣的红衬衫》、冯骥才的《一百个人的十年》、王安忆的《荒山之恋》、贾平凹的《鸡窝洼的人家》、陈建功的《鬈毛》、梁晓声的《雪城》、高行健的《车站》……好稿多得用不完，佳评如潮。当时《十月》刊发的许多中篇小说被人转载，并改编成电影、电视剧、话剧、广播剧、京剧、评剧，导致《十月》发行量节节攀升至六七十万，成为当时一百多家文学刊物中领队的大雁。读者来信堆积如小山，只能用一条条麻袋来装。公众场合常能听到人们议论《十月》新发的作品；高校图书馆管理员常提出要添购《十月》，以满足大学生急切的阅读需要；湖北一位作家作品获奖，宝贵奖品竟是一本《十月》。《十月》成了文坛的精神高地，全国有百多家杂志，强烈要求和我们交换刊物。1981年春天、1983年春天，中国作家协会举办两次全国中篇小说评奖，共有三十部作品获奖，其中就有十部中篇小说都发表在《十月》上，得奖数竟占全国的三分之一。巴金老人在20世纪80年代初，专门撰写《致〈十月〉》一文，表扬"《十月》杂志是很好的大型刊物"。北京大学教授谢冕先生于2003年12月初写的《一份刊物和一个时代》中说："《十月》走在当年思想解放潮流的前面，也走在艺术解放潮流的前面。""发表在《十月》并获得佳评的那些作品，不仅记载着一个时代思想所达到的高度，也记载着一个时代艺术所达到的精度。"

我经历了《十月》从创办到全盛的黄金时期，因而我和众多作家有了频繁接触、深入了解的机会。我常和他们通宵达旦地畅谈，国情民情、人生经历、创作甘苦，无不涉及。

熟悉了，成了挚友和知音，就向他们约写最使他们激动、最难忘、最擅长、最拿手的题材，因而常能创作出超水平的小说，使《十月》在众刊中独占鳌头，大放光彩。

时光流逝，人生苦短。从80年代至今三十多载过去了，“当时共我夜语人，点检如今无一半”。我和他们打过交道的、给《十月》写过稿的，如茅盾、巴金、丁玲、冰心、邓拓、汪曾祺、孙犁、徐迟、季羡林、钱钟书、杨绛、冯牧、陈荒煤、吴伯箫、李准、林斤澜、冯其庸、刘绍棠、骆宾基、张贤亮、张一弓、张天民、张笑天、余易木、章仲锷、史铁生、程乃珊、苇岸、胡冬林、张弦、张玲、秦志钰……先后离世。我时常怀念他们。

回忆往昔，种种情景，历历在目。前辈们的嘉言懿行、为人为文，足资楷模。我牢记着南方旅途中和汪曾祺共居一室时他对我说的话：写小说就是写语言。语言如水，波涌推动，前后相连，不可切割。我早年写的作品，在半年之内大都能背出来。《沙家浜》剧本打印过程中有一幕戏的原稿弄丢了，打字员急得像热锅上的蚂蚁。我安慰她，叫她放心，便坐在打字机旁，从那场戏第一个字背到最后一个字。我所以能背，因为文章内流贯着节奏和韵律。

1992年春天，我和徐迟、王元化、丁宁、江波、涂光群、李天芳等十多位作家聚在深圳西丽湖畔度假，临别时大家排列在“创作之家”门前草坪上合影留念。七十八岁的徐迟年纪最大，竟抢先在前排蹲了下来。他笑容可掬，孩童般天真可爱，毫无大作家架子。我钦佩前辈师长们的学养深厚、知识渊博。1961年秋天，我大学毕业刚分配到《北京晚报》不久，时任北京市委文教书记的邓拓带领副刊部主任顾行和我到京西调查、寻找“燕山夜话”的素材和题目。他站在一幢古建筑废墟上，俯身捡起一块黄琉璃瓦碎片对我和顾行说：“琉璃瓦古称缥瓦，唐宋时代就有了。唐代诗人皮日休、宋代学者王子韶都在他们作品中提到过。除琉璃瓦外，封建贵族们还造过铁瓦、铜瓦、银瓦、金瓦。但底层老百姓只能在屋顶上铺上石瓦、竹瓦甚至稻草，有的甚至头无片瓦、足无寸土。可见即使一块瓦片，如对它深入研究，会发现它包含着深刻的社会内容。”1991年4月，“云南通”冯牧任采访团长率领我们到彩云之南采风。参观玉溪北门街3号聂耳故居时，他竟如数家珍般给我们十多位作家当起了导游。他说：“聂耳原名聂守信。他父亲聂鸿仪开过一间‘成春堂’小药铺。聂耳小时候爱听民间音乐，爱拉民族乐器，学谱曲子。后到了上海，1933年，他由田汉介绍，夏衍监誓，加入中国共产党。聂耳根据田汉被捕前，匆忙写在香烟纸盒上的歌词，谱成了《义勇军进行曲》，这就是如今我们大家唱的《国歌》。”

我感谢我年轻的同事、诗人骆一禾对《十月》诗歌栏目的创造性贡献。是他首先在《十月》上编发了海子、西川等名诗人的作品。海子铁轨上去世后，他奔赴山海关，料理海子丧事，接待、安抚他的父母，搜集、编定他的遗稿，积劳成疾，于1989年炎夏，以二十八岁的芳华青春，遽然离开了我们。

我尤其感动于史铁生临死前捐献了自己的肝脏、角膜让患者复活、复明；又捐出脊椎、大脑，供医院研究。面对如此大爱，我不知用什么语言才配赞美他那高洁的灵魂。我记起了爱笑的程乃珊在上海她那“蓝屋”“丁香别墅”般的花园洋房里，向我诉说家庭的重要：“人生在世，应该有个温馨的家庭。家好比是人的大后方、根据地。有了美好、和睦的家庭作为宿营地，一个人在外奔波，即使再苦再累，也无后顾之忧。我很难想象，一个人没有和谐的家庭，而能全神贯注于事业之中。我甚至认为：‘文革’中那些挨斗、挨揍的名人，因同时遭受家里亲人的斥责、批判，才走上自尽的不归路。”我赞赏京郊昌平的苇岸、吉林长白山的胡冬林，是他们在生态文学作品中，最早提倡实践大地伦理学，一生钟情于大自然的一草一木、一禽一兽，把它们视作亲人般精心呵护、百般珍惜……

2004 年 1 月，我到芝加哥探望女儿、外孙时，接到文友李陀从安娜堡（Ann Arbor）打来的电话，邀请我到他执教的密歇根大学一游。域外遇故交，我欣然前往，乘火车在雪原上穿行四小时抵达安娜堡。李陀和他教比较文学的夫人刘禾等在车站上迎接我。当晚，在寓所外朔风呼啸中，我们围着壁炉，吃着烤白薯，回想设立在崇文门外东兴隆街北京文学联络站的往事，以及我和陈建功走了许多路寻找到李陀在小西天附近平房里的家，听他朗读刚写出的短篇小说。那晚长谈中，李陀对我说，现代文学资料书一本本出得不少了，建议我写写当代作家的故事，记下他们的音容笑貌、情感历程、创作特点。尤需注重时代细节，让当代文学形象化、具体化、鲜活起来，显示它的呼吸、脉搏和体温。把当代文学实况血肉丰满地详细记录下来，留给后人，留给历史，这是你和崔道怡、章仲锷等经历了新时期文学全过程的老编辑义不容辞的职责……

从那时至今又过了十四载。直到今年才完稿的这本《名作家记》，实乃履约包括李陀在内的众多文友们对我的嘱托和我自己的承诺。

我所交往的、经历苦难的作家们，都有强烈的责任感，身怀一腔爱国心。他们关切着可爱祖国母亲的命运，幸福着她的幸福，痛苦着她的痛苦。跟他们接触多了、深交了，我感悟到：所谓爱国，就是爱我们脚下的绿色土地，爱绿色土地上飘扬的五星红旗，爱红旗上空蓝天里掠过的一行白鹤，爱白鹤飞往的、远方黧黑的山岚，更爱锦绣河山上勤劳、实干的伟大人民。因此，我对那些以民为本，将自己命运和祖国命运紧密相连，在文学园地里辛勤笔耕，且给予我温暖、友情和支持的作家朋友们，永怀炽烈的感激之情。

是为序。

2018 年 10 月

最后一位文人作家

汪曾祺

在我多年编辑生涯中，面对有几位大家的稿子，只有欣赏的份儿，他们的文本严谨得不能动一个字，比如邓拓、孙犁、汪曾祺。

阎纲兄是资深老编辑，春节期间我向他祝贺乙酉新年吉祥时谈起这种职业经历，他对我说，他编叶圣陶、老舍的稿子，也是这样的感受。

自从拜读了汪曾祺先生的《受戒》《大淖记事》后，我多次央请汪老给《十月》写稿。我发现，就是萝卜白菜，他也写得异常精彩。我曾编发过他的一篇散文《萝卜》。他从从容容，娓娓道来，谈及高邮家乡的杨花萝卜、萝卜丝饼如何好吃。说北京人用小萝卜片汆羊肉汤，味道如何鲜美。他

汪曾祺（1920—1997）

说一位台湾女作家访问他，他亲自下厨，给她端出一道干贝炖萝卜，吃得她赞不绝口。说天津人吃萝卜要喝热茶，这是当地风俗。写到四川沙汀的小说《淘金记》里描述那幺吵吵每天用牙巴骨熬白萝卜，吃得一家人脸上油光发亮。还提到爱伦堡小说里写几个艺术家吃萝卜蘸奶油，喝伏特加，别有风味。还写到他在美国爱荷华中心附近韩国人开的菜铺里买到几个"心里美"萝卜，拿回寓所一吃，味道和北京一切开嘎嘣脆的"心里美"差远了。他随随便便地写下去，我饶有兴味地读下去。一直读到"日本人爱吃萝卜，好像是煮熟蘸酱吃的"，文章戛然而止。我深感遗憾，嫌它太短了。读完了，欣赏完了，也就编完了。那不是工作，是美餐一顿的享受。

其实，在旅游途中或到外地讲学或开笔会，跟汪老共住一室，深夜无拘无束神聊，更来劲。

记得 1991 年 4 月，作家朋友们在冯牧率领下，组团去云南采风。我们在下关市游了洱海，参观了蝴蝶泉，参加了大理白族歌舞团为我们演出的三道茶歌舞晚会，回到宾馆脱衣就寝。汪先生靠在床栏上神秘又得意地对我说，他写过几篇论述烹饪的文章，是《中国烹饪》杂志的特约撰稿人。他说他爱吃苏北家乡的醉螃蟹、上海的黄田螺、北京天桥的豆汁、天津的烩海羊（烩海参、螃蟹、羊肉）、昆明的过桥米线和汽锅鸡。他吃过蛇、穿山甲、老鼠干巴（肉丝）、炸蝗虫、牛肝菌、炒青苔。他像神农尝百草似的，什么东西都想尝一尝。他认为名厨必须有丰富的想象力，不能墨守成规，要不断创新，做出新菜、新味来。照着菜谱做菜，绝没有出息。比如油条，你把它剪成一段一段，中间嵌入拌有榨菜、葱花的肉末，再放到油锅里煎，捞出来就特别好吃。这种菜不妨叫作

汪曾祺

“夹馅回锅油条”，对此他要申请专利权。他称赞香港有道菜做得别致，用冷布包住鸭肝，滤掉筋头和粗糙部分，把鸭肝汁放入打碎的鸡蛋里，这样蒸出来的鸡蛋羹味道极佳。

话说到这里，老人家更来了兴致，坐直了身子告诉我，他有一次细看五代顾闳中所绘《韩熙载夜宴图》，想瞅清画面案几上的碗碟里放的究竟是什么食物。用放大镜看，有一只碗里，盛的好像是白肉丸子，有一碟颜色鲜红，似乎是摆着几个带蒂的柿子；其余许多碗碟里盛的是什么菜肴、瓜果，就怎么也看不清了。他遍览《东京梦华录》等著作，没有发现宋朝人吃海参、鱼翅、燕窝的记载。他仔细研究过元朝菜谱《饮膳正要》。他还考察过天坛祈年殿里每个皇帝神位前案桌上的祭器里摆放的黍、稷、稻、粱、蔬菜、肉类、酒类、瓜果等供品，从而研究明、清皇帝们的食谱……

汪先生对于食文化有研究、有实践、有理论、有创造，是个真正的美食家。如果说他老师沈从文解放后是衣文化、服饰文化的权威，那么汪曾祺无疑是一流的食文化专家。

有一年我在《十月》上给汪老签发过一个短篇小说《露水》，才三千多字。写的是从高邮到扬州往返行驶的运河轮船上两个艺人做露水夫妻卖艺的底层生活。从小说看，汪先生对小曲、唱词、胡琴、通俗节目、苏北一带平民百姓的习俗相当熟悉。语言干净得像用水洗过似的。读了以后，如含橄榄，余味悠长。

汪老一辈子重视民间文化。他当过《说说唱唱》《民间文学》的编辑，与酷爱民间文艺的赵树理共事过，整理过评书《程咬金卖柴筢》，写过关于民歌的论文《读民歌札记》。他在 20 世纪 80 年代发表的《我和民间文学》中告诫青年作家：“我认为，一个作家想要使自己的作品具有鲜明的民族风格、民族特点，离开学习民间文学是绝对不行的。”他的小说都是以平淡的文风写平民百姓的日常生活。在这方面，

他继承了“五四”前后平民文学的思潮，将目光转向绝大多数民众，就是实践一种走向民间的布衣精神。他的众多作品的表现对象大都是民间的能工巧匠以及在封建礼教压迫下命运悲惨的妇女，对他们表示出一种同情、善良、温婉的情怀。

有一次和汪先生到南方水乡讲学，因他喜跟我聊天，又让我跟他同住在一起。讲学后傍晚出去散步，我看见湖边青郁浓密的芦苇荡，对汪老说：我不是京剧迷，但对您执笔写的《沙家浜·智斗》中阿庆嫂那段唱词——垒起七星灶，铜壶煮三江。摆开八仙桌，招待十六方。来的都是客，全凭嘴一张。相逢开口笑，过后不思量。人一走，茶就凉……——特别欣赏，铭记不忘。汪先生手里夹着一支烟，凑到嘴边吸了一口，笑道：“你对这段唱词别看得太认真。我在那里故

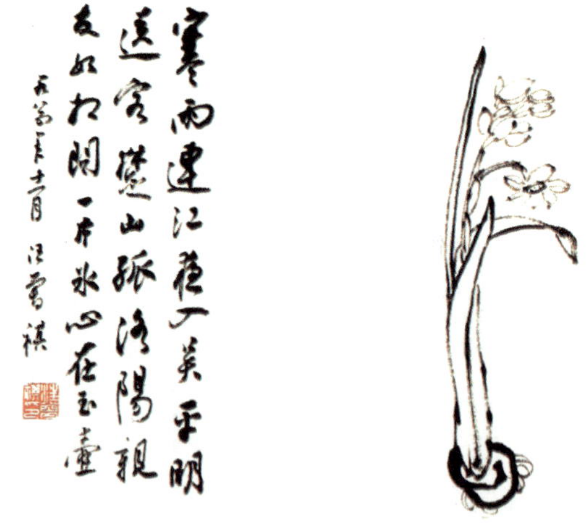

汪曾祺小说、散文写得好，诗、书、画亦佳，是个修养深厚的文人

意搞了一组数字游戏。‘铜壶煮三江’，是受到苏东坡诗词的启发。其中‘人一走，茶就凉’，也是数字概念，它表示零。”

他这样一讲，更使我吃了一惊。我说：“没有诗词修养、旧学功夫，是写不出这段唱词的。您的古文底子是怎样打下的呢？”

汪老看了一眼宽阔的湖面，回忆着遥远的童年，说：我祖父汪嘉勋是清朝末年的拔贡，特别宠爱我。从小就督促我握笔描红、背古文。到了小学五年级他亲自给我讲《论语》，叫我多练毛笔字。祖父说：“你要耐心，把基础打好了，够你受用一辈子呢。”我小学高年级、初中写的作文，老是被老师批“甲上”，作为范文在班上朗读。我十三岁那年写了一篇八股文，祖父见了叹息道：“如果在清朝，你完全可以中一个秀才。”老爷子见我有了长进，就赠我他收藏的几本名贵碑帖和一方紫色端砚。

这时候，夕阳西下，晚霞染天，映照得湖面、芦苇都红了，连汪老原本黧黑的额头也红了。我说：“您祖父宠爱您，得到了他严格的言传身教。”汪先生说：“我父亲汪菊生也多才多艺。”走回宾馆的路上，汪老怀念起他的父亲来了。他说：“我父亲汪菊生学过很多乐器，笙箫管笛、琵琶古琴都会，胡琴拉得很好。我在小学演戏时，还叫父亲去给我们伴奏呢。我父亲手很巧，会糊风筝，会扎荷花灯。早年在南京读中学时，是个出色的运动员，在校足球队踢过后卫，做过撑竿跳高选手，并在江苏省运动会上拿过冠军。母亲杨氏得肺病去世，那年我才三岁。母亲死后父亲用各种色纸亲手给亡母做冥衣。四季衣裳，单夹皮棉，应有尽有。裘皮衣服做得极细，和真的一样，还能分辨出羊皮、狐皮。我父亲还喜画画。画友中有一个铁桥和尚，是高邮善因寺的方丈。父亲画过一阵工笔花卉，用笔似乎仿效吴昌硕……”

我想：汪曾祺文好、字好、诗好，兼擅丹青，被人称为当代最后一位文人作家，这是因为天资聪颖的他从小就受到了书香门第的熏陶。

汪先生在《七十抒怀》中写道：“悠悠七十犹耽酒，唯觉登山步履迟。书画萧萧余宿墨，文章淡淡忆儿时……”我和汪老多年接触中，发觉他嗜酒嗜烟。我对他日常生活爱好的概括是：“每饭不离酒，香烟常在手。”

汪先生爱喝酒。他十几岁就和父亲对坐饮酒。父亲抽烟时拿出两支，一支给儿子，一支给自己，真可谓“多年父子成兄弟”。

有一年在泰山笔会上，他写字赠送给东道主，请与会者叶梦弄点酒来陪他喝，他说只有喝了酒，字才写得好。叶梦听命陪他喝。汪先生喝一杯，写一幅字。喝着喝着汪老就写了一大摞字。因此叶梦认为，汪老的字里，飘着浓浓的酒香。

那次到云南旅游采风，不论中餐、晚餐，一路上先生都要喝酒提神。他似乎白酒、米酒、啤酒、洋酒都喝，并不挑剔。他只要抿一口，就能鉴别酒的产地和质量。一瓶威士忌端上来，他尝一尝，就能品出是法国的还是美国的产品。到了玉溪卷烟厂，攀登红塔山时，汪先生崴了脚，从此脚上敷了草药，缠裹了绷带，拄杖跛行。于是我搀扶他，和他同桌就餐。席间，他喝了一口白酒，旋又把酒倒在缠着纱布的脚上，“足饮”起来。我感到纳闷，问他：“您为什么不仅嘴喝，还让脚喝呢？”他笑道：“这样可以杀菌。”

汪先生喝酒史上，有一桩轶事：20 世纪 40 年代，有一次在昆明西南联大，他喝得烂醉，像个醉汉似的，昏坐在路边。沈从文那天晚上从一地方演讲回来，看见前边有个人影，以为是个从沦陷区来的难民，生了病，不能动弹。走近一看，原来是他的学生汪曾祺喝醉了。他连忙叫了两个学生搀扶着他的得意高足回到住处，给汪曾祺灌了好多酽茶，他才清醒过来。

在联大，汪曾祺特爱听闻一多讲《楚辞》和唐诗。闻一多以魏晋人王孝伯语“痛饮酒、熟读《楚辞》，乃可为名士”作开篇。汪曾祺是否受了魏晋风度的影响呢？醉酒路旁是一种失态，我不好意思问他。

汪先生是位烟精。一支烟，他用手摸一摸，即可知道制作工艺水平如何。捏一捏，蹴一蹴，看一看，闻一闻，就可评定烟的质量。据他考察，云南烟业的兴起，大约是在 20 世纪 40 年代初。那时的农业专家经过研究，认为云南土壤、气候适宜种烟，于是引进美国弗吉尼亚的大金叶，试种成功，当地烟业随后得到大发展。玉溪的纬度和美国的弗吉尼亚相似，土质也相仿，故烟叶长得好。滇中的空气湿度有利于烟叶存放，是个天然烟库。加之制作精细，配方得当，故“红塔山”牌香烟，味道醇，享誉全国。后来汪老给《十月》写过一篇《烟赋》，说纪晓岚嗜烟，是一边吸着烟，一边校读《四库全书》的。他爱吸“红塔山”，为之赋五言打油诗一首：“玉溪好风日，兹土偏宜烟。宁减十年寿，不忘红塔山。”汪老之嗜烟酒，竟至于斯，乃性情中人也。

我记得游星云湖、抚仙湖那天晚上，汪先生喝了酒，面色红紫，容光焕发，呈微醺状。额上的皱纹也就展开了，谈话就多起来了。高洪波、李林栋、李迪、高伟等作家聚集在我房间里听汪曾祺聊文学创作。汪先生说，早年他写的作品，在半年之内大都能背出来。《沙家浜》剧本在打字过程中，有一场戏的稿子丢失了，打字员急得团团转。他安慰她，叫她放心，坐在打字机旁，从该场戏第一个字一直背到最后一个字。之所以能背，他说是由于文章有内在的韵律。他对在座的年轻作家们说：要随时随地注意用精确语言描写生活现象。有一次，他在北京西单看见一辆宣传交通安全的车子，听到车上喇叭里说：“横穿马路，不要低头猛跑。”这句话不能增减一字。西四一个家具店，有修理棕床、出售椅子的业务。营业员在店前写道：“本店修理旧棕床、出售新椅子。”只加了“新”“旧”二字，就增添了文学意味……

汪曾祺到美国做访问学者，应哈佛大学、耶鲁大学的邀请作演讲，题目就是“中国文学的语言问题”。由此可见他对语言的重视。汪先生认为写小说就是写语言。小说的魅力首先在于语言。在他的小说中，你会看到这样的句子："失眠的霓虹灯在上海的夜空燃烧着。""马儿严肃地咀嚼着草料。"他觉得语言像水，是不能切割的。还认为不能把语言和思想内容剥离开。语言不能像橘子皮那样，从果肉内容上剥下来。

我喜欢写散文。便利用同住一室的方便，向旅伴请教写散文的经验。汪先生告诉我：写散文应克制，不要像小姑娘的感情那么泛滥。老头写情书，总归不自然。有的散文家的作品像一团火，熊熊燃烧，但看完空空洞洞，留不下什么印象。没有坎坷，没有痛苦，便写不出来好文章。散文不能落入俗套，要平易自然。我希望把散文写得平淡一点，像家常便话、写家信那样，切忌拿腔拿调。当然也可以工笔、繁密，

张守仁和汪曾祺（右）

像何其芳的《画梦录》，别有风采，但那是另一种秾丽的花，我写不出来。

住在一起的日子多了，我和汪老相处得很随便。南方天热，每天都要在宾馆里洗澡、换衣。汪老擦完身子，站在盥洗室洗脸盆前搓洗衣服。他洗衣速度极快，三四件衣服，搓巴搓巴，十来分钟就洗完了。我问："您怎么比我还洗得快呢？"他回答："见水为净，去掉点汗渍味即可。"我曾经偷偷检查过汪先生洗的衣服，仔细翻看过衣领和袖口，发现其洁净度比我的要高。先生在 1957 年"整风"中因对人事部门提了点建议被打成右派，送到张家口农科所劳动，在艰苦的塞外练出了独立生活的能力。他在口外刨粪、运粪，十分卖力，1960 年就摘掉了右派帽子。三年困难时期，当地的马铃薯价值突然提高。马铃薯又称山药蛋。当地民歌唱道："想哥哥想得迷了窍，抱柴火跌进了山药窖。"山药蛋是那一带的活命粮。故农科所十分重视马铃薯的品种、质量、退化等问题。汪曾祺会画画，农科所就交给他画一部《中国马铃薯图谱》的任务。他到城里买了颜料纸笔，回来到薯田里掐了把花枝，插在玻璃瓶里，对着实物画。马铃薯花一落，薯块成熟，就挖出来，放到桌上临摹。画完，埋进火里烤。烤熟了，就吃。这时他想起凡·高的名画《吃土豆的人们》，不禁哑然失笑。画多了，汪曾祺发现马铃薯不同品种之间差别很大：有的个儿大如瓜，一个能当一顿饭；有的外皮呈乌紫色，烤熟后味道像栗子；有的形似鸡蛋，生吃时味道甜脆如水果。他还发现有一种马铃薯花是香的，连所里的专门研究人员听了都觉得新奇。这部《中国马铃薯图谱》，像他的恩师沈从文的《中国古代服饰研究》一样，是被迫改行后创作的一部奇书——遗憾的是它的原稿在农科所“文革”中毁掉了。

汪先生像他父亲那样，也是多才多艺。他在西南联大和同学们一起演过戏，扮演过话剧《家》中的更夫和《雷雨》中的鲁贵。他能吹笛子，喜欢京剧，尤爱唱昆曲。这给他后来执笔写《沙家浜》这样的剧本打下了某些基础。至于他的诗、书、画，更是秀逸婉约，惹人喜爱，故求索者甚多，一般来者不拒，都能满足大家。

跟他多次同住一室之后，我发觉他分对象，区别男女，相应地或赠字，或送画，或赋诗。外出旅游，对接待单位，他一般写几幅字，留赠主人，以表谢意。他对男士们一般写诗相赠，而对女士们、女作家们，则大抵送画——因为他主要画花卉。我曾在张洁和平门的寓所里，看见她新装修的素墙上挂着一幅汪先生的《水仙》：水仙们亭亭玉立，葱绿可爱。他送给宗璞的画则是一幅墨叶红花的牡丹。但也有例外，男作家邓友梅名字中因有一个“梅”字，他画了一幅铁秆梅花相赠。树干树枝是墨染，梅花是白色。有一次乘车参观崇文区百工坊，坐在我身边的友梅告诉我：“汪曾祺曾送给我一幅画，画中夹着一个字条，上写：‘你结婚大喜我没送礼，送别的难免俗，乱涂一画权作为贺礼。画虽不好，用料却奇特。你猜猜梅花是用什么颜料点的？猜对了，我请吃冰糖肘子……’我跟韩舞燕（友梅夫人——编者注）猜了两个月也没猜出来。”我问友梅：“那到底用的是什么颜料？”友梅说：“汪老后来告诉我——牙膏！”

我读过汪曾祺先生许多旧体诗。1984年发表的散文《昆明的雨》，写的是四十年前即1944年他和后来成为语言学家的朱德熙从西南联大新楼舍到莲花池去。池边有小酒店。他们进店买了一碟猪头肉，半市斤酒，边喝边等雨停下来。院子里有一棵木香花，被雨水淋得湿透。雨下大了，没法走，他俩一直等到午后。先生在文末写了一首诗：

莲花池外少行人，
野店苔痕一寸深。
浊酒一杯天过午，
木香花湿雨沉沉。

那诗很有味道，我看了一遍也就记住了。

撰写本文时，我一抬头就见书房右侧墙上挂着汪老于辛未秋日给我写的赠诗：

独有慧心分品格，
不随俗眼看文章。
归来多幸蒙闺宠，
削得生梨浸齿凉。

前两句诗是汪老对我这个后学的过奖之词，实不敢当。“慧心”和“品格”，应属于汪老。后两句却是实情，我曾告诉过汪老，我懒得吃水果，都是妻子把苹果、梨削去了皮送到书桌上，我才勉强吃几口。

中国国家图书馆馆长任继愈先生曾说过：“中国文化有三个支撑点，即三个系统：儒教、道教和佛教。儒教的影响面很广，佛教次一点，道教就更少一些。但它们都对人们的生活，甚至是家庭有着很深的影响。”

在我看来，汪曾祺除了大学时代对西方近现代哲学、现代派文学有过某种短暂的心仪之外，他一生主要受到了儒、释、道三家的影响。他自己在一首四言诗里就说过：“有何思想？实近儒家。”孟子所谓“民为贵，社稷次之，君为轻”的民本思想，你从他的许多小说中可以感受得到。他对佛学颇有研究。我就亲耳听过他和何洁即圆各居士（流沙河妻子）探讨佛、禅方面的学问。汪先生的作品从最初的《复仇》到他后来的名篇《受戒》，经常写到寺庙、小庵、禅房、斋戒、经文。晚年他以优美的文笔为《世界名人画传》写过一本《释迦牟尼》。他的慈悲、平和、富有同情心，是和他喜研佛学分不开的。汪先生年轻时爱读《庄子》，受到过老庄的熏染，一生自自然然，随遇而安，把事情看得很淡。他甚至豁达、幽默地说：“我当了一回‘右’派，真是三生有幸，要不然我这一生就更加平淡了。”他的小说《徙》《鉴赏家》里的人物，无不表现出典型的道家风度，寄托着他的人生理想。

因此可以说，儒、释、道文化是汪曾祺思想血脉的三个源头。

像汪曾祺这种才子型的文人作家、如此可爱的老头儿，只能孕育于特定的时代背景、特殊的家庭环境以及西南联大那样特别自由的教育方式。此等人物，往而不再，永逝矣。这是中国文坛的遗憾，但这是属于历史的、无法弥补的遗憾。

汪曾祺生于1920年3月5日，卒于1997年5月16日。至今年5月，去世已整整八载。谨以此文，追念我所敬爱的老师辈作家。

我认为，李清泉主持的《北京文学》，推出汪曾祺的《受戒》《大淖记事》，是新时期文学的大亮点。它们将像曹禺的《雷雨》《日出》、老舍的《茶馆》《骆驼祥子》那样，彪炳于文学史册。

2005年2月

揭开诗人徐迟跳楼之谜

首聚北京畅谈写作

1977 年 12 月 28 日至 31 日，由《人民文学》主编张光年主持，在北京东直门海运仓总参招待所，召开了一次有一百多位名作家参加的文学工作者座谈会。

出席会议的有时任文化部部长的黄镇、时任中宣部部长的张平化，郭沫若因病未能与会，写来了祝贺会议召开的亲笔信。与会的还有茅盾、周扬、夏衍、曹禺、周立波、刘白羽、林默涵、秦牧、峻青、周而复、叶君健、曹靖华、吴组缃、杜宣、曲波、韦君宜、唐弢、王愿坚、邹荻帆、雷加、逯斐、草明、蔡仪、阮章竞、金近等百多人（当时王蒙、邓友梅、

徐迟

从维熙、刘绍棠、李国文等作家的“右派”问题还没有改正）。

会议期间，人们传说着诗人徐迟继《地质之光》后，又多次去中关村数学所深入采访，写了一篇高瞻远瞩、激情澎湃的《哥德巴赫猜想》，已发《人民文学》1978年第一期头条，不久即将和广大读者见面。

1977年12月30日那天，在周扬做了长篇发言之后，一个身穿黑色中山装的人，站起来绕过坐在前排的我，健步登上讲台。他前额宽阔，头顶稍秃，一副浓眉下，眼睛炯炯有神。这就是我心仪已久、二十二岁就出了第一本诗集《二十岁人》的诗人徐迟。他兴奋地述说着数月来涉足于自然科学领域的深切感受。他说，他先在地质、地质力学等学科里跋山涉水；后来在数学、解析数论的王国里探隐索微；还准备出门，到流体力学和热带、亚热带沟谷雨林里去踏访。他说，科学界人物峥嵘，为国争光，事迹感人。令人愤怒的是，科学和文学一样，都受到魑魅魍魉们的严重摧残，残酷迫害……他们的罪行罄竹难书，令人落泪千滴万滴，不堪回首。但是，严冬过去，春天已来，气候转暖。危机到了极点，就会发生转折，我们终于迎来了伟大的胜利……

诗人激情洋溢的发言，博得与会者热烈掌声。

两周之后，1978 年第一期《人民文学》出版，《哥德巴赫猜想》与广大读者见面。紧接着《人民日报》于 1978 年 2 月 17 日全文转载。整个文坛、整个读书界立刻沸腾起来了。人们眉飞色舞地谈论着这篇振聋发聩之作，诉说着徐迟用形象语言描绘陈景润在抽象数学高原上艰苦攀登的华彩篇章；背诵着文中描写的数学演算的稿纸，像漫天飞舞的雪片，堆积在楼板上，足有三尺深；熟记着作者所说的高等数学演算篇页“是空谷幽兰、高寒杜鹃、老林中的人参、冰山上的雪莲、绝顶上的灵芝、人类抽象思维的牡丹……”啊，这哪里是记者采访的新闻语言，绝对是诗人的妙笔生花。

其时，徐迟已接受国务院副总理兼中国科学院院长方毅的委托，和责编周明一起，深入云南西双版纳亚热带密林采访植物学家蔡希陶的重大贡献去了。除夕前后，他们钻进偏僻蛮荒的原始森林里埋头苦干。他们不知道《哥德巴赫猜想》已引起全国性轰动，诗人点起的这支数学火把，已照得华夏大地一片亮堂，人人读《猜想》之文，家家议景润之事，盛况空前。

徐迟采访完毕，写出了《生命之树常绿》，慎重送给当地领导审阅，然后和周明一起，携稿回京。坐在飞机上，徐迟惜时如金，拿出印有"人民文学"字样的稿纸，对报告文学作修改、润饰，被眼尖的空姐瞥见。她用挺惊讶的语气问："老先生，您就是《人民文学》杂志的？"徐迟笑笑，指指旁边的周明："他是《人民文学》的。"空姐兴奋地说："这期《人民文学》刊登了徐迟写的《哥德巴赫猜想》，人人抢着读。我们看了非常感动，写得太好了，大家奔走相告。"周明告诉美丽的空姐："他就是徐迟，文章是他写的。"空姐两眼放光，连忙向徐迟深深鞠躬："老先生您辛苦了，您写得太棒啦！我代表读者谢谢您。"

回到北京，听到一片赞扬之声，徐迟反而感到羞涩、不自在，连忙躲进北大燕南园采访物理学家周培源去了。

过了两个月，当徐迟和周明再去中关村看望陈景润时，发现他的生活、工作条件大为改善，已有了自己的办公室。新时期文学中最早出现的新人典型陈景润，收到了来自全国四面八方的读者来信，来信堆放在办公室地上有几麻袋之多。有一袋信件另放在屋子最里边，上面还覆盖着几份杂志。徐迟问陈景润："那麻袋信为什么另放？"陈景润说："那里

徐迟（右）和陈景润

装的都是姑娘们写来的信，有的愿意为我洗衣做饭打扫卫生，有的表达了爱慕之情，有的表示要和我终身生活在一起……我担心别人看到了不好，故另放在最里边保存起来。"

徐迟对周明说："数学家陈景润，有一颗保护女孩子的心。"

为了向即将召开的全国科学大会献礼，徐迟马不停蹄、奋笔疾书，写出了《生命之树常绿》后，又赶写了《在湍流的漩涡中》等力作。于是他成了新时期报告文学的开拓者、领跑者。在他带领下，一批优秀报告文学作家和作品如雨后春笋般冒出来：黄宗英在《十月》上发表了我编的、写农业科学家秦官属的《大雁情》，《人民日报》登出了陈祖芬歌颂内燃机工程师王运丰的《祖国高于一切》，理由在《新体育》上刊登了赞美击剑运动员栾菊杰的《扬眉剑出鞘》……一时云蒸霞蔚，风光无限，群雄并起，阵容齐整，开启了新时期报告文学的黄金岁月。

重聚武汉东湖之滨

1981 年 11 月 30 日，我和《十月》杂志的诗歌编辑晏明同赴武汉，先去武汉军区大院暗中安慰正在挨批的《苦恋》作者白桦，下午到武昌东湖之滨拜访徐迟。

晏明是老诗人，出过《三月的夜》《北京抒情诗》《故乡的栀子花》等十多本诗集。早在 1959 年，他就在北京出版社编辑、出版过徐迟的评论集《诗与生活》，故他俩是亲密的文友。我们去拜访徐迟之前一星期，晏明在北京还收到他写来的信，谈及爱妻陈松得了肠癌，动手术打开一看，是良性瘤，尚未扩散，心中大慰，说今后又可重操笔墨生涯矣……

我们到徐迟家时，他正在午睡。他见到我们，喜出望外，便把我们领到书房里坐下来交谈。我趁两位诗友叙旧之际，细看靠墙立着的三个书架：一个书架上是一些旧的英文书；另一个书架上插着鲁迅作品集、散文集、诗集，还竖立着大大小小几十个硬皮笔记本——我坐在沙发上心想，这些可能是历年积累下来的采访本，会给徐迟创作提供丰富、生动的素材；引人注目的是第三个书架上摆着许多音乐书籍，有《音乐大辞典》《音乐家传记》，以及徐迟早年写作、出版的《歌剧素描》《世界著名音乐家》《音乐家和乐曲的故事》等著作。

我好奇地问徐迟：“您为什么如此热爱音乐？”徐迟告诉我：“我的故乡是太湖之滨吴兴县古镇南浔。我们那儿是鱼米之乡。南浔有小莲庄公园，有嘉业堂藏书楼，有中国最早的丝绸业。我父母亲都是老师。我父亲在家乡办过一个贫儿教养院。教养院里有个管乐队，还有钢琴，但没有弦乐。我从小在音乐声中长大，这样培养了我对音乐的喜好。1936年，上海举办一次交响音乐会。我从家乡专程赶去欣赏，会后搭车赶回浙江南浔。可见我对音乐是十分迷恋的。我特别爱听古典音乐，家里有几张留声机唱片，我想买一架落地唱机，闲来听听。”

接着他谈起了音乐评论家李凌、小提琴家马思聪。他说，李凌任中央乐团团长期间写的音乐随笔很有水平。说马思聪在“文革”中被斗得死去活来，为了保命才潜居到美国。他是爱国爱乡的音乐家。他那支《思乡曲》何等邈远、幽美、曼妙，魅力无穷，堪称20世纪的经典乐曲。正如李凌所说：“马思聪不大喜欢浓墨重彩和强烈的戏剧性冲突，风格比较恬淡、素雅，有点像南国的‘夜合花’，徐徐吐出幽香。”

徐迟本质上是诗人。除《二十岁人》外，还出版过诗集《战争·和平·进步》《美丽·神奇·丰富》《共和国的歌》，20世纪50年代中期还担任过《诗刊》副主编。故两位诗友谈起诗歌、诗人来，如数家珍，十分熟悉。徐迟说：“论诗，徐志摩第一，戴望舒第二，卞之琳第三，艾青第四。”我插言道：“艾青排第四，评价是否低了？”徐迟认为，排名第四，也是“五四”以来的杰出诗人。你看他在上海监狱里雪晨写的那首《大堰河，我的保姆》多么荡气回肠、感人肺腑：“大堰河，今天我看到了雪使我想起了你：你的被雪压着的草盖的坟墓，你的关闭了的故居檐头的枯死的瓦菲，你的被典押了的一丈平方的园地，你的门前的长了青苔的石椅。大堰河，今天我看到雪使我想起了你……”乳儿回忆幼年深情，弥漫于诗行之间。他站起来，从书架上抽出一本刚出不久的

《九叶集》，说：“这本诗集封面上印着一枝斜长着九片叶子的草茎，装帧典雅，诗好，内容也好。20 世纪 40 年代写的、如此精美的诗，如今辛笛、郑敏、陈敬容、袁可嘉等人，恐怕写不出来了。今天只能依靠舒婷、北岛、顾城等新一辈年轻人了。”他喝了口茶，对诗人晏明说：“今年是叶圣陶文学研究会办的老《诗刊》六十周年、解放后的新《诗刊》二十五周年，现任《诗刊》主编严辰约我写了一篇纪念文章。我今年六十七岁，是 1933 年十九岁那年开始写诗的，最初的诗发表在《现代》杂志上。那时我是一个现代派。从风格上来说，受到了欧美现代派诗歌的影响，比较晦涩难懂，后来我写了散文、报告文学，就比较明朗了。”

我问他：“您最初发表的诗歌，署的就是‘徐迟’这个名字吗？”他微笑道：“不是的。我原名徐商寿。处女作没有用‘徐迟’这个名字。我上面还有三个姐姐，我是老四。父母叫我‘迟宝’。发表了几年作品，我才用‘徐迟’这个笔名，原意是叫自己生活得慢一点，不要老是快节奏、性急、匆忙。不过，我这辈子也慢不下来。”

是的，徐迟的生活节奏是很迅捷的。20 世纪 50 年代初，他作为《人民日报》《人民中国》特约记者，足迹遍及祖国各地，到过朝鲜战场，去过鞍钢、武钢、包钢，奔走于长江大桥和黄河三门峡水库工地，日夜兼程，步履匆匆。正如他 1961 年自述的那样：“我朝拜过钢都、汽车城，亲眼看见黄河清；祁连山俘虏了我的心，青海湖让我一见钟情；在芒崖我曾顶礼昆仑，我有心向塔里木进军……”祖国东西南北，到处都留下了诗人的身影。“徐迟”这个笔名，也改变不了他那难移的本性。

辞别之前，徐迟告诉我们，他打算找个木匠，丈量一下房间尺寸，做一批书架，几个屋子靠墙放一圈，再买一批书来，建立一个像样的智库。他寿星眉下露出灿烂的笑容，说：“我的船儿加足了油，就可在这长江之滨，扬帆启碇。”

再聚深圳创作之家

1992 年 3 月 5 日，我和爱人从广州乘火车至深圳，叫了一辆出租车，把我们送到西丽湖畔、麒麟山下中华文学基金会创办的度假村。到办事组报到时得悉同来度假的还有报告文学作家徐迟、学者王元化、儿童文学家束沛德、散文家丁宁、江波、李天芳、诗人晓蕾、《人民文学》编辑部副主任涂光群等十多人。

第二天清晨，我到花园里晨练，巧遇曾任上海市委宣传部部长的王元化先生。他近日正在校对一本名为《思辨随笔》的学术著作。从他那儿得悉，身患轻度中风的爱人张可也来了——后来我才知道这位高雅女士是上海戏剧学院教西洋文学的教授，著名文化学者余秋雨，巴金女儿、《收获》主编李小林，都是她的得意门生。我向往的前辈翻译家满涛，就是张可的哥哥。满涛翻译、出版了《别林斯基文集》，果戈理的《死魂灵》《涅瓦大街》《狄康卡近乡夜话》，是我早年从事文学翻译的学习榜样。“文革”后他为了抢回时间，拼命工作，劳累过度，结果得了半身不遂，过早离世。王元化对我说，傅雷译巴尔扎克的《高老头》，把书里的住房画一张详图，一个个人物从哪儿出，哪儿进，标得一清二楚，十分精细。傅雷的译文达到了形神兼备的程度。

在林鸟声中、玫瑰香里，徐迟走到我们的身边，也跟我们一起谈论文学翻译。他曾译过莫德的《托尔斯泰传》、荷马的《伊里亚特》、梭罗的《瓦尔登湖》、爱伦堡的《巴黎的陷落》、司汤达的《巴尔玛修道院》，以及《雪莱诗选》，对翻译之道有独到的见解。他说，翻译的标准是“信、达、雅”，既然是文学翻译，首先要有文学性。他和钱锺书一样，推崇林琴南的译文。他说，一个美籍华人和一位美国诗人合译的《唐诗三百首》，首首有错讹。我说：“诗难译，美文难译。我看过英译、俄译的《红楼梦》，和原作相比，差远了。”接着王元化、徐迟和我三人议论、比较起梁实秋、朱生豪、曹未风、方平、孙大雨、屠岸等近二十位翻译莎士比亚作品的人中，谁的译文最佳。戴着深度近视眼镜的王元化先生说：“我觉得朱生豪的译文最好。古典诗词他烂熟于心，故笔下文字融会贯通，琅琅上口，很传神。如果你叫他按原文照实译出，就不流畅了，风格就没有了。”我研读过朱生豪译的许多剧本，表示同意。徐迟说：“复旦大学的孙大雨教授，很博学，我对他很佩服。我主持《诗刊》时，发表过他译的英国诗人约翰·弥尔顿的诗，质量高，音韵好，故我付给他最高的稿费。”眼镜片上照着晨阳光辉的王元化说：“孙大雨是个怪人，精力充沛，可以通宵不睡地写作。”徐迟走向早餐的饭厅，说：“和翻译相比，我喜欢创作，创作自由。我总是对自己的译文不满意……”

3 月 8 日那天，春雨霏霏，树叶滴翠。小径两边，杜鹃鲜红如火，草花含露绽放。我和徐迟晚饭后散步。我回忆起 1977 年底他在海运仓总参招待所的发言。徐迟说：“那时是思想解放初期，我们大家都处在起跑线上，憋足了劲向前猛跑，壮志凌云，心花怒放，好比水闸打开，激流奔泻。那次发言后，我和周明就奔赴彩云之南，采访蔡希陶去了。”

我告诉徐老：“受了您那篇《生命之树常绿》的影响，我到了云南，专门去了一趟昆明的黑龙潭，去了云南农林植物研究所，看了那株您作品中提及的唐梅。”他表示关切：“那株唐梅还在吗？”“还在。不过老态龙钟了，只在枝头点缀几片叶子。1989 年秋天，我在浙江天台山寺院里看到过一株隋梅。”“啊，隋梅？在什么寺院？”“国清寺。那株老梅倚墙而立，每当初春，开出一树繁花，生机勃勃，仿佛正在壮年。寺中僧人把古梅上的花儿捡集起来，酿制成精美食品招待贵宾呢。”

这引起了徐迟浓厚的兴趣，在一丛玫瑰花旁边停下来，面对着我，目光神秘地考问我：“你既然对古树很关心，那我问你中国寿命最长的古树在哪儿？”我想了想说：“恐怕以陕北黄陵那株大柏树树龄最长。那株古柏相传系轩辕黄帝手植，已有五千多年历史了，故中国人管它叫‘柏树王’，英国人称它为‘柏树之父’。”“这是在大陆。那么台湾省哪株树最古老呢？”“记得书上说台湾阿里山那株红桧，种植于商代，距今三千多年了。”徐老对我的回答表示满意，说：“你的古树知识还行。1948 年，我从上海去台湾，曾经拜谒过阿里山那株神木。”说着，他双手张开做围抱状：“那真是庞然大物啊。”

这时我们已踱到湖边，凭栏远眺，湖中有岛，岛上有树，树下有亭。其时暮色已合，烟雨蒙蒙，那里一片模糊，不甚分明。小雨下大了，我们便回到各自住室，干自己的事去。

1992 年 3 月 11 日上午，在此度假、休养的作家们排列在“创作之家”门前的草坪上合影留念。徐迟那年已七十八岁，众人之中年纪最大（年龄较大的学者王元化生于 1920 年，七十二岁），可他抢先在前排蹲了下来。他笑容可掬，像孩子般天真可爱。他丝毫没有大作家的架子，总是谦虚有礼、和蔼可亲，单纯如稚童，透明似冰雪。

拍完照，我请徐迟到我 110 房间喝咖啡聊天，他欣然前往。坐进沙发之后，我给他冲了一杯雀巢咖啡。他随手翻开茶几上摆放的、我正在看的《汪曾祺自选集》，读到第一首短诗《彩旗》——“当风的彩旗，像一片被缚住的波浪”，

他脸色立即沉下来，用书遮住眼睛，沉默不语。我问他：“您为什么沉默不语？”他自责道：“这首短诗是我当《诗刊》副主编时签发的。可能我害了他。曾祺大概因为这两句短诗在‘反右’中吃了苦头，被发配到张家口外住羊圈淘大粪去了。唉，人啊，人啊，人的生活往往由无数偶然因素造成。”我谈到了 1991 年春天和汪曾祺去云南采风、同住一室深夜长谈的情景，于是我们又提起了云南那片神奇、多彩的土地。徐迟说起了植物学家蔡希陶对云南经济的巨大贡献。徐老告诉我，是蔡希陶参与了云南香料植物樟油、桉树油、香叶天竺油的开发；是他发现、确定了中国北纬 21 度至 23 度昆明之南广大土地适宜种植橡胶；是他引进了美国大金元优良烟种，经过试验栽植获得成功，从而使橡胶业、烟草业如今成为云南经济的支柱产业。你看科学家的劳动，为国家创造了多大财富！徐迟喝了口咖啡，动情地说："因为我爱蔡希陶，故能把作品写好。冯牧得悉我要去云南采访，慷慨拿出关于云南的全部日记让我参考。我一看冯牧用小字写的云南日记，精彩之极，建议他发表，他坚决拒绝。冯牧的日记绝对是第一流的散文。"

我说："冯牧在云南多年，足迹几乎遍及那里的山山水水、穷乡僻壤。"

徐迟赞叹说："冯牧是评论家，也是散文家，更是难得的伯乐。他慧眼识骏马，发现、扶植了多少作家啊。"

接着谈到了文学与科学。他认为，搞文学，最可怕的是落入俗套。一入套子，就陈旧了，像工艺品那样，失去了灵气，只剩下匠气。"因此，我总是追随着科技潮流向前走，跟着前进，这样才能学到一点新东西，获得一点新思想，才能不断创新，不至于只能写些浅表的东西。科学博大精深。科学能改变人类生活。我每天清晨两点，一醒来就钻研深奥的科学，钻研理论物理学，看爱因斯坦的《相对论》，研究'夸克'，研究物质世界的构成，研究基本粒子、电子、质子、中子、原子，即使有些地方看不懂，兴趣也很大。我现在急着想回去，因为武汉家里收到一本友人寄来的英文版的《目的地火星》。我迫不及待地想得到它。家里人问我，要不要寄到深圳来。我说，不要寄，我怕弄丢。科学使幻想变成现实。过不了多久，地球和月球之间会开通 TAXI，人也可能到火星上去。人们乘着飞舟，天上地下，来往穿梭，像搭公交车那样，十分方便。再过七八年，就进入21世纪了。犹如过了一夜到了清晨，过了一岁到了新年那样，新世纪会带给我们许多崭新的、现在难以想象的东西。目前的情况是许多文学家不懂科学，许多科学家（钱学森例外）不懂文学。科学家如果懂文学，文学家如果懂科学，他们就能用美丽、形象的文字把科学通俗化，让广大人民看得懂……”

虽是南国的春天，我房间里打开的落地窗外，花圃里一株桂树正盛开着金色的花朵。因此我觉得从徐迟嘴里吐出来一句句关于科学的话语，仿佛带着金桂的幽香，听来馥郁宜人，意味深长。那天他和我一直畅谈到午餐时分，才兴致未尽地、恋恋不舍地分手。我望着徐迟老人头顶已秃、头发花白、上身微驼的背影，心想他就是一位懂得科学、热爱科学、拥抱科学的文学家。

又过了几日，天气很暖和，徐迟这只南飞雁决定打道回府，急着去看那本《目的地火星》去了。回武汉之前那个晚上，我去送别。他正在整理行李、打包，见我去看他，便拍拍手上的尘土，坐下来和我交谈。他一改平日诙谐、幽默的语调，对我严肃地说：“近来我对文坛感到失望。文学是有关心灵和精神的事业，但不少作家为了赚钱，迎合市场，写些低俗的、低级趣味的东西。你只要到书店、书报摊上看看，一些不堪入目的书名、封面包围着你，庸俗不堪。编辑也缺乏敬业精神，书展上陈列、出售的许多新书，雷同的多，仿制品多，胡乱辑集的多，重复出版的多，抢译、重译的多，粗制滥造的多，创新的少，好书少，精品更少。评论家更是软弱无力，只知拿红包，一味说捧场话。我们没有别林斯基式的批评家，缺乏尖锐泼辣、令人警策醒悟的雄文。面对此种局面，我忧心忡忡。”

我表示同感，说：“文学决不应以赚钱为主要目标，作家应担当道义，坚守品格。”但同时感慨：窗门大开，苍蝇进来；大潮之中，难免泥沙俱下。个人力量有限，只能洁身自好。我劝徐老：“您已是近八十岁的人了，想开点，今后应以保重身体为第一，而把创作放在第二位为宜。”徐迟说：“谢谢你的关心。我和诗人晏明很久不见了，你回京后代我问好。”我说：“一定一定。”见他忙于临行前的收拾，便和他握手告别。

揭开诗人跳楼之谜

1996 年 12 月 14 日下午，我乘出租车到西郊宾馆参加中国作协第五次代表大会。报到后住 318 房间，突然听到一个爆炸性消息：徐迟已于 12 月 12 日深夜 12 时跳楼自尽！

众代表惊骇之极，困惑莫解。我在会上遇到的冯亦代、袁鹰、张锲、高洪波、陈建功、李存葆、史铁生、陈祖芬、凌力、毕淑敏、梁衡、南帆、韶华、张贤亮、胡昭、赵本夫、肖亦农等二十多位代表极其伤心，纷纷询问，是什么原因导致如此悲剧。各个房间都在议论着这件事。好几位作家猜测这是老年寂寞所致，建议作协建个作家老年公寓，配备陪护人员，以解决他们孤寂之虞。有的认为他第二次婚姻失败，遇人不淑，子女疏离，虽然很快跟C女士分手了，总是心上的遗憾。有人说他玩电脑玩得走火入魔，受到了某宗教散播的世纪末颓废情绪的影响。有的认为他不能忍受血压不稳、肠胃不适、支气管炎严重等疾病的频繁袭击而取此下策。有

的说湖北作家朋友要来北京参加作代会纷纷到同济医院六楼与之告别，使他感到不能与会的孤苦零丁、形单影只。有的猜想他患了老年抑郁症，心中想不开就寻了短见……种种说法，莫衷一是。

17日那天，吃完中饭，路上遇到湖北团的老诗人曾卓。曾老和徐迟是多年老友，便向他探问。他说，徐迟一生追求真善美，看不惯社会上的假恶丑，便过着与世隔绝的生活，不看刊物，不看书，不读报，不看电视，不接电话，不听音乐，不玩电脑，不会客，不出门。他关在家里只研究宪法，拿着宪法反复阅读，认为宪法是最深的哲学，最美的文学，最公平、正义的根本大法。曾老的话，仍不能解我心中的疑团。

由于徐迟的为人为文，是当代作家中我最敬仰的对象之一，故作代会之后，我一直设法揭开这个死亡之谜。经过向他亲密助手、得意门生、友好邻居、交心诗友、责任编辑长期打探、详细询问，终于梳理出一条清晰的脉络，才弄明白他如此谢幕、如此离世，主要是因为他精神上的极端痛苦。

那时他主编过的严肃文学杂志《长江文艺》滞销，订数一再下降、下降，只剩不到一万份；而同在武汉的通俗刊物《今古传奇》却发行一百万、两百万甚至两百万份以上。两者悬殊如此之大，他想不通。那时书商疯狂盗版刊印畅销书，赚了大钱，过着土豪似的生活，而他这个辛勤写书的人，只能住在冰窖似的卧室内，冻得彻夜难眠（湖北作协领导关心他，在他书房内安装了取暖设备）。他想不通的是：为什么有关部门不采取强有力措施保护知识产权，为什么放任不法书商们明目张胆的盗窃行为？科学家们默默无闻地做出巨大贡献，但为什么研究卫星、研究导弹的，其生活还不如街道上卖茶叶蛋、卖鸽子蛋的，对此他想不通。演戏、演电影、唱歌的人，其片酬、出场费高得惊人，而写剧本的、作曲的、写歌词的稿酬很低，这种本末倒置的现象，他实在想不通。20 世纪 90 年代以来，假药、假酒、假烟、假油、假奶、假肉（注水肉）、假鱼（名真实假）、假米（米中掺沙）等假货充斥市场。食品掺假是人命关天的事啊！他想不通世风为何如此颓败，道德为何如此沦丧。有位密友特地安排他住进温暖的星级宾馆，让他度过寒冷的冬夜。他高高兴兴去了，洗完澡，刚躺下，床边桌上的电话铃就响起来了。一个娇滴滴的女声说："先生，你要按摩吗？你要陪夜吗？我这就过来。"徐迟愤怒地摔下电话，自言自语："武汉之大，我竟然找不到一个平静的安居之所。"

1996 年左右，即 20 世纪 90 年代中期，当时尚未展开像如今的既抓老虎，又打苍蝇，更把权力关进笼子的反贪、反腐、反奢、反黄、反假的执法行动，故社会上官商勾结、权钱交易、贿赂横行、贫富悬殊、大吃大喝、铺张浪费的现象十分严重。徐迟对此深恶痛绝。他是个对宪法有深入研究的人，可是生活中经常发生违宪违法、权大于法的事例，对此他百思不得其解。

徐迟是个有尊严、有追求的理想主义者，容不得丑恶泛

滥。面对如此无奈的环境，岂能随波逐流、苟且偷生？！他不由想起了巴尔扎克的小说《幻灭》。他与这部小说的作者和主人公一样，感到了理想的破灭。他想起了他译述《托尔斯泰传》中托翁最后的结局，以八十二岁（1828—1910）的高龄在寒冬里独自出走的情景。托尔斯泰是整个俄罗斯的良心，他想步这个大师的后尘，也在八十二岁（1914—1996）冬天出走。他想起了《南齐书·王敬则传》中记的“檀公三十六策，走是上计”。他曾经以暗示方式把“三十六计走为上”的想法告诉他最亲密、最信得过的人。但他的密友没有认真对待，只以为这如他诗友徐志摩在《再别康桥》中所抒写的那样：“悄悄的我走了，正如我悄悄的来，我挥一挥衣袖，不带走一片云彩。”——密友觉得这是诗人的浪漫情怀。其实，徐迟已选定时间，要摆脱当时那种泥沼般污浊的生活。

有次一个路人不幸被汽车轧死了，他说此人在几秒钟之内就结束了生命，是一种幸福。徐迟在医院里捡到的一张纸片上，用英文潦草地、别人很难辨认地写了一行字，译成中文，就是：“走意已坚，谁能劝我，谁能救我？”有个朋友到医院里探望他，他对友人说：“你有什么问题快问我吧，你不问，过些时候就问不着了。”他对医院里一位爱文学的女医生说：“花盛则谢，光极则暗。一个人，当他的事业达到顶峰之后，再难以往上攀登了，转折之前最好的收场是飞起来。”说完，徐迟做了个飞翔的手势。

凡此种种，都是他弃世念头的流露。

时间终于挨到了他选定的1996年12月12日深夜12时（12+12+12=36），三十六计走为上。他悄悄从病床上坐起来，悄悄走出阳台门，悄悄推开窗子，向外纵身飞跃……

啊，是他一连串的想不通，促成了诗人之死，酿造了这一震惊文坛的悲剧。

岁月流逝。一生追求真善美的徐迟，不愿与假恶丑为伍，毅然离开我们整整二十年了。为了深深地怀念他，铭记这位疾恶如仇、心灵像冰雪一样纯净的诗人，笔者在耄耋之年特撰写了此文。

尊敬的读者，你们可要睁大眼睛时刻警惕生活中那些言行不一、戴着面具的假、恶、丑啊！

写于2016年10—12月，徐迟去世二十周年之际

王蒙：文学是一种特殊的记忆方式

一

我多年编辑生涯所认识的数百位当代作家中，论及记忆能力之强，以王蒙为最。他 1986 年至 1989 年当文化部长期间到中国美术馆参观画展，在讲解员、摄像师、众多慕名者的跟随、簇拥下，且走且谈且参观一幅幅展品，画上的题诗只瞥一眼，回到家中跟人议论起来，他竟能一首首背诵出来。对王蒙来说，过目就是摄影在心。过目不忘，实非夸张之词。

王蒙曾对我说，除了观察、感悟、想象外，“文学是一种特殊的记忆方式”。文学实际上是一种记忆。他的记忆能力好得惊人。他学外语、背歌词、阅读之快，无与伦比。我

王蒙

几十年来不敢写王蒙，唯恐记忆不准确，有所失当，被他指出来，肯定脸红。但不写他又不甘心，他是当代文学中一个不可忽视的存在，一棵根深叶茂的大树，你不能绕过他。绕过他，必然留下空白和遗憾。于是决定根据日记上确凿记下的、我脑子里印象最深的，约略素描几则，介绍给读者欣赏。

王蒙一生爱游泳，爱大海。他国内外走到哪儿，就游到哪儿。他热衷于游泳，到了痴迷的程度。我看到过一帧王蒙从高峻崖顶上飞身入水的惊险照片：他两臂前伸，身躯飘荡俯冲，双足像鸟尾似的向天空翘起，一副英姿飒爽弄潮儿的气概。故书法家黄苗子赠他一联，曰："白鸥海客浑无我，黄鹤山樵别有人。"在蓝天下，在大海里，在海蜇、海草、海鱼包围之中，飘逸浮游，乘风破浪，弄潮前行，仰望高天白云，近看波涛翻滚，这是何等潇洒的人生。

王蒙是文学之海里的一条大鱼。"海阔凭鱼跃，天高任鸟飞。"以我的能力，实难逮住这条纵横驰骋的大鱼。如今勉强为之，权充一次试笔。

二

知道王蒙这个名字，是在 1957 年的早春。六十年前我在武汉防空学校当军事译员，经常到阅览室去看报。一天，我在《文汇报》三版"笔会"上发现刊有《青春万岁》的连载。看了几天之后，便放不下了，一直焦急地等待着下文。

王蒙的《青春万岁》描写的是中华人民共和国初建时期一群中学生的生活。那时的年轻人，像刚刚升起的朝阳，朝气蓬勃，透明向上，人人怀着一颗纯净的心，对未来充满向往，人与人之间诚挚、友爱、互帮互助、乐于给别人友谊和温暖。

那时我也年轻，才二十三四岁，比书中人物郑波、杨蔷云等大五六岁。这些可爱的弟弟妹妹们多彩的生活感染着我、吸引着我。我至今还清楚地记得小说中写杨蔷云独自骑着自行车，沿着新修的马路，到西郊地质学院找她的朋友张世群的情节。还记得地质学院的大学生们正在义务劳动，有的用土铺路，有的砌造花圃，有的种树种花。那年我正在温习功课，向往着去北京上大学。甚至想考上了北京的大学，也过上地质学院大学生们那种热火朝天的生活。到了北京有了机会，我要去找那个写《青春万岁》的王蒙，问问他为什么如此熟悉北京的中学生活。

三

心想事成。我终于如愿以偿地考进了中国人民大学新闻系，于 1957 年 8 月底到首都上学来了。但是那一年夏天，青年作家王蒙被错划为“右派”，开除党籍，先是发配到门头沟山区劳动，后又远去新疆伊犁，一直到 1979 年 6 月，才正式调回北京。所以我初次见到王蒙，是在看了《青春万岁》二十二年之后。

在我的印象中，我第一次见到王蒙是在东城区北京市文化局一个简陋的招待所里。北池子招待所原是一个小剧团的排练场。那是 1979 年的夏天，王蒙只穿着背心、短裤，汗流浃背地埋头写作。他那个房间很小，大概八九平方米，一床一桌一椅，别无他物。房间对面是盥洗室，那里响着哗哗的水声，时有洗涤的肥皂气味传进室内。窗外是招待所的电视室，每晚大家都来看电视，故异常喧闹。还有不时打来的向王蒙约稿的电话。他就在如此吵闹嘈杂的环境里，旁若无

人地爬格子。我佩服他的拼搏精神。他在那间小屋里写出了《布礼》《友人与烟》《悠悠寸草心》《夜的眼》《蝴蝶》等作品。当时我想，“复出”后的王蒙，可以评上写作劳动模范。因为初次见面，互相不熟悉，没有细谈。我只是请他为新创办的《十月》写稿。他答应了，后来，果然把许多佳作投给《十月》。同时他还向我推荐了陆天明。他说在新疆

农七师锻炼的陆天明有写作才能，可向他约稿。他向我介绍陆天明时殷切的神态，至今历历在目。

从那次见面以后，他搬到了前三门新居，我给他送过刊物和稿费。因稿件事接触多了，谈心聊天，渐渐熟悉起来。

差不多同时，从维熙、邓友梅、刘绍棠的“右派”问题都得到了改正，纷纷从山西、辽宁、北京郊区通县回到京城。于是20世纪70年代末、80年代初，出现了新时期文学的“井喷”阶段，出现了我们誉之为四只美丽“小天鹅”（王蒙、从维熙、邓友梅、刘绍棠）在首都文坛上展翅翔舞的身影。领舞者王蒙的《蝴蝶》《相见时难》、从维熙的《大墙下的红玉兰》《远去的白帆》、邓友梅的《我们的军长》《追赶队伍的女兵们》、刘绍棠的《蒲柳人家》等，都得了全国中篇小说奖，有的还被改编成剧本，拍成电影在全国公演。那真是一段令人难忘的岁月。

四

1981年夏末，胡乔木写了一首诗给王蒙：“故国八千里，风云三十年。庆君自由日，逢此艳阳天。走笔生奇气，溯流得古源。甘辛飞七彩，歌哭跳繁弦……”乔木此诗概括精准。据我看来，指导王蒙的创作思想大致是：1957年前，革命加青春；1977年后，八千里行程，三十年风云。1981年12月，

《朗读者》节目中王蒙与主持人董卿交谈

我编王蒙的中篇小说《相见时难》。编完我写过这样的审读意见：《相见时难》讴歌爱国主义的乡土之恋、“归根”之情，赞美了忠于祖国和人民的共产党员的坚贞品德，也贬斥了那种没有国格和人格、媚外崇洋的丑态。王蒙在这部中篇小说里融会了小说写作的多种手法。人称和叙述角度的转换、意识的流动起伏、时空的交叉错叠、人物视觉和听觉的通感，真切地描绘了时间跨度长达三分之一世纪、空间横跨东西两个半球的当代生活。行文生动，心理真切，句式特殊，老练自如。这部作品体现出王蒙写作技巧日臻丰富、多样。小说发表之后，影响很大，程德培、曾镇南、何西来等评论家纷纷撰文表示关注和肯定。不久，北京出版社出版了印数可观的单行本。1982 年春天的一个傍晚，我到王蒙家送刊物时，谈到文学作品中的爱情，他说：爱情描写要有正常的伦理。家庭是社会最基本、最稳定的细胞。耀邦同志希望：家家和睦，户户相爱。今年上半年主要抓物质文明和精神文明建设。

那晚离开王蒙家时，我感觉他接触广泛，消息灵通，这有利于思想的成熟和思路的深刻。

五

1983 年，王蒙调入中国作协，四十九岁荣任《人民文学》主编。他的家便从前三门搬入虎坊桥中国作协宿舍楼，住房宽敞多了。1984 年 1 月 26 日去王蒙新家。王蒙向我建议：《十月》要抓一下装帧、设计、版式、封面、封底。封面多请画家们画，稿费可多付一点，内文排得松一点，留空大一点。文章不要把尾巴甩到另页上。下转多少页，一般读者会感到麻烦。《当代》发的小说比你们差，但报告文学比你们好。他们对刊物的封面、装帧、插图、目录，都比较经心。写小说要重视细节，办刊物也要关心细节。细节决定成败、好坏。你们要学习人家的长处，改进自己的工作。王蒙拿出 1984 年第一期《人民文学》和 1984 年第一期《十月》一比，我才吃惊地发现，就封面来说，我们的刊物比《人民文学》

差多了。

1984 年 7 月 1 日晚，我去王蒙家，拿他给我第一本散文集《废墟上的春天》写的序。他在序中说：“对于我们大多数作者，他是一位和善而又顽强的编辑。他用他的学问、热心和蔫蔫的坚持性征服了作者，使你一见到他就觉得还欠着《十月》的文债。他不吵闹，不神吹冒泡，也不是万事通、见面熟式的活动家，但他自有他的无坚不摧的活动能力……但更使我动情的，是张守仁直抒胸臆的那篇《离别的时刻》。从那里，从一件‘小事’上，我们不能不想到我们许多可爱的知识分子的命运，他们的艰辛、正直、安贫乐道、善良，有时又是那么软弱可欺；而正是在这软弱的小草、芦苇似的外表下面，他们有松的高洁、孔雀的绚丽。我是含着眼泪读他那篇《离别的时刻》的。”看了他序中对我编辑工作、写作的鼓励，我感到惭愧。因为实际上我并无学问，也没什么交际能力。我生性羞涩，怯于活动，唯勤奋、认真而已。

那年 6 月，王蒙率领中国电影代表团访问苏联，带着《青春万岁》的电影参加塔什干电影节活动，访问了塔什干、撒马尔汗、第比利斯、莫斯科等地。转游了一圈，感慨万千。他从苏联回来不久，对我说，在苏联的所见所闻使他十分伤感，是童年、少年、青年时期美好梦想的破灭。那个他在青少年时代热爱过、向往过、无数次地歌唱过的伟大的苏联，一旦踏上它的土地，生活了二十二天之后，他感到迷惑和痛苦。那里，陌生人之间早晨相遇互不问好，服务员脸色冷漠，莫斯科的姑娘向往美元，想嫁给西方人。官员们板着严肃的面孔。正像西方人说的，那儿 No smile（没有微笑），No food（没有食品）。令人稍感欣慰的是，在那里，诗人比部长更受欢迎……

我听了他的访苏观感，便建议他写一篇访苏随笔，并希望他捎带谈谈之前访美的印象，再把中国的种种现实放进去，相互比较，把苏、美、中的印象写到一篇里去，读者一定会感兴趣。他答应给我写一篇长文。

六

王蒙终于给《十月》写了一篇《访苏心潮》。1984 年 9 月 24 日下午，我把《访苏心潮》的校样送到王蒙住家虎坊桥作家公寓里。当时《诗刊》编辑部也在那儿。那篇稿子很长，两万多字。王蒙看校样时，我给他的邻居邵燕祥打了一个电话。燕祥我已两三年没有见到了，想趁机去聊聊天。我到燕祥家，聊到了徐惟诚，聊到了胡乔木儿子办的《丑小鸭》杂志，聊到了张贤亮发表在《十月》上的《绿化树》。聊了近两个小时，我回王蒙家，王蒙仍在埋头看校样。我想上厕所，厕所门关着，从里面有一束灯光泻到门厅地面上。我想里面肯定有人，便折返回屋。等了好久，不见有人从厕所里出来。我问王蒙夫人崔瑞芳，什么人在厕所里。瑞芳挨房间转了一圈，见上中学的女儿王伊欢在自己屋里温习功课。家里只有王蒙、我、瑞芳、小伊欢四人。说明家中无人上厕所。那为什么厕所门关着，里面还亮着灯呢？又等了好久，瑞芳便紧张了，认定有外人进了门厅，听到了房间里的人声，便慌忙躲进厕所里。这时我和王蒙也警惕起来，会不会小偷进了家？于是我和王蒙商量了一下，叫瑞芳、小伊欢躲藏起来，挪开门厅里的桌椅，腾出空间，我俩各自抄起了随身拿到的木棍、拖把，分站两边，准备和小偷搏斗。我和王蒙使劲拽开厕所门，让我们吃惊的是里面没有人，也没有开灯。咦，人呢？灯光呢？还是王蒙脑子灵，他望望窗户西开的厕所，醒悟地说："刚才我们看见的不是灯光，是晚霞的夕照。照进来的霞光透过厕所门的下沿泻到了门厅里，我们误会了。"哦，原来是一场虚惊。于是搬回桌椅，我上了厕所，回到书房，等待王蒙把校样看完，我好带回编辑部发往印刷厂。

幸运的是，那篇《访苏心潮》荣获中国作协第三届（1983—1984）优秀报告文学奖。

七

1985 年 3 月 28 日，我去王蒙家送奖金、奖章、证书。他劝我们：不要因为某位作家把稿子给了其他编辑部就对他议论纷纷，弄得满城风雨。不要那么狭隘、急功近利，要宽厚些。对刘绍棠也应这样。他有缺点，向往权力。而且据我看来，向往权力者，必然使他创作走上绝路；或者逆定理，创作走上了绝路，必然向往权力。但他家已装了电话，不时跟他打打电话，向他约个小中篇。对人，总应该周到些、厚道些。以后要养成一种风气，作家们聚在一起，要少谈政策，多谈艺术。《红楼梦》之所以是《红楼梦》，常议不衰，就在于看了还觉得糊涂，不知道谁好谁坏，像大海，深着呢。我正在写一部长篇（即后来发表的《活动变人形》），给人以陀思妥耶夫斯基的感觉。矛盾、冲突、纠葛完全扭结在一起，掰不开，读了使人压抑，使人发疯，头皮发麻。我写的旧社会，不是邓友梅的旧社会，也不是沈从文的旧社会。我一泻千里写下去，使人欲罢不能，不可遏制。

几天之后，我和王蒙又在南京见面。中国作家协会在南京举办中篇小说、短篇小说、报告文学颁奖会。在陆文夫主持下，王蒙以中国作家协会常务副主席的身份在授奖会上致开幕词。他说："当代读者欢迎的仍是拥抱着时代、和生活贴得近、能够说出读者心里话的作品，例如《绿化树》《北方的河》《在这片国土上》……中华民族是富有想象力和创造力的民族。艺术需要想象力。最近有的文艺评论家提出要开拓思维空间。我想，文学创作也要开拓艺术空间。这次评奖，部队作家的作品，不论是数量和质量，都处在突出的、引人注目的地位，几个第一名，都是部队作家的作品，值得地方上的同志学习。这次评奖，中篇、报告文学比较丰盛，短篇缺少激动人心、耐人寻味、出类拔萃之作。有的作品有冗长感，短篇宜短，是否可以浓缩一下……”

我听了王蒙的开幕词，觉得他对文坛有居高临下之感。那次金陵之行，还受到江苏作家张弦的热情款待。他和他那位温婉、亲切、窈窕、静洁的夫人张玲邀请王蒙、谌容（《人到中年》作者）和我，到新街口新开张的一家西餐厅用餐。我们围坐一桌，融融乐乐，相谈甚欢。

八

从 1986 年初开始，社会上盛传王蒙要当文化部长。他感到紧张，当了部长，公务繁忙，还怎么写作呢？最后，经中央领导做工作，王蒙答应干三年，三年之后请中央物色更合适的人选。

1986 年 6 月 25 日，王蒙就任中华人民共和国文化部部长以后，十分忙碌。几天之后，就陪同中共中央总书记胡耀邦在中南海会见并宴请世界著名男高音歌唱家帕瓦罗蒂。除部务会议、批阅文件，还经常率团出访。1987 年 10 月 9 日晚，我去王蒙家聊天。那晚他送我三本书：《王蒙谈创作》《创作是一种燃烧》《王蒙中篇小说集》。他真算得上工作、创作两不误。不知怎么谈起的，我夸他阅读速度快，脑子好使，记忆力强。我说：“一个作家，没有好的记忆力，好的想象力，很难设想。汪曾祺曾对我说，写作就是写记忆。”这引起了他的谈兴。他说：“我曾当过一段时间老师。暑期里老师们聚在一起评卷子。我早已看完，许多老师还未看完，我只得低头闭眼耐心等待。到了文化部，有的副部长说文件太多，上班时间看不完，每天晚上要带回家中批阅。我却很快能把一大沓文件看完，且能抓住要点，写上批语，指出不当之处。时间就是生命。速读节省了时间，也就等于延长了生命。”

王蒙

我想起他前几年写的关于许多青年作家优秀作品的札记、随想、杂感，要不是有极强记忆力的脑子，能这样“横扫千篇如卷席”吗？当晚回家读《王蒙谈创作》，感觉他思想活跃，随时接受来自生活的信息，不断观察、感受、发现、触发、联想、想象，故有写不完的素材，作品跳动着时代的脉搏，与时代共前进。信息就是财富。这在他身上得到了生动的体现。

九

王蒙当了文化部长，从虎坊桥迁居到东四南小街46号小院。那个地方原来是夏衍的住处。房子又宽敞了些，但因它处在南小街和东四三条胡同的交叉口中，市声很闹。院墙外的烤羊肉串摊上，常有吆喝声和烧炭的乌烟飘进来。卖菜声和倒垃圾声也不绝于耳。但不管怎样，居住条件毕竟有了改善。我常去那个长着枣树的小院，脱鞋走进王蒙向南的书斋，或约稿，或送年历、请柬，或喝茶聊天。时有崔瑞芳陪坐一会儿，气氛温馨。

1994年10月17日，我受江西朋友李滇敏等人的委托，带着他们到南小街46号邀请王蒙夫妇去访问南昌。我们还在那书斋里合影留念。王蒙和崔瑞芳欣然应邀。同行的还有唐达成、陈丹晨等文友。我们抵达南昌后，参观了滕王阁、青云谱、江中制药厂，并去共青城拜谒了胡耀邦陵园。后赴庐山。我们住在 178 号楼。上庐山后次日，我们游览了“美庐”、含鄱口，后去庐山植物园。植物园里松柏青翠，红枫灿烂。参观温室里千奇百怪的植物时，王蒙说了一句极有智慧、极富阅历的话：“人应多和植物打交道。”站在历史风云激变的庐山上，只有王蒙这样机敏的人，才能脱口说出如此深刻、如此睿智的话语来。

当晚庐山管理局负责人宴请我们。席间有人问王蒙：“你出访了哪些国家？有什么感想？”王蒙历数访过的国家，北美有美国、加拿大，中美有墨西哥，欧洲有德国、法国、摩纳哥、英国、意大利、苏联、罗马尼亚、匈牙利、波兰、保加利亚，亚洲有朝鲜、泰国、日本、马来西亚、新加坡、约旦，非洲有埃及、阿尔及利亚、摩洛哥，澳洲有澳大利亚……（笔者撰写此文时，统计了他下庐山后的二十多年，又先后访问了土耳其、希腊、新西兰、韩国、荷兰、比利时、奥地利、挪威、瑞典、印度、西班牙、爱尔兰、瑞士、毛里求斯、南非、喀麦隆、突尼斯、梵蒂冈、菲律宾、尼泊尔、不丹、俄罗斯、哈萨克斯坦、印度尼西亚、越南、立陶宛、爱沙尼亚、乌克兰、伊朗、捷克、斯洛伐克等国。）王蒙说：“地球很大，也很小。大国有大国的博大，小国有小国的小巧。彼此迥异，宜取长补短。我出访了那么多的国家，发现我们感觉重要的东西，许多国家觉得不重要；我们觉得不重要的东西，许多国家觉得很重要。赤橙黄绿青蓝紫，世界各国的色彩、习俗是如此的不同，因此我们要互相尊重，彼此宽容……”

王蒙在庐山顶上一席话，使我们大开眼界。

十

处在众目睽睽之下，潮头浪尖之上，名人极其难当。大树最早接触阳光，也最易招来风雨。近三十多年来，我听到不同的人关于王蒙的种种议论：有人对他作品中瀑布倾泻式的、缺乏节制的语言不以为然；有人对他论辩文章中情绪化的、粗俗的表达心怀反感；有人指责他的议论过于圆熟、圆滑，左说右说，面面俱到；更有人认定他长篇小说《青狐》中的主要人物，是影射自己，对号入座，于是与之隔绝、疏远。更令人啼笑皆非的是，1991 年他不经意间写出的《坚硬的稀粥》，竟掀起了一场风波，受到某些人士断章取义的猛烈批判。但王蒙任凭风浪起，稳坐钓鱼船。有了新疆十六年底层生活的锻炼，他已学会了与人为善，泰然处之，做到有则改之，无则加勉。

1979 年举家回京之后，他一直怀念新疆，一直怀念伊犁河畔、锦绣绿洲、参差屋舍、纯朴维吾尔人民对他温暖如春的相待。三十多年间他重访新疆十多次，重回伊犁八次。他那篇描写重归劳动地点巴彦岱的《故乡行》，充满令人泪下的感恩之情。他说：“我又来到了这块土地上。这块我生活过、用汗水浇灌过六七年的土地上。这块在我孤独的时候给我以温暖、迷茫的时候给我以依靠、苦恼的时候给我以希望、急躁的时候给我以安慰并且给我以新的经验、新的乐趣、新的知识、新的更加朴素、更加健康的态度与观念的土地上……好好地回忆一下那青春的年华、沉重的考验、农民的情谊、父老的教诲、辛勤的汗水和养育着我的天山脚下伊犁河谷的土地吧！有生之日，一息尚存，我不能辜负你们，我不能背叛你们……”

十一

1952年春，王蒙所在的北京东城区委位于东四十一条39号，是个三进的大院子。当时全国正在开展“三反”“五反”运动。一些学生党员被调入区委搞运动，其中就有在女二中当学生会主席的崔瑞芳。王蒙在与之频繁交往中爱上了她，和她一起参加夏令营，到东单大华电影院看电影，深夜步行送她回西单的家。恋爱了四年多，他们终于在1957年1月28日结为伉俪。王蒙被错划为“右派”后到北京郊区劳动。瑞芳不惧家人反对，不怕被人歧视，穿着整齐，带着点心，长途跋涉到门头沟去看望劳动中的丈夫。王蒙激动得泪流满面。

王蒙远去新疆，远去伊犁，远去巴彦岱大队劳动，崔瑞芳毅然取出户口始终跟随在他身边。瑞芳一直分担着王蒙的愁苦和艰辛，温暖着他那颗受难的心。

王蒙回北京复出后，我多次到他前三门、虎坊桥、南小街的家，都受到瑞芳热情接待。我和王蒙或谈稿，或闲聊，有时瑞芳陪坐，静静地给我们削苹果、去梨皮，然后将水果分递到我们手中。她少言寡语，只偶尔有一两句温和的插话。如果议论作协某些人事时，她总是默然离开。王蒙偶尔情绪激动起来，瑞芳总能委婉地使他归于平静。于是我想，如果王蒙身上有火，就会有瑞芳的水来中和、浇灭它。我在多年

工作、生活中，很少遇到瑞芳那样高贵、那么贤惠的女性。我认为论心理素质，瑞芳比王蒙更坚韧、更稳定、更平和。王蒙曾把瑞芳西去新疆受苦的行动，比喻为俄罗斯十二月党人妻子从莫斯科东赴西伯利亚与丈夫会合的壮举。在我看来，这绝不是过誉。

2010 年，一生默默操劳的崔瑞芳，体检时查出得了结肠癌。其时王蒙正在访美途中，提前回国，陪贤妻化疗、住院、看中医。2012 年 3 月 23 日，瑞芳辞世，王蒙肝肠寸断，天塌地陷。我亦潸然泪下，痛惜良人仙逝。

唉，生老病死，这就是严酷的人生！

十二

自从王蒙 1989 年 9 月 4 日获准辞去文化部部长职务以后，他就有了充裕的时间写作、出访、研究学问了。2000 年，他的长篇小说“季节系列”（《恋爱的季节》《失败的季节》《踌躇的季节》《狂欢的季节》）全部写成、出版。2006 年至 2008 年，他出版了自传三部曲《半生多事》《大块文章》《九命七羊》。2013 年，《这边风景》出版，并荣获茅盾文学奖。在此期间，他评议“红楼”（受到著名红学家冯其庸的赞赏），评点义山（因卓有成就，1992 年 11 月被选为李商隐研究会名誉会长），研究老子，解释庄子。政协常委，纵论创新；

港台演说，载誉而归；频繁出访，为去领奖；名校讲课，掌声无穷；文思泉涌，勇攀高峰……

王蒙原籍河北省黄皮县龙堂村。1934 年 10 月 15 日他生于北平沙滩红楼附近。他父亲王锦第当时正在北京大学哲学系读书。父亲同室好友何其芳，正迷醉于小仲马的《茶花女》。《茶花女》男主人公“阿芒”也被译作“阿蒙”，何其芳便给好友儿子取名为“王阿蒙”。王锦第去“阿”留“蒙”，乃有“王蒙”的现名，一直沿用至今。

写出经典著作《画梦录》的何其芳，绝难想到，他为之取名的那个王蒙，后来竟成为当代文学史上一个旗帜性的人物，何其芬芳，何其辉煌！

看着铁凝一路走来

一

我认识铁凝已有近四十年了。1978 年春天，我和章仲锷为正在创办中的《十月》南下组稿。第一站是保定。保定在抗日战争、解放战争、中华人民共和国成立初期一直到“文革”前后，涌现出孙犁、梁斌、李英儒、徐光耀、陈冲、申跃中、韩映山等著名作家。曾被文学界命名为“荷花淀派”的写作者，多人生活在保定或和保定发生过密切关系。那里文学氛围浓厚，我们慕名前往。保定那几天正在召开散文座谈会。记得那次会议由河北作协负责人张庆田主持。会上，我第一次见到了铁凝。

铁凝

铁凝1975年毕业于保定十一中。因为酷爱文学，放弃留城、参军的机会，自愿赴博野县张岳大队插队务农。她在那里摘棉花、种麦子、割谷子，什么农活都干。当地农民称赞她能干、肯吃苦。她在农村那一年，我所在的北京出版社文艺组把她写的《会飞的镰刀》收入儿童文学集出版。那篇小说原是铁凝十六岁上中学时写的作文。她父亲铁扬请他的作家朋友徐光耀帮助鉴定一下。徐光耀看完说："此作写得生动形象，充满童趣；七千字的小说，竟出自一名少女之手，真是不同凡响。”这就是铁凝的处女作。散文座谈会主办者邀请二十一岁的她作为文学青年从博野县乡下赶来赴会。

那天，正巧她坐在我对面，像个健美的农村姑娘：短发，微黑的脸，宽阔的嘴，眉浓而略弯，眼亮而稍长，不高不矮，不胖不瘦，身材匀称。她一身解放军女战士打扮，深藏蓝色裙子，军绿色上衣。脚上穿着短袜，套着一双矮帮的解放军女鞋。（多年后我在电话里回忆第一次见她的装束时，她坦率地告诉我，那套 2 号军装是她央求在装甲部队服役的姑姑为她领的。）那几天她没有发言，一直专注地听着。凭她处女作的水平，凭她会上虚心学习的态度，我预测这是一位有创作潜力的文学苗子，将来必能成材。我便鼓励她深入生活，注意观察，努力写作，并表示愿和她加强联系。1983 年第 2 期《十月》发表了铁凝的中篇小说《没有纽扣的红衬衫》。

《没有纽扣的红衬衫》发表后，立即被《新华文摘》《小说选刊》《小说月报》等众多报刊转载，并荣获第三届全国优秀中篇小说奖。在北京新侨饭店召开的文艺界聚会上，这部中篇还受到文学前辈夏衍的赞赏。由此作改编成的电影《红衣少女》，获中国电影“金鸡奖”“百花奖”及文化部优秀故事片奖。之后，铁凝写过一篇《吉祥〈十月〉》，感谢我们刊物对她的扶植和支持。她说：“写此作时我尚是一名业余作者，在一家地区级的杂志社《花山》当小说编辑。但《十月》的编辑老师并没有漠视一个年轻的业余作者，他们将《没有纽扣的红衬衫》以头条位置发表……读者有理由认为是吉祥的《十月》为我的写作带来了好运，为此我内心充满感激。”

二

1985年春天，中国作家协会在南京举办颁奖大会。那年，铁凝双喜临门，因短篇小说《六月的话题》、中篇小说《没有纽扣的红衬衫》均获奖而赴金陵领奖。

3月31日上午，我和铁凝约定在北京火车站大厅的自动电梯旁会合，同去南京。同去的还有河北获奖作家陈冲和《十月》杂志女编辑侯琪。等到10点，我远远看见亭亭玉立的铁凝，留着一头浓密长发，外穿一件紫红色风衣，提着一只小皮箱，兴冲冲笑着走过来。七年前的“女战士”，已变成风度翩翩、衣着时髦的青年作家了。会齐了，我们匆匆上了火车。安顿下来之后，铁凝请我们吃话梅、巧克力糖。火车过了长辛店，离开了北京地界，铁凝望着河北平原上的西山，突然对我们说：“嗨，什么时候，我带你们到涞水县山中看元宵节灯会。那是土灯会，不是洋灯会，可好看啦。有一次我一直看到半夜，还恋恋不舍。”我眺望着西边黛色的群山，问她：“那里是不是《哦，香雪》的故事情节发生的地方？”铁凝说：“是的。1980年我到涞水县大山拥抱的穷村苟各庄深入生活，一下火车，看到了那里土地的贫瘠、村子的破败。生活了一段时间，后来我写了《哦，香雪》，写村里从未出过大山的女孩子，每天晚上像等待情人一样等待村口只停一分钟的火车。”

翌日晨，火车抵达南京车站，我们住在江苏省委招待所。

那时南京多家电影院里正在上演根据《没有纽扣的红衬衫》拍摄成的电影《红衣少女》。《扬子晚报》《新华日报》等报刊的文娱记者们蜂拥而来，都想采访铁凝。看过电影的中学生们也渴望前来一睹青年女作家的风采。铁凝成了被追逐、被包围的对象。她想方设法找地方躲起来，回避他们。她对我说：“当我处在包围之中，说着应酬话，我会感到空虚和惶恐；而当我独自闲处，或和朋友们无拘无束地聊天，我就感到充实。”

铁凝为了躲避记者们的追逐、围堵，便约我到四楼无人的房间谈她正在构思的《玫瑰门》。她小时候因父母去了五七干校而被送到北京西城区外婆家生活了几年，熟悉了四合院和胡同里人们的日常习俗。她跟我细说了她外婆的为人、她几个亲戚的性格、那时居委会干部的工作方式、邻居高级知识分子的生存状态以及“文革”中北京胡同里特有的那种政治氛围，一共谈了两个多小时。我听了她的详谈，对她说：“你当时年纪小，是个小女孩，所以人们对你不设防，能在你面前敞开心扉，袒露自己心灵里的秘密。这是你熟悉的人物、你熟悉的生活。作家只有写她最熟悉的东西，才能出彩，才能成功。不过你谈的，只是地面上的树干和枝叶；在地下，还有树根和蝼蚁，还有繁密复杂的根系。你必须做反方向挖掘，作品才能有深度和厚度。”她听着，让我停下来，拿出硬面黑色笔记本，把我刚才的话一一认真记下来。她说：“您的话对我有启发，我要好好考虑。我往往有了点感想，就紧紧抓住它，一点点延伸、丰富，设想情节会有这样、那样的发展，最后就出现了大致的走向和作品的结局。”

当晚，我和铁凝在招待所举办的盛大联欢舞会上，跳了几支奔放、欢快的华尔兹。那时铁凝是个二十八岁的年轻姑娘，朝气蓬勃，精力充沛，肢体富有弹性，步伐轻盈，舞姿优美。我带着她，她跟着我，配合默契，前进后退，左旋右转，随着节奏，连绵起伏，跳得铁凝的长发向外飘扬起来，她身穿的裙子像喇叭花似的绽放。我们欢笑着，旋转着，跳得满场飞舞，不知疲倦地转了一圈又一圈，一圈又一圈，酣畅淋漓地享受着抑扬顿挫的舞曲之美。

舞会之后，回房间的路上，也爱跳交谊舞的河南作家张一弓对我说：“我在舞会上观察了很久，发现你和铁凝跳得最好、最尽兴，堪称黄金搭档。你年轻时给首长当译员，周末要陪外国专家和他们的夫人跳舞，练出了基本功，可铁凝为什么也跳得如此轻松自如？”我对一弓说：“你知道吗，铁凝从小迷恋跳舞。她小时候常到舞蹈老师那里练跳舞，练踢腿，练立脚尖。她初二时考上了艺术学校舞蹈班，只是她父亲铁扬认为铁凝年纪轻轻，首先还得充实知识，于是让她继续上学。铁凝跳舞是有童子功的。”

不久，铁凝应邀访美，回来曾给我一信，说——

张守仁老师：

您好！您的来信早已收到。没有及时回信，请谅。我从美国回来后，杂事一大堆。原想整理出一部分访美琐记，再把欠一些刊物的“小账”还一下，即开始那中篇的写作。但北影近日又催我对《哦，香雪》做最后修改（冬天可能开拍），同时还得尽快改出另一个本子（是我另一个中篇《村路带我回家》，他们也要拍）。您知道我对剧本真无兴趣，可跟导演早商定好的．只有改。但我的中篇是列入下半年创作计划的，这点请您放心！

《人民文学》七月号发了孟晓云一篇散文，您读了吗？其中谈到我们在金陵饭店那次聚会，读后又想起在南京的日子，多愉快呵……

问侯琪老师好！有事来信。

祝您

愉快

铁凝

85.8.2

三

之后，我和铁凝经常联系。有次她来北京，住在公主坟装甲兵大院她姑母家里。她打电话来，说给我带来一兜赵州雪花梨，叫我去拿。我知道铁凝原籍赵县，赵县不仅有一千四百年前隋朝著名工匠建的赵州桥闻名于世，而且还被誉为“雪花梨之乡”。它产的赵州雪花梨，以“大如拳、甜如蜜、脆如菱”之美誉而获国际林业博览会金奖。我很兴奋，立即前去。那时 TAXI 还未普及，我只能乘公交车到鼓楼站转地铁到公主坟，才能去装甲兵大院。拿到每个雪花梨都包着白纸的、沉甸甸的一大兜，内心感谢铁凝的盛情。

我是个时间的乞丐，任何一点零碎时间都要捡拾利用起来。一坐上地铁，把梨兜搁在身边，就埋头阅读起来。我被小说情节紧紧吸引住，当地铁行至鼓楼站许多旅客快下完之时，我突然发现早已到站，立即起身慌慌张张冲到门口跳下车去。直到登上公交车时，才醒悟到铁凝路远迢迢送我的珍贵礼物竟遗忘在了地铁车厢里。我捶胸顿足，后悔不迭，谴责自己粗心大意。但此事我一直不敢告诉铁凝，以免她扫兴。

自 1987 年起，铁凝当选为党的第十三、十四、十五、十六次全国代表大会代表。她第一次当党代表时，河北团住在北京车公庄附近的大都饭店，我和《十月》编辑田增翔骑着自行车，冒着漫天风沙到她住所看望她。

1992 年，我编发了铁凝的短篇小说《砸骨头》。该小

铁凝（摄于 1996 年）

说荣获第四届“十月文学奖”、《小说月报》“百花奖”。同年 12 月，我和《十月》主编谢大钧，向车队要了一辆桑塔纳，直奔石家庄取长篇稿。当时，铁凝已从保定迁居至石家庄体育中街。京石高速公路尚未最后竣工，有些路段只能单向行车，故走了三个多小时才到铁凝家里。铁凝的父亲铁扬是位画家，既画油画，又画水粉、水彩。他的画室用白木装饰一新，颇有北欧风格。会客室里到处是画稿，还有佛头雕塑、典雅古瓷等艺术品。我津津有味地欣赏铁扬的一幅幅水粉画。我发现这位毕业于中央戏剧学院舞美系的高才生，风景画色彩绚丽，画风雄浑，意境深远。

那次远去石家庄，是为了拿铁凝的长篇小说《无雨之城》打算在《十月》上发表。只是因为“布老虎”丛书出书太快，我们只得割爱，空手而归。

四

1996年铁凝当上河北省作家协会主席之后，一直关心着该省青年作家们的成长。有位女作家身体欠佳，铁凝把她从寒冷的张家口调到离京较近的廊坊市作协；她帮助痛失配偶的作家调离原地，摆脱悲哀，进入省会石家庄；青年作家阿宁写作达到了一定水平，铁凝就写信给时任中国作协副主席兼中华文学基金会秘书长张锲，希望给予关照和扶持。当河北作协与文联分开时，除了债务，一无所有。铁凝和党组书记李刚带领一帮人，跑钱跑设计跑馆址，辛辛苦苦建起了全国首家省级文学馆，成为陈列河北文学和燕赵文化的重要窗口。

有一年我去石家庄参加阿宁作品讨论会。铁凝见到我很高兴，把我送到宾馆房间里，兴致勃勃说晚上要和我好好聊聊。晚餐时她告诉我临时要找省里领导商量作协重要事项而作罢。

那天晚上，河北作家朋友挤在我房间里闲聊，告诉我铁凝当了作协主席之后，动手解决了许多棘手问题，搞得她心力交瘁。遇到麻烦时她哭过，说过不干了的话，但事后还是咬牙坚持干下去。说她工作、写作两不误，廉洁自守，责任感强，帮助作家解决了许多具体困难。说一个单身女性能如此要强，特别不容易。

我对河北作家朋友说："我知道有这么两三位省市级作协主席和铁凝截然相反，他们只占位，不干事；只享受职务给予的级别待遇，从不去做团结作家、扶植新人的事；他们当甩手掌柜，只埋头于自己创作，只是钻营着到国内外旅游；甚至钩心斗角，争名逐利，忌妒有才华的人，像这样自私的人，真正是尸位素餐。"最后我感慨道："你们有这样一位年轻、有担当的作协主席，多么幸运。"

五

从 1997 年起，我担任了第一至第四届鲁迅文学奖评委。1997 年秋第一届鲁迅文学奖评审期间，我从众多参赛散文集中看到了铁凝寄送给评奖办公室的《女人的白夜》。审读之后，我发现铁凝不仅小说写得好，散文也佳，颇具特色。她的散文语言婉约清新，艺术感觉独特，且颇有绘画的形象、色彩感。她说散文是“心灵的牧场”，我认为散文是“内心的独白”，两者不谋而合。我细读全集，对《罗丹之约》《草戒指》《闲话做人》等篇章最感兴趣。

《罗丹之约》一文，是写她从石家庄乘火车到北京中国美术馆欣赏罗丹《思想者》之后的感悟。她看到馆前院中展出的青铜雕塑《思想者》，右手握拳抵往下腭，咬肌紧张地陷入沉思。关键是她转到展品后面，在旁人不注意的、宽厚雄健的脊背上，看到了凸出饱满的肌肉群如波浪般有节律地涌动起伏，展示了思想者的心潮正波翻涛滚般向前飞溅。这

是雕塑家罗丹的独创，更是观赏者铁凝的发现。思想者思想着是一种美丽，而欣赏者在欣赏中有所发现更是一种敏慧和愉悦。

铁凝有多年插队劳动的农村生活，所以她描绘农村姑娘爱美的心理和编织草戒指的细节非常生动。她在散文名篇《草戒指》中说：夏日的冀中平原上，大道边、垄沟旁，到处摇曳着细长、坚挺的狗尾巴草。姑娘们就揪下狗尾巴草，编织成兔子或小狗，更多的是掐掉草穗，用草茎编戒指。那扁平、发黄的草戒指戴在手上，便是贫困少女唯一的饰物。那一双双闲不住的手，便因这草戒指变得秀气而有灵性，释放出年轻姑娘的温馨和向往幸福生活的天性。

中国人口最多，是个盛产闲言碎语、盛产忌妒和嚼舌的国家。名人不好当，做名女人难，作为单身的名女人，难上加难。她们常常蒙受可畏流言的袭击，遭受不当议论的纠缠。直至五十岁才与华生结为伉俪的晚婚者铁凝，当然也不例外。我没有机会、也不便跟她推心置腹地交流她这方面的烦恼。但我在她的《闲话做人》里，多少隐约猜测到了她这方面的苦闷。铁凝在这则随笔中透露心曲说：最累的莫过于做人。想想我们从小到大，谁不是在听着各式各样的舌头对我们各式各样的说法、议论中生活过来的。她说，学会做人永远是她一个美丽的愿望。“这里所讲的做人，并非指曲意逢迎他人以求安宁稳妥，遇事推诿不负责任以求从容潇洒；既不是唯唯诺诺，也不是有意与他人别扭。正如同攻击有时不是勇敢，沉默也并不意味着懦弱。真正的做人其实是灵魂和筋肉直面世界的一种冶炼，是它们经历了无数喜怒哀乐、疲累痛苦之后收获的一种无畏无惧、自信自尊、踏实明净的人生态度。那时你不会因自己的些许进步兴奋得难以自制，也不会因他人的某项成功痛苦得彻夜难眠。真正的做人，当然还包括着在正直前提下人际关系的良好与融洽……”这段内心独白，昭示了铁凝思想的沉稳和做人的成熟。我赞赏这样的女性。

我写作、翻译、编研散文已数十载，认为好散文除思想性、艺术性外，更要有我，有个性，有独特性，而《女人的白夜》里的多数篇章，是符合我一贯坚持的九字散文观“要有我，写独特，独特写”的主题的，于是写了详细的审读意见，提供给包括袁鹰、冯骥才、舒乙等名家在内的十多位评委研讨。结果一致通过，铁凝《女人的白夜》荣获第一届鲁迅文学奖散文杂文奖。

六

铁凝爱欣赏名画。广西美术出版社出版过她写的有关国内外近百幅名画的艺术随笔集《遥远的完美》。该集对包括顾闳中《韩熙载夜宴图》、米勒的《拾穗》和《晚钟》、列宾的《托尔斯泰肖像》、凡·高的《向日葵》、列维坦的《符拉基米尔之路》等在内的杰作一一写出研读它们时的感受。

那本随笔集记下了铁凝对形象、意象以及色彩的感悟，她对画家画史画理的了解，文字灵动机智，文风从容细腻。由此可见铁凝对绘画艺术的热爱和家学渊源之深厚。

有一次夜间我和铁凝隔空通话中不约而同谈起了我俩先后在美国芝加哥艺术中心看到的印象派之父莫奈的几幅名画。我跟她说到了我在那儿看到的莫奈价值连城的名画《睡莲》。走进艺术中心印象派画家的展厅，北墙上正方形金边画框内，挂着莫奈1909年画的那幅名作：画面下部，这儿、那儿，随意地、轻盈地漂浮着稀稀落落的碧叶，衬托着三朵淡紫色花瓣包裹白蕊的莲葩。靠左边画框的地方，围成半圆的莲叶们，簇拥着几朵淡淡的小花。画面稍远的右上方至中间偏上部分，斜斜地、匀称地聚成的三堆密叶，仿佛是三张舒适的眠床，给绵延不绝地点缀着的小天使们找到了最惬意的安憩之所。画中央水面上，则倒映着淡蓝淡蓝的大空。我对铁凝说："莫奈实质上是位抒情诗人，他的《睡莲》显示了大自然里生命的高雅、柔美与欢愉。我站在画前，驻足观赏，久看不厌。"

铁凝则跟我兴奋地谈到了同一展厅里她看到的莫奈的《麦秸垛》。她说："我站在莫奈几幅《麦秸垛》原作面前，才彻底弄懂了他发现的颜色会随光线和客观环境变化而变化的规律。那时我觉得并不是在读画，而是通过这些麦秸垛，呼吸到了野外的空气和阳光。这种神秘的感觉，是看其他画家的画时从没有体验到的。原来颜色如同交响音乐里的音符一样奇妙。看着看着，麦秸垛已不是麦秸垛，它们在晨雾中、晚霞里不断变幻，最终调动起我亲近大地、亲近自然的情怀。”

分别身处北京、石家庄的我们，夜晚谈起了同一位画家陈列在芝加哥艺术中心的名画，趣味盎然，充满知音般的默契，是难于忘怀的精神会餐。

七

2001 年 12 月 18 日上午 9 时，中央首长和作协第六次全国代表大会全体代表在人民大会堂宴会厅合影留念。拍照前，我在大厅里遇见铁凝。她微笑着走过来：“张老师，好久不见了，您好！”我一见她，脱口而出：“铁凝，你怎么变瘦啦？”“是吗？我可怕人说我瘦，以为我在努力减肥呢。其实我能吃，吃得可多啦。”我见她穿着西服裙子，脚蹬长筒靴，清清爽爽，精精神神，风姿绰约，干练宜人，便问她：“近来忙什么？”“正在写一部小说。”这时头顶天花板上的大灯全亮了，中央领导们快入场了，便和她匆匆分手，目送着她的背影在耀眼的光辉之中移向河北作家团的队伍。

那天铁凝所说的“正在写一部小说”，就是她潜心写了多年、人民文学出版社于 2006 年出版的长篇巨著《笨花》。

2006 年年末我在三联书店看到这本大作，立即买下，细读后才知《笨花》以兆州（赵州）笨花村向氏家族向喜、

向文成父子两代人经历作为主线，将清末至 20 世纪 40 年代中期抗战胜利前夕那段乱世岁月，巧妙地融化于风土人情、民俗农事的描绘之中，场面广阔，人物众多，内容厚重，堪称铁凝迄今为止的扛鼎之作。它是冀中平原笨花村的村史，向氏的家族史，更是华北人民近半个世纪的苦斗史。

最吸引我的是小说中生动的细节：笨花村的黄昏，向家两匹干了一天活的骡子，在院子里躺下来反复打滚，享受解轭后的轻松和舒坦。这是农村向晚常见到的情景，被铁凝捕捉到了。其次是棉花地里男女"钻窝棚"的描写，既有情感的嬉戏，欲望的宣泄，更有对弱势女性的怜惜和呵护。另外向家人在四月庙会上吃饸饹、看拉洋片以及最后庆祝抗战胜利时给老人“喝号”的民间习俗，都令人难忘。以书中人物来说，向氏父子、同艾和取灯，给我留下深刻印象。他们身上体现出了中华民族的传统美德、普通百姓的操守和品格，以及燕赵之士的慷慨悲歌——凡此种种，都震撼着读者的心灵。

更使我惊喜的是，在小说结尾部分第九章第五十九节写到了兆州雪花梨，引我联想起当年铁凝送我的赵州雪花梨竟在归途中因看书而遗忘在地铁车厢里的事。啊，赵州雪花梨，你在长篇中出现，使我对《笨花》这本书感到无比亲切，使我对小说作者从故乡捎给我的一兜心意深致谢忱。

八

2016 年春节前，中国作家协会在首都大酒店举办迎春联谊会。作为主席，铁凝在会上致祝词后转到各桌，向与会者亲切问候。那天我搭乘女作家萌娘的车到会时迟到了，会场中间座位全都占满，便踱到东侧，在一张边桌上巧遇老友李迪。李迪因近年发表了公安题材的《丹东看守所的故事》和《警官王快乐》广受好评，成为当红作家。我跟他兴奋地谈起警官王快乐的幽默风趣、机智办事、乐于助人、排解纠纷。铁凝从远处看到我，便带领作协领导成员来到我们桌边。她向我伸出手来：“张老师，您好！”我连忙站起来跟她握手，向她问好，见她左胸上绣着几朵小花的深色上装，高雅素净，端庄得体，便夸她："铁凝，你今天穿的服装多好看！"她羞涩谦辞："守仁老师，您多年来一直鼓励我。即使我今天衣服穿得不好看，您也会说好看的。"我说："我讲的是大实话。"铁凝随即向她身边我没有见过面的作协党组书记钱小芊介绍："张老师是名编。"钱书记说："我知道。"我忙说："不敢当，只是编辑工作长一点而已。"接着我和钱书记、跟随的作协书记处成员阎晶明、白庚胜、吴义勤以及部门负责人彭学明、冯秋子一一握手、致意……

自从我和铁凝第一次见面、握手，到2016年春节联谊会上重又见面、握手，中间相距三十八载岁月。可是变化多大啊，当时穿军装的年轻姑娘，如今已成为继茅盾、巴金之后担任整整十年的第三任中国作协主席。她来京后我与她平时疏于联系，但内心是关怀、惦记的，毕竟相互之间保持着切磋创作的友谊。

20世纪70年代末，我初次见铁凝时曾预测这位年轻姑娘是出众的文学苗子，因而寄予厚望。果然，经过近四十载大地沃壤的哺育、和风细雨的滋养，如今她出落成中国文坛上好大一棵树。为此，我心大喜。

铁凝，是我最欣赏的中国当代女作家之一。

写于2016年10月

兰心蕙质的冯宗璞

一

1979年12月6日，我因编辑宗璞中篇小说《三生石》，应约到北大燕南园谈稿。

燕南园是北大校园内最幽静、风景最美的住宅区。哲学家冯友兰住57号，前后左右的大学者有语言学家王力、哲学家汤用彤、物理学家周培源、化学家黄子卿、人口学家马寅初、历史学家翦伯赞、美学家朱光潜……可谓大师云集之地。邻里之间，“谈笑有鸿儒，往来无白丁”。

那天我沿着燕南园东面的小径南行，尽头就是冯友兰的住宅。一株高大的枫树，掩映着灰褐色砖门楼，门楼前蹲着

宗璞

两只可爱的小石狮。推开深棕色栅栏门，跨过中间微有凹陷的门槛，就进入院子。院内最显眼的是三棵松树：一棵高大，直指天空；一棵树身弯过去，覆盖着房顶；另一棵平伸做伞状，可当凉亭。冯大师曾撰文曰“庭中有三松，抚而盘桓，较渊明犹多其二焉”，因名寓所为“三松堂”。给我留下深刻印象的，还有沿墙向上攀缘的藤萝树。几支胳膊粗的深灰色枝干扭结、盘绕着向上向上向上，一直缠住了矮墙外一棵高大、挺拔的槐树，显示出顽强、坚韧的生命力。我心想，这藤萝开花后从高处垂下，将是一幅多么美妙的花帘。

冯家住宅呈L形。向南一转，穿过月亮门，便是一条甬道。宗璞听见脚步声推门向我迎来。我见她衣着朴素，面容端庄，中等稍高的个儿，戴一副近视眼镜，低声细语跟我打招呼。她引我穿过立着许多书架的走廊，进了会客室。会客室里摆着几个沙发，靠墙有一架钢琴。坐下后我说："我知道您喜爱西洋音乐，所以在《红豆》里让女主人公江玫弹贝多芬的《月光曲》，在《弦上的梦》里令梁遐用大提琴拉法国作曲家圣桑的协奏曲。"宗璞笑道："作者喜爱的人物身上，总免不了留下自己的兴趣和身影。音乐是上界的声音，爱音乐者有福。"

隔壁冯友兰先生听见我们交谈，便从他的书斋来到会客室。我眼前一亮，一位八十多岁的老人，鹤发童颜，精神矍铄；银髯飘拂，一副仙风道骨。在我心目中，大学者就应该是这样的形象。我忙赶过去躬身问候："冯老，您好！久仰久仰！"冯老伸臂跟我握手。他的手有力且温暖。我景仰地说："冯老您把哲学说成是教人系统反思的思想，通俗简洁，深受教益，犹如茅以升说桥梁力学原理全在小板凳上。"冯老点头说："大道至简。哲学家是专门从事思想的人。你们谈，我去忙我的事。"说罢便回到他的书斋。

会客室墙壁上挂着一个拓片，是魏王写的"雪究"两字，字迹古朴圆润。我不知出自何典，猜想它可能是魏王号召官员们为政清廉、多替百姓做好事的意思。沿墙立着一排书架，上面整齐插着《册府元龟》《全唐文》《李白全集》《李义山诗集》《拜伦全集》《济慈诗集》，以及各种中外文书籍、词典。我说："您家真是开了一个小图书馆，坐拥书城啊。"宗璞说："书是宝贝，读书去俗。但凡事一分为二，我就因为从小爱看书，把自己的眼睛看坏了。书太多，也麻烦，满室满廊都是书，占地方，把生活空间挤小了。连我的斗室里也摆上了《列子》《抱朴子》《淮南子》。我的文稿只能塞到书缝中，需要时反而找不到了。我想整理一下，卖掉多余部分，可是哪有时间。前年我母亲去世后，我就担任了全职管家，既是秘书又当门房，更兼护士、跑堂……"

我看见窗台上、小书架上堆着许多杂志，其中就有《十月》（1979 年 2 期），上面刊有孙犁的《书的梦》。我便向宗璞介绍了去天津组稿的情况。

宗璞说："孙犁是荷花淀派文学的开创者。他笔下的那些白洋淀水乡的女子，像一朵朵出水的荷花，清丽、秀逸、质朴，令人喜爱。"

那天商量完《三生石》中的有关问题，便匆匆离开。走到门外，我想人们常说的诗礼簪缨之族、书香门第之家、名媛闺秀之范等词语，今天终于在燕南园看到了和它们相符的实体。

告别"三松堂"，回望院中松柏，默念孔子的话："岁寒，然后知松柏之后凋也。”

二

九年后，我去南京拜访《被爱情遗忘的角落》的作者张弦。他当时住在清代诗人袁枚名宅“随园”旁边。张弦的女儿在南京大学中文系读书，正在撰写有关宗璞的论文。他知道我去过宗璞的家、编过她的作品，便要我给他女儿介绍一下宗璞的情况。我说，我记住宗璞的名字，始于 1957 年 7 月她发表在《人民文学》上的短篇小说《红豆》，从此一直关注她的创作。她各种文学体裁都有优秀作品问世，且精通英语，有译诗出版。中国古典诗词她娴熟于心。尤爱《红楼梦》、苏东坡诗词、西洋古典音乐。简谈了一个多小时，张弦和他女儿认为我对宗璞比较熟悉。其实，一直到今年春天，我花了近两个月时间，重新细读了我收集到的宗璞所有作品，包括《野葫芦引》四部长篇中已出版的三部、几十个短篇以及一百多篇散文，才可说我对她的身世、创作有了深入的了解。宗璞长期生活、学习、工作在清华、西南联大、北大、文联、作协、社科院等文化单位，故大都写的是知识分子题材。她的系列长篇写南迁的大学教授们，在衣食住行极其艰苦的条件下，坚持授课育人的感人事迹。散文集抒写燕园美景、湖光山色、四季花信、风庐忆旧、域外随笔、学者风采。《三生石》《弦上的梦》则描述在“文革”岁月，知识分子们被批斗、被凌辱、被关押，以及从困惑到觉醒的过程。还纵笔描绘一代大儒历经磨难犹潜心学术，显示了“春蚕到死丝方尽，蜡炬成灰泪始干”的情怀。宗璞的作品蕴含着东方传统文化和西方人文主义思想，文笔细腻，明丽含蓄，委婉有致，气韵独特，是当代文学园地里一朵芬芳馥郁的花魁。

三

宗璞的《野葫芦引》系列长篇，以国立西南联合大学作背景。西南联大以“刚毅坚卓”为校训，八年中培养出一流的科学家如杨振宁、李政道、朱光亚、邓稼先、黄昆等。在闻一多和沈从文教授熏陶下，出了文学家汪曾祺。西南联大后期有八百多青年学子投笔从戎，为国献身。它的伟绩，可歌可泣，永垂史册。

1988 年，宗璞六十岁时冯友兰赠给她一副寿联——“百岁继风流，一脉文心传三世；四卷写沧桑，八年鸿雪记双城”，赞美女儿描写南下学者在昆明为保护中国文脉不断而艰苦卓绝地守卫在教育领域的动人故事。《野葫芦引》有众多人物和事件，描绘了世情百态、生离死别、亲情爱情、侠义豪情。第一部《南渡记》叙写南渡时跋山涉水、转辗迁移的艰辛历程。第二部《东藏记》中写主人公孟樾教授为避日寇频繁轰

宗璞

炸，只能在野外坟堆上或者月光下、池水边授课。孟家避居东郊龙尾村，只能挤住在农家简陋小楼上，楼下就是猪圈，臭气熏天。家人发现劣质大米中有了肉虫，随手从楼板缝里扔下去喂猪。孟教授小女儿孟嵋身上明显有作者宗璞的影子。她做饭时背诵《吊古战场文》，遇屋子漏雨便想起杜甫《茅屋为秋风所破歌》中“床头屋漏无干处，雨脚如麻未断绝”的诗句。第三部《西征记》中还描述孟嵋到滇西远征军医院当护士，精心护理伤员，并目睹了腾冲战役中抗日健儿英勇牺牲的悲壮场面。

从《东藏记》开始，宗璞疾病缠身，父亲去世，心情悲痛，目疾加重，告别阅读，只能靠口述写作，其艰难拼搏的精神，可以想见。诚如她在后记中所说的那样：“我写得很苦，实在很不潇洒。但即使写得泪流满面，内心总有一种创造的快乐……”

四

我近年选编、出版的《世界美文观止》（下文简称《观止》），辑录了古今中外名文一百六十篇（中、外各八十篇），其中就有宗璞的《紫藤萝瀑布》和冯友兰的《国立西南联合大学纪念碑碑文》。

《紫藤萝瀑布》寓意深厚。它通过北京大学校园里“文革”之中与之后花树的衰与兴，曲折表达了知识分子们遭受迫害又获新生的历程。改革开放后，北大校园里受摧残的紫藤萝重放光彩，“而且开得这样盛，这样密，紫色的瀑布遮住了粗壮的、盘虬卧龙般的枝干……”还说紫藤花“香气似乎也是浅紫色的”。作者在文中不仅运用了比喻、拟人、对比的手法，还动用了通感的修辞手段。编选此文，我不禁回想起 1979 年我拜访“三松堂”时看到的那架斜身倚墙、扭结着盘绕向上、紧紧缠住大槐的藤萝。

冯友兰教授曾任西南联大文学院院长。抗战胜利，北大、清华、南开纷纷北归，遂推荐这位大手笔撰写碑文，刻石纪念。冯大师写的碑铭曰：“痛南渡，辞宫阙。驻衡湘，又离别。更长征，经峣嵲。望中原，遍洒血。抵绝徼，继讲说。诗书器，犹有舌。尽笳吹，情弥切。千秋耻，终已雪。见仇寇，如烟灭……”碑文洋溢着浓厚的爱国热情，颂扬了中华民族抗日取得的伟大胜利，抒写了京津三校同甘共苦的兄弟情谊。全篇气势磅礴，旨正意远，文采丰沛，金声玉振，实为我国 20 世纪难得之雄文。

《观止》编成、出书前，我打电话给宗璞，希望取得作者授权。可是电话一直不通，向她原单位中国社会科学院外国文学研究所了解，才知“三松堂”原址已改成“冯友兰故居”，宗璞离开了燕南园 57 号，已迁至北部普通单元楼居住。闻此，我怅然若失。

五

宗璞温文尔雅、高洁如玉，所著不同体裁文学作品连连获奖。她的长篇小说《东藏记》获第六届茅盾文学奖，《三生石》获全国首届优秀中篇小说奖，《弦上的梦》获全国首届短篇小说奖,《丁香结》获全国首届优秀散文集奖，童话《总鳍鱼的故事》获首届全国优秀儿童文学奖。《十月》首发的短篇小说《鲁鲁》，描写一只聪明活泼、有情有义、忠于职守、充满人性的白狗。它被编入教科书后，受到万千少年男女持久喜爱。宗璞尤善诗词，兼事译介。我做文学编辑工作已近六十载，接触当代女作家很多，但像宗璞那样学贯中西、成就卓著、气质高雅的女士，迄今还没有遇到第二位。

她长我五岁，已届米寿之年。无论哪方面她都是我的老师和楷模。宗璞的为人、为文，博得一致赞赏。江西作家胡辛赞她“腹有诗书气自华”。北京评论家何西来说她的作品“怨而不怒，哀而不伤”。上海李子云则誉她有“兰气息，玉精神”。连比她大十五岁、博览群书的文坛名宿冯亦代也赞美说：“宗璞有丰厚的古典文学修养，自己又是个小说家、诗人，因此她能把中西古典文学的含义尽化为诗，从而以之入文；加之她的敏慧，这是我辈凡人所不能企及的。她的文章看来平平淡淡，但其中跌宕迂回又不是粗心的人所能把握的，只有在读者的细心体会中豁然开朗，而捕捉到她命意之所在。”

诚哉，斯言！信哉，斯论！

史铁生：死是一个必然会降临的节日

在 798 艺术区

史铁生离开我们已经六年多了。他离去时安详的背影，一直在我眼前晃动。

我可能是铁生写的《午餐半小时》最早的读者之一。不是其后陆续发表在北京《今天》、贵阳《花溪》、北大《未名湖》上的那篇小说，而是更早刊发在西安民间杂志上的那个版本。1978 年我参与创办的《十月》发行后，就有近百家杂志强烈要求和我们交换刊物。那年秋末我接到曾在陕北插过队的西北大学中文系学生方竞主编的《希望》。读到其上的《午餐半小时》，眼睛为之一亮。小说写得沉郁、精练，

史铁生

颇有鲁迅余风，堪与经典短篇媲美，内心颇受震动。

20 世纪 70 年代初，命运将双腿瘫痪的史铁生限制在轮椅上。近四十年来，他坐的轮椅运载着内心的沉思、忧郁、痛苦、梦想、爱恋、探寻、追问，行驶在雍和宫附近的街巷里，徘徊在地坛柏荫下的草地上，出现在北京、上海、杭州及纽约、北欧的文学集会、笔会上。这是当代文学史上一道独特的风景。他的轮椅像磁铁一样吸引着千万文学爱好者的目光。我和陈建功、刘恒、甘铁生、刘孝存、王升山、孙立哲、王克明们在不同的场合，争着推过、抬过他的轮椅。在推、抬的过程里，在近距离交谈、接触中，我在铁生的小眼睛里看到过羞涩、感激的表情，但他的脊梁始终是挺直、坚韧的。这是我站在轮椅背后时他的身躯留给我的印象。

2001 年 12 月召开的中国作家协会第六次全国代表大会上，我作为被大家选出的监票人，关在大厅二楼密室里计票过程中，惊喜地发现铁生获得的选票，几乎和巴金一样多，可见他作品影响之广，人格魅力之大，可谓众望所归。

我在担任中国作家协会鲁迅文学奖散文杂文奖评委期间，曾对铁生的参评作品《病隙碎笔》写过这样的评语："史铁生的《病隙碎笔》思考着生与死、残疾与爱情、苦难与信仰、写作与艺术等重大问题。他不断拷问自己、看清自己。这是一位残疾者所拥有的健康灵魂的哲理思辨，是一本充满人道和爱愿、诘问生之意义的玄思录。书中隽语睿句随处涌现，思想火花繁星般闪烁。他虽坐在轮椅上，身躯被病痛所折磨，但在精神上却把自己从困境的限制中解放了出来，因而显得自由、开阔、明慧、豁达、宽厚、诚实……"

自称"主业是生病、写作是业余"的史铁生曾经说过："死是一个必然会降临的节日。"世上只有善于哲思、钢铁般的汉子，才能如此从容地踏上生命的归程。2010 年 12 月 31 日凌晨 3 点 46 分，铁生因突发脑溢血，匆匆离开了我们。仅仅过了四天，即 2011 年 1 月 4 日铁生六十岁生日，在京东大山子 798 艺术区那包豪斯建筑风格的高大厂房里，由徐晓、陈镭等铁生密友发动、举办了有上千人参加的追思会。厂房墙壁上挂满了上百张铁生放大了的、笑容可掬的照片。

这不像是追悼会，既没有花圈、挽联，也没有眼泪和哀乐，倒像是一次盛大的生日Party。会场入口处，彩照上的史铁生，坐在轮椅上微笑着迎接每一位进门的来宾。照片下红纸白字摘引着他写的诗篇《节日》中的句子："啊，节日已经来临／请费心把我抬稳／躲开哀悼、挽联、黑纱和花篮／最后的路程／要随心所愿……"会场四处分散摆放着一千枝玫瑰花，燃烧着、摇曳着六十支红烛。中央电视台的张越，在轻播着的《安居主怀歌》宗教背景音乐陪衬下，拿起话筒主持"与铁生最后的聚会"。铁生夫人陈希米身围粉红色披肩，站起来首先发言。她说：今天我们在这里聚会，给史铁生过六十周岁生日。史铁生一辈子最大的福气是朋友多。是一帮又一帮老友新朋，帮助铁生度过一次又一次危机和灾难。是朋友们给他的帮助，给他的爱，保佑了他。来自你们的爱，是他对这个世界最大的留恋。他曾说过："我一直要活到我能够坦然赴死，你能够坦然送我离开。"如今他坦然做到了，我也做到了，所以我们不再悲伤。我们今天的会场上到处是美丽的鲜花和温暖的烛光。我由衷谢谢你们，谢谢你们来参加铁生的生日聚会。

中国作协主席铁凝携来了一筐史铁生生前最爱吃的红樱桃。坐着轮椅的残联主席张海迪，献上六十朵鲜艳的红玫瑰祝贺铁生诞辰。铁生文学创作的启蒙老师柳青，带来了北京城里最大的生日蛋糕。从延安赶来的陕北作家曹谷溪送来的礼物是宝塔山下的一撮土和延河里的一瓶水。北京作协副主席刘庆邦捧来三束鲜花。他说："铁生是我的同事、我的兄长。铁生高贵的心灵、高尚的人品、坚强的意志，一直是我学习的榜样。铁生的作品是我们整个民族的精神财富。随着时间的推移，他的著作会越来越放射出璀璨的艺术光辉。今天是铁生六十岁诞辰，我捧来的鲜花，一束是我送的，一束是我代表在上海复旦大学中文系发起追思会的王安忆送的，第三束是代表《我与地坛》的责任编辑姚育明送的。"与会、送花、献词的还有曹文轩、白烨、余华、格非、邹静之、肖复兴、张锲、杨承志、周国平、李锐、徐坤、徐小斌、阿城、郑也夫、钟晶晶、林白、刘索拉、皮皮、林莽、解玺璋、李青、刘孝存、邢仪、牛志强、甘铁生、宗颖、刘憬涛、岳建一、章德宁、濮存昕、顾长卫、蒋雯丽、文洁若等；还有铁生在陕北的"插友"、清华附中的同学以及来自各地的数百位铁生粉丝、在京的媒体记者和从台湾赶来的贵宾。挤挤挨挨，满满一堂。高大的厂房里，人头攒动，鲜花飘香，烛光闪烁，热气腾腾。

铁生的至交们站起来向众人回忆他的写作天赋，以及能画画、会针灸、善待人、乐于助人的细节。听过铁生做的"人生就是与困境周旋"讲座的人，站起来动情地说："七年前，史铁生与我们一起探讨人生，探讨生命的意义，与我们一起经历坎坷和苦难。七年过去了，我们成熟了、坚强了，铁生老师却走了，但他的灵魂和作品与我们同在。正如诗人臧克家的著名诗句说：'有的人死了，他还活着。'铁生老师就是这样的人。"中国传媒大学播音主持艺术学院院长鲁景超教授，特地带领一批最好的学生上台，声情并茂地朗诵了铁生《我的梦想》的片段。从天津红十字会赶来的邓永林大夫向全体与会者报告了最新消息，说根据史铁生捐献肝脏的遗愿，已把配型好的脏器移植入一个三十八岁的患者身上，如今那位患者已能下地走动——会场上响起狂风暴雨般的掌声，声浪几欲把厂房顶掀开。医生说：铁生在生命的最后一刻一直坚持着，弥留之际挣扎着等到天津红十字会来取器官的大夫奔进医院走向他床边，他才吐出最后一口气，好让所捐献的器官一直处在血液正常灌注的鲜活状态。（只要铁生停止呼吸十五分钟，所存器官便完全失去了捐献的意义。）除肝脏外，铁生还捐出了角膜，已使另一患者复明。还捐出了脊椎和大脑，供医学研究。肝脏移植国际权威、卫生部副部长黄洁夫教授动情地对大家说："史铁生二十多岁就因下肢瘫痪坐到了轮椅上，无法像大家一样站起来走路，但是他的死却让他稳稳地站立起来，还攀上了道德的高坡，成为一个爱人超己的生命典范。"

我听到这儿，眼睛湿润起来，深感铁生的精神境界已臻极致：他悄悄地走了，没有带走什么，只留下爱，把还有用的器官一一分赠给急需的生者，祈盼他们活得更好。啊，铁生，我的好兄弟，我要拥有什么样的语言才能赞颂你如此洁净、如此崇高的灵魂！我抱憾于、痛恨于自己文学语汇的贫乏，笔力不逮，以致不能生动描绘你真实、无私的形象。

我这辈子参加过数以百计的文学集会。从没有像这次以

史铁生（左）与章德宁

史铁生的名字招引、凝聚来的盛会这样令我热血沸腾、感动肺腑、终生难忘。我同时获悉，两天前即 2011 年 1 月 2 日，海南《天涯》杂志倡议在全国文学界举行追思活动。那几天海南、上海、河北、陕西、湖南、湖北、广东、宁夏、山西、四川、云南、江西、青海等许多省、市的文友们都在举办类似的追思会。听到这个消息，我异常激动。平时看多了文场上德行滑坡、模仿抄袭、争名逐利、钻营评奖等丑行，我心痛楚，不时发出悲观的叹息、含怒的谴责。如今有幸来到这个盛大的会场上，看到了、听到了这一切，使我对播撒真、善、美种子的文学事业，又恢复了信心，又坚定地怀抱起虔敬之心。寒冬腊月里上千人前来聚会，表示要继承铁生的精神，足以清楚地昭告我：人间追求崇高情操的火种，仍在传递、蔓延、燃烧。这最后一次铁生生日 party 所呈现的动人场景，不正是对人们内心到底崇尚何种文学，崇敬何种品格的一次展示、一番检阅、一种测试吗？

我深受感染，沉浸在 798 艺术区温暖、美好、亲密无间的氛围里，情不自禁挤开人群，艰难移到后边用玫瑰花枝作别针的留言墙上，拿起金色的签字笔，在一长方黑纸片上留下我的感言："铁生，你是我们的荣耀，你是我们的骄傲。我们将以你为镜，铭记你，敬慕你，追随你！"

在陕北清平湾

哀思会后，我们组建了由陈建功、王安忆、张炜、韩少功、张海迪、周国平、岳建一等组成的“写作之夜”丛书编委会，编辑、出版了由邵燕祥作序的《生命——民间记忆史铁生》《极地之思——史铁生作品解读》《史铁生说》等专著。为把丛书编得更好，我们决定到史铁生插队的延川县关家庄体验一番。

2014 年 10 月 14 日，编委和插队知青们的车队离开延安大学窑苑宾馆，路过城东宝塔山，驶往延川县。车队离城向东北方向行驶。一路上沟沟洼洼、墚墚峁峁种上了不少树，群山郁郁葱葱，颇为悦目。

坐在面包车副驾驶座上的延川插队知青黑荫贵告诉我们：铁生下乡前参加过街道“红医工”培训班，学会了针灸，能诊治头疼脑热的病。到了村里，他拿着《赤脚医生手册》，带着同住一个窑洞的孙立哲给老乡看病。孙立哲跟了铁生一阵，胆子大了，拿狗做试验，竟给疼得要命的老乡割去了阑尾。他还给难产孕妇动手术，发现自己和病人都是 O 型血，就抽自己身上的血给她。老乡哭着求孙立哲：“你要倒了，谁来给俺看病啊！”孙立哲看好了许多病人，老百姓称他是“袖医”“救命菩萨”。

车子走了一个多小时，抵达延川永坪镇。这儿曾是陕北苏维埃驻地，系红色根据地军政重镇。如今陕北石油公司在镇上建了许多基础设施，颇为热闹。在这儿，已有延川县领导们的车子等在路口迎接。两支车队汇合后，就沿着山谷夹峙的公路，向东开去。左边二三十米外，一直有条河相伴而行。黑荫贵说："这条清平河，直通关家庄。铁生在几篇文学作品中称它为'清平湾'。"哦，我们终于来到了心中向往的地方。

车子走了一程，拐过山坡，关家庄村外，立即响起了爆竹声、锣鼓声、欢呼声。砰！砰！砰！叭！叭！叭！咚咚咚！锵锵锵！巨大的声浪震得清平湾山呼谷应、地动山摇。全村乡亲举着"清平湾迎接史铁生魂归故里""欢迎神医孙立哲重回关家庄""庆祝知青回乡来"等横幅拥过来。花花绿绿的纸屑在阳光下纷纷扬扬。司机停车，知青们、编委们跳下车，冲入欢迎队伍。我站在路边高坡上，看见迎宾人群里有举旗帜的，有打腰鼓的，有吹唢呐的，有跳秧歌舞的，有唱信天游的，有跑旱船的，有撑彩伞的，有提灯笼的，有背大葫芦的，有手抱娃娃的……曾在这儿插队的女知青，搂着认识的婆姨，互呼姓名，嘘寒问暖。男知青跟一块儿干过活的老汉，相拥相抱，互诉思念之情。人们混在一起，招呼、拉手、推挤、拍打，亲如一家。

关家庄沸腾了。山笑，水也笑，崖笑，林也笑，连秋阳在蓝天里也咧开了嘴欢笑。你感到惊讶，这不大的山村，怎能一下子聚来千多个庄稼汉。你想不到这白毛巾缠头、朴素衣裳包裹、吃着普通饭食的躯体里，潜藏着火山喷发般的热情。不亲临其境的人，怎能想象在陕北山沟沟里，一个平常的日子，竟出现了比闹元宵更红火、热烈的场景。

站在我身边的牛志强，是《我的遥远的清平湾》的责任编辑。他告诉我，1984 年作品获奖后，他和几个朋友用轮椅推着铁生回过关家庄。乡亲们把他团团围住。一双双粗糙大手抢着把他抱起来。一声声亲切问候，使他来不及应答。一个五十多岁、名叫“康儿妈”的婆姨，撩起衣襟抹拭眼角，趺趺撞撞挤进来把铁生揽进怀里，又蹲下去抚摸他瘫痪的双腿，哆嗦着嘴唇说：“心儿家辛苦了，心儿家不简单，这个样子还写书哩！”那回铁生在关家庄住了两天，竟被乡亲们强请去吃了九顿饭。临走那天，村里人给他送了许多土特产，还有鞋垫、铺炕暖腰的羊毛毡。有个泼辣的婆姨，竟要把牵着的小娃娃送给铁生：“送他个小儿吧，心儿家苦哇，咋能成个家啊？！”感动得铁生热泪盈眶，泣不成声……

锣鼓、唢呐、鞭炮声中，人们在拥挤、堵塞的路上慢慢往前挪蹭着、笑谈着，花了半个多小时，才来到医疗站较宽的院子里。那儿院墙上写着一行大字：“知青回家不容易，全村人民欢迎您！”

我们歇了一会儿，喝了茶，吃了老乡做的臊子面，迫不及待去探望铁生住过的窑洞。村外铁生和同学们住的两孔窑洞，属靠崖式结构，坐北朝南，冬暖夏凉。当年铁生和孙立哲等几位同学住东间。如今空在那儿，窗外挂着“史铁生故居”的牌子。我贴近窑洞，从窗户外往里窥看，内有大炕、灶台。

史铁生：死是一个必然会降临的节日

炕旁放着些家具。久无人住，蒙上尘土。

窑洞背靠崖畔，顶上杂长着几蓬蒿草。它东边小坡上，有十几株细高的枣树。铁生初来这里，身体壮实，粮食不够饿肚子时，曾爬上枣树摘枣充饥。

油画《魂系黄土地》 作者邢仪

我们的领队请关家庄七十八岁张老汉站在窑洞前给我们介绍情况。张老汉说：分到俺队的二十来个学生娃开始啥都不会，不会推磨，不会烧炕，不会上山砍柴。这眼窑洞里五个小伙子砍的柴，还不如一个十二岁娃砍的多，这成了村里婆姨们嘴里的笑料。可这些娃娃肯吃苦，经过几个月摔打，锄镰镢耙样样会使，成了好受苦人。张老汉说他教过铁生喂牛。铁生喂牛那个细心劲，玉米秆和草拾掇得干净，和主料拌得匀和，一夜几次起来照料，干活精心。铁生娃为了让牛多吃草，每天早早把牛搊出村子，天黑才回。中午就着泉水吃干粮。娃回队后晚间还要铡草。俺村以前许多人家做柜子，都要花钱请画匠。铁生娃画得好，串门免费画柜子。有天暴雨夹着冰雹落下来，铁生娃在野外，浑身淋湿了，受了寒，腰腿落下了病根。唉，娃在俺村受苦大了，俺们一直想念他……

孙立哲站在他和铁生住过的窑洞前，对大家说：我给村里人治病，是铁生带着我学的。史铁生实际上是我当赤脚医生的领路人。他是我们村里第一个赤脚医生，带着我给老乡看病。我们找到了专治当时正在流行的伤寒的药，然后我们就给病人打针。我那个时候劳动不行，身体也不好，陕北人说话："这个娃娃受苦——满不行哩。"有时我们在干活的时候，老乡在下面喊："知识青年，你们谁个能看病哩，快下来！"这时候铁生就让我去打针。经过一个时期的锻炼，治好了一些人的病，我成了被老乡欢迎的赤脚医生。所以我对铁生怀有感恩之情。

同来的延安大学文学院院长梁向阳对我们说：“我的成长受到史铁生文学精神的影响。这次随大伙来清平湾所见所闻，让我终生难忘。”

接着编委章德宁、宗颖、刘惊涛、查建英、柳青以及当年的赤脚医生们排列在窑洞前朗诵铁生写这儿日常生活的《插队的故事》《我的遥远的清平湾》的片段。知青画家邢仪拿出纸笔速写窑洞风景。她告诉我们：“铁生最喜欢我在陕北的写生，尤其是那幅《山桃花》。他说，那时整年在山里放牛，到春天山沟沟里还没有绿色，但最先是粉红色的山桃花开了，满沟的山桃花真美啊。这幅画让他想起当年陕北春天的情景。”编委王克明、庞沄等人则唱起了陕北民歌“崖畔上开花崖畔上红，受苦人过得好光景”，歌声调动了叶廷芳编委的兴致。他主动站起来说：“我们前面流淌着清平河。想当年铁生会在月亮出来的时候，到河边看流水。那我就唱一首《小河淌水》吧。”接着他放开嗓门唱起来：“哎……月亮出来亮汪汪，亮汪汪，想起我的阿哥在深山……”唱得委婉动听，声情并茂，余音绕山梁，博得一片掌声。

然后人们排成几行，站在铁生窑洞前合影留念。

在参观村子时，延川人梁向阳对我说：延川多名人，历史上延川籍状元、进士、举人，多如河滩里的石头。因《平凡的世界》荣获茅盾文学奖的路遥，就是延川人；曾任《延安文学》主编的曹谷溪，也是延川人。1969 年 2 月到延川插队的两千多名北京知青中，名人作家辈出。除史铁生、孙立哲外，还有作家陶正，他和高红十合作的长诗《理想之歌》，诵遍大江南北，编入当年的语文课本。

我说：你们延川还出了位陕北剪纸大师高凤莲女士。今年5月，我在北京专程去中国美术馆观赏了“大河之魂——高凤莲大师三代剪纸艺术展”。我被陕北民间艺术的雄浑、大气、创造力、想象力彻底征服。延川东临黄河，世代受到大河魂魄的熏陶。

梁向阳兴奋地告诉我：“高凤莲知道插队知青今日回来，也到了关家庄，我带你去见见面吧。”

我欣然前往。走进卫生院西侧一间房子，见大炕上盘腿坐着一位七十多岁的婆姨。她花白的头发，宽阔的脸盘，红润的面色，硕大的耳朵，慈眉善目，一副祥瑞佛相。梁向阳把我介绍给她，她脸绽笑容欢迎我，拍拍炕沿，说：“请坐，请坐。”我说：“今日意外见到高凤莲老师，实在是幸运。

我在中国美术馆看到您的剪纸，太精彩啦。我想问，这手艺是谁教您的？”她笑道：“俺延川妇女会生孩子就会剪纸，上炕剪刀下炕镰嘛。俺这儿女人一多半会这手艺。”我听了心想，有了连绵高原的基础，才能拱出巍巍巅峰。梁向阳向我介绍：“高凤莲心灵手巧，干啥像啥。她担任过民兵连长、妇女主任、村支部书记。还是秧歌队的‘伞头’，村里办喜事时主持‘结发上头’的民俗高手。她是俺县的大能人。”高凤莲叫她女儿刘洁琼拿来一册精装的剪纸收藏集《大河之魂》送给我。我把沉甸甸的剪纸集收进怀里。这是我到延川意想不到的另一份收获。

傍晚离开关家庄前，我独自踱到清平河畔漫步。十月的秋风，掠过远处苹果园、近处枣树林，使空气里夹带着成熟的甜味。温暖的夕阳也西移至村后窑洞边的崖头。清平河拐了个弯，逶迤远去。我望着对面山丘上一块块坡田，想象着当年铁生在这儿揽牛、砍柴时留下的足印和歌声，意识到清平湾记载着他难忘的青春年华，这儿是他心灵的栖息地，也是当代文学版图上一道亮丽的景观。我想起前天在延安大学图书大楼学术报告厅举办的“史铁生的精神世界与文学创作”研讨会。会上韩少功、孙郁、李建军、甘铁生、解玺璋、岳建一、王克明、查建英等人发言之精辟、深刻，是我在北京众多文学讨论会上很少听到的。会议主持人最后邀我上台说几句话。我说：铁生小时候，他奶奶告诉他一则童话，说，地上死了一个人，天上就多了一颗星星，给活着的人把路照亮，让他们在黑暗中大胆前行。铁生相信，每一个活过的人，都能给后人的路上添一丝光亮：也许是一颗巨星，也许是一把火炬，也许是一支含泪的红蜡烛。我愿铁生离去之后，他的心魂会在苍穹里变成一颗亮星，从高空持续照耀着、温暖着、指引着活着的人们……

霞光照红了山坡，黄昏来临，暮色逐渐浓重起来。我从山坡上回到村里，和同来的人乘上回程的车子。当我们的车队，在老乡依依惜别中，缓缓驶离关家庄时，我突然感到：从今以后，铁生遥远的清平湾，对我来说，已不再遥远。

在北京地坛

明初皇帝把天地、日月、星辰、云雨、风雷诸神供在一起祭祀。到了嘉靖九年（1530年）才把众神分开祭奠。于是在南郊建天坛，在安定门外北郊建地坛，并在东西郊建日坛、月坛。地坛是明清皇帝每年夏至日祭祀土地神的地方，祈求风调雨顺、国泰民安。

四百多年后，两腿瘫痪的史铁生摇着轮椅来了。是他的思考赋予了地坛新的生机，注入了新的灵气，使它成为广大读者向往的圣地。

史铁生先后住在前永康胡同40号、雍和宫大街26号，都离地坛南门很近。在长达十五年时间里，他向北摇着轮椅，从南门进园，到过地坛每一棵古树下，碾压过那儿每一寸草地，苦思人为什么生，如何去死，为什么要写作？经过反复思考，他想明白了：“死是一件不必急于求成的事，死是一个必然会降临的节日。”那么还得活着，活着就不得不写作，写作就是为了活下去。他悟透了，人是千差万别的，无差别便不成为人类。人要接受万物的差异：要是没有了残疾，健全是否会因其司空见惯而变得乏味？要是没有了愚钝，机智还有什么光荣？要是没有了恶劣和卑下，善良和高尚如何界定成为美德？是丑女造就了丽人，是懦夫映照了英雄，是众生超度了佛祖。人即便是一株残树，为什么不试着以它不多的绿色，美化周围的土地？为什么不享受病树也有的生命呢？于是，铁生的躯体虽束缚在轮椅里，他的心灵已长出翅膀，飞升到头顶天空，悟透生死，遨游苍穹。他在这古老的园子里，已由残疾者转化为思想者。他轮下碾压的地坛，于是演变为思想翱翔的天坛。

史铁生于 1991 年在《上海文学》发表了《我与地坛》，媒体好评如潮，迅速被编入语文课本，一时洛阳纸贵。之后这个古园就成为文学界的一块地标。作家韩少功说：“1991 年的文学即使只有他（铁生）的一篇《我与地坛》，也完全可以说是丰年。”当时全国有许多作家、许多读者都学习、讨论、赞美这篇作品。例如北大、人大、清华附中、北京四中、北师大二附中的学生们，都开过《我与地坛》的研讨会、朗诵会、学习会。

今年春天，出版过两部长篇的云南作家林青打电话给我，说要到北京来，除了游长城、故宫、颐和园外，还邀请我陪她参观我住家附近的地坛——因为是史铁生的作品，给了她力量，摆脱疾病和离婚的阴影，不再轻生，活下来努力写作。

2017年3月19号，是个春暖花开、柳丝飘拂的晴日。我带着林女士沿着铁生习惯的路线，来到地坛公园南门。我指指南门外西侧的金鼎轩酒家，告诉她，那儿是“写作之夜”丛书编委会经常讨论史铁生选题的地方。进入园内，皇祇室外两株百年巨柏迎接我们。向东走去，面前是一大片森然的柏林。林青问我：“为什么地坛内种植那么多柏树，内坛红墙全被苍绿的柏林包围？”我说：“我国古代封建王朝均定有社树，犹如今日的国树、市树。‘夏后氏以松，殷人以柏，周人以栗。’明人延续殷商之礼，种植大片柏树，反映了先人对大地上绿色环境的企盼。”

我们沿着方泽坛东侧红墙和柏林之间的夹道向北走去。有一株柏树粗大得两个人都抱不住，显示了这座古建筑悠久的历史。柏林空地上，有人安闲地打着太极拳，有个姑娘坐靠着长椅背埋首读书。绕过红墙往西，见北郊一所大学中文系的学生们，围住一方空地，正在抑扬顿挫地朗诵史铁生的作品。我和林青站停下来，怀着浓厚的兴趣，和围观的人群一起听完朗读。接着买票进入红墙内，踏着一级级石阶，登上高高的、正方形的坛中之坛。坛中央置一黑色大香炉，令人遥想起往昔皇帝亲率百官，在此鼓乐齐鸣、钟磬咸响、焚香宰牲、祭拜地神的盛大场面。从坛顶下了台阶，走进南边的祇神室，细看挂在室内柱上的编钟、玉磬等乐器，观赏玻璃柜内的名瓷祭器，按序察看摆放在桌上的先帝们、神仙们的牌位。徐行一周，走出祇神室，迎面左右耸立的两株白玉兰正开得繁盛。不时有羹匙形的花瓣飘落下来。我捡起一片落英，闻闻，有微香。从方泽坛出来，在方泽轩北一排银杏旁的木椅上，我们坐下来歇息。林青打开精致的手提包，拿出一份《春城晚报》的剪报给我看，说昆明一个因车祸致残的中学生看了铁生的《我与地坛》后，克服困难，写了一篇题为《人生的拼搏》的文章，夺得了征文大赛一等奖。可见铁生作品影响之广大。

我们面前的宽道上，人们你来我往，各自走着自己的路。有三个老妇人说着闲话慢慢踱过去。一个跑步的人，从西边跑向东门去。两个摇轮椅的残疾人向北门驶去。其中一个驼背的矮个子，对另一个残腿的同伴说：“史铁生那时候这里是个荒园，杂草丛生，危墙坍塌，并没有目前这样干净、齐整。”腿残者说：“荒凉也有荒凉的美。过分整齐、洁净，倒反显得单调、划一。”

我和林青听了转脸对视，莞尔一笑——想不到那残腿者竟说出这样非同寻常的话来。

一只灰鸽子从身后柏林里飞到路面上，它捯动着小细脚，伸缩着小脑袋，一路啄食过去。还有一只喜鹊展翅飞到银杏树梢上，翘起长尾巴吱吱喳喳叫唤。从远处传来若有若无的口琴声。在这安详温馨的氛围里，我和林青想到铁生母亲来到这园中树林里焦灼寻找儿子的情景，回忆起文中提到的那对老夫妇，那个爱唱歌的小伙子，那位腰间挂着酒瓶、走一程喝一口酒的老头，那个具有天赋却屡遭不幸的长跑者，以及一个弱智的小姑娘和保护她的哥哥……

太阳从西边照射过来。我看见西门那边有十来个男女青年围成一圈共踢一个大毽子。他们单踢、交叉踢、前踢、后踢、连接踢，技巧娴熟。他们的腿脚蹦跳起来迅捷如猿猴，落地时轻盈若燕雀。看他们用脚欢快自如地踢毽子，我对林青感慨道：“对于健康的人来说，跑路、蹦跳多么平常、简单；可是对于两腿瘫痪的铁生来说，路只能在他轮下。整整十多年，铁生摇着轮椅在这古园里徘徊，思考着宇宙、时空、天地、古今、生死，最后获得了顿悟，给人以永久的启迪。”

林青说：“铁生失去了用脚走路的能力，却获得了深邃思考的机遇。上帝关了他一扇门，却给他开了一扇窗。‘失之东隅，收之桑榆。’他在精神上比我们肢体健全的人还更健康。”

我说：“作家们对铁生给予了极高的评价。铁凝说，‘史铁生的精神品格和他的文学创造，是中国当代文学理应珍视的宝贵财富。’莫言说，‘在他面前，坏蛋也能变成好人，绝望者会重新燃起希望之火。’陈建功说，‘他的涅槃之路，烛照了我们，使我们自惭形秽。’张炜说，‘纵横交错的声音震耳欲聋，却难于遮掩从北京一隅的轮椅上发出的低吟。’而我认为《我与地坛》是中国20世纪最佳美文之一，是名篇中的名篇，经典中的经典，故文章虽长，我还是决定把它编入由作家出版社出版的《世界美文观止》之中。我在导读中说它‘思想深刻，沉郁苍凉，感恩忏悔，震撼文坛’。”

林青说：“您送我的这本《世界美文观止》，现已成为我的案头书、枕边书，每晚看一篇，作为安睡前的精神享受。”

我告诉她：“‘写作之夜’编委会，还有许多读者，都呼吁在地坛立一座史铁生的青铜塑像，但申请报告递上去之后，至今没有得到同意的批复。这令人费解，北京是全国文化中心，这应该是合情合理的事啊……”

临近傍晚，地坛里的游人逐渐稀少，一切都安静下来。

我望着夕照中的古园，感觉红墙在沉思，苍绿古柏在沉思，黄琉璃瓦在沉思，白石方泽坛在沉思。不，这北京硕大无比的整个地坛，像是一位四五百岁的哲学老者，在晚霞映照的蓝天下，陷入亘古的思索……

离开地坛西门那座金碧辉煌的庄严牌楼时，林青女士跟我拥抱、告别："张老师，在未来的岁月里，我会一直铭记这次地坛之行。谢谢您陪我游园！"

2017 年 3 月 19 日是星期天。回家之后，我就把先后在 798 艺术区、在陕北清平湾、在北京地坛的所见所闻所思，一一详细记下来，希望它成为当代文学史的资料，妥为保存。

最后请允许笔者借用俄罗斯伟大诗人普希金名作《纪念碑》中的诗句，作为本文的结尾：

不，我决不会完全死去：
我的灵魂在遗留下的诗歌中，
将比我的骨灰活得更长久。
…………
我所以永远能被人民挚爱，
是因为我曾用诗歌，
唤起过人们善良的感情……

2017 年 3 月 24 日

世间已无张贤亮

一

2014年9月27日，张贤亮因患肺癌不幸去世。闻此噩耗，我当即在中国作家网、《中国艺术报》上发表了《怀念张贤亮》一文，以表痛惜之情。

1980年初春，张贤亮在《朔方》登出了《邢老汉和狗的故事》。不久，他从银川到北京。我和章仲锷约他在东四三条宿舍见面聊天。酒酣耳热之际，贤亮给我们讲了他当右派后苦难的经历以及他那死里逃生的故事。

1960年“劳改”时，他曾经逃跑，想去新疆谋生。因害怕被追捕，走的是荒山野岭、人烟稀少之路。由于饥饿，

张贤亮

他贱卖了自己戴的浪琴表，换了五碗炒面。他慌不择路地奔跑，口渴得要命，又不敢进村要水喝，恐被民兵逮住，只能忍耐。

饥馑遍地，走投无路，他只得又返回劳改农场。有一天，他犯了重病，昏迷不醒。他有一个医生朋友（也是右派）在农场干活，同时给人看病。当时，这位医生被叫到另一农场给人治病去了。农场里的人错认为张贤亮已死去，便把他抬到了太平间。贤亮在太平间里躺了一天，从昏迷中醒来，发现身边都是死尸。他怀疑自己做了噩梦，挣扎着坐起身子，见自己不是躺在床上，而是置身在太平间尸体中间。他勉强挪动身子，在死人胳膊、大腿中间爬动。他爬呀，爬呀，终于爬到了太平间门口。他有气无力地拉拉门，但太平间坚固的铁门纹丝不动。不久，他又昏迷过去了。他的医生朋友从附近农场回来，听说贤亮死了，他不相信，根据平时对贤亮体质的了解，判断他绝不会死去。医生赶到太平间，打开门，把他从死人堆中救了出来。

那晚贤亮对我和仲锷说："我既然从太平间里爬了出来，就一定能坚强地活下去。对我来说，命是捡来的。从那之后，什么困难、艰辛、贫穷、受辱，都不在话下了。我经得起各种各样的摔打，承受得住常人难以想象的磨难……"

二

之后，贤亮把中篇小说《土牢情话》《绿化树》交给《十月》发表。我个人认为：1984 年第 2 期《十月》发表的《绿化树》，是他一生写得最好的小说之一。贤亮在《绿化树》中，动用了他特殊的生活体验，描绘了落难知识分子章永璘（其实是他自己的身影）的饥饿心理。而马缨花这个年轻农村妇女的心灵美，她那清秀、纯朴的脸，她对念书人的敬重，以及苦难生活磨炼出来的坚韧耐劳、麻利能干、乐观开朗，一一跃然纸上。在以稗子、野草、树皮充饥的年代，主人公章永璘饥肠辘辘地来到马缨花家里。她竟送给他一个白面馍馍。他慢慢地咀嚼，忽然在馒头上发现了一个非常清晰的指纹印。马缨花对章永璘的怜爱之情凝结成鲜明的指纹，雕塑般出现在他眼前。他的眼睛潮湿了，骤然陷入温暖的湖泊，耳边轰然响起爱之交响乐。一颗清亮的泪水滴落在馒头的指纹里，水乳交融，把两颗苦难的心，紧紧黏合在一起。马缨花在她那陋屋里多次让章永璘吃到她舍不得吃的食物，喝到土豆白菜汤。一个多月之后，他的身体渐渐恢复过来。当他穿上了她为他缝制的御寒棉裤之后，更是心怀感恩。他捧住了她的右手。她的手刚在碱水里浸过，手掌通红。他仔细观察曾在白面馍馍上留下指纹的手，并把她的手贴在他嘴唇上轻吻着。他轻吻着她的拇指、食指、中指、无名指和小指尖，柔情地说："亲爱的，我爱你。"马缨花的手始终顺从地让章永璘把握着。另一只手不停地、深情地抚摸着他的肩膀。她的手指怯生生地、迟迟疑疑地、微微地颤抖、迎合，既惊愕又害羞。马缨花问章永璘："你叫我啥？""叫你'亲爱的'。""不，不好听。""那叫你什么呢？""你要叫我'肉肉'！""那你叫我什么呢？""我叫你'狗狗'！"章永璘情不自禁展开双臂把马缨花搂进怀里。她轻轻呻吟了一声，红着脸说："你别干这个……干这个伤身子骨，你还是好好地念你的书吧！"

啊，无与伦比的细节，至深至情至亲的对话，怎能不令我这个编稿者击节赞赏、感动莫名？！

三

1985年4月初，中国作家协会在南京举办中篇小说、短篇小说、报告文学颁奖会。各地获奖作家、获奖编辑齐聚金陵领奖。

3月31日，我和河北获奖作家铁凝、陈冲在北京火车站一起乘车南下，在火车上遇见《人民文学》副主编崔道怡、陈冲获奖小说《小厂来了个大学生》的责编刘翠林。又在软席卧铺车厢里见到了唐达成、唐因、束沛德、袁鹰、蒋和森等评委。第二天即4月1日清晨抵达南京，由军旅作家胡石言接站，把我们送到中山路江苏省委招待所。这儿在1949年前是国民党的交际处，马歇尔、司徒雷登在院子里住过。

南京比北京的节气要早半个月。这儿春光明媚，空气清新。河边垂柳依依，飘着柔软的枝条。桃花开放。迎春花在春风里轻轻摇曳。紫黑的枝条上，玉兰花已挣开毛茸茸的花蕾，绽放出洁白的花瓣。就在这春色满园的草坪旁，我遇见张贤亮、冯骥才、理由三条大汉乘飞机来这儿报到。张贤亮身着西装，潇洒倜傥，一派绅士风度。南京是他的故乡，自从1951年离宁之后，这是第一次回到故里。他告诉我：他1936年12月8日出生在南京，家在湖北路一幢花园洋房里。那洋房占地七亩多，几乎占了公共汽车小半站路。花园中有一幢幢小楼，楼下有地下室。院中有棵大樟树，粗合数抱。一条小河穿园而过。河上有桥。河边有片梅林，故取名梅溪别墅。这别墅是他任国民党政府驻尼泊尔大使的祖父的私邸。抗战爆发之后，他们全家迁至重庆。一直到抗战胜利才回到旧居。敌战期间，他的家变成了日本宪兵司令部。回宁后，他记得在他那幢楼的地下室里，还见到日本人留下的许多刑具。他至今还保留着一帧他母亲陈静宜抱着他在别墅里照的幼儿照。他对故居很怀念，说这次要到湖北路转转，看看童年的家。

我认识江苏大型文学杂志《钟山》的主编刘坪，请他下午弄辆车满足贤亮探望老家的心愿。

次日上午，颁奖会由升任中国作协副主席的陆文夫主持，王蒙做评奖报告。王蒙说：这次评奖，中篇小说比较丰盛。读者欢迎的是拥抱时代、贴近生活、能够说出人们心里话、

张贤亮

艺术上有特色的作品。他特别提到了张贤亮的《绿化树》。还说即使《绿化树》这样的获奖佳作，人们对它仍可能有争议。有争议是好事，越争越清楚，越争越知道它的长处和短处。

王蒙做报告之后，获奖作家、编辑纷纷上台领奖、领纪念品。

然后与会者齐聚到会场前台阶上合影。恰巧张贤亮站在我身边，我问他昨天下午探望旧居有何感想。他说："到了湖北路一看，面目全非。过去的花园洋房没有了，只有一家工厂。当时的建筑荡然无存，只有一株皂角树还留在原地。树干上钉着一块牌子，上写'请勿存车'。我小时候觉得那株皂角树有两三抱粗，现在变得只剩一抱粗了。唉，童年的一切消失得无影无踪。"旁边的冯骥才听了说："这很悲哀，但悲哀也是一种感情财富。世上多少经典作家撕心裂肺地描写了人间的悲情啊！"

四

新中国成立后不久，张贤亮和她母亲、妹妹一起来到北京。早在 20 世纪 50 年代初，贤亮就开始文学创作。1955 年没考上大学，从北京迁到宁夏，先当农民后任教员。1957 年因在当年第 7 期《延河》上发表长诗《大风歌》而被判为"右派分子”，失去自由长达二十二年之久。1979 年十一届三中全会后，贤亮获得平反，重新执笔创作。《四十三次快车》《吉卜赛人》《霜重色愈浓》等稿子寄到《宁夏文艺》（《朔方》前身），因其文笔老到、立意高远，而在重要位置刊发。宁夏文联领导爱才若渴，立即把他从南梁农场调到编辑部任职。这样，他和年轻的女编辑冯剑华成了同事。相处了一段时间，他们恋爱结婚。张贤亮每天骑着用二十八元钱买来的二手自行车，让冯剑华坐在后座上，离开十几平方米的小屋，夫妻俩双双到编辑部上班。他们过着和谐美满的生活，从此佳作井喷般写出来，从《灵与肉》《龙种》《肖尔布拉克》到《绿化树》《河的子孙》《男人的一半是女人》，并有多部作品拍成电影……一时文名鹊起，到处传说着“宁夏出了个张贤亮”的佳话。

20 世纪 80 年代初，广西电影纸片厂要拍摄根据郭小川的长诗《一个和八个》改编的电影，请宁夏文联干部寻找一个适合拍摄影片的地点。张贤亮就把离他劳改农场不远、他常去赶集、那里的古城墙给他留下深刻印象的镇北堡推荐给他们。张艺谋在那儿拍完了《一个和八个》，又拍出了在国际上获大奖的《红高粱》。从此镇北堡和电影结上了缘：谢晋的《牧马人》、滕文骥的《黄河谣》、陈凯歌的《边走边唱》、冯小宁的《红河谷》、黄建新的《关中刀客》等数十部影视剧都在那里拍摄。从那里走出了巩俐、姜文、葛优等一批电影明星。镇北堡成了“东方好莱坞”，其首功应归属于懂得荒凉美价值的张贤亮。

五

1993年3月，张贤亮用稿费投资创办镇北堡西部影城。

镇北堡位于银川市区西北，东临黄河，西靠贺兰山。它原是明朝为防备蒙古族入侵而修筑的一座要塞，地处要冲，具有军事价值。1740年，宁夏地震，镇北堡城墙及城内建筑物全部坍塌。清政府在原址旁修起一座新堡。新旧城堡被统称为镇北堡。辛亥革命后，清军作鸟兽散，城堡成为当地农牧民的居住点，后渐渐形成一个小集市。张贤亮在附近农场干活时，到镇北堡赶集，给北京的母亲寄过信，买过盐和黄萝卜。贤亮在复出后写的散文中，曾描绘过镇北堡："那时，镇北堡方圆百里有一望无际的荒滩。没有树，没有电线杆，没有路，没有房屋，没有庄稼：我走了大约三十里路，眼前一亮，两座土筑的城堡废墟兀地矗立在我面前。土筑的城墙和荒原同样是黄色的，但因它上面不长草，虽然墙面凹凸不平，却显得异常光滑，就像沐浴后从这片荒原中冒出地面似的，在温暖的冬日阳光下，显得金碧辉煌。镇北堡给我的第一印象是美的震撼，它显现出一股黄土地的生命力，一种衰而不败、破而不残的雄伟气势。"贤亮觉得它巍然挺立在一片荒原上，背后是蜿蜒的贺兰山，头顶衬托着碧空白云，这种雄伟蛮野的气势，视觉上特具画面感。

贤亮不仅利用影城“出售”荒凉，还给荒凉注入全新的元素，使它具有文化和艺术的内涵，从而产生高附加值。摄制组到他的影城拍电影，他从不收费，但要求剧组拍完影视后留下美工师搭建的场景，并以真实材料使其坚固化，供游客们观赏。这样，《红高粱》里的“酒作坊”、《黄河谣》里的“铁匠营”、《五魁》里的“土匪楼”、《新龙门客栈》里的“客栈”，都改建成供游客观赏的景点。张贤亮还用较低价格从山西、陕西、北京、山东等地收购来明清时代的老家具、老门窗、老雕版、老戏台、老纺织工具，充实、丰富展览内容。经过多年经营，西部影城还建立了“老银川一条街”。这样，影城就变成了“中国古代北方小城镇”式的主题公园。游客到影城还能听到各种叫卖声，能看到拉洋片、皮影戏、旧式婚姻……如此布置、重建古城废墟，使之成为宁夏最吸引人的景区，已被国家旅游局定为5A级景区。游客众多，收入颇丰，每年向国家纳税一千多万。

贤亮从此成为一个拥有亿万资产的富人。他每年拿出一百五十万至一百八十万元救助宁夏贫困病人，被评为著名慈善家。过去边喝稀粥边读《资本论》的穷汉，如今变成了西装革履、驾驶“宝马”的富翁；昔日劳改苦役之地，现已成为创业、创收乐园。俗话说“三十年河东，三十年河西”，有时事物变化之快，出乎人们的想象。

慧眼和创新，乃天下财富之源。

六

贤亮在长篇小说《习惯死亡》中说，“一个男人总是随时随地面临两种东西的进攻：一个是女人，一个是政治。”这是他的经验之说。他的前半生受到了政治进攻，因文致祸，经历了整整二十二年的炼狱之苦。在他后半生，在他功成名就之后，由于他英俊儒雅、才华横溢，不断受到姑娘、少妇们的青睐、纠缠和进攻。贤亮多情善感，也有人性的弱点，被女性久攻之下，不免陷入情网。这给他的家庭带来了麻烦和不睦。

贤亮去世后，他夫人冯剑华写了一篇深情的悼文《世间再不见贤亮》，因其真诚和宽容而使我感动。同时她对前往银川吊唁的《南方周末》记者朱大可说：“他给我的幸福我接受，给我的痛苦我也接受。家家都有本难念的经……”冯剑华用文学语言委婉指出：“他并不是在一个个女人身上寻找母亲，而是在一个个女人身上寻找他父亲喜欢的女人……”冯剑华对张贤亮在外面“彩旗飘飘”有所微词和不满。

但贤亮有负责任的一面。一位年轻女郎 E 在笔会上认识他之后，见他风度翩翩，产生了爱慕之心，提出要和他结合。他严肃地说：“我已成家，有了儿子。我不想让心爱的儿子受到伤害，让他遭受、重复父亲遗留给我的命运。”

在《十月》上发表过中篇小说的西部 B 女士，跟我熟悉之后，向我详细诉说过她对贤亮的恋情以及贤亮对她兄长般

张贤亮

的呵护和珍惜。从银川移居北京亚运村的 Y 女士，写了一部她和贤亮之间情感历程的长篇纪实文学，转辗托人请我审读，想听听我的意见。我看完打电话给她，力劝她不要发表，说："这段情事是你主动进攻，当时你俩都有自己的家庭，这类婚外情发表之后，对你和贤亮都没有什么好处，徒给小报刊增添一些无聊的话题。" Y 女士问我："我能否改一改，把爱情改成友情来写，然后出书？"我说："不能。书稿中种种细节和对话，其显示的基调、场景和氛围，处处流露的是情爱的迹象，而非友谊的表示。" Y 女士接受了我的劝告。

有次开全国作家代表大会，相见时旁边无人，我问他关于他和美女 G 在上海、香港的种种传闻。他对我原原本本地讲述了在上海相识、又在香港相遇的过程。贤亮很坦诚，这是他的可爱之处。

世无完人。全面地、公正地说，张贤亮和张艺谋一样，都是国之重才。贤亮是一棵文学大树，是一株高耸在贺兰山下的“绿化树”，这棵大树上长出了几个树瘤，出现三五根枯枝，或有一些发黄的败叶，无损于它的光彩和巍峨，仍因他的特殊贡献而受到人们应有的推崇、爱惜和肯定。

试问，古今中外有完美无瑕的人吗？

七

我和贤亮已有三十多年交往。我们在北京东四章仲锷家中，在《十月》石景山笔会上，在华侨大厦送他去美国爱荷华写作中心访问的饯别会上，以及在几次全国作家代表大会上，有过多次恳谈。贤亮既是改革开放后标志性的大作家，其作品被译成三十多种文字在世界各国发行，又是有超前意识的企业家。他思想前瞻，视野开阔，谈吐幽默，是个难得的文友。他曾约我去银川一游，由于彼此杂事繁忙，一直未能成行。如今阴阳永隔，看来我只能到他已去的那个世界晤面了。呜呼！

贤哉斯人，亮哉斯文；

斯人已逝，斯文长存。

贾平凹和他的散文

一

我和平凹的心是相通的，不只是因为我俩都爱写散文，更因为是我们都有一个相同的、苦难的童年。“文革”中，平凹在乡间当教师的父亲被诬陷为“历史反革命分子”，开除公职，押回棣花，断绝了经济来源。平凹一家缺钱、缺粮，吃了上顿没有下顿，全家人挨饿。他母亲带着弟妹们投奔亲戚家里寄食。父亲和平凹空着肚子枯守家中，没有吃的，饿得不行。父亲对平凹说：“娃呀，你睡吧，睡着就不饿了。”相同的是，抗战期间，兵荒马乱，我父亲失业，全家挨饿。我母亲带着弟弟投奔她姨母家吃饭去了。奶奶和我守在家里，

贾平凹

先是一天吃一顿稀粥，或只嚼一把黄豆，后来一粒粮食都没有了。我哭着对奶奶说："亲婆，我饿。"我奶奶出于无奈，教我早睡："正図（我小名），你上床睡吧，睡着了就不饿了。"在粒米不进、口吐酸水的日子里，平凹父亲的话，和我奶奶说的话，几乎完全一样。看到平凹少年的经历，想到自己童年时的挨饿，我情不自禁流下了惺惺相惜的泪水。

正因为我和平凹共有过如此贫穷、艰窘的日子，所以我们长大了都勤奋、节俭，不敢懈怠，发愤图强。

我这辈子最钟情的文体是散文。自从1961年大学毕业前在《陕西日报》实习时在该报副刊“秦岭”上发表处女作《杜城抒情》，至今已有五十六年了。我已出版了《废墟上的春天》《爱是一种伤害》《小号在呼唤》等近十部散文集，译介过《屠格涅夫散文选》，编选过《当代中华散文精粹》《外国散文选》《世界美文观止》，当过全国第一至第四届鲁迅文学奖散文杂文奖评委。因此，我对古今中外散文是熟悉的。

当代散文家中，除敬重老一辈的巴金、孙犁、汪曾祺外，还欣赏“二余一冯”（台湾余光中、上海余秋雨、天津冯骥才），但我最爱读的还是平凹的散文。他的散文创作得心应手，顾盼生辉。我甚至觉得他是为写散文而来到这世上的。自然、朴素、真切、生动、日常、哲思，是平凹散文的特点。他的散文和他的生活、和他的见闻、和他的经历相通。他是遇啥写啥，见啥写啥。他很少写名胜风景，而在日常生活上大做文章。一个动作，一次经历，一场谈话，一回肝病，一盘棋子，一株桃树，一片落叶，一根拐杖，一条小巷，一匹骆驼，一块石头，一座火山，凡此种种，都能写得饶有兴味，令人读了还想读。能把日常生活、日常事物、日常景象作为写作对象，使之散文化，这需要才华，需要天才般的巧思和妙手，故散文大家汪曾祺称平凹为“鬼才作家”。在平凹笔下，甚至一个日常的“敲门”动作，也能写得门内外的人物心态毕露，呈现一种生活世相，含意深厚，令人忍俊不禁。

平凹在西安因写作成名。成了名人，开会时人们围着他照相，请他签名、题词，忙得他不能休息片刻。就是回到家里，也不得安宁。他有篇散文《敲门》，就是写他躲在家里写作被不断干扰的烦恼。

20 世纪 80 年代平凹在西安搬了好几次家，都是一室一厅或两室一厅的小单元。许多人想找他聊天，或请他写条幅送给上级当官的，或来请他参加什么会去捧场，或请他看习作提意见，于是常来敲他的门。他关在家中写作，怕人打扰，没有预约的人，决不开门。敲门的人，先是文明轻敲，敲几下，不开门，节奏就紧急起来，越敲越重。不耐烦以后，用重拳敲。平凹惜时如金，决不开门。但敲门者，锲而不舍，不断地敲。敲了一会儿，终于不敲了。平凹以为人走了，可是过一会儿，敲门声又起，才知敲门者并没有走开。来人暂时不敲，或许是累了，或许是以为平凹正在午睡或上厕所。不一会儿，又敲起门来。平凹只能躲在门里像小偷似的不敢吱声。越是不敢吱声，喉咙越发痒，越想咳嗽。他恨自己成了一名不敢咳嗽、无处逃遁的囚犯。来者上午敲不开，下午又来敲。今天敲不开，明日又来敲。有的就蹲在门前，守株（门）待兔（人），想你总有开门的时候。平凹听着敲门声，心惊胆战，不知如何是好。于是他祈求老天爷赶快刮飓风，下大雨，落冰雹，把他解救出来，让他静心写作……

平凹通过《敲门》这篇散文，写名人的苦涩、尴尬、无奈，也活画出闲人的钻营、拍马、无聊。通过一个敲门动作，就栩栩如生绘出社会里的一种世俗现象。

平凹的散文量多质高，很受读者喜爱。他的散文集出了一本又一本，得奖无数，是散文界的领军人物。2017 年 2 月 27 日，中国作家协会书记处任命贾平凹为中国作协散文委员会主任，这是众望所归、获得散文界一致拥护的决定。

二

从 1984 年开始，贾平凹在《十月》杂志上陆续发表了多部中篇小说《鸡窝洼的人家》《腊月·正月》《天狗》《古堡》《故里》……他不断给我们投稿，源于那年春夏之交，我们把他从西安请到北京东二环雅宝路北空招待所 406 室，集中时间给刊物写稿的缘故。夏天在京期间，他去参观了北京大学，写出了散文《未名湖》。我常去雅宝路北空招待所，帮平凹处理一些生活琐事，交各种费用，送回程火车票，因此有不少机会向他请教写散文的经验。

他说：我写散文主要写自己的情绪。必须有自己的发现、识见，哪怕一点点发现、识见，但必须是自己的，否则难写。散文必须真诚，不摆架子，不唱高调。要放低姿态，无情地剖析自己，袒露自己的灵魂。我学习中国的山水画、民间戏曲，从中汲取艺术方法、欣赏习惯、哲学思想、时空处理。我比较过中国的山水画和西洋的油画。中国的山水画，一座山、一条小溪从乱石中曲折流下来，旁立一座亭子，点缀几间草房，添上三几个人，又架上一座小桥，桥上走来一条牛。溪水一直流到你身边，整体感强，视野开阔，不像油画局限于面前所表现的那个情节、那个场面。写散文不要拘泥于老套子。我上小学时老师告诉我：“以后长大写文章，不要被什么格式套住。想写什么，就写什么；熟悉什么，就写什么；写清楚、写具体、写详细就行了。”我一直记住了小学老师的话，才有今天。写作要花样翻新，不断出新，不断创造新形式，从继承旧形式中创造新形式。写散文还要处理好空白。好比绘画，画家不画的地方，正是他想画的地方。作家不写的地方，正是他想写的地方。这就是所谓意到笔不到。作家可以把许多情感、感慨埋在空白之中。不要那么实。实了，就堵塞想象；实了，就不空灵了。有时候为了让作品显得丰厚，可以多角度、多层次、多义性地写。也可以来点朦胧、神秘，朦胧和神秘可以引发想象。故意朦朦胧胧，各人读时有各人的想法。你读它，你觉得是啥就是啥，作品内涵就丰富多彩了。写散文，还要谈心。谈心可以拉近和读者的距离。我早先写散文，一开始老是被退稿，我很灰心，怀疑自己没有写作才能。我就发愤读书，读老庄、太白、东坡，读泰戈尔、川端康成、海明威，反复阅读，读出其中的滋味来。我研究《易经》《道德经》《逍遥游》。中国哲学、美学呈现出许多阴柔的东西，便于浪漫抒情、咏叹人生。我曾在陕西霍去病墓前看到几尊卧牛、卧虎的石雕，那流动的线条，那体现生命强健活力的团块，那古代石匠在石料上几斧就削去多余、砍凿出活生生的动态，使我惊诧于汉代石雕艺术的浑然生动，完全可和古希腊雕刻的精美、细腻媲美。我的散文作品大量吸收了方言。在我们陕西家乡，民间许多方言土语若写出来，恰都是上古雅语。这些上古雅语经过历史变迁，遗落在民间，成为方言土语。这类方言古语，就演变为语言之海中像雪浪花一样的美丽结晶……

说到这儿，平凹反过来问我：“您写散文比我早十多年，也请您谈谈写作体会。”

我说：“我的散文缺乏您的灵气，书卷气较重。如果说也有一点想法的话，那就是散文要有‘我’。有了我，就有了独特的体验、识见、发现，就不会和他人重复，与别人雷

贾平凹绘《暖水图》

同了。我主张散文要破除种种束缚，应放开手脚，让百花齐放，千卉共绽。散文需要冲破樊篱，博采众长，向小说、戏剧、诗歌、音乐、绘画借鉴，丰富表现手法。散文可以像小说那样描绘人物，可以像戏剧那样展开对话，可以像诗歌、音乐那样，蕴含内在的韵律和节奏，更可以像绘画、雕塑那样突出视觉形象。散文应广纳姊妹艺术的长处，打破界限，拓宽文路，别开生面。杂交在生物学上可使新品种富有生命力，在文学艺术领域，杂交也可使作品呈现崭新的活力和蓬勃的生机。"

平凹说：您关于文艺杂交的想法精彩，我有同感。此外，我觉得除读书外，还要多走路，即所谓"读万卷书，行万里路"。商州是我的故乡，近年我两次回到商州，一个县一个县走，体察风土人情，获得许多素材。底层有许多感人、有趣的故事，关键是你要吃得了苦，下功夫去深入挖掘。有一天，我在山间走，坐在河边休息时遇到三个扛檩条的青年。他们告诉我：山里一个叫驼背老五的老汉，嫁闺女要一千二百元彩礼。那女子偷她爹一百元，又将家里一个铜香炉卖了一百元，又上山挖药材赚了一百元，凑起来一齐给那个光头小伙子。那晚我恰巧住进了那姑娘家，正在和她父亲驼背老五说话，她走进门来，脸面很白眼睛大，身穿细花小袄，腰细胸高，一个十分出色的山里女子。这就是要和扛檩条的光头青年好的那个姑娘。姑娘对父亲说："我到山上砍柴去了。"她爹说："砍柴？你别把魂丢在了山上！我匣子里的钱怎么没有了？”那女子倒动了火：“我怎么知道？你一辈子把我看得那么重，钱却比你闺女还金贵。你问我，是我偷了不成？！”老汉不言语了，怀疑自己记错了地方，气得用长烟袋杆在门框上敲得笃笃响。五天之后，我又顺脚弯到驼背老五家去，屋里没有那女子，老汉卧在一堆柴草中哭。好容易问清了，那老汉想起那笔钱就是装在匣子里，便质问女儿。女儿如实说了。老汉把她打了一顿，将她关在柴火房里，又上了锁。等到第三天，那掮木头的光头走到河边，向这里吹哨做暗号，那女子就踢开后窗跟那汉子跑掉了。您看，乡村姑娘的爱情就是如此坚贞、刚烈。

平凹把他看到、听到的山间故事写成了散文《一对情人》，登在《商州初录》里。他本人因“商州三录”系列而扬名文坛。

三

1989 年 4 月 20 日，中国作家协会党组书记唐达成率领多位工作人员，到江苏无锡市金城宾馆召开第一届全国优秀散文集颁奖会。与会者有评委、获奖者袁鹰、张锲、黄裳、黄宗英、唐弢、邵燕祥、黄秋耘、艾煊、苏予、陈小川、舒展、田野、曾卓、骆文、王淑耘、郑法清、冯骥才、曾敏之、赵丽宏、赵翼如、秦文玉、薛尔康等人。还有来自全国各地的著名散文编辑如人民文学出版社的季涤尘、天津《散文》

主编贾宝泉、上海文艺出版社的陈先法、郑州《散文选刊》主编张若愚、广州《随笔》的郭丽鸿、《羊城晚报》副刊的陈兵、福建作协的朱谷忠。

贾平凹的《爱的踪迹》获奖，因而到无锡与会。4 月 21 日颁奖会上他上台领了奖状、奖品，并在其后的讨论会上做了重点发言，陈述了如下见解：散文应表现自我。最重要的是自己的感情、感受、感觉。要情文并茂，第一是情，其次是文。要朴素、自然，有摆脱束缚的自由心态。要有情趣、意境、节奏。要超越激愤，达到幽默。散文作者应有现代意识，也应向外国、古代的经典学习。散文为让多数人爱读，应增加情节，让它兼起小说的作用。散文既是散文，又有小说的情节，读者范围就广了。比如台湾的三毛，她在全国读者这么多，这和她的散文有情节、既俗又雅有关。散文既要脱俗，又要入俗。大俗就是大雅。我爱读三毛的散文，被她的《撒哈拉的故事》《哭泣的骆驼》所征服。我从三毛的作品中借鉴到许多东西……

讨论会期间，我和平凹一起参观了宜兴陶瓷工艺品展览、江苏省第五届盆景展，到太湖边的鼋头渚散步，路过的茶园、竹林，苍翠欲滴，湿润宜人，别有一番“杏花春雨江南”的味道。

荡舟太湖碧波之上，我告诉平凹：你在散文研讨会上提到了台湾的三毛，真巧，我看到报纸上的消息说，这几天三毛（原名陈平）正在她的原籍浙江舟山市定海小沙镇陈家村祭祖。她在4月20日即我们到达无锡那天，到故乡探访乡亲，祭拜祖宗。离开故土时，三毛带走了家乡一抔土、一瓶水、一只花篮。她告别家乡之前对亲人说：“我在台湾长大，到国外生活了二十三年，从没有像今天如此爱恋中国这片土地，这种民族感情是没有办法从我心中拿走的。”我望着浩渺的太湖，对平凹说：“三毛作词的《橄榄树》里写道‘不要问我从哪里来，我的故乡在远方……’无论漂泊、流浪到何方，三毛的乡愁、她的家国情怀，总像醇酒那样浓酽。”

无锡会议一年半之后的1990年10月，陕西人民广播电台记者孙聪在杭州花家山宾馆巧遇三毛。三毛告诉他：“我特别喜欢读西安贾平凹的书。平凹的书太有意思了，他用词很怪，可很有味。每次看完我都要流泪，眼睛都看不清了。他写的商州人很好。他很深沉，我崇拜他。他是中国当代最好的作家。明年或后年，我要以私人名义去西安，让平凹给我借一辆旧自行车，陪我到商州走走。我希望平凹给我寄几本新书来，我一定将书款邮去。”三毛托孙聪送平凹一张名片，上写：“平凹先生，您的忠实读者三毛。”

平凹在西安听到了孙聪的转告，立即给三毛寄去了四本新书，并给她写了一封信：“三毛，您好！盼望您明年来西安。只要您肯冒险，不怕苦，不怕狼，能吃下粗饭，敢不卫生，我们就骑旧车子去一般人不去的地方逛逛，吃地方小吃，看地方戏曲，参加婚丧嫁娶活动，了解基层人事……”平凹的书信是1990年12月16日寄走的。二十天之后，即1991

年1月6日，他看到报纸上的消息，说三毛于1991年1月4日，在医院自杀身亡。作为一个爱她的读者，平凹无限悲痛。他遗憾的是，他们刚要结识，三毛即离开了世界。平凹撰写了《哭三毛》的悼文："为什么我们之间相识的缘分，是这样一种神秘的境遇呢？"

四

从1994年夏天起，我和原籍陕西泾阳、曾担任《延河》主编、后调北京工作的白描先生，同在中华文学基金会创办的《21世纪文学之星丛书》编委会任编委多年。这期间，他绘声绘色告诉我一个关于贾平凹在他家"分香散玉"的神奇故事。

1999年11月深秋的一天，平凹的散文荣获"中国石油铁人奖"，到北京人民大会堂领奖。晚宴之后，贾平凹和李炳银、雷抒雁、雷达到白描家中闲聊。再加上白描妻子毕英杰一起，六个"陕西帮"（雷达原籍天水，毗邻秦岭，常以陕西人自诩）一起喝茶、神侃，兴致盎然。

白描系中国玉文化顶尖专家，是美玉和翡翠的鉴赏权威。这伙老乡在神侃中自然谈到了主人白描喜爱的玉石。权威评论家雷达从脖下掏出一块玉佩，炫耀地告诉文友："近日得一古玉，上有阴刻文字，不认识，请诸位看看。"大家传阅

一遍，果然是块好玉，明亮滋润，雕工精致，但无人识得玉上的篆字。雷达听见众人夸奖，面露得意之色，悄然把玉佩塞进秋衣领内，细心保护起来。

贾平凹看完雷达的佩玉，一脸神秘地说：“我有一块更好的玉。”说着从脖领子里扯了出来。报告文学专家李炳银坐在旁边，靠近前去，赏那宝玉。平凹舍不得从脖子上卸下那心爱之物，炳银只得凑近前去欣赏，斜着身子看罢，连说：“不错，不错。”平凹益发得意，说：“你再闻一闻。”炳银便凑过去闻了闻，惊讶地说：“咦，怎么有一股香味？！”平凹忙将宝玉塞进衣领，按了按，藏了起来，说：“知道吗？它是名贵的金香玉！”

“啊，金香玉？！”众作家听了一愣。

平凹慢慢诉说它的来历：这是稀罕之物，除发现该玉的山中老人外，世上仅有三人分此宝贝，他本人是其中之一。

平凹平时爱收藏各种珍宝，早已名声在外。他的神秘显摆，立即引起了在座众乡党强烈的好奇。

雷达一改斯文常态，急不可耐地要看这金香玉，扯着喉咙连声喊道：“平凹，快卸下来，卸下来！”这块美玉是平凹最钟爱的心肝宝贝，一条细绳套在脖颈上，平时秘不示人，且绳子紧短，戴卸均不方便。在众人强烈要求下，平凹无奈把玉卸下，将它交给雷达。雷达手握褐色金香玉，看了又看，闻了又闻，果然是透着一股异香的瑰宝。

众人争看期间，平凹细说那金香玉的藏身之处。说是终南山中，有一老人深入流淌着泉水的狭洞，偶遇一块有香味的石头，便搬回家中。后被地质部门专家鉴定是一块“金香玉”。地质专家循迹去找宝，因一场暴雨使山体大面积滑坡，已把那山洞埋没覆盖，故找不到金香玉原来的藏身之地。既是天下极品，众人传看，爱不释手。但古书《礼记·玉藻》早有提醒：“君子无故，玉不离身。”佩玉离身，必有变故。在座诸位传阅罢，毕英杰女士把美玉还给平凹。谁知在递接瞬间，一失手，那块玉“啪”的一声跌落在茶几玻璃板上。“啊呀！”众人惊叫。平凹在那突发事件刹那，听声之后，闭目连呼：“六块，六块。”声音怪异，像是祈求上苍。众人屏息敛气，俯身一看，果然六块。平凹说：“如何？玉是灵性之物，知道诸公内心钟爱，便碎成六份，每人一块，大家分享。”

这出人意料的巧合，益发增加了灵玉的神秘色彩。

白描怪妻子失手，内心不安，郑重对平凹说：“我将这一块用金子镶嵌好了给你，让金香玉变成金镶玉，送你留个纪念吧。”

令众人惊愕的是，往日人们都说平凹极悭吝，那晚则显大将风度。他谢绝了白描的馈赠，说：“人有人缘，玉有玉缘。今夜在座六人，全是陕西老乡，美玉碎成六块，是上天的旨意，让大家共有，正是各得其所。此乃祥瑞之吉兆也。”于是众人抚摸自己分得的一块小香玉，反复闻看，喜爱之情，溢于言表，随即七嘴八舌笑谈意外收获。白描夫妇便铺纸备墨，请平凹一展书艺。他笔墨功力深厚，名声远播，请他写字者络绎不绝。

分玉平凹，提笔舔墨，静默片刻，落笔写了两个大字：“分香”。重笔侧锋，凝然有魏碑风骨。只是整张宣纸，只写“分香”二字颇显空旷。诗人雷抒雁来了灵感，提议说：“再加两字‘散玉’。分香散玉，何等高雅，何等诗意。”众人鼓掌称好。平凹便又蘸墨汁，挥毫添了“散玉”二字。写完，来了兴致，改用细笔在宣纸上下空白处用小楷详记那夜赏玉、碎玉经过，遂成一篇《分香散玉》的记叙美文。白描抢先一步说：“这书法作品我收藏了。”

在那难忘的秋夜，平凹不以物喜，不以物悲，轻物重友，身怀玉德，颇有古君子贤士之风。从此，平凹挥毫撰写的那篇《分香散玉》的书法美文，便一直秘藏在曾任鲁迅文学院常务副院长、现任国家玉雕专业委员会会长的白描先生家中。

五

“分香散玉”的故事发生十年之后，即 2009 年 10 月 1 日，是中华人民共和国成立六十周年纪念日。那年初，中国作家协会和《人民日报》社经过商量决定联合举办“放歌 60 年征文”活动。中国作家协会书记处聘请崔道怡和笔者当特约编辑向全国名作家约稿。从 3 月底开始，作协创联部有关负责人高伟先生，开车把我俩分别送到在京作家袁鹰、邓友梅、玛拉沁夫、李瑛、林非、陈祖芬、王宗仁、王宏甲、徐剑、徐坤、梅洁（已从石家庄迁居至北京西郊）、周晓枫等人府上，向他们详告国庆征文的缘起，请名家们踊跃赐稿。同时向外地作家谭谈、王充闾、冯骥才、贾平凹、张贤亮、张笑天、熊召政、王旭烽、黄亚洲、赵丽宏、王剑冰、赵翼如、乔叶、裘山山、李佩甫、聂鑫森等人打长途电话，约写庆祝国庆六十周年的征文稿。其中，贾平凹响应最积极，来稿最及时。记得我 5 月 6 日在中国作协大楼创联部给远在西安的他打电话约稿，八天后，即 5 月 14 日，我们就收到了平凹的来稿。我和道怡兄急匆匆通读一遍，大喜过望，迅即编上版，让它在《人民日报》副刊上和读者见面。

平凹的征文稿题目是《从棣花到西安》。他在征文中说：他父亲那辈人从家乡棣花镇去西安求学，是步行的，要走七天。一路上随处都能看见跋涉者扔下的一双双穿烂的草鞋。到他去西安上学的时候，有了公路，一个县每天可以通一趟班车。买票却极其困难。要头一天从棣花赶到东边县城车站，成夜排队购票。汽车在盘山公路上摇晃，头就发晕。晕车的人靠住窗口呕吐。道路窄陡，结了冰，要挂防滑链。到了中途黑龙口，下车解手、吃饭。穿着棉袄棉裤的乘客们，像插萝卜一样挤在一起，待下车时已浑身冻僵、麻木，需要揉揉腿才能动弹。平凹才扳起一条腿来，旁边人连忙喊道：“这是我的腿呀！”平凹就说：“我那腿呢？！”感觉他没了腿。20世纪90年代初，公路改造了，不再是沙土路，铺了柏油，而且很宽，车和车相会，眨一下眼就错过去了。后来呢，连棣花也有人买了私家车。到了2000年，开始修铁路。通车那天，人山人海，像过节一般。有了火车，平凹却没有坐过火车回到棣花，因为火车开通不久，就修了一条八车道的高速公路。村里人把这条高速公路叫金路！是用一捆子一捆子人民币铺出来的。他第一回走高速公路回家，没有打盹，一路看窗外的景色。车突然停了，司机说：“到了。”平凹有些不相信，但他弟就站在老家门口，正朝他笑哩。平凹看看表，竟然仅一个半小时。从此，他更常从西安回到棣花老家了。经常是他打电话给弟说要回去。弟问：“吃啥呀？”他说：“面条呗。”他弟放下电话开始和面、擀面；擀好面，烧开锅，一碗捞面刚端上桌子，平凹的车正好停在家门口。从此棣花成了旅游点，开办了农家乐小饭馆，小洋楼一幢幢盖起来，有汽车的人家也多了，老街重新翻建，越发热闹起来了……

平凹在征文中采用今昔对比的手法，描写六十年来从家乡棣花镇到省城西安交通状况的巨变，以此歌颂祖国经济建设日新月异的辉煌成就。

2009 年 5 月中旬，我和道怡看完平凹来稿，相视笑道："什么叫大手笔，如此朴素自然的命题征文，才叫大手笔！"

2009 年 11 月 20 日，由《人民日报》和中国作家协会联合举办的"放歌 60 年征文"颁奖会在中国现代文学馆多功能厅隆重举行。贾平凹的《从棣花到西安》和袁鹰的《大安门见证》、林非的《渡过长江去》、陈祖芬的《明朗的天》、邓友梅的《开国六十年，笔耕一甲子》、王宗仁的《布达拉宫侧影》、王蒙的《歌声涌动六十年》、蒋子龙的《小镇示范》、熊召政的《选一个词汇赞美祖国》等二十篇散文作品获奖。平凹从西安特地赶来北京领奖。我又一次见到他，祝贺他征文获奖。他说："这要感谢您打电话向我约稿呢。"

颁奖会上，我和平凹与其他获奖者、评委们一起站到多功能厅讲台上合影留念。而平凹的美文《从棣花到西安》，由于感情充沛、形象和细节生动、语言朴实，后被编入多种语文教科书，受到全国广大师生的赞赏。

六

1993 年我退休后，用掉整整二十年时间，遍览世上百多个国家上万篇作品，从中遴选了一百六十篇杰作（外国八十篇，中国八十篇），编成一厚本《世界美文观止》，于2014年由中国作家出版社出版。我认为，一篇作品拥有了生动的语言、精彩的细节、深邃的思想、新颖的构思、巧妙的角度、真挚的感情，就可以构成经典美文。而平凹的《丑石》是符合这些条件的，故我经他授权、同意，将它编入《世界美文观止》之中。在该书初版四百九十页，我在导读文字中写道："贾平凹（1952—　）陕西丹凤人，1975年毕业于西北大学中文系。我国当代杰出作家。他著作等身，代表作有长篇小说《浮躁》《废都》《秦腔》《古炉》《带灯》等。中篇小说有《天狗》《鸡窝洼的人家》《艺术家韩起祥》等。散文集有《爱的踪迹》《商州初录》《定西笔记》等。获奖众多。作品已译成英、法、俄、德、日、韩、越等多种文字。他的写作既传统又现代，既现实又超越，语言朴拙，人物生动，细节鲜活，想象丰富，通俗中显真情，平淡里见悲悯。他主编《美文》杂志，倡导好散文是美文。美在何处？美在痛苦之中，美在忧伤之中，美在悲剧之中，美在距离之中，美在孤独、寂寞之中，美更在日常生活之中。关键你要有一双发现它的眼睛，敏锐感受它，生动描绘它。他从老庄哲学、汉代石雕、中国绘画、秦腔戏曲、民间工艺中吸取营养，借用它们的艺术手法写作散文。《丑石》是绝品，表达平凡中的伟大。常人看是一块不中用的丑石，却被天文学家发现它是从天上掉下来的陨石，具有天体科研的巨大价值。无知常对真美视而不见，只有具备专业知识的内行，才能用智慧，识别出它是了不起的珍宝。”

如今《世界美文观止》已加印两次，我相信平凹的美文《丑石》必能流传下去。

平凹是文艺全才。他散文、小说写得好，还能画画，书法亦佳。尤爱收藏：陶罐、瓷瓶、木雕、石刻、美玉、拓片、碑帖，充塞于家中各处。他从小生于终南山中、长于丹江河畔，打柴歇息于卧石之上，渡河跨越于石礅之间，一直与石为伴。《丑石》之外，他又写了《三目石》《鱼化石》等文章。后又为藏石家李饶的藏石配文，出版有《小石头记》一书。平凹坦言：“玩石人绝不丧志。玩的石都是奇石，归属于发现的艺术。玩石需要高洁的情操，淡泊的态度，这就是缘分。”

贾平凹有一次在河滩上拣到一对石头，其纹路恰巧是“平”“凹”两字，属于巧夺自然神工的天赐之物——这就是他说的“缘分”。

李存葆的《高山下的花环》与我

一

1982年春天，中国人民解放军总政治部文化部召开了军事题材文学创作座谈会。我以《十月》杂志编辑的身份与会。那次会上，胡乔木同志就如何解放思想、如何繁荣军事文学创作两个问题，做了重要报告。

与会者发言踊跃。有的指出，不敢解放思想，束手束脚，回避矛盾，粉饰生活，是我国军事题材文学作品缺乏艺术力量、不能感人的重要原因。有的说，提高军事文学的质量，关键在于应该像战争本身那样，如实地、真实地描写它的复杂、尖锐、深刻、众多的矛盾，它所引起的社会各阶层的变

李存葆

动和反应，它在指战员心灵深处产生的波澜，它在参战者内部引发的冲突。绝不能把曲折多变的战争生活筛选、磨平得像长安街那样平坦。有的说：我们写不出像《巴顿》《这里的黎明静悄悄》那样的作品，是因为框框太多，套套太多，清规戒律太多，怕这怕那，怕被人戴上“毁我长城”的帽子。有的说：军事文学一定要从战斗、战役的烦琐描绘中摆脱出来，把重点放在塑造人物上，塑造了个性鲜明的、多侧面的、有血有肉的英雄形象，才能震撼读者的心灵。有的说：重要的是细节。一个细节抵得上万语千言。比如一只蚂蚁，就有文学价值。战役前，指挥所帐篷里静极了，静得听得见一只蚂蚁在军事地图上爬行的微音。这样一写，就把战争打响之前指战员们屏声敛气的紧张氛围烘托出来了。有的说，人类历史上迄今已经发生过两千多次大大小小的战争，很早就有了军事文学。军事文学总是充满魅力，牵动人心。我国古代神话《黄帝战蚩尤》，从《国殇》《战国策》《史记》到《三国演义》，描写了大量的战争生活。古希腊荷马的两部伟大史诗《伊利亚特》和《奥德赛》，俄国的《伊戈尔远征记》《战争与和平》，美国的《丧钟为谁而鸣》、电影《乱世佳人》等，都描写了战争。军事文学高度集中了正义与邪恶、光明与黑暗、自由与奴役、残酷与胜利，始终具有撼天地、泣鬼神的艺术力量，吸引着古今中外一代又一代读者……这些发言，使我大开眼界。

会议期间，大会组织与会作家乘车到河北高碑店去看当地驻军战士打靶演习。大巴车上，与会的济南部队歌舞团创作员李存葆，和我坐在一起。我向存葆约稿。他向我讲了三个题材：一个是《月照军营》，是描写军人爱情生活的；一个是《英雄一生》，是叙述一位将军从抗日战争、解放战争、抗美援朝一直到今天的戎马生涯；一个是《高山下的花环》，围绕着一个边防连队战前、战中、战后的生活，反映了当时社会上、军队内部存在的种种尖锐矛盾。我听了他的三个题材，对《高山下的花环》最感兴趣。于是把自己新搬到北三环中路的家庭地址抄给存葆，热情邀请他到我家里长谈。在交谈中，存葆讲了在前线的所见所闻。当地卖鸡蛋的妇女们听说伤员需要鸡蛋补养身体，便排着队拎着整篮整篮的鸡蛋送到医院，分文不取。有个战士出征前叫护士抽自己的血输给受伤的战友，自己上了前线，不多久他又被抬回来了，原来他受了重伤，流了大量的血，牺牲了。几个护士流着眼泪，烧了水，替他洗净伤口，揩净身子，把他掩埋了。护士们还跪在战士坟前磕头……他还讲了后来在《高山下的花环》中详细描写的三个细节（雷军长因为在战前有上级领导擅自把儿子撤向后方而甩帽骂娘、梁三喜留下的血染的账单、两发没有发出的臭弹）。我听了眼睛发亮，深感这三个精彩的细节内涵丰富。把这三个细节加以开掘、延伸、纠结、呼应、推进，将会给这部小说展示一个宏大、广阔的社会背景。在交谈中，我建议作者，写军事文学作品，除了大力歌颂军队丰功伟绩、英勇献身的同时，要敢于如实揭示军队内部存在的深刻矛盾。我说，任何团体组织，都不可能是铁板一块，军队内部既有正气的一面，也有阴暗的负面。如果军旅文学作者只到地方上寻找对立面，那就没有紧张性、没有爆发力。原子弹所以威力巨大，是因为原子核内部结构双方的裂变、爆炸。曹禺的经典剧作《雷雨》所以精彩，常演不衰，就是因为周朴园这个家庭内部成员之间充满纠葛、冲突、争斗，这才产生了恒久的艺术魅力。我建议存葆有胆有识地写，冲破精神枷锁，摆脱清规戒律，跨越好人好事的写作水平，把严酷的战争真相、鲜活的战士心灵，淋漓尽致地展现在读者面前。

二

文学会议结束后，李存葆留在北京参加了解放军文艺社举办的小说读书班。他边读边构思，给小说列了个人物表，躲在北太平庄北三环路 36 号文艺社图书楼里写起来。他从 1982 年 5 月 20 日动手写《高山下的花环》，到 6 月 19 日就完成了初稿。并于 7 月 5 日至 7 月 18 日改写、誊抄完毕。当天傍晚，李存葆拿了一大摞原稿送到北三环中路我家里，希望我尽快处理。当晚我连夜审读。翻完最后一页稿纸，我如同淘金者终于觅到了大金块那样，喜悦之情，难以抑制。我断定：这是一部难得的突破之作，这是一部我早就盼望的好稿，这是一部能给《十月》和作者带来巨大荣誉的力作。文中第五节描写的雷军长怒发冲冠甩帽骂娘的严厉场面，第八节中靳开来为了让战友解渴去割甘蔗时牺牲的情节，第十四节中韩玉秀月夜到梁三喜坟上悲泣的细节，在我心中留下极其深刻的印象。我想和妻子分享我的激动和喜悦，从桌旁站起来，看见床上的妻子正发出均匀的鼾声，睡得正酣。我独自离开卧室，走到阳台上。东南方几百米外西黄寺里小白塔上葫芦形的金顶，正沐浴在黎明前的曙色里。“这里的黎明静悄悄。”我却心潮翻滚，激荡不已。我知道，再过几小时上班之后，当我把这部稿子向编辑部郑重推荐，同事们肯定兴奋得摩拳擦掌，喜出望外。

清晨，我急匆匆写了如下一份审读报告——

济南军区歌舞团创作员李存葆写的《高山下的花环》，描绘的是南疆自卫还击战开始前，一个企图走后门撤退到后方去的高干子弟，在战友们的英雄行为感召下，终于留在战场上，由落伍者变成为战斗英雄的曲折故事。小说的情节围绕着一个尖刀连在战前、战中、战后的军事生活展开，但作者把这个连队的生活放在广阔的生活背景上，通过复杂的人物关系、有血有肉的人物形象，对边境自卫还击战这一历史事件做了综合的、深刻的艺术概括。他既写了前方，又写了后方；既写了严酷的战争环境中的流血牺牲，又写了十年动乱给我们留下的灾难；既写了高级干部中的个别落伍者，又写了叱咤风云、正气凛然的高级指挥人员；既写了闪耀着英雄光辉的军人事迹，又写了老根据地人民高尚的品德。这部作品，既有强烈的现实感，又有一定的纵深感。它在真实而又感人地描绘战场真相及指战员丰富的心灵方面，具有独创性的经验，因而将会引起文学界和广大读者的重视。小说虽然描写了战争的严酷、战士的牺牲，但它不是给人以哀伤，而是给人以激励，这是十分难能可贵的。作者着力刻画的几个人物，心灵都很美。雷军长坚持原则，具有将军风度；梁三喜连长牺牲之前留下遗书，叮嘱家里人在他

李存葆

死后用抚恤金替他还账；赵蒙生、薛凯华、靳开来，甚至“艺术细胞”段雨国，也都写得有血有肉，很有个性。两个农村妇女的形象，写得光彩照人，崇高伟大。是她们，过去用小米和乳汁养育了人民军队，今天又把自己的亲骨肉献给了祖国。人民，真正是我们的上帝。一部八九万字的中篇，能写活七八个人物，这是不容易的。《高山下的花环》文笔朴实，感情深厚，后半部有些篇章，读来感人肺腑，催人泪下，震撼着、净化着读者的心灵。我建议将这部作品作为重点稿件，刊登在下一期《十月》的头条位置。

1982年7月19日凌晨

写毕，小心把这部稿子和审读报告放进背包，骑着自行车进城。尽管一夜未睡，我精力充沛，飞快骑到了当时《十月》办公地点崇文门外东兴隆街51号。当我详细介绍了《高山下的花环》的情节并宣读了我的审读报告之后，整个编辑部立即行动起来，互相传阅，只花了两天时间全都看了一遍。一致决定把它作为重点稿放在头条隆重刊登出来。组织评论稿的同志提议请当时担任作协书记处书记的评论家冯牧写一篇评论同期发出。编辑部因为得到了这部好稿像过节般兴奋。三天之后，我就通知李存葆，《十月》决定采用《高山下的花环》，感谢他写了一部震撼人心的佳作。

三

1982年8月10日，我躲在家里编《高山下的花环》。尽管我是第二遍细看全稿，看到后半部梁大娘和韩玉秀在梁三喜牺牲之后来部队的情节，仍禁不住潸然泪下，有时激动得编不下去，便站起来在卧室兼书房里来回踱步。第十五节末尾，当梁大娘和韩玉秀还清了梁三喜生前的欠账回山东沂蒙时，李存葆的原稿是这样写的："从沂蒙山来的三代人，就这样走了！"编到这儿，我觉得意犹未尽，感情不够强烈，便在稿边上做了加工，改成："走了！从沂蒙山来的祖孙三代人！啊，这就是我们的人民，我们的上帝！"我加上的这一小段，后来成了话剧、电视剧、电影《高山下的花环》中雷军长面对观众时抒发的最后一段感情强烈的台词。每当雷军长说这段话时，观众总是感动不已，泪流满面。我和李存葆到全国政协礼堂看李默然率领的辽宁省话剧团演到雷军长说这段话时，存葆轻撞我的肩膀，带着谢意说："经您这么一改动，帮我升华了，升华了，感情充沛了！"

稿子编完，送给熟悉军事文学的评论家冯牧写评论。冯牧读完，认为这是一部难得的好稿，很快写了一篇激情洋溢的评论文章《最瑰丽的和最宝贵的——读中篇小说〈高山下的花环〉》交给我们。因为我得知此前《解放军文艺》的编辑、领导看过《高山下的花环》原稿，觉得太尖锐，揭露军队内部矛盾太深，不敢发，所以没有把此稿拦截下来。故我在发稿时千叮万嘱编务，此稿的校样绝对不能传出去，要严格控制。我最担心的是校样传到了某些胆小又有戒律的领导手里，他们下令撤稿，使这篇佳作中途夭折，不能和广大读者见面。冯牧的评论稿是 1982 年 8 月 30 日写的。我拿到评论稿后，于 9 月初让编务把那期稿子送到西城车公庄新华印刷厂排字、印刷。

接着发生了一件怪事。此稿发往新华印刷厂不到十天，就有北影一位姓张的导演找到我家里，提出北影要把《高山下的花环》改编成电影。我感到纳闷，那期刊物要到 11 月初才出版，我作为责任编辑，还未拿到初校，那位导演是怎么知道作品内容的呢？后来经过调查，才知道新华印刷厂的工人们排字时，因受了作品情节的感染，一边流泪一边偷偷多印了校样，带回家里给亲友们传阅。校样又经过多次复印，于是此稿在社会上不胫而走，迅速传开。那位导演看到的就是工人偷印的校样。

在此情况下，我告诉存葆："这一期《十月》出版后，你将走红，你很快将被记者包围，成为文坛的名人。当名人是不容易的,众目盯视,树大招风,希望你经得住荣誉的考验。"

刊物出版后，我就陆续听到来自各地的消息：一位管文艺的中宣部副部长在北京和平宾馆报告文学座谈会上说："这期《十月》发表的《高山下的花环》，是一部思想上、艺术上有突破的作品。"《文艺报》副主编唐因称赞《高山下的花环》是解放三十多年来第一部写军队内部深刻矛盾的优秀之作。南京召开的当代文学研究会第三次学术讨论会上，称《高山下的花环》是爆炸性的、震撼读者心灵的作品。著名评论家唐达成、雷达、陆文虎、范咏戈、王春元、李炳银等纷纷撰文称赏。刘白羽在《文艺报》上就《高山下的花环》发表长篇谈话。上海作家协会专门组织座谈，盛赞《高山下的花环》的突出成就，一致称赞说：多年来没有看到过这样使人感奋、催人泪下、激人奋进的小说。这不仅是军事题材创作领域中的一大突破，而且也标志着社会主义文学发展达到了一个崭新的水平。

那一期《十月》发行到哪儿，哪儿就有大批读者来信邮到编辑部。读者来信多到我来不及拆阅，只能用好几只麻袋来装。我接到一些大中学校图书管理员来信，他们说学生们在图书馆开馆前就排着长队，一开馆，他们冲进来，全都伸手要借阅那一期《十月》。他们说，一共几本《十月》几乎被借得翻烂了，问我能不能给他们补寄几本。东北佳木斯听众来信告诉我，当地许多人在露天零下二十多摄氏度的严寒下，跺着脚、哈着气、围着电线杆上的大喇叭听电台的连播。工读学校的老师来信说，他们学校里一个学生，看了《高山下的花环》，老实交代了偷人家七百三十元的丑事。他要求他们的父母像梁三喜还欠账那样，把七百三十元还给人家，并向被偷者道歉。

《高山下的花环》真正起到了净化人们灵魂的作用。

四

不久，李存葆从济南写信告诉我："您曾经对我说过，《高山下的花环》发表后，'你很快将被记者包围'，正如您预料，目前我已陷入应接不暇的处境。最近，几家电影厂天天有长途电话和信件来。大前天，我一天竟接了五个长途电话。青年电影制片厂的编辑来过两次长途电话，说电影学院的院长成荫同志看过《高山下的花环》，极感兴趣，要求合作，并给军区文化部来了公函。中央人民广播电台文艺部的同志来了信，认为《高山下的花环》稿是'近两年来又一新起点和高峰’。这一评价使我受之有愧。他们决定在小说连续广播节目中，将长篇《李自成》的广播后推一周，先播《高山下的花环》，并已着手将《高山下的花环》改成广播剧，争取在明年一月份或春节时播出。大前天晚上，我接到解放军艺术学院来的长途电话，他们说已看到《高山下的花环》，决定将它改编成话剧，要派人来找我谈谈。因为他们是通过部队这条线联系的，我不好推，看来只得陪他们一两天，但我说我不参加他们的改编。他们要跟我议一下结构，我实在无法推。最近我天天收到读者来信，读者来信反应的强烈程度是我始料不到的。北京第二医学院的素不相识的学生给我来了一封很长的信，使我很受感动。他在来信中说，他以前每当看到有关描写部队生活的事都极不感兴趣，认为写大兵的事都是舞刀弄枪，火药味浓，没人情味，可以不看。这次当他拿起《十月》时，也是先把其他一些作品看完，觉得没别的看了时，才顺便看了几眼《高山下的花环》，但一看就不能放手了，完全被作品中的人物所征服。他说这是近几年看小说流泪最多的一次。他说他曾是一个玩世不恭的青年，把一切都看透了。看了《高山下的花环》后，他觉得生活中也确实有梁三喜、雷军长那样的英雄人物，因此他看到我们的国家是有希望的，我们的民族是世界上最伟大的民族。最后他表示一定要努力为人民工作，为人们解除病痛，以此来报答烈士的鲜血。我也收到部队读者来信，反应跟地方读者一样……这封信我断断续续写了一天，因山东省电视台的导演非要搞四集连续剧不可，并请我们军区的副司令员当军事顾问。导演跟我谈了一下午，让我自己改，我不改。他便说他改好后让我帮着过一遍。我想把这些事情赶快处理一下，下一步得考虑写点别的了。我深知，仅有一篇《高山下的花环》是远远不行的。当然，《十月》发表了《高山下的花环》，使我取得了一个‘发扬火力’的立足点，这是我铭记在心的。信写得很乱，请谅。致军礼！李存葆　11月25日于济南。”

事实上，不仅存葆受到了包围，我作为责任编辑也受到了包围。《光明日报》《文汇报》纷纷采访我。许多文艺单位、报刊找我介绍作者情况，要我缩写《高山下的花环》的故事梗概。中国作协办的《文艺情况》，要我谈组稿经验。许多机关、学校要我参加他们的读者座谈会。许多部队作家到我家里拜访，向我谈他们的创作构思，强烈要求我跟他们合作。从1982年年底到1983年春天，我跟存葆一样忙得不可开交，废寝忘食。

五

我认为：凡在思想、艺术上取得较大成就的军事题材作品，大都跳出了战术、战役的狭隘圈子，由军营、战壕、前线迈向社会，引入后方，展现特定时代政治的、经济的、思想的以及民心民风民俗民情的广阔背景。

《高山下的花环》的立意、构思，是从军事生活和社会生活的紧密联系中，诞生、延展、丰富而来的。发现、感知、感受军事生活和社会生活的紧密联系、渗透交融，使作者顺理成章地塑造了梁三喜、靳开来、雷军长以及梁大娘、韩玉秀等生动的人物形象。

《高山下的花环》的成功，说明军事文学如果如实地展示了军队内部尖锐的矛盾冲突，就可能产生震撼读者的艺术力量。生活中存在的矛盾，无论多么尖锐、阴暗，绝不能回避、讳饰。重要的是发现、描写实际存在的正面力量去解决它、战胜它。《高山下的花环》的作者敢于在决战时刻，描写血、死、穷、苦、债、悲伤、牢骚，揭示雷军长和军区卫生部副部长之间剑拔弩张的尖锐冲突，揭示梁三喜和赵蒙生之间的思想交锋，揭示前线战士和后方指导机关官僚主义的

矛盾——这显示了一个艺术家创新、探险的勇气……

六

文艺界曾经长期被“左”的思潮主宰着、影响着，批判运动一个接着一个。《高山下的花环》写了部队内部的阴暗面，指导员曾想当逃兵，靳开来发牢骚说当副连长是个“去送死的官”，牺牲了的梁三喜，死后还留下一屁股债……写部队的作品第一次如此尖锐，谁不捏着一把汗，谁不胆战心惊？所以部队文艺社的编辑对此稿不敢表态，不敢在部队刊物上发表它，这种心情可以理解。

《高山下的花环》之后，我又向存葆约了一个中篇《山中，那十九座坟茔》。小说的构思、部分细节、大致轮廓，是我和他瞻仰了南京雨花台烈士陵园之后，一起到中山陵前面的松林里商量的。存葆回到济南后，奔赴烟台，到施工部队补充生活体验之后，就躲到一个清静地方写作。这一消息不知怎么走漏了出去，解放军文艺社《昆仑》编辑部的同志带着介绍信，先到济南军区宣传部，然后追到烟台。他们终于找到了存葆躲藏的地方，一定要拿走这部稿子。存葆感到为难。《昆仑》的编辑说此稿若再让地方刊物《十月》发表，社会上将对部队刊物会有种种不良议论。他们说，肥水不流外人田。他们死死盯住他。存葆从烟台回到济南，他们跟到家中，硬是把八万余字的初稿拿走了。存葆把这一情况打电话告诉远在长春电影制片厂参加学术活动的我，并写信详述了经过。我考虑到存葆是军旅作家，他应和部队文学刊物搞好关系，便答应把《山中，那十九座坟茔》转让给《昆仑》发表。结果，该中篇和《高山下的花环》前次获奖一样，获第三届全国中篇小说奖头奖。

七

存葆 1946 年出生于山东五莲县。1964 年入伍后，因为能写稿，便上调团部担任了新闻干事。在“文革”期间，发表的新闻稿没有稿费，只给作者赠送领袖像章。存葆用写稿得到的几百枚像章，换到了正欲送到废品站付之一炬的“封、资、修”一批名著。从此闭门读书，通宵达旦，获益甚多。

我在 1982 年春天见到李存葆时，他已是济南部队歌舞团创作员。存葆的《高山下的花环》获得巨大成功，前后印数共达一千一百多万册，还被当时七十四家报纸连载，六十多家剧团把它改编成话剧、歌剧、舞剧、京剧、评剧、曲剧，且被译成英、德、法、俄、日、匈、捷、越等各种文字，在海外传播。他声名鹊起，誉满文坛，后晋升为少将，并在第六次作家代表大会上被选为中国作家协会副主席。

我梦见了逆境中独行的余易木

这是一家名为“小木屋”的咖啡馆。吧台附近摆着一溜飘逸多姿的兰草和色彩鲜艳的花篮。馆内四壁建有一间间用薄木板隔成的小室。我默坐在一间小屋里，埋头阅读一本周晓枫写张艺谋的新书。这时，突然听到隔壁爆响起一个撕心裂肺的女声：“余易木！想不到过了这么多年，你依旧不能原谅我当时的幼稚？你不知道我为你流了多少眼泪！你不知道我为你度过了多少不眠之夜！你不知道我为你忍受了多少别人对我的歧视和自己内心的折磨！你不知道你离京到青海劳改那天，我枯等在月台一角，多么凄惶、多么孤独地一直待到深夜！那时我太年轻，我真相信你犯了错误，对人民犯了罪。我真认为考验爱情的时刻到了……”

余易木

传来余易木含怨的责问："当时你是多么决绝！你不愿意听我说一句解释的话。你撕毁了我们的合影，你扔还了我送给你的派克金笔和普希金诗集，你立誓今后断绝一切来往！那时你想到了我的不幸和痛苦吗？你想到了你抛弃的正是我青春生命最宝贵的初恋感情吗？你想到了我的痛不欲生吗？"

余易木！余易木是《十月》的作者、我的好友，他不是早死了吗？死在 1998 年的西宁。他怎能死而复活？难道真像报纸上翔实报道的，确实神秘地存在着转世再生人？出于好奇，我站起身子，去敲隔壁的小门。推门一看，有个女人，颓然垂首，掩面而泣。我问她："刚才是你和余易木交谈吗？"她点点头。我再问："人呢？"她说："谈崩了，他拂袖而去，刚走。"

我追出咖啡馆，见五十多米外有位男子正招手叫出租车。当他转过脸来，打开后门跳进去时，我认出他正是余易木，但他比我在西宁最后一次见到时年轻得多、精神得多，一头浓密的黑发，英俊潇洒，风流倜傥，身手敏捷，一跃跳进了出租车，扬长远去。我一边大声呼叫着他的名字一边追赶，因跑得太急太快，绊了一大跤——醒了！哦，我刚才是在做梦。我在梦中又听到了他的声音，又见到了他……

梦醒后，我想起他坎坷的一生。

余易木是上海人。1937 年出生在一个从事金融业的富商之家，从小受到良好的外语教育。他酷爱文学，博览国内外经典名著。解放初，他在上海国立高等技术学校学习，以优异成绩毕业后，被派往大连俄专进修俄文。他很快就能阅读托尔斯泰原文版小说，不久分到北京第一机械工业部科学研究院当俄语翻译，业务能力被人称道。在 1957 年夏天那场号召整风的政治运动中，余易木因对留苏学生派送办法有所微词而罹祸。那年他才二十岁，被发配到青海戈壁滩劳动教养。他在人烟稀少、干旱荒凉的不毛之地，开过石头，垦过野滩，拉过板车，盖过房子。三年困难时期，用草籽、树皮、根茎甚至蝼蛄、老鼠、棉絮填充过肚子。苦役、饥饿、郁悒，过早地损害了他的健康。“文革”初，余易木在青海省物资机械修造厂做技术员，造反派对他拳打脚踢，给他剃了阴阳头，拉到大街上游街示众。他回到家里，见室内抄得一片狼藉：衣箱被翻倒，收音机被砸碎，中外文书籍被焚烧，小房间里弥漫着火烧后的煳味。他想不通，自己为何沦落到如此地步。受到这样侮辱之后，他对这世界已不再留恋，决定离别它。他吞服了大量安眠药，躺到小床上。耳鸣渐响，意识开始模糊，脑子里闪过一个念头——死亡是件极简单的事情，便昏迷了过去。半夜他突然呕吐起来，带血的狂呕使他从死亡边缘回到了人间。

在这之前四年，即提出“阶级斗争必须年年讲、月月讲、天天讲”的 1962 年 8 月，余易木竟写了一篇凄美的爱情小说《春雪》，字里行间透露出哀怨、痛苦和对“阳谋”的不满。这样的“毒草”，当时只能在最知己的密友之间传阅。1976 年 10 月历史有了转折，它才以手抄本形式在地下流传开来。打成“右派”后也发配到西宁，1978 年改正后回到《北京晚报》工作的美术家王复羊，把《春雪》带到首都，辗转交到我们手中。我看后眼睛一亮，把它编发在《十月》1980 年第三期上。我尊重作者要求，发表时不做任何改动，并在文末标上“1962.8. 西宁”的写作日期和地点，以保持文稿原貌。作者在小说中引用了一首叶赛宁的俄语爱情诗。我担心多数读者看不懂，征得作者同意，俄文后附加上我的译文："回不来了，我那凉爽的夜晚，／见不到我那亲密的女伴，／听不到那欢乐的歌：／夜莺在花园里婉转鸣唱……"

小说《春雪》的写作时间，比刘心武发表在1977年底《人民文学》上的《班主任》早十五年，比卢新华刊登在1978年《文汇报》上的《伤痕》，更是早了整整十六年，但它比《班主任》和《伤痕》在思想上更深刻、艺术上更精湛、文学语言更隽永。1980年之后，王蒙、从维熙、邓友梅、刘绍棠这四"只"复出北京文坛的"天鹅"，井喷式地发表了多篇佳作。他们对《春雪》的艺术质量，咸表欣羡。那年张贤亮给我们送《土牢情话》供发表，吃惊地问我："《十月》放出的余易木这匹文学黑骏马，你们是在何处、如何寻觅到的？"

《春雪》发表半年之后，余易木从西宁给我寄来了中篇小说《初恋的回声》。该小说写于1963年4月至1965年4月，即"两个文艺批示"传达后阶级斗争之弦绷得更紧，风声鹤唳，草木皆兵，报刊上蛮横无理地大批电影、戏剧、文学作品之际。余易木竟在文艺界人士心惊胆战、作家们噤若寒蝉的岁月，大胆冲破禁区，生动、真切地描写了周冰、杨芸、梅雁三个知识分子美好心灵的压抑以及他们苦难的人生。其情节之跌宕、感情之浓醇，相濡以沫中的心灵感应、生离死别时的暗泣吞声，读来催人泪下，悲伤难抑。我看完此稿，视作绝品，立即把它一字不改地编发于《十月》1981年第二期。

文末仍注上写作时间和地点“1963.4.西宁—1965.4.上海”，以珍惜文稿的原貌。

《初恋的回声》发表后，读者反应强烈，感动的信雪片似的飞到编辑部。我妻子陈珞，看了泪流满面，想立即写信给作者倾诉她的悲情。因我正在外地组稿，那时家中无电话，她找不到地址跟作者联系，以致一夜无眠。四川有位爱写作的年轻人，用了整整一周时间，反复阅读，并把全文抄录了一遍。他被余易木艺术上的娴熟、设计悬念的精巧、驾驭文字的功夫、刻画人物的本领以及作品中体现在人际关系之间的人性之美和情操之美所征服。广西漓江出版社把《初恋的回声》视作“五四”以来的经典爱情小说，出版了以它为书名的小说集，大量发行。长春电影制片厂一位导演，向我要了这部小说，改编成了电影剧本，终因找不到气质理想的演员当主角而作罢。当时青海省内外不少女读者，看了作品，心灵受到强烈震撼。她们怀着崇拜心理，纷纷写情书、寄玉照给作者，愿许终身。拥有绅士风度的余易木，为女方着想，以自己年龄大、身体差为托词，一一婉拒。其中一位身在龙羊峡水库、年轻漂亮、酷爱文学、姓名叫潘英的姑娘，执着追求，锲而不舍，奔赴西宁，芳心炽烈，终于感动了余易木，与她结为伉俪。

余易木只发表了一个短篇、一个中篇，就加入了青海省作家协会、中国作家协会，并荣任了1984年青海省国庆三十五周年优秀文学作品评奖的评委。不久，中国作家协会

作者与余易木（右）在他青海西宁家中

盛情邀请，隆重安排青海高原升起的这位文学明星去北戴河海边“创作之家”休养。路过北京，他特意到北三环中路6号北京出版社宿舍楼看我——我们得以第一次见面。

余易木当时不到五十岁，可生活已把他摧残得十分衰老，头已谢顶，只剩下一绺头发耷拉一边。背也驼了。但他目光炯炯，思维敏捷，记忆力惊人，话语中不断闪烁出智慧的火花。见面握手、拥抱之后，他感谢我在《十月》上发表了他的小说，还谦逊地说我在《春雪》中叶赛宁原文诗后附上的译文为小说增添了光彩。交谈中我得知他年轻时能大段背诵海明威《老人与海》原文。其中那句名言：“Man is made not for defeat. A man can be destroyed but not defeated."。（一个人并不是生来要被人打败的，你尽可以把他消灭掉，可就是打不败他。）他流利地脱口而出。他迷醉于法兰西文学，尤其欣赏傅雷先生的译文。谈及《红与黑》作者司汤达时，他不无得意地说："在西宁我细读了人民文学出版社出版的《巴马修道院》的译本，发现译文不符合我早年读过的法文原著风格，便托青海省图书馆一位朋友，从北京图书馆内借出原著寄到西宁。我专门译出了书中著名滑铁卢战役的华彩篇章，交给一位原在上海传教、后被贬到青海、精通法语的天主教神父鉴定。神父比较之后，肯定我的译文，说只有我那样翻译，才能保持原作风格。"

那次在我家门厅里喝着茶，聊起文学艺术，余易木兴致勃发，神采飞扬，滔滔不绝。他说："艺术鉴赏力，与其说是学养，不如说是天赋。会当凌绝顶，一览众山小。只有高瞻远瞩，视野辽阔，才能鉴别哪些是传世经典，哪些是应时之作。我认为像《红楼梦》、《史记》、《雷雨》、《故乡》、《边城》、《二泉映月》、《战争与和平》、《巴黎圣母院》、莎士比亚悲剧、《蒙娜丽莎》等杰作才称得上不朽。它们经得起几百年甚至几千年历史长河的筛选。而目前一些被抬高为名家、巨匠的阿猫阿狗，不用十几年、几十年，就会被历史所淘汰，被读者所遗忘。"

余易木很关心我在《十月》上编发的作品。那年我签发了一篇题为《人的魅力》的小说，描写的是肖洛霍夫在高尔基陪同下去见斯大林。交谈中年轻作家竟敢和这位大人物争论起《静静的顿河》来，吓得高尔基忐忑不安，面如土色，一个劲儿给萧递眼色，让他停嘴。易木兄向我委婉地指出该小说两处地方有误："一、1929 年至 1931 年期间，斯大林的军衔不是'元帅'；二、单用父称，不符合俄国人的习惯。"同时提醒我，人是复杂的，肖洛霍夫后来叫斯大林"亲爹"，如能多侧面地写萧，作品会更耐人寻味。

尽管我从青年时代起就潜心研究苏联文学，并曾以俄语翻译作为我的本职工作，而余易木年轻我四岁，又长期处在远离文化中心的青海，文史方面却比我高明得多。我感到汗颜，内心里很佩服他。

20 世纪 80 年代后期，我出差到西部组稿，曾专程去西宁小桥大街 9 号拜访余易木。那次我终于见到了因《十月》"做媒"而与作者结成秦晋之好的潘英姑娘。她身材姣好，眉清目秀，皮肤瓷净，真诚热情，是位典型的江南美女。我们坐在一起亲热、愉快地畅谈了一番之后，小潘起身，为我做了一桌丰盛的上海菜款待我。饭后她兴冲冲拿出相机，让我抱着她三岁的宝贝女儿阿丽，和余先生站在书架前，给我们照相留念。

那次去西宁，我极想看看余易木在"文革"中躲开众人写出的那部七十多万字的长篇《荒谬的故事》。如果觉得精彩，我打算带回去在《十月》上摘要发表。但余易木说他还要修改，目前拿不出手。我央求多次，未能如愿，便遗憾地回到宾馆。

当晚，余易木所在的机械修造厂厂长赵伯勋到宾馆来看我。他夸余工程师人品好，外单位用高薪聘请他，他不愿另攀高枝，说:“正是修造厂最需要我的时候，我一拍屁股走了，那就不仗义了。”他试制成功了一种新产品钢模板，使工厂扭亏为盈。赵厂长还夸余易木脑子特好使，工程师在机械制造中常用的公差表，数字极其庞大，他竟能背出来。谈到工程技术方面的数据，一旦谁说错了，他立即给予纠正。总之，赵厂长与我闲谈中对余工程师的为人、做事赞赏备至。

次日清晨，我计划经德令哈穿过冷湖去敦煌。余易木用网兜提了苹果和蛋糕早早地到长途车站送我。在已有寒意的西宁街头，我见他身子消瘦，颧骨高耸，头发更显稀少，便反复叮咛他要保重身体。握手告别后，我登上长途汽车，他挥手送我西行……

时光流逝，似无尽河流。我们大家各自在生活中忙忙碌碌，也不知所忙何为。1998 年秋，我到中国美术馆看画展，

遇到余易木在西宁的挚友——回京后时任首都漫画家协会主席的王复羊先生。他悲声告诉我：“余易木去世了。”我得此噩耗，大吃一惊，立即向青海省文联主席王贵如、青海省美协主席左良、机修厂厂长赵伯勋多方打听，他们告诉了我详情。

1998 年初，余易木因肺部感染引发心脏病，住进青海医学院附属医院治疗。几十年来过重的劳动、过分的节俭、过多的磨难所积累下来的伤病，已使他形销骨立，羸弱不堪，最后因“心肺衰竭”于当年 8 月 18 日下午 6 时 30 分去世，年仅六十一岁。乐善好施，长期治病，已使他家一贫如洗。他死后连像点样子的替换衣服都找不到。亲友们只得临时到街上买了一套“老衣”，给他洗净了身子穿上。儒雅多礼、博学睿智的余易木，竟是这样一种“文章憎命达”的身世。

亲友们将简单的屋子收拾一下作为灵堂。至交聚在一起合拟了一副挽联“难忘《春雪》霏霏怎奈斯人独憔悴，犹听

《回声》咽咽哀哉秀木竟先摧”，以及横幅“美文长存”，请青海省书法家协会主席林惜醇先生挥毫写了挂在灵堂上祭奠。那天到灵堂吊唁的，有机修厂的干部、省作协的代表以及至亲好友。余易木遗体于8月20日火化。一切尊重他临终前的遗嘱：不开追悼会，不举行遗体告别仪式。当遗体推下灵车，送进火化炉之前，亲友们饮泣着看他最后一眼，又轻轻放上几束鲜花，默默祷祝，祝芳香的花神陪伴他的英灵驾鹤西去……

事后，余易木生前密友、一直帮助他抄稿在地下流传、原籍上海后去青海的邢孔荣先生来信告诉我，他已遵余易木遗嘱，和他亲人一起将他的骨灰盒从西宁迁回到上海，安放于市郊嘉定长安公墓祥24B第11排第6号墓穴。余易木是发表作品时署的笔名。他原名叫徐福堂，故在灰褐墓碑上凿刻了“徐福堂之墓”五个黑字。

上海是余易木接受启蒙教育的桑梓之地。这个最早接受西方文明、最早从事文教出版事业的东方大都市，近现代史上曾经涌现过众多文化巨人、大作家、大艺术家、大翻译家。像余易木这样出类拔萃的人才，只可能诞生、孕育于上海。在这长江汇入浩荡东海之处，应是他那终于获得自由的英灵最理想的安息之地。

我接到了邢孔荣先生的来信，情不自禁想起易木兄写在《初恋的回声》里的隽语：“我将去你那儿，你却不再回来……”

我一生从事文学编辑工作五十多年，结识了当代数百位作家。但像余易木那样天赋那么高，风度那么绅士，文学功底那么厚实，精通那么多外语，机械制造本职工作那么出色，经历那么多苦难，却在逆境中决不迎合时尚，坚持己见，坚守良知，清醒地保持独立品格的人，迄今没有遇到第二位。

峣峣者易折。余易木高洁得不容于诡谲的尘世。这样一位俊杰，竟是这样一个结局，教我如何不想他，不思念他，不梦见他……

2015 年 6—7 月

张一弓，河南文学的旗帜

一

惊闻张一弓因患严重肺气肿，于2016年1月9日14时59分在河南人民医院去世。得此噩耗，我很伤心。

近几年，他因病很少来京，我们只能在深夜用长途电话交谈。他气喘严重，靠呼吸机维持呼吸。我请他少说，听我介绍首都文坛情况。即使这样，他仍咳喘不止，难以持续听下去，我便建议下次再谈。

后来，我打电话过去，多次无人接听，我猜想他住到医院里去了。同时担心他能否健康出院。如今，我的担心不幸证实了。

张一弓

二

我认识张一弓已经有三十多年了。在这三十多年间，我们接触的机会很多。有时我去郑州，有时他来北京，有时同居一室，有时傍晚散步，或到长春、南京、成都开会，前后见面十多次，谈写作、谈生活、谈社会现实，互袒心胸，无话不说，两人真正称得上是肝胆相照的挚友。

最早引起我注意的是他发表在 1980 年第一期《收获》

上的《犯人李铜钟的故事》。那部作品沉甸甸的分量，深深地震撼了我。在1960年春天大饥荒大灾难的岁月，河南省十里铺公社李家寨大队支书李铜钟眼见村民们身体浮肿或饿死或逃荒或外出讨饭，未经上级允许，毅然带领饥民去公社粮库强行“借粮”给社员，让群众免于饿死，结果成为一个手戴镣铐的犯人，被审判、关押起来。一弓以沉痛、悲壮的笔调塑造了一个救民于水火，对虚报、浮夸、高征购以及极“左”思潮疾恶如仇的英雄形象。我想，敢于写出这样一个人物、这样一部作品的人，必是一位有勇气、有良知、有责任感、体恤人民疾苦的作家。

一弓创作出惊心动魄的《犯人李铜钟的故事》，有特定的、历史的背景。三年困难时期，河南农村问题严重，强迫命令、瞎指挥、虚报高产，导致高征购，结果老百姓没有粮食吃，只能吃榆树皮、白薯叶、玉米芯，将其粉碎后弄成“饭团”充饥。时任国务院副总理兼秘书长的习仲勋，奉周恩来、邓小平之命，率工作组到河南调查。他到了农村，发现老百姓营养不良，老人浮肿严重，中年妇女子宫下垂，孩子面如菜色，痛苦得暗自流泪。他来到长葛县尚桥公社杜村寺大队调研群众口粮问题，亲自检查粮仓。结果发现，粮囤里，竹竿片儿撑了个拱，用布罩在拱上，布上边，摊着薄薄一层粮食。见此情景，习副总理生气地说：“你们这样造假，不顾老百姓死活，欺骗上级！”他听说长葛县火车站有许多人携家带口扒火车，外出逃荒寻活路，便带领工作组赶到火车站，动情地说："乡亲们，大家生活困难，我们非常理解。我也是咱河南人，老家在南阳邓县。我爷爷遭遇饥荒，全家人逃到了陕西。那时是旧社会，老百姓的死活没人管。现在是新社会，我们有党和政府做靠山。这里的情况，我们已向党中央、毛主席作了汇报，一定想方设法进行救助，让乡亲们度过饥荒……"

一弓用中篇小说尖锐地反映了河南农村的真实情况。我佩服他打破常规，视人民生命为第一，是位有良心、有胆识的作家。

三

1981年，中国作家协会派我参加由团长舒群率领的采风团，赴河南兰考县体验生活。途经郑州，当地一位作家朋友偷偷告诉我，张一弓写了一部中篇小说《张铁匠的罗曼史》，原是河南文联办的文学刊物的约稿，由于掀起了"反对资产阶级自由化的浪潮"，河南文联领导指示该刊"此稿要慎重处理"，便搁置了下来。趁此机会，我把稿子拿来一看，十分精彩，便编好了迅速交给编辑部发表。张一弓为难之际，我如获至宝地肯定了此稿，从此我们之间建立了友谊。后来一弓当了河南省作协主席，发表了短文《"张铁匠"是怎样"罗曼"起来的》感谢我们。该文说，北京来的人"准备把它带回《十月》发表，希望能得到我的同意。此人便是《十月》杂志社的著名编辑家、散文家张守仁同志。守仁不怕烫手，我感谢还来不及呢，岂有不同意之理，便鸡啄米一样地向他点头。守仁回京不久，就来信说，稿子已发排，正在画插图。接着就出现在《十月》1982 年第 1 期头题位置上……于是我知道了，即使在同样的历史条件下，在同样的新旧交替的阵痛中，在不同的地域加上不同的胆识，事情的结果也会是大不一样的。还有一件出乎意外的事情，就是我还没来得及看到《十月》上的‘张铁匠’是什么样子，长春电影制片厂的同志就打来电话说，他们已决定将此作改编为电影，竟成了那一年秋天推出的畅销片……感谢《十月》，感谢守仁！”

四

1983 年春天，《张铁匠的罗曼史》荣获中国作家协会第二届（1981—1982）中篇小说奖。北京颁奖前报到那天晚上，我赶到获奖者住处向他祝贺。走到贴着他姓名的房间前，摁了门铃，无人答应，房门锁着，一弓还没有到京。我忽然想起，年初他从郑州来信告诉我：“春节后要去登封开一个业余作者座谈会，会后要去临汝县采访。也许我在那儿能找到一位新的生活造就的新的人物。我感到，这个转折时期正在经历着诞生新人物的临产的阵痛，作者也在经历着孕育的痛苦……”

我猜想，一弓到临汝去了。如果缪斯成全他，也许他能孕育出一个不同于张铁匠的新人物来。

晚上十点再去敲门，见他刚刚来会报到。他沾一身从豫西农村带来的仆仆风尘，眉宇之间却流露出抑制不住的喜悦之情。

我们刚刚坐下，他就性急地告诉我：“农村变得我不认识了，农民变得我不认识了，农民的物质生活、精神生活、思想方式、行为方式以及心理状态，正在发生深刻的变化。其变化速度之快，催逼我们及时去感受它、认识它、理解它。临汝县寄料公社寄料大队四队，两年前还是个没钱买统销粮的队，现在变成当地最富的队了，人均年收入九百多元。农民中间酝酿着创造力、主动性，一旦真的释放出来，他们就可创造许多财富，使生活迅速改变原来的面貌。前年，他们那个队经过民主选举，选了一个冒尖户当队长。他叫郭明，今年四十一岁。人很正派，有头脑、有科学文化知识——他自己一家就订了十多种报刊。上台前他的‘就职演说’有三条：一、既然大家选我，希望大家听我的指挥；二、不要补贴；三、一年之后没有富起来，我主动下台。在这之前，他们这个队，一个工才一角八分钱。寄料公社是山区，他们人均不到半亩地。他担任队长之后，把地包给各户，结果剩余了大量劳动力。他根据各人的特点，分配他们干不同的活

作者与张一弓（右）在中华文学基金会文采阁

茬。有种地的，有就地取料炼硫黄的，有搞运输的，有剃头的，甚至有镶牙的，八仙过海，各显神通。开始时干杂工的，一个工兑现一元钱，队里没有钱，他就把自己的存折拿了出来。他说：‘我把自己劳动挣来的钱拿出来，大家别夸我。我永远忘不了乡亲们的情。我困难时，一位乡亲给我捎来一提兜大麦，让我挨过了困难的日子。现在我富了，乡亲们穷，我吃肉不香。’”

一弓说到这里，抽了一口烟，兴奋地说：“新的生活需要新的认识。这几天，我住在郭明家里，了解他的身世、抱负，精神处于持续亢奋之中。郭明对我说，有一次他在一个运输公司澡堂里洗澡，听见两个司机骂农民如何落后，如何小气，他跟他们吵了一架。他讲，有人说我们农民落后，我们就要立下志气，改变农村面貌。有人说，成了冒尖户，树大招风。如果大家都富了，树木成了林，还怕什么风！去年郭明一人就买了五千元的国库券。他说：广播里报道常香玉买了五千元的国库券。常香玉唱腔高亢优美，我学不来，可是为国分忧，我要学习她。我们农民和常香玉一样，热爱自己的国家，热爱自己的土地。”

听到这里，我感慨：“郭明和张铁匠相比，他身上有了一种改革时期赋予的新的素质。”

一弓沉思了一会儿，说：“张铁匠与命运抗争，带有悲剧的成分。历史没有成全他，我们应该理解他。每个人，都是历史的产物。张铁匠这样有个性的人物，也摆脱不了历史对他的制约。我写张铁匠时，农民已看到了生活的光明和希望，但也分明带着历史的忧伤。当时的农民，怀着亦喜亦忧的心情，迎接农村中刚刚开始的变化。而现在，农民变得自信了，他们放开手脚，创造着未来。我从郭明身上，看到了一种掌握了自己命运的主人翁的自豪感……”

五

一弓的小说连连获奖：《犯人李铜钟的故事》《张铁匠的罗曼史》《春妞儿和她的小嘎斯》分获全国第一、第二、

第三届优秀中篇小说奖，《黑娃照相》获全国优秀短篇小说奖。他的《流泪的红蜡烛》等多部作品被改编成电影、电视，有的被改编成话剧演出。再加上他能歌善舞、谈吐幽默、为人儒雅，身后有了众多“粉丝”。敬仰他、恋慕他的女读者也不少。由于他出身书香门第，从小受到严格的家庭教育，坚守着传统道德约束自己，许多浪漫故事处理得当，结果许多“艳遇”都没有变成绯闻。

记得 1987 年 10 月 30 日，我应郑州市文联之邀去郑州市文联讲学。河南省文联主席何南丁请我吃饭，同桌的还有葛洛、于黑丁等人。那天喝了不少杜康酒，我和一弓已呈微醺状态，便至文联宿舍 404 室休息。那天，他对我说了几位女性对他的爱慕之情。有几位的故事我已忘记，但有一位卖服装的个体户女郎对他的关爱、恋慕令我难忘。

一弓成名之后，创作常受到干扰，他托人在洛阳找了个清静的招待所埋头写作。有一天，他上街买了一件灰青色的上衣穿在身上。卖服装女郎粲然一笑：“瞧，你穿上多合适、多帅，我像是特地为你批发来似的。”一弓礼貌地表达了谢意，转身离开。卖服装的向张一弓同来的伙伴说：“他的气质真好，像是个有修养的文化人。”同伴答道：“是的，是位小说家。”“写过什么作品？”“《犯人李铜钟的故事》《张铁匠的罗曼史》……”“啊，他就是名作家张一弓！我看过根据他的《张铁匠的罗曼史》改编的、王馥荔演的电影。”一弓听到了他们的对话，回头朝她笑笑。她也笑笑。有一天，

一弓正在招待所里埋头爬格子，听到“笃笃笃”的敲门声。他起身开门，一看是卖服装的姑娘，露出惊讶的表情。“你想不到我来吧？”“想不到，你怎么找到这儿的？”“我认识人多，打听到的。给，这是你爱抽的烟。”一弓连忙掏钱。“哟，你以为我是来卖烟的？！我卖衣，不卖烟。那天你买衣，我瞥见你裤兜里揣着一条双狮牌香烟，就知道你爱抽这种牌子。”“姑娘，你观察得很细致。你叫什么名字？”“我姓王，就叫我小王吧。哟，你们文化人，就这样整天写、写，不觉得生活枯燥吗？”一弓说：“写作是我的职业。你爱看小说吗？”“爱看琼瑶写的书，看多了，没劲，全是一个套套。你白天晚上都写，什么时候休息啊？”“白天、晚上都写，晚上写到十一点，停下笔来，吃点东西，踱踱步，休息个把小时，再写。”“那我到时候来陪陪你，说说话，好吗？”“那……不方便吧。再说那么晚，看门的老头也不让你进来。”“看门老头好办，我送他两包烟就行了。”一弓犹豫着，没有明确答复她，就把她送走了。第二天深夜十一点，又响起“笃笃”的敲门声。一弓开门，又是小王来了。她把手里的一包点心放在桌子上，说：“瞧，这屋里烟雾腾腾的，空气多不好。”她看见昨天送给他的双狮牌香烟已抽掉了三包，便惊呼道，“哟，你抽烟太多了，一天三包；烟抽得太多，尼古丁对身体有害。你们文化人怎么不珍惜自己的身体啊！”第三天深夜，又响起了敲门声。一弓去开门，见身材姣好的小王一天换一身衣裳。小王进了门，对一弓说：

“张老师，我在引领着这个城市的新潮流。我像个模特儿似的把时装穿在身上，人家女孩子觉得好看，就爱买我穿的衣服。”说着她像个模特儿似的，扭着胯，晃着肩，迈着一字步，在房间走了一个来回。走到一侧，停住，亮相，笑问一弓：“你瞧我怎么样？像不像一个模特儿？”一弓说：“像。”小王说：“市里新来了一个霹雳舞舞蹈团，张老师，明天我们去看看吧？”“不去了吧。我得赶稿子，这几天就得把它赶写出来。”“你们文化人生活得窝囊，不潇洒，不懂得玩。”“好姑娘，我的年龄已过了潇洒的阶段。我快要离开这里了，我抽了你的烟，吃了你的点心，我想明天请你吃午饭，行吗？”“好呀。”次日他俩来到一家酒店。小王点了几个清淡的素菜，不让一弓多花钱。席间，她告诉一弓：“张老师，几年前我上高中时还是个校排球队的二传手呢。参加高考，只差几分，没有考上大学，只好摆摊卖衣服。”一弓说：“没有考上，就引领时装新潮流，不是挺好吗？”小王天真地问：“张老师，你不会看不起我吧？”一弓睁大眼睛，说：“这怎么可能呢？我倒觉得相反，是你们看不起我们，你不是说我们文化人‘生活得窝囊’吗？”小王听到这儿，开心地笑了。一弓问：“你住在哪儿呢？”小王说：“我就租住在这酒店楼上。待会儿你到我那儿坐坐，看看我布置的房间，我那儿可整齐干净呢。你还可以在我屋里午睡，休息休息，我呢，守在门外看书。你爱听什么音乐，柴可夫斯基？贝多芬？莫扎特？这些碟带我都有。我放给你听。”吃完饭，他们来到楼梯口。小王邀请他上楼，一弓迟疑不决，抬不起步子。“哟，你脚步沉，上不了这十几级台阶，是不是？”一弓婉谢道：“我不上去了，下午还要赶稿呢。”小王面露被拒绝的不悦，说道：“那，好吧。岁月让你背上了蜗牛似的壳，你沉重得上不了小楼，那我就不勉强你了。”他们就在楼梯口告别。一弓走到酒店外，回头仰望，见小王从卧室窗口里探出头来，跟他频频挥手。

一弓对我感慨道：“我曾经在洛阳那个城市，遇到了那样一个女孩子，也算我生活中的一个插曲吧。我感到欣慰的是：改革开放的新时代，造就了这样一个活泼、开朗、热情、单纯的姑娘。我曾经迷恋过文学作品中的卡尔曼、芭拉、娜达莎、伊豆的舞女。如今在现实生活中遇到了一个比她们的性格毫不逊色的卖服装的女孩子。我从她身上汲取了朝气和勇气，以及没有束缚和因循的生气。我是幸运的，我感谢她。都说洛阳牡丹美，那卖服装的姑娘小王，不正是开放在我生命途程中的一朵娇美的洛阳牡丹吗？”

六

一弓晚年埋头写作那部三个知识分子家庭忧国忧民、追求光明、报效祖国艰难历程的长篇小说《远去的驿站》。它在人民文学出版社 2007 年 1 月出版之后，获得很大反响，并成为茅盾文学奖入围作品。我和他继续保持着密切联系，到郑州开会，跟他一块儿散步，爱听他吹口哨。在我的作家朋友中，他吹的口哨最好听。他歌唱得好，很有情。听他唱歌，我懂得了以情带声、声情并茂的重要。

张一弓是新时期以来河南文学的一面旗帜。他冲破禁区，连连获奖，是豫军的领导人物，对河南文学起到了巨大推动作用。如今他骤然离去，这是河南文学界、也是中国文学界的一大损失。

文末，我借用文艺理论家鲁枢元先生赠他的挽联——“八十年风雨兼程，铁弓铮铮，肝胆照人秦时月；四百万锦绣文章，碧血斑斑，柔情润物陌上云。”送他驾鹤西去。一弓，你走好！

2016年1月12日

陈祖芬 那雪一样的童心

新时期以来，以报告文学闻名于全国的，首推徐迟，其次是黄宗英、理由、陈祖芬。他们四位的作品题材重大，语言精彩，结构严密，文学性很强，因此博得广大读者的喜爱。要写当代报告文学史，他们是必须提及的重要人物。我和他们有较多的接触与交往。徐迟，我曾和他在深圳西丽湖度假村共同度过一个月的创作假，我俩在饭后散步中谈他的《哥德巴赫猜想》，谈他的译作，谈他对科学的酷爱。黄宗英，20 世纪 70 年代末，我曾前往王府井和平宾馆八楼拜访过她，我在《十月》上编发过她交给我的报告文学《大雁情》，后被《人民日报》《光明日报》全文转载，荣获全国第一届优秀报告文学奖。至于理由、陈祖芬两位，我和他们于 20 世

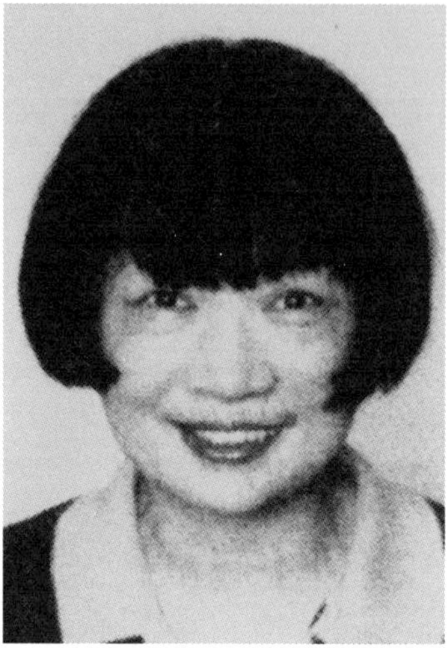

陈祖芬

纪70年代在北京崇文门外东兴隆街51号一起生活、写作长达一年之久。我们之间建立了深厚的友谊，互帮互助，切磋写作技艺，获益甚多。

本文只写陈祖芬，写她的经历，写她的爱好，写她的创作，写她那像雪一样单纯、洁净的童心。

一

祖芬是《十月》的骨干作者。她写的《经济和人》在《十月》上发表之后，受到张光年、冰心两位文坛老人的夸奖。她的报告文学《孔雀东南飞》，获第五届全国报告文学优秀作品奖。自从她的报告文学《祖国高于一切》《太阳从这里升起》在《人民日报》发表后，便声名鹊起。全国许多单位都约她写稿。

本世纪初，一个星期日的下午，我和友人驱车去中国文联大楼对面的兆龙饭店大堂，接了陈祖芬一块儿到城南去采访。车子向南二环路开去，坐在副驾驶位的祖芬忽然回头对我说："老张，昨晚我没睡好，凌晨三四点钟才躺下，现在迷迷糊糊的。"我问为什么。她说："玩洋娃娃呀！"我吃了一惊："你这么大年纪玩洋娃娃，怎么会玩到凌晨呢？"祖芬笑道："打扮小女孩子是很费时间的。要给每个娃娃梳头呀，穿衣呀。我有许许多多洋娃娃，自己房间放不下，就把她们寄放到母亲卧室里……"

听她这么一说，我想起她的弟弟——中国围棋院院长陈祖德写的自传《超越自我》里的一句话："比我大一岁的姐姐，她是宁愿玩洋娃娃，也不愿下棋的。"他们当中学校长的父亲本想把棋艺传授给大女儿祖芬，祖德只能列席旁听。但祖芬心不在焉，下得不好，经常输给旁听生弟弟——她的兴趣不在下棋，而在看童话和玩洋娃娃。于是他们的父亲便放弃女儿，改教儿子了。这样，祖芬便把中国围棋大师的桂冠，让给自己的弟弟去戴了。

在东兴隆街 51 号期间，祖芬告诉我，她上高二时还抱着洋娃娃上学。她特别喜欢洋娃娃，可家里没钱买。她母亲用棉花和布做了个洋娃娃，五官都是她妈用毛笔画上去的。她很满意，一点都不怕同学们嘲笑。有一天，团支部书记找她谈话，说："你知道你为什么不能入团吗？因为你太幼稚，你怎么还抱着个布娃娃上学呀？"祖芬虽然受到了批评，但积习不改，爱洋娃娃的习惯一直保持到中老年。

当代作家中，许多人有收藏的爱好。有的收藏奇石、陶罐，如贾平凹；有的收藏艺术品、三寸金莲，如冯骥才；有的收藏经典音乐唱片、精美节目单，如肖复兴；有的收藏名人信件、签名赠书，如吴泰昌；写中篇小说《烟壶》的邓友梅，爱收藏工艺精巧的鼻烟壶；爱喝酒的短篇圣手林斤澜，收藏各种形制的酒瓶；酷爱文物的高洪波，爱收藏各种各样的古砚；热爱外国文学的诗人吉狄马加，喜爱收藏各种经典译文。童心长存的陈祖芬，则收藏各种姿势、不同穿戴的美丽洋娃娃。她到各地采访，或出国访问、旅游，购买洋娃娃，是一项重要活动。每次买到一个靓丽的洋娃娃，她喜不自胜，获得一种难以言喻的快乐。2009 年夏天，我和编辑家崔道怡受中国作协书记处委托，向全国数十位名家约写国庆六十周年的征文。作协创联部的高伟开车把我俩送到东四环路陈祖芬的新家。祖芬领我们参观了陈列着国内外众多洋娃娃的展室，那真是琳琅满目，美不胜收，看得我们惊讶不已。即使到了中年以后，祖芬仍像少女时代那样爱荡秋千。她常偷偷溜进公园中的儿童乐园，看看附近无人，便抓紧时间，揪住绳子，飞快地跳上踏板，酣畅淋漓、哈哈大笑地荡上几圈。她发问：为什么成人之后，就不能荡秋千，不能有童趣，不能开怀大笑，不能忘形地快活？为什么成人就该正襟危坐，不苟言笑，死气沉沉？

二

认识祖芬已经四十多年了。从第一次见面到如今，她永远是短发，素面朝天，挎一个书包，张着一对好奇的大眼睛，观察着周围人、世界。她上高中时爱打篮球，一直打到上海篮球队要给她发球衣的前一天，因打球过猛病倒，休学了半学期。那时艺术院校先招生，她考上了上海戏剧学院戏剧文学系。1964 年毕业后分配到北京朝阳区文化馆工作。她像孩子似的有一个“真……的”之口头禅。有一次，她的同事在院子里逗她：“祖芬，我知道你今天吃的是什么。”“呀，真……的？你怎么知道的？那你说说，我到底吃了什么。”同事说：“今天你吃了糖三角。”“呀，你怎么知道的啊？！”“瞧，你上衣上还残留有糖汁呢！”她爆发出一阵响亮的笑声，乐不可支地几乎蹲到地上。20 世纪 80 年代中期，祖芬迁居到劲松住宅区。有一次，她到邻居胡蓉家里串门，看见桌上摆着一碗刚出锅的、冒着热气的鸡蛋羹。见那碗蛋羹中间鼓凸起一个很大的包，她好奇地问：“呀，这鸡蛋羹中间怎么还鼓包呀？”文学编辑胡蓉说：“你把鸡蛋打碎了，搁上油、酱油、葱花，放在锅里蒸，熟了，就能蒸出这个样子。”“真……的？这么简单？”又是哈哈哈一阵笑声。

陈祖芬日常生活的知识不多，更谈不上精打细算。还是那位女邻居胡蓉，有一天看见祖芬在东单菜市场上买了一大网兜蔬菜，有茄子、豌豆、黄瓜、白菜，背着它们艰难地挤公共汽车。女邻居说：“你买这么多菜，要吃多少日子？时间长了，蔬菜会烂的。”她吃力地弯腰背着，说：“真……的？我看见新鲜，图省事，就一个劲地买。”

祖芬不善收拾家务。当她还住在东单青艺剧院宿舍时，有一次我有事找她。穿过非常幽暗的楼道，往祖芬家里走去，竟看见她六岁的儿子，抱着比他高的拖把，在认真地拖地板。我一下子想起雨果《悲惨世界》中那幅珂赛特抱着大笤帚的插图，心想祖芬倒是教子有方，儿子那么小就让他参加家务劳动了。

三

祖芬从小就有童话情结。小时候她的家住在上海襄阳公园后面的新乐路。那一带解放前是法租界，街上的建筑物主要是法式洋房和公寓。马路两边法国梧桐长得高大、茂密，它们伸展出来的树枝在马路中间合拢，形成一条清静凉快的

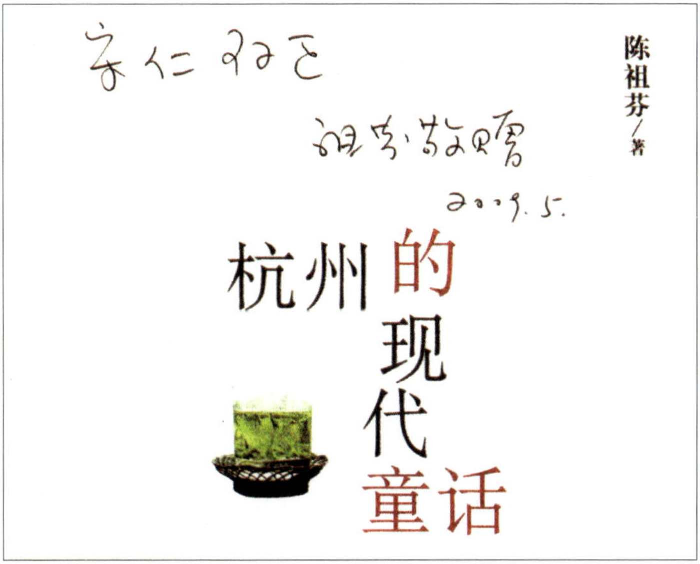
守仁存正
祖芬敬赠
2009.5.
陈祖芬/著
杭州的现代童话

祖芬赠书给作者时在扉页上留下的手迹，“守仁存正　祖芬敬赠　2009.5.”

林荫道。小祖芬常从旁边石库门弄堂房子里出来，到梧桐树下一个老人开的书亭里免费看小人书，尤其是安徒生的童话。她爱上了安徒生笔下的卖火柴的小姑娘、小美人鱼、豌豆公主。童话培养了她丰富的想象力、活泼的生命力。后来祖芬当了作家，到各地采访，情不自禁把看到的对象加以感情化、儿童化，甚至使用童话般的语言。有一次她到川北一个钢厂，看见新诞生的钢锭那通红的胴体，便兴奋地说那是刚出娘胎的、带着血迹和温度的、可爱的胖娃娃。后来她当了政协委员，特别喜爱同是政协委员的美术家韩美林画的那些小猫小狗、小鸟小鸡、小虎小狐、小福娃。韩美林把他喜欢的一千件美术作品，贡献出来，在杭州植物园里建立了一座韩美林艺术馆。这样，杭州植物园真正成了艺术的“美林”了。马云阿里巴巴的总部也在杭州。所以，祖芬书写美丽、现代杭州的报告文学，就取名叫《杭州的现代童话》。

祖芬永远年轻。她四十六岁那年，挎着书包，进北大图书馆资料库查资料。正当她往书库里走的时候，忽然听到后面工作人员一声大喝：“同学，把书包存下！”那位图书馆管理员，见闯进一个留着刘海、剪着短发、体态轻盈、衣着朴素、挎着布包的人，便认定她是刚进北大不久的新生。因为是书库，祖芬勉强忍住了，否则又会爆发出一阵哈哈哈的大笑。

2001 年 1 月 6 日，那天是星期六，晚上 6 点，陈祖芬和她的先生刘梦溪到建国门外一家咖啡馆，举办了一次有十六位文人参加的 Party。这十六人平均年龄七十多岁。季羡林年龄最大，已是九十高寿。参加聚会的有王蒙和他的夫人崔瑞芳，有研究美学的李泽厚，有理论家龚育之，有北大中文系前主任严家炎，有哲学家汤一介和他研究比较文学的夫人乐黛云教授，有出版界的领军人物董秀玉及其先生。祖芬给与会文友的新世纪礼物，竟是能摇、能吹、能响的幼儿玩具。其中有拨浪鼓、会笑的铃铛、能走的毛绒小鸡、会响的气球榔头，还有毛绒熊、卡通狗、大娃娃、小娃娃，都是逗幼儿的小玩具。席间，文化学者刘梦溪掏出一沓红笺，说这十六个笺里都有祖芬写的一句话，都标着号码，都有礼物袋。抽笺时，季羡林先生抽到一号笺，打开念："看到你，知道什么是美丽。"大家鼓掌。都说一直穿着蓝布中山装的季先生，是新世纪中国最美的文人。他得到的礼物，是一个玩具摇奖器，一按钮，一堆彩球蹦跳起来。祖芬那天抽到的笺是："这也好，那也好，因为你是青春宝。"大家又鼓掌。真是奇妙，笺如其人。这句话最适合青春永驻的祖芬。大家笑着，都摇响自己手中的玩具，用欢笑迎接新世纪的来临。这样，祖芬把首都国家级名人的聚会，办成了活泼、天真的儿童乐园。

祖芬常用她的童心、童趣、童真，感染、影响她的朋友们。她希望大家忘记年龄、忘却烦恼，快快乐乐地过好每一天。

四

任何人都是复杂的。祖芬有她天真、单纯的重要一面，也有她思想深邃、富有智慧的另一面。我读她的报告文学，每遇哲理和警句，看到闪烁在字里行间的思想火花，有时心生困惑：阅历不多、心地纯净、活泼开朗的祖芬，怎么能写出如此深刻的文字来呢？

我想，也许正因为她心地单纯，她那对黑白分明的大眼睛，在看到光明和美好的同时，也洞悉了现实中的阴暗，社会里的污浊，人际之间的恶行。正因为她心地单纯，她才更加不能容忍世界上的丑恶，用常人看不到、发现不了的美，去焚烧它们，驱除它们。正因为她心地单纯，犹如一面明镜，更能照出事物的本来面目，照出平凡人身上不平凡的精神，从而谱写出昂扬高亢的赞歌；并能照出各个角落的污垢和弊端，毫不留情地、疾恶如仇地加以抨击和鞭挞。

祖芬文如其人，行文风格，节奏明快，感情跌宕，思想跳跃，常常蹦跳出凝练、睿智的语句。看到她那些闪光的语言，我常常兴奋得立即给她写信，家里都装了电话、有了手机之后，立即通话，表示我的欣赏和祝贺。

我在日记中记下不少她写的充满哲理的、格言式的警句：

> 独创带来孤立，平庸带来团结；温暖造就优柔，严酷造就顽强。
>
> 空谈失去，只会加倍地失去；等待顺境，只会愈发地不顺。

磨难使人坚忍，一无所有使人一无所惧。

贫穷和愚昧是一对孪生姐妹。

连连的成功可能毁掉一个积累不多的人才，连连的失败也能铸就一个坚忍不拔的勇士。

成功的秘诀是绝对不要吝啬精力。

现代化也是知识化，知识是立国之本。

经济的活跃决定了思想的活跃，社会的发展促进了民族的发展。

读到以上这些文字时，我觉得我熟悉的、爱笑的、充满童真之趣的陈祖芬，闪耀着思想者的风采和智慧者的光芒。我觉得我不认识她了，应该对她刮目相看了。

五

我曾见过祖芬幼年时的一张照片。那是她和大弟弟陈祖德、小弟弟陈祖言站在照相馆圆形木台上的合影。那时她只有七八岁，梳着短发、留着刘海。姐弟三人都穿着深色衣裤、新皮鞋。三双眼睛都凝神盯着蒙着黑布的照相机的镜头，其中尤以小弟弟祖言的眼神最专注。在姐弟三个到照相馆合影的小小年纪，留美回来当中学校长的父亲，天天给他们讲《水浒传》《西游记》，或教他们《诗经》《唐诗》《宋词》《史记》《古文观止》，并要求背诵其中的经典篇章，还教儿女们写诗填词。故祖芬最早发表的是诗歌，如《白雪抒情》《魅力》《我拥抱明天》等。1976 年周总理逝世后，她写了一首歌颂伟人的长诗。1977 年初在东单青艺剧场舞台上，我听青艺演员朗诵过它。祖芬身上有诗人的灵气和激情。这在她后来的报告文学中时有流露。

祖芬的大弟弟陈祖德，陈毅元帅夸他是下围棋的神童。他少年时代就从上海调到北京专业下棋了。后来，他执掌中国围棋院多年，为中国围棋事业做出了很大贡献。最令我吃惊的是祖芬的小弟弟陈祖言。他比姐姐祖芬小两岁，比哥哥祖德小一岁，但背古代诗词，他记忆力最好，背得最快最熟，几乎过目不忘。在学业上，他几乎是一个传奇式的人物。他十五岁从同济大学预科毕业，本可直升同济大学，但体检时发现他有肺结核，医生要他卧床休息。四年后他才病愈。自己提出到我老家崇明岛垦荒种地。过了六年，他又当上了铁路局筑路工人。“文革”结束，恢复高考。荒疏了这么多年，他竟一跃考上了复旦大学中文系的研究生，而且是全国只招一名的古典文学唐宋专业。又过了几年，他考上了美国一所名校留学去了，而且不久就当上了纽约州立大学的教授。如此火箭式上升的经历，使我感到十分吃惊。我曾在祖芬家里问过她母亲：“伯母，您培养的三个儿女，个个如此优秀，如此出类拔萃，您是怎样教育他们的？”

慈祥、贤惠的伯母，朝我笑笑，谦逊不答。

六

通常是，越是缺乏教养的人，越是在意服装和外表；越是内心世界丰富的人，越不注意打扮和包装。

祖芬从不刻意打扮。她拒绝首饰，讨厌穿金戴银。她永远像儿童那样本真，像青年那样充满热情。

2001年7月13日，申奥投票那天，从中午起，她就打开电视机等待投票结果。当萨马兰奇于当晚10点宣布"北京"时，祖芬因为过于激动，像个小孩子似的哭了。哭了好一会儿，她发现自己饿了，因为她整天不离开电视机，已十多个小时没有吃东西了。祖芬，她对国家大事怀着这样一副热心肠。

那个从上海石库门里走出来、在街头报亭边免费阅读童话长大的小女孩，经历了五六十年岁月之后，仍张着一对好奇的眼睛仔细观察着世界，凝神感受着时代脉搏，贪婪地关注生活中的新鲜事物，夜以继日地赶写她一篇又一篇锦绣华章。犹如高坡密密草丛下渗透出来的、夹带着山花和清音的溪流，一路欢笑着澄澈地向前流淌。其实，祖芬本人就是一个童话。

或有人问我："你认识的许多作家中，心态谁最年轻？"

答曰："祖芬。她有白雪那样洁净的童心。"

冯骥才半天的艺术生活

1990 年 12 月 30 日，我去天津看望作家朋友。到大冯那间会客室时，已快 10 点了。大冯的会客室，像是艺术古玩店，杂陈着各种各样的小摆设：墙上挂着羚羊角、佩剑、挂盘，案几上排着几尊慈眉善目、面颊丰腴的菩萨，瓶子里插着一束闪耀着金黄色泽的枯草，一只鹰标本正欲展翅飞翔，冲向窗外的蓝天；最使我难忘的，是一艘精致的三桅帆船，帆儿兜满了风，正在破浪前进；还有各种各样的证书、奖品、纪念章、造型古怪的艺术品，把会客室点缀得琳琅满目，营造成一种特殊的艺术氛围。

那天大冯兴致很高，谈锋甚健。他跟我谈到了访问德国的印象，在维也纳的感受；谈到了光线和情感的关系。他说，

冯骥才

有一次他母亲在院子里晾晒衣裳，一阵秋风吹过，把母亲几根白发吹得竖了起来，在阳光下闪闪发亮。他冲过去，抱住母亲，呜咽着说："妈，您老啦！"眼泪沿着他脸颊簌簌而下。最使我印象深刻的，是他讲述自己有一天从听音乐而想画画、从画画而想写散文的经历。

那天早晨，一束阳光从窗帘缝隙处照进来，照在大冯的脸上。他心灵一颤，醒了。他记得夜间做了一个梦，梦见远

在浙东乡村里，考察传统村落、抢救文化遗产的
冯骥才见到从未见过的福字砖，感觉胜似金砖

处有一棵树，没有颜色，看不清形状，只是模模糊糊的一团轮廓。他想用画笔捕捉到纸上，由于蒙眬，一时无从把握。他按下床头音响的按键，室内荡漾起一支柴可夫斯基钢琴协奏曲。柔和的弦乐像轻飘的晨雾弥漫在房间里。突然，他听到遥远的地方响起了钢琴声。钢琴声叮叮咚咚响过来，响过来，挤进来，盖过来，近了，更近了，出现一片温柔动人的意境。他迷醉其间，仿佛全身都融化了。甜蜜的快感不断积

累，心底浮起画面。画面越来越清晰。他急忙起床，拉开窗帘，铺好白纸，开砚提笔，伏案挥洒。锋毫触纸，感情奔泻。不一会儿，无形的音乐，借助于点线、色调、情感，化成有形的图画，呈现在他面前的纸上：残冬隐退，林梢转绿。变软的枝条在春风里拂动。开江了，大小、厚薄不一的冰块崩裂着，推涌着，撞击着，挤压着，轰响着。曾经被坚冰封冻住的轮船，如今解除了束缚，正欲向远方起航。

他扔下画笔，把画儿挂在画架上，仔细欣赏。

瞅着瞅着，他听到一种春之声从画面上响起来，那是冲向蓝天的云雀之歌？他分明闻到一缕清新、温暖的芳香，那是早春天气里特有的一种气味。就在这一瞬间，他曾在早春季节感受过的、难忘的情境，闪现在他面前。突然他有了文学创作的冲动，离开画架，拿出稿纸，欲罢不能地动笔写起

冯骥才刊登于《十月》1991 年第二期封二上的水墨画：
《忧伤》（左），《羞涩》（右）

冯骥才

了散文。

他回到了少男少女时代。那时候男女同学之间一封简单的来信、一张普通的照片，似乎就是某种感情的暗示，某种无言的承诺。玩游戏时偶尔触及女友的手臂，像过电似的心灵里一阵颤抖，既羞怯又幸福。相聚时一些极平常、甚至支支吾吾、吞吞吐吐的话语，竟包含着那么多像梦一样模糊、像蛛丝一样忽隐忽现、像空气一样捉摸不住的情愫，使人感动得承受不了。人沉浸在这种特殊的情感场里，感到莫名的兴奋，盼望这种相处的时间尽量延长，延长。在这样美好的时刻，他想向每一个行人点头微笑，悄悄祝愿每一个人都生活幸福。他觉得那街灯，那车辆，那草坪，那花圃，一切的一切，都生机盎然，充满神秘……就这样，他沉湎于由自己的画所引发的散文创作的快感之中。不知不觉，已经日照中天……

离开的时候，大冯托我把一本刚出版的《冯骥才画集》送给住在北京团结湖寓所的从维熙。乘火车回京途中，我打开大冯画集，见他在自序中写道："文学是延绵不断的画面，绘画是片断静止的文学。文学用文字作画，所有文字都是色彩；绘画是用笔墨写作，画中一点一线、一块色调、一片水墨，都是语言。站在画面上千姿万态的树，全是感动过我的不同境遇中的人物或是我自己……"

大冯酷爱音乐、美术、文学，他的艺术神经特别敏感。他告诉我的那个由音乐引发绘画、由绘画触发写作的上午，是他生命中一个既普通又充实的日子。

陈建功早期的写作方式

我和建功相识近半个世纪了。1968 年他到京西门头沟木城涧煤矿当矿工，不久我就在离煤矿一箭之遥的北岭公社王平口大队下放劳动。我记得他曾经带领我换上矿工服，戴上藤条帽，乘升降车下到地底下看矿工们如何采煤。70 年代初，有关单位组织一批人写北京市城乡劳动模范的事迹，我和他还有理由、陈祖芬等在北京出版社东兴隆街招待所共同生活了一年多。当时许多人家自打家具、沙发，我也请人做了一对沙发，沙发扶手的木棍，还是建功给我拣拾来的。后来他在矿区被煤车撞闪了腰，我曾专程到门头沟矿区医院去探望他。

记得“文革”后期他写了一篇题为《初春》的中篇小说。

陈建功

是写矿长抓生产的。矿长的父亲也曾在这个矿上挖过煤。当他父亲衣衫褴褛地离家时，他母亲曾为丈夫熬夜纳了一双鞋底，给他做了一双结实的鞋子让他穿到矿上去。去了一段时间，杳无音讯，原来他父亲得了大病，被人扔到万人坑里了。他母亲等着等着，久不见丈夫的消息，便带着他到矿上寻夫，结果在万人坑旁垃圾堆里找到了他父亲遗留下来的一只鞋子。建功告诉我，他写到这儿，自己流了眼泪。我也为这难忘的细节所感动。不久，批判右倾翻案风，歌颂抓生产的矿长等于歌颂错误路线。这个中篇也就胎死腹中，中途夭折了。迄今我还记得他那誊写得很清楚的稿面。1977 年恢复高考后，他考入北京大学中文系，继续被“文革”中断了的学业。他入学后，我曾到他那拥挤的学生宿舍里去过。他后来写的短篇小说《丹凤眼》《飘逝的花头巾》，曾经先后两届荣获优秀小说奖。

这几十年里，建功搬过三次家。他最早住在人民大学林园区，跟他在人大任教的父亲和在人大附中当老师的母亲还有妹妹住在一起。我不止一次在他家里吃过饭。那时我听说他在人大附中上学时作文写得好，他的作文经常在班里被朗诵。当时还曾有过如下一段故事。1964 年夏，建功初中毕业，报考高中。当时海淀区给考生们出的高中语文考题是："我为什么考高中？"建功独出心裁地写了一篇作文交卷。为了防止评分偏向、不公，考卷上的名字一律密封。当时建功母亲教语文，也参加了评卷。在一次评议会上，她听一位评卷老师朗诵了一篇书信体作文。那个考生在开头写道："爸爸、妈妈：我觉得还是考高中为宜，理由如下：……"写得条理分明，得到评卷老师们一致赞赏。建功母亲听了朗诵，对大家说："该考生不写作文，而写书信。书信体过去没有教过，这个孩子有创造性，应该加分。"众评卷老师一致同意加十分。建功母亲回到家里，怀着羡慕的口气，对他说："瞧，人家孩子多聪明，考作文，用的是书信体，把考高中的理由说得头头是道。建功，你要好好向人家学习呢。"建功却对母亲说："妈，这是我！"

建功当了专业作家之后，他从西郊人大林园搬到了城南蒲黄榆。有一年夏天，我骑着自行车从北三环路直奔城南。蒲黄榆在天坛和护城河之南，距天桥、永定门不远。解放前，这一带南城根下，聚居的都是卖苦力的底层劳动人民。他们卖的力气大，接触方面多，生活清苦，阅历也多，经验也丰富。他从校园里搬到这里之后，很快和这里的平头老百姓交上了朋友。到他家串门、聊天的，有民警、修电话的青工、蹬平板三轮的老头、卖牛羊肉的、卖鱼虫的、开汽车的司机，甚至有摆摊的倒爷……他们来了，无拘无束地聊天、谈笑甚至骂娘。他还常常混迹于大街小巷、胡同深处，深入市井小民中间。天天早上逛一趟天坛公园，向提笼架鸟的老头儿学“鹤翔桩”（功是永远发不出来，心并不意守丹田，而是观察老头们、老太太们的神态）。晚上到街心公园树荫下听戏，和戏迷、票友们神吹海聊；有时遛到摩托车市场，研究受到经济改革冲击的青年男女们骚动的心态；挤到红桥买体育彩票的热闹地方，观察芸芸众生的侥幸心理；钻进偏僻破旧的理发小铺里理发，听被时代甩向一边的老理发匠哀叹的心声；甚至替受冤叫屈者写状子、打官司……从这广泛的接触中，建功熟悉了普通老百姓的心理状态，了解了社会世相，积累了许多创作素材。《找乐》中那个替袁世凯、黎元洪出殡时撒纸钱的“一撮毛”的故事，就是一个老北京的苦力告诉他的。据说那个“一撮毛”被同僚挤对，于是发狠练得一手撒纸钱的功夫。他撒纸钱的时候，左臂胳肢窝儿底下夹着一把，臂弯儿处夹一把，手里捏一把，扬起右手，唰唰唰，三把纸钱儿打着旋儿转着圈儿飞上去，能高过西四牌楼，雪片儿似的满天飘，落在地上，愣找不出两张粘在一块儿的，因此他发了小财。《鬈毛》中，体育场上中彩票后的生动场面，是一个青年工人对他说的。东单菜场音乐茶座里暴发户们的神态，则是一位民警向他描绘的。通过和老北京们厮混在一起，他甚至知道了解放前北京酸梅汤有几种，哪家酸梅汤淡，哪家酸梅汤最地道。甚至知道了过去在茶楼里，在冰天雪地的严寒天气里，养活物的人，揭开翡翠、象牙的盖子，从葫芦里倒出一只有声有色的蝈蝈来让人们开眼……

建功自从熟悉了普通老百姓的真实心思，他决定“换一种活法，换一种想法，换一种写法”。也就是说，他决定改变一下他的生活方式、思维方式，也改变一下他的写作方式。他认为如果小说家过分关心自己身上的羽毛是否炫目，不关心老百姓的实际生活，势必走向情感的苍白和文体的玄妙。矫揉造作的文体无法给读者带来审美的愉悦，读者也就会远离这样的作家，甚至抛弃他们。我记得有一年去南京领奖，顺便去《钟山》杂志当时的主编刘坪那儿拜访。适逢建功也被《钟山》邀请去写一个中篇。我们在刘坪家中巧遇。他那晚诚恳地告诉我：“写小说起码不要装孙子，别假模假式，别挨骂。要用群众的思维方式思维，这样你才能写出老百姓爱看的作品。”他不愿写追风逐浪的违心之作，不愿写粉饰生活的伪作，不愿写那些老百姓们早就嗤之以鼻的、发飘的东西。他想动真格儿的，抓住并记下新旧交替时期那喧嚣的、骚乱的心态。他想和读者处在平等的地位，写得平易一点儿，家长里短，从容道来，如与友人推心置腹地交谈。

建功自从 1973 年开始文学创作至今，自愿写得少一些，但要好一些。他绝不以创作丰富自乐。他绝不像有的“才子”那样草草地写了一遍就交卷。他写作的认真是少见的。那时还没有电脑，每次写作，必用铅笔以小字打草稿，然后反复修改，这才誊清到稿纸上。他发现了不妥之处，绝不在稿纸上涂改，而是另换一张纸重写，或者在另一张纸上写下来，把它剪下，贴在错字的地方，故建功稿面之整洁，令人称道。多年前，当他还是西山矿工的时候，有一次他交给我一篇稿子，我稍作改动，说可以发稿了，他却坚持要回去，亲自再抄一遍。建功写作的严谨、认真，由此可见一斑。

后来建功又搬了一次家。他由蒲黄榆搬到了市中心市文联大楼。我曾经去拜访过一次，发现他居住条件有了改善。但我坚信孙犁的话：“作家们宜散不宜聚。”整年整月和作家们做邻居，朝夕相处在一起，对于接触普通百姓的生活，总是有所不便，有所隔膜。我总认为，作家们以不住作家大楼为好。

建功后来上调到中国作家协会，当上了作协书记处书记、作协副主席、创研部主任，公务、会议繁忙，也就失去了深入生活的机会。我认为乘着小轿车看到的生活，毕竟和骑着自行车在大街小巷里乱窜看到的，无论是广度、深度，还是真实度，都有着巨大的区别。从此，我再也看不到类似《鬈毛》《找乐》《前科》等生活气息浓郁、引人入胜的小说了，心中不免感到遗憾。

怀念吾师冯其庸

一

红学泰斗冯其庸先生，是我的文学老师。他于 2017 年 1 月 22 日仙逝，我心悲恸。

我受业于冯老师，始于 1957 年下半年。那年我考入中国人民大学新闻系，秋天从武汉来到北京东城区今平安大街张自忠路 9 号（原铁狮子胡同 1 号）报到。那里原是北洋军阀段祺瑞执政府所在地。解放后，这所带有中国建筑元素的欧洲古典式灰砖楼，划归人民大学使用。当时校部主要在西郊，铁狮子胡同 1 号院内仅有新闻系、档案系两系师生上课、住宿。

冯其庸

冯其庸老师教我们古代文学史。他每次来上课，手里只拿两支粉笔。开讲后，用他带有无锡口音的普通话，滔滔不绝地说下去。他有惊人的记忆力，引经据典，随手拈来，熟练背出。每当涉及古典诗词，他拿起粉笔，转身在黑板上用流畅的板书写下来。他的粉笔字极漂亮，每次擦去，我都觉得惋惜。印象最深的是他给我们上的第一堂课。

走进教室后，他目视一下大家，说：同学们，从今天开始，我和你们一起研究中国文学史。当我们研究文学史上名篇时，需要了解该作品产生的史、地背景。我们这座教室前后各约二百米地方，曾引发过两篇经典作品的产生。教室前面大门外街道上，1926年发生过“三一八”惨案。段祺瑞军阀执政府向手无寸铁的请愿群众开枪射击，致使鲁迅先生的学生刘和珍和女青年杨德群等四十七人饮弹倒地。鲁迅于悲愤中写下《记念刘和珍君》，揭露北洋政府屠杀爱国青年的滔天罪行。鲁迅在文末说：“苟活者在淡红的血色中，会依稀看见微茫的希望；真的猛士，将更奋然而前行……”我们教室背后二百多米处是府学胡同，即元大都兵马司，里面囚禁着民族英雄文天祥。文天祥羁狱在此三载，写下《正气歌》：“天地有正气，杂然赋流形。下则为河岳，上则为日星。于人曰浩然，沛乎塞苍冥……时穷节乃见，一一垂丹青……”全诗气壮山河，感天动地。

我们治文学史，还要研究文体的源和流。唐诗是我国文学的奇葩。但唐诗之产生，有个演变过程。研究唐诗，就得了解南北朝时期的诗人庾信，了解庾信的屈骚精神、汉魏风骨。可以说庾信开了唐代文学的先河，故杜甫说：“庾信文章老更成，凌云健笔意纵横。”初唐四杰之一的王勃名句“落霞与孤鹜齐飞，秋水共长天一色”，就是从庾信《马射赋》的“落花与芝盖齐飞，杨柳共春旗一色”中脱胎而来（这里的“芝盖”意指车盖或伞盖）。中经杨炯、卢照邻、骆宾王、宋之问等人的变革，才有王维、李白、杜甫、白居易的出现，达到唐诗的鼎盛期。所以韩愈说：“李杜文章在，光焰万丈长。”这标志着这一文体的完全成熟。

我们研究文学史，还要对经典作品的作者身世做必要的考证，才能达到更深切的认知。比方研究《红楼梦》，如不能对曹雪芹的祖籍、身世做充分的考察和论证，必影响我们对这部经典长篇的透彻理解。

我们学习文学史，不仅要读万卷书，还要行万里路。陆放翁说："纸上得来终觉浅，绝知此事要躬行。"就是说，除了读书，还要跋涉、考察、调查，用实物、实地、实景来印证、丰富书上的内容。试看古代的大学问家、大诗人大都有过漫长的游历生涯。就拿司马迁来说，他所以能写成《史记》这部"史家之绝唱、无韵之《离骚》"，是由于他青壮年时期，离开长安，足迹遍及陕西、湖北、湖南、江西、江苏、浙江、安徽、山东、河南等地，踏访名山大川，了解历史人物，熟悉地理环境，考察民俗风情，才能写出如此生动的史书来……

整个教室鸦雀无声。冯老师的话语像一江春水，奔腾澎湃，畅泻千里；又似一块巨大磁铁，紧紧吸引住大班里上百个同学的耳目。他们都全神贯注，屏息静听。冯老师说："今天就讲到这里。"话音未落，下课铃声就响了。

二

进入 1958 年，全国发动了"大跃进"：高等学府实行教育和劳动生产相结合。春天，人大新闻系学生全部开赴昌平温榆河边，住在帐篷里，挑土筑坝，修建十三陵水库。回

1994 年 11 月，作者和大学老师冯其庸（左），摄于中华文学基金会文采阁

校不久，又串街走巷搜集破锅烂铁运回铁一号，砌起小高炉“炼钢”。教育秩序打乱了，学生很少上课，我也见不到冯其庸老师的身影。只是每月他发到了工资、我领到了津贴，俩人都到校园钟楼下小邮局里各自给家寄钱，我们才有见面的机会。

有一次冯老师离开邮局，走在灰楼旁路上问我。“你正在上学，怎么有钱往家里寄呢？”

我说：“我是从军队转到学校的调干生，每月发给我四十元津贴费。我留二十元做饭费、买书，寄二十元给母亲，贴补家用。我家一直很穷。父亲不好好干活，还把家中东西偷出去卖掉，跟人赌博。我母亲独自撑持这个家。我上小学无钱交学费，被迫停学。后有一位杨老师帮助我，才没有辍学。”

冯老师听了我的倾诉，说：“我的童年和你的差不多。我父亲为了抽大烟，把不多的地卖出去好几亩。我家的生活担子，全由母亲扛着。和你一样，我也交不起学费。有一次，为了两块钱学费，母亲借不着，流了好多天眼泪。那时正逢抗战，我家穷，无钱逃难。我从前洲望见日本鬼子把三十里外无锡城烧得火光冲天。过了几天，日本鬼子进村了。我从门缝里看到一个日本兵，身上扛着枪，枪上亮着刺刀。我母亲慌乱中拿来一双鞋、两块饼，叫我从后门逃出去。我逃到我经常割草的荒坟堆里，藏在草丛中。日本鬼子经过坟堆，用刺刀向草丛里胡乱戳了几下，刀尖没有碰到我，才幸免于难。那时每到青黄不接之际，我们把还没成熟的稻穗割下来，烘干、脱粒、去皮，拿来煮粥。幸亏那时在地头、屋边种了不少南瓜，可以摘下来当饭吃。故我现在把简陋的书房，取名为‘瓜饭楼’，以铭记吃瓜度日的苦难岁月。”

我告诉冯老师：“同学们说您学问渊博，诗词歌赋背得烂熟，都爱听您的课。”

冯老师说：“我从小就爱读书、写字。每当下地回来，脚上的泥还顾不上洗，就钻进房里写字、读书。我很早就读完了《论语》《孟子》《左传》《战国策》，还能背诵《唐诗三百首》《古文观止》里的大多数诗文。后来上了无锡国专和无锡国专上海分校，师从名师，接受了系统训练，致力于文字学、目录版本学、诗词学的研究，才打下了一点基础。”

三

1961年初秋，大学毕业后我被分配到《北京晚报》副刊当编辑。1966年5月，“文革”开始后，《北京晚报》被迫停刊。我受到牵连，下放到门头沟深山里种庄稼、赶牲口、烧石灰。直到1973年春才回城，分配到北京出版社工作。那年冬天，我听说冯其庸老师也已从江西五七干校回京。有一天晚上，我到张自忠路人民大学红楼宿舍拜访冯老师。我和冯老师畅叙别后种种。他说：“文革”开始后，我最早受到冲击，造反派把我划入周杨、陆定一、刘少奇那条“黑线”上。1966年秋，我第一次受到批斗。那天下着倾盆大雨，我衣服淋湿。听着那些声嘶力竭的批判，想到全国各地都在焚烧古籍、砸毁文物、揪斗精英，我琢磨这场滂沱大雨，是老天爷为人民的大灾大难洒泪哭泣。那时我收藏的庚辰本《石头记》已被抄走，担心《石头记》会在浩劫中灰飞烟灭，红学研究之脉有断绝之虞，便向密友借来一套，决定照原样抄写一部。

冯老师说到这儿，弯下腰去，从床底下拖出一只木箱，打开箱盖，拿出四大本他抄写、订好的庚辰本《脂砚斋重评石头记》给我看。他说庚辰本年代早，保留了曹雪芹原著及脂砚斋批语两千多条，版本价值高。我捧在手里细瞧，这是冯老师用黑、红两色，以蝇头小楷，完全按原来版式、行款、页码，批语抄写而成。我惊问冯老师："如此四厚册巨著，要抄多少时间？"他说："我从 1967 年 12 月开始抄写，到 1968 年 6 月抄毕，整整抄了七个月。我现在对这抄本《石头记》，爱到如同自己生命一样。书抄完，我题了一首诗：'《红楼》抄罢雨丝丝，正是春归落花时。千古文章多血泪，伤心最此断肠词。'"我捧着老师手抄的宝书，随即吟诵了两句："痴心已在荣宁府，文脉还留瓜饭楼。"

四

1994 年，我转至中华文学基金会文学部工作。有一次冯老师来开会，我们久别重逢，欣然合影。在这之前，他赠我一本签名、盖章的《秋风集》。"秋风集"三字及封面水墨画《秋风小院》，均为冯老师亲手书画。这本散文集前边用好纸选印了部分书画作品，供读者欣赏。

冯老师精研书画理论，造诣极深，故曾为朱屺瞻、傅抱石等绘画大师的画册作长序。冯公与百岁老翁朱屺瞻交游甚笃。朱翁曾画了一轴二丈四尺的兰竹长卷送给冯老师。屺老在长卷上题字："激楚回风。丁巳首冬为其庸画友作并请教正。娄水朱屺瞻。”冯老师展读长卷，如对湘江怒涛，似闻屈子幽吟；深感其沉雄处有拔山扛鼎之勇，而深秀处显寒涧低咽之妙，铭记屺老惠赠之厚。

1981年秋，冯老师应斯坦福大学之邀赴美讲学，结识旅美的国画大师侯北人。侯老拿出一幅幅画请冯公鉴赏，并请他题诗。冯老师一连为他题了五幅画。最后一幅是桂林山水。画幅上端已有张大千的题诗，诗云：“八桂山川系梦深，七星独秀足幽寻；漓江不管人离别，翘首西南泪满襟。”这幅画由于张大师的题诗，已弥足珍贵。冯老苦辞不允，便挥毫题写一绝，诗云：“梦想千翁四十年，忽从画里识神仙。漓江我昔轻舟去，恰入侯公蝉翼笺。”由此可见冯老师诗思之敏捷、诗艺之精湛。

冯老师兼善书、画。他书法宗二王，尤钟情于王羲之的《圣教序》。他的字灵动俊美，气清韵长，潇洒而不失法度，清秀而远离流俗。他画宗青藤白石。题材大都是南瓜、葫芦、扁豆、花卉等日常事物。他注重水墨、色彩运用的创新，深得文人画精髓；笔法简约，气韵丰沛，形神兼备，故他的画展被人赞赏有加。

五

冯公老当益壮，晚年十赴新疆，三上帕米尔高原。他查实了玄奘取经回国入境的那个山口古道。又穿越罗布泊、楼兰、龙城、白龙堆入玉门关，探明了大唐法师自于阗回长安的最后路段。冯老师还查证了项羽不死于乌江的历史真相。

2005 年 5 月，中国人民大学创办国学院，冯老师是第一任国学院院长，他设计了国学院的课程，还倡导大国学的概念。

冯老师在戏曲、考古、文物、壶艺、佛学、摄影、丝绸之路等研究领域，均卓有建树。他兴趣广泛，多才多艺。

六

冯其庸追悼会于 2017 年 2 月 5 日 10 时在八宝山东大厅举行。我早早赶去送别老师。厅前电视屏幕上反复播放冯其庸的童年、生平、学术活动、多卷本文集及众多书画佳作。进入告别厅，我看见党中央、国务院的领导和中宣部部长、文化部部长以及王蒙、贺敬之、李希凡等文艺界名人，都敬送了花圈。国家博物馆、中国文字博物馆、中国人民大学、首都各大出版社、各文艺团体都敬送了表示赞颂和哀思的挽联、花圈。我在排队时还巧遇了来自无锡和前洲的冯老的家乡亲友。参加追悼会的，有五六百人之多。与会者说：“冯先生自名‘其庸’，这是谦称。冯公已攀达红学、国学、西域学高峰。他生前十去西域，如今驾鹤西归，我们来送他最后一程，祈祝冯大师走好！”

正如诗词大家叶嘉莹女士撰写的挽联所云：“瓜饭记前尘中道行宽写梦红楼人共仰，天山连瀚海西游乐极植莲净土世同钦。”

冯其庸老师，我永远怀念您！

2017 年 2 月 5 日深夜至凌晨

邓拓与《燕山夜话》

一

1961年夏，我在中国人民大学新闻系毕业之后，被分配到从属于《北京日报》的《北京晚报》副刊“五色土”当编辑。自从1966年4月18日《解放军报》发表了题为《高举毛泽东思想红旗，积极参加社会主义文化大革命》的社论之后，大批判的稿件源源不断涌向《北京日报》。日报编委会临时抽调几个人，到理论部看来稿。我便是其中之一。

1966年5月10日深夜12时左右，我把理论部主任张道一（原彭真秘书）签发的稿件，送到报社三楼北侧的排字房。排字房里灯火通明，工人师傅们一手端着手托，手指间

邓拓

夹着电传过来的电讯稿，一手飞快地拣铅字。没有人说话，气氛异常紧张。出了什么大事？我心里不安地嘀咕着。经过拼版案前，偶然瞥了一眼，一行大号铅字闯入我的眼帘：

评“三家村”——《燕山夜话》《三家村札记》的反动本质　姚文元

我的心怦怦跳动，屏息静气把排好的一块块版面飞快地看了一遍。从题目和署名用的铅字号码，一眼便知此篇稿子来头很大。姚文元在文末，威风凛凛地说："不管是'大师'，是'权威'，是三家村或四家店，不管多么有名，多么有地位，是受到什么人指使，受到什么人支持，受到多少人吹捧，全都揭露出来，批判它们，踏倒它们。"看他横扫一切的气势，肯定得到最高领导的支持。（事后获悉，姚文元此文原来的标题是：《评反党反社会主义的大黑店"三家村"——〈燕山夜话〉〈三家村札记〉的反动本质》。当江青把排出来的大字本送给毛泽东审阅时，他觉得标题过于冗长，便拿起铅笔，把"反党反社会主义的大黑店"等字删去。）

《评"三家村"》点了邓拓、吴晗、廖沫沙的名，说"在《燕山夜话》和《三家村札记》中，贯穿着一条同《海瑞骂皇帝》《海瑞罢官》一脉相承的反党反社会主义的黑线……"，说邓拓是"'三家村'黑店的掌柜和总管"，说《燕山夜话》是"反党反社会主义的大毒草"。

我纳闷的是，就是这个姚文元，三年前对邓拓、对《燕山夜话》深表赞赏。1963年，他曾寄信给出版《燕山夜话》合集的北京出版社负责人，把《燕山夜话》夸奖了一番，说它是"一朵北方难得的思想之花"，并希望北京出版社也像对待《燕山夜话》那样，出版一本他的杂文集。

"文革"开始后，有关人士深恐招来杀身之祸，把姚文元1963年写给北京出版社夸《燕山夜话》的信销毁了；但1962年姚文元写给上海人民出版社夸《燕山夜话》的信保留了下来。今全录如下：

编辑同志：

准备把自己这三年来写的杂文、短论，选其在当前现实意义、思想意义较大（即能鼓舞情绪、提高认识的），编一本类似《燕山夜话》那样的杂文集，并取一个有趣而有意义的名字（如《蟹的杂感》），想把它寄给你们，不知你们是否接受这样的稿件？

致

敬礼

姚文元

5月30日

现在他摇身一变，竟把他曾看成香花的佳作视为毒草。风云突转，我堕入迷雾之中。

第二天凌晨，窗外远处大喇叭里广播着姚文元的《评“三家村”》。播音员“义正词严”，音调铿锵。我想，如果这时候他同时也广播一下姚文元写的那篇赞赏《燕山夜话》的亲笔信，那将会有怎样的后果呢？我不敢想下去了。

二

我到《北京晚报》副刊工作时，《燕山夜话》专栏文章已经连续登载近半年了。这时我才得知，《燕山夜话》的作者马南邨就是邓拓。我在中国人民大学新闻系一年级读书时，邓拓曾来校给我们讲课。我当时就觉得他知识渊博，对文、史、哲都有研究，尤其对现代新闻史相当熟悉，对他顿生敬佩之情。

到副刊不久，邓拓带副刊部主任顾行和我去京郊西山转游了一次。那天秋高气爽，满山红叶。汽车绕过颐和园的昆明湖，奔驰在玉泉山的峡谷里。山林边的柿树上，结满了黄澄澄的柿子。坡坡岭岭、宽阔田野，弥漫着一种阳光蒸晒后的草香。每遇碑碣、寺庙、古迹的废墟，车子便停下来。邓拓、顾行奔往碑石，研读碑文，探寻历史。有时看到游客在红墙、雕栏、古树上涂刻着“××到此一游”的字迹，邓拓便蹙眉不悦，叮嘱顾行在晚报上写杂文批评这种破坏文物的恶劣现象。有一次在一个古建筑废墟上，邓拓弯下高高的身躯，捡起一块黄琉璃瓦片，仔细端详了好久，用带着福建口音的普通话，对顾行说：“任何事物，即使是一块瓦片，如果对它做深入研究，进行历史考察，都有很多学问。琉璃瓦古称缥瓦，唐宋时期就有了。记得唐代的诗人皮日休、宋代的学者王子韶，都在他们的诗文里提到过。除琉璃瓦外，封建贵族们还采用贵重材料，建造过铁瓦、铜瓦、银瓦、金瓦。和贵族们奢侈的金属屋瓦相比，老百姓只能在房屋顶上铺上石瓦、竹瓦，有的甚至只能铺上稻草。穷到无立锥之地的人，甚至头无片瓦，足无寸土。可见即使一块瓦片，也有着深刻

福州乌山乌石塔下邓拓故居中的邓拓书法石刻

的社会内容啊。”一路上，邓拓谈着京西一带的历史掌故，令我眼界大开。

邓拓的专栏文章，是当时副刊部主任顾行等人约他写的。1961年3月初，邓拓答应之后，对顾行等人说：“栏目就叫《燕山夜话》。燕山，是北京的一条主要山脉；夜话，是夜晚谈心的意思。马南邨是笔名。马兰村原是我们办的《晋察冀日报》所在的一个小村子，我对它一直很怀念。”邓拓在《燕山夜话》中，谈政策，谈时事，谈学习，谈科学，谈史地，

邓拓

谈文艺，谈书法，谈文物，几乎是百科全书式地无所不谈。写法深入浅出，生动活泼，谈古论今，旁征博引。针对“大跃进”、人民公社化的群众运动中普遍存在的劳民伤财、瞎指挥、吹牛皮的严重弊端，他写了《爱护劳动力的学说》《智谋是可靠的吗？》《说大话的故事》等一系列著名文章，对主观主义、弄虚作假、强迫命令、说大话等恶劣作风进行了尖锐的批评，显示了他对党、对人民极端负责的精神。这个栏目，为晚报增添了光彩。写到后来，邓拓发动大家给他出题目。我们从读者来信发现了合适的题目，就用电话告诉他。他当时住在东城区遂安伯胡同。给他出了题目，不用两个小时，他就叫通讯员把稿子送来了。我记得当时我国和阿尔巴尼亚关系很好，称它是山鹰之国，因此有的读者来信请马南邨写写山鹰。于是邓拓写了《老鹰能比英雄吗？》。他说，我们平常说的老鹰，泛指苍鹰。在动物学中，苍鹰为鸟类之一科，它所属有鹫、鸢、鹰、隼、鹞等品种。老鹰中有的品种不好，不足以比英雄；但有的品种，性格坚强，凶猛无比，确有英雄气概。要区别对待，不能笼统而论。

我还记得他当时就撰文告诫人们不要砍伐森林、不可围湖造田，山秃了，湖面小了，必然引发自然灾害。但他根据历史经验做出的警示，没有引起当局的重视。

他记忆力极好，写一两千字短文，常常是一挥而就，一气呵成。他当时除任市委文教书记外，还是人大代表，工作很忙，会议很多，还要接待来访，批阅文件，“燕山夜话”只能抓紧点滴时间快写。有时外出视察，他总是先写好几篇“夜话”存在编辑部，以便按时发表。

当时全国各地每天都有大批来信涌到副刊部，许多读者表示爱看《燕山夜话》。有的读者评价《燕山夜话》“短小精悍，寓意深刻，知识丰富，文笔清新”。老舍称《燕山夜话》是“大手笔写小文章，别开生面，不拘一格”。后来许多报纸，如《大众日报》《云南日报》等都仿效《北京晚报》开设了杂文栏目。“燕山夜话”在当时的影响，可以说是波及到了大江南北。

在晚报工作期间，我发现邓拓对书法、诗词、绘画、文物等都有很深的造诣。他用钢笔写的每一篇夜话，都可以说是一幅书法作品，令我爱不释手。他的行书潇洒俊逸，笔势奔放，气韵充沛，有行云流水之感。他常以“左海”为笔名，给晚报写“诗配画”。他不但是绘画的鉴赏家、收藏家，而且自己也能作画。我见过他送给福建友人的一幅山水画，笔墨疏朗，意境深远，是典型的文人画。我钦佩邓拓，像这样才子型的领导，我过去很少见到。

三

谁能想到，被全国人民喜爱、也曾被姚文元多次赞扬过的“燕山夜话”，突然之间被批成了反党反社会主义的大毒草呢？

1966年4月9日，中央书记处在北京开会。会议批评了彭真，并决定起草一个撤销由彭真牵头制定的《二月提纲》的党内通知。山雨欲来风满楼。北京市委已经摇摇欲坠。在当时形势下，北京市委已不可能再保护邓拓、吴晗、廖沫沙了。

1966年4月10日，我记得很清楚那天是星期日。我看见担任北京市委常委、北京市副市长、《北京日报》社社长的范瑾开完常委会回到报社，面露忧戚之色，急匆匆把编委召集起来开会。两个钟头之后，我也被叫去，和晚报党支部书记方亭、副刊部主任顾行还有日报理论部的人一起，听候布置任务。迫于形势，报社领导叫我们摘录《燕山夜话》中的错误段落，以供报纸批判。分给我的是《燕山夜话》第五册。我拿到自己办公室从头至尾把三十一篇文章全都看完。我实在找不出什么问题，难以下手。我对有关领导发愁地说：“我看不出这批文章有什么错误，怎么摘录呢？”有关领导说：“这是政治任务。就得鸡蛋里挑骨头。”迫于无奈，经过通宵奋斗，勉强找出邓拓谈养猫养狗、谈长发奇迹的文章，摘出了几段，对它上纲上线，说这是“资产阶级的闲情逸致”“低级趣味”，违着良心交了卷。

经过有关领导的综合、审查、修改，4月16日，《北京日报》出于无奈，被迫登出《关于“三家村”和〈燕山夜话〉的批判材料》，并在批判材料前又加了《前线》《北京日报》的编者按。然而，这种挣扎，已无法挽回江青、康生一伙带给“三家村”和《燕山夜话》的厄运。他们说《前线》和《北京日报》4月16日的自我检讨和批判，是一个“大骗局”，是“假批判真包庇”，是“舍车马保将帅”。他们把矛头直接指向了彭真。

1966年5月8日，《解放军报》以显著地位发表江青写作班子署名高炬的文章《向反党反社会主义的黑线开火》。文章说：“邓拓的《燕山夜话》，以及用吴（即吴晗）南（马南邨即邓拓）星（繁星即廖沫沙）署名写的《三家村札记》，充分说明了，在我们的社会里，阶级斗争还是十分尖锐、复杂、激烈的。”“邓拓是他和吴晗、廖沫沙开设的‘三家村’黑店的掌柜，是这一小撮反党反社会主义分子的一个头目。他们把持《前线》《北京日报》以及《北京晚报》作为反党工具，射出了大量毒箭，猖狂地向党向社会主义进攻。”同一天，《光明日报》发表“文革小组”成员关锋署名为何明的文章《擦亮眼睛，辨别真假》。这篇文章气势汹汹地质问《前线》和《北京日报》：“你们究竟是无产阶级阵地，还是资产阶级阵地？你们是无产阶级专政的工具，还是宣扬复辟资本主义的工具？”这两篇杀气腾腾的文章，表明疾风暴雨就要来临了。只因那两天我埋头拆阅堆积如山的来稿，没有及时看到。

5月11日，《红旗》杂志发表“文革”小组成员戚本禹的文章《评〈前线〉〈北京日报〉的资产阶级立场》，诬说邓拓在历史上是叛徒，矛盾直指北京市委、彭真同志。这样，北京市委已处在被围剿之中，覆亡之日，指日可待。

不久，中共中央发出《五一六通知》。《通知》说：“所谓‘五人小组’的汇报提纲，实际上只是彭真同志一个人的汇报提纲，是彭真同志背着‘五人小组’成员康生同志和其他同志，按照自己的意见制造出来的。”说彭真“采取极不正当的手段，武断专横，滥用职权，盗窃中央的名义，匆匆忙忙（把它）发到全党”。康生把自己开脱得一干二净，陷彭真、邓拓于灭顶之灾。

就在5月16日那天，北京市委派人通知邓拓，以后不给他送中央文件了。这件事给邓拓很大刺激。他对夫人丁一

邓拓代表作《燕山夜话》封面书影

邓拓《论中国历史的几个问题》封面书影

邓拓《中国救荒史》封面书影

岚说："我的历史问题相信党组织会弄清楚的。我被捕以后没有干过对不起党的事。历史是可以查的。我要申辩。"

邓拓的历史是清白的。他 1912 年出生在福建一个知识分子的家庭。父亲是清朝最后一科举人，后来在师范学校当国文教员。他自幼在父亲指导下读书。1923 年进入中学以后，和同学组织"野草社"，对作诗、写字、绘画、编剧，都有浓厚的兴趣。1929 年秋到上海读大学，接触了大量革命书报，思想发生深刻变化。1930 年，他加入中国共产党。那年他才 18 岁。入党后，他一面读书，一面从事工人运动。1932 年冬，他在游行时被捕，在狱中备受摧残，坚贞不屈。出狱后，1934 年秋到开封河南大学就学。这一时期，为了探求中国社会发展的规律，他潜心研究历史。对中国社会性质和中国史分期等问题，撰文表达了自己的见解。1937 年 6 月，他的第一部专著《中国救荒史》由商务印书馆出版，那时他才二十五岁。抗战爆发，投笔从戎，奔赴晋察冀抗日根据地。1938 年 4 月，他和战友们一起创办了《抗敌报》，后于 1940 年改为《晋察冀日报》。整个抗战和解放战争期间，邓拓一直担任《晋察冀日报》社社长兼总编辑。在艰苦的游击战争年代，他和战友们一起，赶着八头骡子办报纸。他们冒着枪林弹雨背着印刷机打游击，在硝烟弥漫中写文章。中华人民共和国成立不久，他担任《人民日报》总编辑、社长多年，不断被最高领导批评他是"书生办报""死人办报"。1958 年调任中共北京市委书记处书记，主管思想文化战线，为首都文教事业做出了重要贡献。

这样忠诚的革命经历，竟被江青、姚文元、戚本禹一伙诬蔑为“叛徒”，诬指为“反党、反社会主义分子的一个头目”。欲加之罪，何患无辞。黑白颠倒，竟至于斯！

1966年5月17日深夜，待家人熟睡后，邓拓拿起笔，写下了他的申辩，又给亲人留下了遗嘱。5月18日凌晨，邓拓满怀悲愤，离开了人世。党内的才子、中国新闻战线的功臣，为革命事业艰苦奋斗了一生的忠诚战士，就这样含冤而死。

邓拓去世后，他的遗体被通知秘密火化。只允许他的夫人丁一岚和他的姐姐护送遗体到火葬场。丁一岚不顾风险，到东单花店买了一束鲜花，佩着黑纱去火葬场。她来到停尸房，把鲜花安放在邓拓肩旁，低声哭诉道：“你什么也听不见了，安安静静地睡吧！”

此后，《人民日报》于1966年6月1日发表《横扫一切牛鬼蛇神》的社论。6月4日北京市委改组。7月21日，《北京晚报》以“反党反社会主义工具”的罪名被勒令停刊。我也就被迫离开了我喜爱的工作岗位。

四

终于盼来了一伙兴风作浪的妖孽覆灭的日子。终于盼来了1978年12月召开的中共十一届三中全会。终于盼来了“三家村”文字狱冤案的彻底平反。

1979年7月18日发出的平反文件，严正指出：“文化大革命”前，邓拓、吴晗、廖沫沙三位同志应北京市委理论刊物《前线》之约，撰写《三家村札记》；邓拓同志应《北京晚报》之约，撰写《燕山夜话》；以及吴晗同志写新编历史剧《海瑞罢官》等，完全是正当的……林彪、“四人帮”和康生、谢富治一伙诬蔑《海瑞罢官》《燕山夜话》《三家村札记》是反党反社会主义的大毒草，诬蔑邓拓、吴晗、廖沫沙三同志是所谓“三家村反党集团”，并强加以叛徒、特务、反革命分子种种罪名，纯属他们为篡党夺权而有组织、有计划制造的大冤案，应予全部推倒。撤销原中央专案审查小组办公室对三位同志所作错误结论，彻底平反昭雪，恢复邓拓、吴晗、廖沫沙三位同志的政治名誉。恢复邓拓同志和吴晗同志的党籍，恢复廖沫沙同志的组织生活。为被林彪、“四人帮”和康生、谢富治一伙迫害致死的邓拓同志和吴晗同志举行追悼会，并发布新闻。组织专人负责清查被抄走的珍贵的书籍、文物字画、诗稿、文稿和其他财物，退还本人或家属……

五

一个善于忘却的民族，必有大灾难。我们必须研究产生

“文革”这场大灾难的根源，根除酿成灾难的土壤，这样才不至于重蹈覆辙。

以史为鉴。我们不仅需要建立爱国主义的教育基地，也需要记取历史教训的教育场所。正面教育和反面教育，犹如鸟之两翼、车之两轮，缺一不可。回避、掩饰自身的大错误，将会给未来造成重复的大灾难。

“文革”发端于姚文元的《评新编历史剧〈海瑞罢官〉》和《评“三家村”》，但我研究了这个靠大批判发迹的“专业户”的历史，发现他是一个真正的文痞，一个看风使舵的政治投机家，一条彻头彻尾的变色龙。1957 年春夏之交，姚文元写了不少杂文，对党的领导干部提了许多尖锐意见，但他从张春桥那儿听说中央要开展反右斗争，要批判《文汇报》，立即炮制了一篇批判《文汇报》资产阶级办报方向的短文《录以备考》，一下子成了反右先锋。至于他对待《燕山夜话》先赞美、后狠批的突变，是他见风使舵、一贯伎俩的重演，不过这次气势更壮、用语更凶、野心更大而已。就是这样一个靠打探消息决定打击对象、用大批判置人于死地从而使自己扶摇直上、爬进高层领导的投机家，居然在“文革”中、后期陈伯达倒台之后成了“舆论总管”，成为掌握全国意识形态指挥权的风云人物！这件咄咄怪事岂不令人惊诧莫名吗？

怀思陈荒煤

荒煤静静地走了，文坛痛失一位良师。在多年接触中，我觉得他是位和善亲切、极为平易的老人。他虽身居高位，但勤奋、简朴，乐于助人，是文艺园地里的优秀园丁，也是辛勤笔耕的劳动模范。他那光明磊落、正直不阿的人格力量，永远是我们文学后辈的学习楷模。在 1996 年 11 月 8 日追悼会上，唐达成撰联曰：“良师鹤归秋水呜咽伤心泪，巨星遽落雄文自存书剑心。”这副挽联表达了文艺界许多人士的心声。

荒煤 20 世纪 70 年代末调到文学研究所工作以后，有一段时间暂住在北京崇文门外东兴隆街东口的崇文旅馆里。崇文旅馆离《十月》杂志当时的所在地东兴隆街 51 号仅咫

陈荒煤

尺之遥。因此我们可以经常去向荒煤请教办刊和文学方面的问题。他对我们总是循循善诱，诲人不倦。从 1983 年起，我们请荒煤在《十月》上撰写“文学生活散记”的专栏文章。他欣然答应，并按时交稿。这些文章后来由王洪先编辑、结集为《荒野中的地火》出版，并在 1989 年全国第一届全国散文杂文集评奖中获奖。《荒野中的地火》记叙了他在上海和武汉度过的贫穷的童年、少年生活，写了他的母亲、姨母、父亲的命运，写了他童年时代女友海丽和她母亲坎坷的经历，写了大革命失败后他独自到长江边徘徊、彷徨的苦闷心情。这些回忆文章大都是用圆珠笔写的，笔迹清秀娟丽。每次文章一来，我就爱不释手地抢着阅读。洋溢在字里行间的那种温馨、忧伤的情感，像湿雾一样裹拥着我，涤荡着我，常使我联想起自己童年生活中一些难忘的情景。

大约是1978年，我在《人民日报》副刊版上，看到了荒煤写的散文《阿诗玛，你在哪里？》，文中他对饰演阿诗玛的彝族女演员杨丽坤在“文革”中的悲惨遭遇，充满痛惜之情，并且呼吁像《阿诗玛》这样的电影应该尽早解禁公演。这篇散文，实际上是通过阿诗玛，呼唤真、善、美的回归。几十年来，荒煤一直尊重艺术规律，耐心培养了一批电影剧作家；他像护花神那样，想方设法保护一批优秀电影和电影演员。从1963年开始，传达两个文艺批示以后，领导电影局的陈荒煤因推出了《早春二月》《舞台姐妹》《林家铺子》等电影，受到过火的批判。为此，他蒙受了许多冤屈，遭受多年放逐。

新时期以来，荒煤除了发表散文作品，还写了一百多万字的评论文章。他对中青年作家关怀备至，处处给予鼓励、支持和中肯的提醒。荒煤为新时期文学事业的健康发展所付出的心血和努力，当代文学史铭记不忘。

1994年，我到中国作家协会中华文学基金会文学部工作以后，和荒煤接触更多了。那年秋天，有关部门和中华文学基金会共同研究决定将第二届“理解与友谊国际文学奖”授予英籍华人作家韩素音女士。授奖大会定于9月16日在钓鱼台国宾馆隆重召开。当时我们商请中国作家协会副主席陈荒煤代表中国作协和中华文学基金会在颁奖会上致授奖词。为了撰写授奖词，就要了解韩素音的生平，阅读她的文学作品。而韩女士的作品有三十多部，即使选出其中主要著作十来本，让一位八十岁的老人去阅读，也实在是种很难胜任的苦活、累活。当时我在评奖办公室做一些具体工作，除关心中英文对照的奖状、拟写新闻稿外，还要为德高望重又身体欠佳的著名人士代拟题词、贺词、讲话稿，因此实在抽不出空来为荒煤代劳。出于无奈，我和基金会的领导于 9 月初捧着韩素音几十本厚厚的著作，赶到木樨地部长楼荒煤家里，恳请他翻一翻，写一篇授奖词。出乎我们的意料，荒煤竟爽快地答应下来了。发奖那天，荒煤面对万里、雷洁琼、吴阶平、黄华等领导，面对几百位中外来宾，做了十分精彩

荒煤（左）与艾青在一起

的报告。他说："我很高兴，很荣幸地代表中国作家协会、中华文学基金会向我们中国人民的老朋友韩素音女士颁发第二届'理解与友谊国际文学奖'。在高科技迅速发展的今天，交通愈来愈方便了。世界变小了，各国人民之间的交往愈来愈频繁、获得相互理解与友谊的机会愈来愈多了。每一个文化工作者，一切有正义感和良知的作家、艺术家、思想家与科学家，无疑地都是促进理解和友谊的光荣使者。特别是作家用自己真诚的眼睛和心灵，耳闻目睹，把亲身体验到的思想和感情，通过生动鲜明、真实感人的形象去反映这种历史的变迁，展示未来的前景，会在广大人民之间产生非常重要的影响。"接着荒煤介绍了韩素音女士有相当数量的作品是写中国的，反映了中国人民饱经坎坷的经历和创建新中国的曲折历史；并引用了她在《周恩来和他的世纪》《吾宅双门》《再生凤凰》中的精彩段落。授奖词概括了韩素音一生的主要成就，既精练又周到，又富有文采。我深知为了写这篇授奖词，荒煤老人要阅读多少资料，耗用他多少个不眠之夜！

荒煤心地善良，有求必应，不善于拒绝他人的请求，即使这种请求超出了他的体力和精力。现在我回想起那件事，深为当时让他超负荷的劳动而感到内疚和不安。

大约从 1995 年下半年起，他见我时向我诉说他心脏发闷，时常感到不舒服。我请他少看书、少写作、尽量放松自己，多散步、多休息。我想荒煤脾气随和，为人绵软，光秃的头顶极像民间老寿星的形象，像他这样的人，必将寿比南山。谁知和我的预料相反，不久他就被送进北京医院治疗，拖了一段时间，竟永远地离开了我们。

荒煤静静地走了。他的人品和文品，他的善良和宽厚，将像旷野里的一簇篝火，照耀着我们，永远给我们温暖，并指引我们往前走的路途。

1997 年 5 月 6 日

文坛一号伯乐冯牧

一

文学前辈冯牧，素以评论家、编辑家、散文家、文艺活动家、京剧艺术欣赏家、善于发现写作新秀的伯乐著称于当代文坛。其实，他首先是一位和人民军队同甘共苦、冒着枪林弹雨征战多年、且荣立过一等军功的老战士。

冯牧先生父亲冯承钧（1887—1946），是可和严复、林纾比肩的大翻译家、大学问家。他青年时留学比利时、法兰西多年，通晓法文、英文、梵文、阿拉伯文、波斯文、蒙古文等八九种外语，著有《成吉思汗传》《中国南洋交通史》等多部作品，译有《马可·波罗游记》等名著，是著译等身

冯牧

的大文人。他和鲁迅同时担任过民国政府教育部佥事，后任北京大学、北京师范大学教授。

冯牧跟随父亲，从小受到家中深厚学养的熏陶。童年起，他便是当年城南游艺园、广和楼、第一舞台欣赏京剧艺术的常客。中学时代就是多才多艺、文体皆擅的高才生，博览古今中外的文学名著。他参加过“一二·九”学生运动。抗战爆发，北平沦陷。1938 年，他参加的革命组织被人发现，便在一位三轮车工友精心掩护下，离开日本侵略者铁蹄践踏的故都，跋山涉水，绕道三晋，奔赴延安。他进过抗大，上过鲁艺，当过《解放日报》副刊编辑。解放战争开始，他跟随刘邓大军陈赓兵团转战晋冀鲁豫苏战场：出同蒲，扫晋南，攻洪赵，围运城，强渡黄河，纵横中原，大破平汉，攻克洛阳。他在前沿阵地上经历了震惊世界的淮海战役全过程。在多年军旅记者生涯中，先后撰写、发表过《冲过紫荆关》《新战士时来亮》《曾经是奴隶的英雄》《在双堆集》《英勇的南坪集阻击战》等受到广大指战员喜爱的战地通讯。

1949年春，冯牧曾跟随突击队乘着小木船，迎着敌人如织的弹雨，横渡白浪滔天的长江，把战旗插到南岸敌人要塞顶上。他在《八千里路云和月》一文中，详细描述了他跟随部队从北方打到云南边陲的艰苦历程：他和战士们越过了无数田畴、江河、山峦和僻野，度过了无数饥饿、疲惫、风餐露宿、雨天无鞋无伞的日子。他难忘江南人民欢迎亲人解放军的鞭炮声、锣鼓声，几乎震惊了部队所有的马匹。他难忘南方炎热天气里，翻越崇山峻岭，马匹一群群死掉，粮食一天天稀少，战士们仍迈开铁腿追击逃跑的敌人。他难忘从桂西到滇南的远程大奔袭，十天时间竟挺进了一千三百里。没有马匹，没有行李，没有重武器，人们凭着钢铁般的意志，和敌人展开最后的决战。他和战友们不顾道路艰险，不顾瘴疠侵袭，不顾体力不支，不顾一切地前进、前进、前进……

就这样，他们消灭了大陆上最后一股残敌，抵达南国边境、庆祝胜利时，竟在战友中找不出一双没有受过伤、流过血的脚板。

冯牧就是如此一位用脚丈量着祖国大地、以手中的笔报道军队神速南下、最后挺进到滇南红河畔的英勇的军旅文人。

二

自20世纪40年代初至90年代中，在漫长的半个多世纪岁月里，冯牧以他敏锐的眼光、深厚的学养、高度的责任感，发现、扶植、培育、指导、推荐一批又一批有文学潜质的年轻人，走上文学岗位，成为当代写作队伍的骨干力量。

早在延安《解放日报》担任副刊编辑期间，他就撰文推荐了赵树理的中篇小说《李有才板话》，发表了李季的长诗《王贵与李香香》，还受艾思奇委托，专门读了马烽1944年写的《张福元的故事》，第一个写了赞赏、评价文章，使这位后来成为“山药蛋派”主要成员的作家，终身铭记师恩之情。

20世纪50年代初，到了云南，在担任13军文化部长和昆明军区政治部文化部副部长期间，冯牧更是集中精力发现、扶植、培育了一批云南作家。他们是公刘、白桦、林予、彭荆风、公浦、季康、周良沛、吴源植等。他指导他们如何观察生活，如何借鉴名著，如何深入基层。他亲自带领这帮年轻人长途行军，深入边疆少数民族地区，体察民情，收集素材，进行创作。这才出现了《阿诗玛》《山间铃响马帮来》《五朵金花》《边疆烽火》《芦笙恋歌》等少数民族特色浓郁的小说、诗歌、电影，给中华人民共和国成立后的文艺界带来了一新耳目的边地风情。

20世纪50年代中期，他被调到北京领导文学创作，对李准的《李双双小传》、王愿坚的《普通劳动者》、高缨的《达吉和她的父亲》备加赞赏，大力推荐。在20世纪70年代末80年代初新时期文学井喷阶段，冯牧满腔热情地支持、维护、赞赏刘心武的《班主任》《爱情的位置》、蒋子龙的《乔厂长上任记》、张洁的《森林里来的孩子》、谌容的《人到中年》、张一弓的《犯人李铜钟的故事》、从维熙的《大墙下的红玉兰》、史铁生的《我的遥远的清平湾》、邓刚的《迷人的海》。1985年，冯牧担任了《中国作家》主编后，发表了莫言的《透明的红萝卜》、冯骥才的《感谢生活》、王安忆的《小鲍庄》、叶梅的《撒忧的龙船河》等名篇。

《十月》在20世纪80年代初发表过礼平的中篇小说《晚霞消失的时候》。这是一部很有艺术魅力的新人之作。作品刊出之后，有人对它非议，在报上著文批判。冯牧当时因病住院，在医院昏暗的灯光下，饶有兴趣地把这部用小号字刊出的长中篇看完。他向我们赞赏作者的艺术才华，要我们转告作者，别理他人的闲言碎语，继续努力创作。

1982年6期，《十月》发表李存葆的中篇小说《高山下的花环》之前，我们把原稿送给冯牧审读，请他写篇评论。他审读之后，认为这是一部激动人心的佳作，但很尖锐，提了修改意见后，便写了一篇热情洋溢的评论文章《最瑰丽的和最宝贵的——读中篇小说〈高山下的花环〉》。他在评论中说："在一个星期六的黄昏，我拿起了《高山下的花环》的厚厚的原稿，多少有些不经意地阅读起来。我最初的感觉是：这确实是出自一个青年作者的手笔，文字虽然流利通畅，却时时显露出粗糙的痕迹。然而，使我始料未及的是，读过几页，我就被作品中陆续出现的人物性格的真切生动所吸引，为这些人物跌宕起伏的思想感情以及围绕着他们的行动所展开的情节所吸引，为他们的动人心魄的命运和引人入胜的生活经历所吸引，为他们身上所展现的越来越鲜明夺目的思想

1979 年 11 月，冯牧在北京中国文学艺术工作者第四次代表大会作家组讨论会上发言

光彩所吸引。很快地，作品就以一种浓烈清新的魅力把我带进了一个熟稔而又新鲜的生活天地，使我结识了一个又一个的人物；他们每个人都有着各自不同的、由历史所赋予他们的思想印记，都有着自己的艰辛而坎坷的生活经历；这一切，都以一种质朴的力量感染着我、打动着我，使我不知不觉地沉浸在一种时而激动、时而沉思、时而感奋的情感之中。这种情感，竟然有着这样的力量，使我不得不一再地中断了阅读——因为夺目而出的眼泪常常模糊了我的视线……”

冯牧老就是这样满腔热情地赞赏、推荐新人的作品。他十分惜才，求才若渴，关注当时在济南军区创作室的周大新、苗长水的成长，不断为文学新人的出世，排除障碍，鸣锣开道。

“文革”后期，他从干校返京后，无论寓居黄图岗胡同13号小四合院里，或者80年代初迁居至木樨地24号的部长楼里，家中总是人来人往，络绎不绝，高朋满座，谈笑风生。冯牧以他的热情、以他的学识、以他的人格魅力，像磁石般吸引一批又一批中青年作家前来求教。新时期以来青年作家们的鞋子，谁没有在他家的门槛上，蹭下了拜访、请教的印迹？！

冯牧老是真正的编辑家。深夜客人离去之后，他还不能休息，立即拿了一摞杂志，回到写作兼卧室的沙发上，浏览全国新出的作品，然后挑出佳作为之鼓吹、推广。有时看书、看杂志兴奋了，常服安眠药，帮助入眠。他以发现、扶植新人为己任，数十载如一日，殚精竭虑，不遗余力。他担任《文艺报》副主编、主编期间，鼓励编辑们勤奋写作，故国内没有一个刊物像《文艺报》那样，冒出了那么多的评论家、作家：阎纲、陈丹晨、谢永旺、刘锡诚、吴泰昌、雷达、高洪波、冯秋子……

刘少奇同志在20世纪50年代接见中国作协部分领导和作家时指出："好编辑是作家的作家。"冯牧老完全配得上"作家的作家"这一崇高的称谓。

三

冯牧称云南是他第三故乡（第一、第二故乡分别为北京、延安）。他有浓浓的云南情结，先后有十三四次游历云南这块美丽、神奇、富饶的土地。他的足迹踏遍了彩云之南的每一个角落。红河、怒江、金沙江、澜沧江等大河上，都留下过他凌波的矫健身影。

1991年4月，冯牧作为团长率领汪曾祺、李瑛、凌力、黄蓓佳、陆星儿、先燕云、高洪波、李林栋、李迪、高伟还有我等十多个作家到云南采风。我们先去了玉溪卷烟厂，后参观聂耳纪念公园。冯牧是云南通，他既是团长，又是学术顾问，更兼高级导游。参观玉溪县城北门街3号聂耳故居时，冯牧告诉我们：聂耳原名叫聂守信，1912年2月14日，生于昆明甬道街73号一间叫"成春堂"的小药店里。他父亲聂鸿仪是玉溪县的中医大夫。聂守信童年在北门街上小学，爱听民间音乐滇戏、花灯、洞经调，后学拉民族乐器二胡、三弦、月琴，学吹竹笛，学谱曲子。他的年轻伙伴说只要能从耳朵听进去的，就能从他嘴里唱出来。因此大伙不再叫他聂守信，建议他改叫聶（同“聂”）耳，表示他有四只善听音乐的耳朵。聂耳青年时来到了上海，买了一把廉价小提琴，每天刻苦练习。他受到了当时左联领导人影响，谱写了《码头工人》等歌曲。1933 年，他由田汉介绍，夏衍监誓，加入了中国共产党。后来谱写了《开路先锋》《毕业歌》《铁蹄下的歌女》《大路歌》等革命歌曲。田汉被捕时留下了《风云儿女》的剧本。聂耳根据田汉在香烟盒纸上匆匆写成的歌词，主动谱写了《义勇军进行曲》，这就是我们如今在庄严场合齐唱的国歌。

第二日，我们乘车游览了既深又清的星云湖、抚仙湖，品尝了当地的鱼宴。第三天，乘飞机抵达滇西芒市，又转车到达边城瑞丽。我们遇上了瑞丽畹町街头的泼水节。身着鲜艳筒裙的傣族姑娘，把成桶成桶清水泼向游客。女作家黄蓓佳、陆星儿、先燕云被泼得落汤鸡似的全身湿透，衣服全都紧贴在身上。一会儿蒸发干了又被泼湿，最后她们嘴唇乌紫，胳膊、膝盖、小腿上都起了鸡皮疙瘩，只得狼狈逃窜，离开泼水的人群。街上的人们，在象脚鼓、芒锣伴奏下，边跳边泼，笑语喧哗，沉醉在节日的狂欢之中。

当日下午，我们乘车回到芒市。那天，芒市街头花枝招展，

人头攒动，鲜花铺天盖地，正在举办盛大花展。我记得花展上有副美妙的对联，曰：“水花吻亲人，卉香醉宾客。”

吃晚饭时，在宾馆餐厅里巧遇云南诗人晓雪、新疆诗人周涛。他们也来参观泼水节。我们挤坐在一张餐桌上，边吃边聊，相谈甚欢。

饭后，我和冯牧老避开众人，到芒市公园里散步。里面有座凉亭，进去坐下来聊天。他望着公园上空升起的一盏盏孔明灯，回头对我说：“有一晚我住在佤族山区，深夜开门，只见云海起伏像波浪般涌到我脚下，似乎踩上这块洁白的云毯，就可抵达对面山头。云南的云太丰富、太漂亮了，我要给你们《十月》写一篇《云南的云》。”我听了很兴奋，祈盼他早日写出来让我编发。

接着他回忆了澜沧江边巧遇蝴蝶会。他说，他去过西双版纳橄榄坝。那里风景幽美，村寨竹楼边开着数不清的奇花异卉，听得到流泻着鸟鸣和蝉声的合唱，看到了贝叶树和菩提树绿荫中闪耀着佛寺高耸的金顶。就在那里，在大树下的草坪上，遇到了数以万计的蝴蝶聚集在一起，好像面前突然出现了一座美丽花坛那样。蝴蝶们互相拥挤着，攀附着，重叠着，而且面积和数量不断扩大。从四面八方飞来的新的蝶

群陆续加入进来。这些蝴蝶大多数属于同一个品种。它们翅膀的背面是嫩绿色的。这使它们停伫不动时就像是绿色草丛一样。它们翅膀的正面是黄色的，上面还长着美丽的花纹，这使它们在扑动翅翼时又像是朵朵金色小花在飞翔——故他称它们是大自然美艳的舞娘。到处是密密匝匝、层层叠叠的蝴蝶。天空中好像是雪花似的飞散着密密的花粉。它们和森林中飘来的野花和菩提的气息混在一起，发出一种刺鼻的浓香。他说他那时好像进入到一个神奇、美妙的童话世界。

冯老的奇遇，令我欣羡不已。古人说，读万卷书，行万里路。我想，这样的奇景，只有行万里路的人才有幸偶然见到。

冯牧老望一眼夜晚的远山又说：1962 年春天，我和几个战士沿着金沙江去看奇险的虎跳峡。连续三天，我们沿着玉龙雪山和哈巴雪山之间险峻的峡谷前进。我们左面是壁立千仞、高插入云的哈巴雪山的群峰；在我们右面是两山夹峙的咆哮的金沙江。低头下望，常常是九十度陡峭的悬崖。金沙江像一条狂怒的黄色巨龙，左冲右撞地盘旋前进。我们翻过一道道险峻的山脊，越过长着青苔的悬崖时，把脚尖放进陡崖上先人凿出的一个个小坑，用手拉住石缝中的灌木丛，像壁虎似的，贴着身子往前移动。前后左右都是奇形怪状的岩石绝壁。向导指给我们看，西边江面上有两块方形巨岩，那便是虎跳峡。那里，两石离得很近，老虎可以从容地一跃跳过奔腾、咆哮的江心。向导还说，要真正见到虎跳峡的全貌，必须系着长绳沿着悬崖吊下去。我们不敢为饱眼福而冒粉身碎骨的危险。

我赞美冯老："您像徐霞客似的在云南各处旅游。我可不行，年轻时攀爬过华山险峻的栈道，受了惊吓，从此得了恐高症，一到高处，两腿哆嗦，不敢往前迈步。"接着我说，旅行中到了人流密集的码头、车站、宾馆里，人们往往会有奇遇，今天在宾馆饭厅里竟意外遇到了晓雪和周涛两位诗人。

冯老说：我早在50年代后期，就读过晓雪写艾青创作生涯的评论著作《生活的牧歌》。60年代初，当我在昆明初次见到晓雪时，发现他竟是这样的年轻。我为苍山洱海间白族人民中冒出这样一位既有才华又富学识的诗人、评论家而感到欣喜。晓雪性情温和，举止文静，富有朝气，勤于写作。大概是因为性格、志趣上比较接近，我一直把他视为我的"忘年交"。

我说：周涛不仅是新边塞诗体的代表人物，更是一流的散文家。在军旅作家中，散文写得最雄迈、最有才气的，非周涛莫属。我尤其欣赏他1984年发表的那篇《巩乃斯的马》。那是罕见的精品、绝品。他描写狂风暴雨中受惊的马群在巩乃斯草原上狂奔的壮观场面，令我难忘。仿佛分散在所有峡谷中的马儿都汇集到一起，山洪奔泻似的马群被暴雨的长鞭抽打，被低沉的怒雷惊恐，被刺进大地的闪电激励。嗒嗒嗒的马蹄声，敲击出使大地震颤的鼓点。悲怆的嘶鸣，在拥挤的空间里碰撞。波浪般涌动的棕褐色马群，在漫天雨网中奔泻成惊心动魄的壮丽画面。作为新疆军区的专业作家，他赞美勇往直前的骏马，实乃他自己豪迈雄强气质的自然流露……

泼水节那晚，我和冯牧畅谈到深夜，才穿过摆满鲜花的街道，迟归芒市宾馆。

四

1994 年初夏，时任中国作协副主席的张锲正主持中华文学基金会的工作。有感于许多年轻作者出第一本书很难，他恳请冯牧挂帅，以鲁迅编印《未名丛刊》和《奴隶丛书》、巴金编辑《文学丛刊》为榜样，编辑一套《21 世纪文学之星丛书》，让一批文学新秀脱颖而出，登上文坛。冯牧以抱病之躯，承担重任。炎炎夏日，他和袁鹰一起率领包括谢永旺、冯立三、崔道怡、孙玉石、吴思敬、白描、高洪波、何志云、杨匡满、秦晋、雷达、张凤珠、周艾若、缪俊杰以及笔者等近二十位编辑家、评论家组成的强大编委会，齐集戒台寺牡丹院里开会，研究《21 世纪文学之星丛书》第一辑书目。在讨论过程中，我们发现冯牧以当年发现、扶植云南作家群的认真、严谨态度，对待每一位新出现的年轻作家。紧张的讨论会开了整整五天。白天评议、争论，晚上抓紧时间重读有争议的书稿，互相切磋，交换意见。平时安静的戒台禅寺，那几晚牡丹院每间屋子里灯火通明，争论激烈。冯牧老那几天对扶植新苗、浇灌鲜花的文学事业既热情如火，又严格要求。他对时代色彩鲜明、格调高健、内容扎实的作品，明确给予肯定；对于艺术手法新颖奇崛以至不免有点怪诞的尝试，劝说大家宽容接受，以鼓励作家创新；对个别思想内容、写作技巧欠妥、容易引起误解的篇章，他申述理由，说服编委们把住关口，不予通过。有的稿件分量不足，连夜派人下山再补新作。可见冯牧对每部书稿的态度是多么严谨、负责。

傍晚，我们在晚霞余晖中，于戒台寺九龙松、抱塔松等古松虬枝下散步聊天。我们居住的牡丹院据说是清末恭亲王奕訢晚年休养之地。仪表堂堂的冯老，历史知识渊博，给我们讲恭亲王一生的坎坷故事。他说奕訢是道光帝六子，咸丰帝异母弟。也是咸丰、同治、光绪三朝重臣，洋务运动的领导者，为近代工业创始和中国教育的进步做出了贡献。然而他命运曲折，既被慈禧太后委以重任，后又受到她严厉打击。他的浮浮沉沉，大起大落，导致他意志消沉，晚年寓居戒台寺牡丹院度过他最后的岁月……

冯牧是带病上山的。第一辑书稿十五本审定完，下山后身体欠佳，因劳累过度，半年多之后即 1995 年 1 月，住进医院。其后病势日重，终于 1995 年 9 月 5 日下午 2 点 50

分逝世于北京友谊医院。

如今可以告慰冯牧在天之灵的，是自从 1994 年他领导的第一辑十五本书出版以来，至 2016 年已有一百九十四位年轻人出版了他们的处女作（共出书一百九十三本，因其中一本是两人合著的）。在这些出版处女作的新人中，有后来获茅盾文学奖、现任中国作协副主席的军旅作家徐贵祥，有获鲁迅文学奖的红柯等多人，还有名作家王跃文，名诗人沈苇，名散文家彭学明，名评论家胡平、何向阳等。由冯牧先生开创的这套丛书的一百九十多位作者，如今已成为当代文

1993 年 11 月，冯牧（右）受作协委托和陈荒煤（左）赴上海探望九十大寿的作家巴金

学的中坚力量，这是有目共睹的事实。

五

2000 年 2 月 24 日，冯牧诞辰那一天，我们在人民大会堂云南厅，举办以他的名字命名的文学奖的颁奖仪式。为表彰他半个多世纪以来一直在文艺园地里辛勤耕耘，为铭记他在文学事业上的突出贡献，冯牧的生前友好、同事、学生筹集资金，建立了冯牧文学专项基金，设青年批评家、文学新人、军旅作家三个奖项，以继承和发扬他一贯发现、奖掖青年作家的伯乐精神。评委会经过大量阅读作品，在只考虑作者文本质量的前提下，第一届冯牧文学奖最终评选出八位作者。他们分别是青年批评家李洁非、洪治纲、李敬泽，青年作家红柯、徐坤，军旅作家朱苏进、柳建伟、邓一光。评委会对每一位获奖者的评语，既肯定他的成就，又指出他的不足。我作为评委之一，尤其欣赏第一届冯牧文学奖获奖者红柯的《美丽奴羊》和徐坤的《厨房》。他们在作品中呈现的艺术感受能力、对氛围的渲染、对细节的捕捉，说明他们是潜质优秀的青年作家。第一届冯牧文学奖获奖者中的洪治纲和红柯，都是《21 世纪文学之星丛书》推出的青年作者，冯牧如果泉下有知，定会感到由衷欣慰。

自那时至 2016 年，又先后举办了第二、第三、第四届冯牧文学奖。第二届获奖者分别是青年批评家何向阳、阎晶明、谢有顺，青年作家刘亮程、毕飞宇、祁智，军旅文学家莫言、乔良、朱秀海。第三届获奖者分别是青年批评家郜元宝、吴俊、李建军，文学新人雪漠、周晓枫、孙惠芬，军旅作家周大新、李鸣生、苗长水。第四届的获奖者是魏微、徐则臣、杨庆祥等青年作家、青年批评家。在历届冯牧文学奖获奖者中，后来有诺贝尔文学奖、茅盾文学奖、鲁迅文学奖得主多人，可见冯牧文学奖获得者的阵容多么严整、影响多么深远。

六

如今人们常说的“伯乐”，其原名叫“孙阳”，系春秋秦穆公时人，以善相马著称于世。后喻指有眼力、善于发现、扶植、推荐出色人才者。唐韩愈《杂说四》曰：“世有伯乐，然后有千里马。千里马常有，而伯乐不常有。”因为伯乐稀少，故许多千里马常被埋没于庸常的驭者和普通的马厩之中。千里马的埋没，是名马的贬用，更是社会宝贵人才的隐匿与损失。由此可见，伯乐之难得、可贵。

冯牧是善于发现、识别写作人才的伯乐，更是把一批批年轻作家“扶上马、送一程”的引路人。半个多世纪以来，受惠于冯牧的发现、扶植、培育、推荐、保护、奖掖的新人，数以百计，因此人们称赞他为“文坛一号伯乐”。

我在孙犁家里

1979年初夏的一个上午，当我走进《天津日报》宿舍多伦道216号的院子，绕过一个个防震棚似的小建筑，见一个日本式平房的凉台上，有位眉目清逸、头发斑白的老人，向着东方灰云后面淡淡的太阳圆轮静静地凝视着。看着老人面对光明神思的情景，我凭直觉判断，他就是我要找的作家。我走到水泥地的凉台上，轻声说："您是孙犁同志吧？"

老人看看我，微微一笑，向我伸出手来。

我向他说明了来意，他带我走进他的家。

这是一间二十多平方米的北屋，窗明几净。装古书的一溜书橱排列在屋中，把房间一隔为二。我们在向阳那半间靠近书橱的方桌旁坐下。我说："我们读了您发表在《人民文

孙犁

学》等刊物上关于长篇小说、短篇小说创作特点的文章很受启发，希望您也能为《十月》写稿。”

孙犁把双手搁在桌面上，手指交叉着，文静地说：“近来身体不好，经常失眠。前一阵去北京开三个刊物（《人民文学》《文艺报》《诗刊》）编委会，一改变生活环境，神经兴奋，一连三夜都没睡着。现在也只能写点短文，以后写得了就给你寄去。只要有人约稿，我不分刊物大小，尽量写。前不久，我给江西寄去了一篇，给贵州也写了一篇。”

我听着他那朴实、亲切的自述，说道：“那您要注意身体，好好休息啊。”

孙犁说：“看来你的身子也瘦弱、单薄，做编辑工作用脑子多，也要注意。”

听到前辈作家的关怀和叮嘱，我很感动。

孙犁是我尊敬的作家。我觉得，他的作品像荷叶上的露珠，清新、明丽，像水滴似的平凡，却又蕴涵着那么浓的诗意和那么深的柔情。他笔下那些水乡、平原、山区里的年轻妇女们，一个个都是那么勤劳、质朴、聪明、能干，像一朵朵出水的荷花，高洁、坚贞、秀逸、挺拔，具有鲜明的个性，吸引过并将继续吸引着众多读者的心。对于他那些名篇，例如《邢兰》《芦花荡》《荷花淀》《采蒲台》《山地回忆》，我曾经一遍一遍反复阅读。年轻时候记性好，《荷花淀》几乎能背出来：“月亮升起来，院子里凉爽得很，干净得很，白天破好的苇眉子潮润润的，正好编席。女人坐在小院当中，手指上缠绞着柔滑修长的苇眉子。苇眉子又薄又细，在她怀里跳跃着……”于是眼前出现了白洋淀水乡的情景：杨柳依依的淀水边，平顶房的院子里，墙旁靠着一捆捆带着芦花的干黄的苇子。月亮照耀着铺在地上的雪白的席子。从远处笼着水汽的荷花淀里，飘来荷花的淡香和咯咯的蛙鸣。一个年轻女人，坐在小凳子上，拿着小铁刀麻利地把芦苇秆一破为二，或者一破为三……

我知道孙犁的老家在河北安平县，于保定育德中学上学，后到北平流浪时在北平图书馆读了不少文艺书。1936 年到白洋淀边安新县同口镇教了一年小学，熟悉了淀边人民的风土人情。1937年抗日战争爆发后，投入了保卫祖国的神圣行列。他到过延安，但主要在冀中平原和冀西山区做文化工作。这些地方，我全都去过，这使我阅读他的作品感到分外亲切。

我说："您的作品像溪水那么明净、流畅、质朴、自然，这大概和您在白洋淀边同口镇的生活有关吧？"

孙犁

孙犁手迹

孙犁温文尔雅，俊逸的狭长脸上露出智慧的笑容。他沉静地听我诉说我对他作品的喜爱。他有时凝眸沉思，那可能是我的话引起了他对烽火岁月的回忆。他说：“作家只能写他最熟悉的东西。”

我们接着谈到了《冀中一日》的群众写作运动，谈到了抗日战争中冀中平原上那无数可歌可泣的感人故事，也谈到了河北文联 1978 年 4 月在保定召开的散文座谈会，谈到了学习他风格写作的韩映山在散文会上怀念远千里的发言。

谈到韩映山，孙犁忽然兴致勃勃地站起，走到窗下的书桌旁，拉开抽屉，拿出几页原稿，说：“韩映山他们要在保定办个刊物，叫《莲池》，嘱我写篇稿子。我写了篇《书的梦》，回忆在保定紫河套买书的一些经历，准备寄给他。如果你们要稿紧的话，你就把这篇稿子拿走吧——不过，我还没誊清哩。”说着，他眼睛里流露出深深的歉疚。

我接过稿子，看到孙犁竖写在格子里秀逸流畅的钢笔字，心想如此讲究格局、书法、标点的原稿，几乎可和我在《北京晚报》编副刊时看到的邓拓同志的手迹媲美，便兴奋地说：“那太好了。我现在就能拿到您的稿子，编辑部里的同志知道了将会多么高兴！”

看看手表，不觉已经耽误了孙犁同志不少时间，问了问到王林家去如何乘车，就告辞了出来。

这便是《十月》1979 年第 2 期上那篇《书的梦》的组稿过程。

孙犁手迹

简记吴伯箫

吴伯箫和我们永别了。中国失去了一位卓有成就的散文家，这是当代文坛的一个损失。

由于工作关系，我和吴伯箫同志有过多次接触。他是一位谆谆的长者，为人，为文，处处为人师表。

记得有一天傍晚，我到景山公园附近人民教育出版社院子里请他为《十月》写稿。他正在吃晚饭，问我："你吃饭了没有？饭不够了，我这儿有面包。"初次见面，他给我的印象是待人接物绝无虚礼，既诚恳又坦率。

他把我带进他的书房，四壁都是书柜。他谈起自己的写作经历说，他是在北京师范大学上学时开始写作的。学生时代，他坚持写日记。晚上在自习室里，看见同桌一位姓杨的

吴伯箫

同学每天为商务印书馆写书，这触发了他也想写作的念头。他把一篇《白天与黑夜》的日记，寄给了《京报·副刊》。几天后，日记见了报，从此他便走上了文学写作的道路。

1927年除夕，他身无分文，不知如何过年。傍晚时他一人来到前门外的大栅栏，在冬夜的街头踯躅徘徊，在街头走了两个小时，看到了除夕之夜各种各样的景象，回到学校奋笔疾书，写了一篇《除夕时记》，誊清后送到《京报·副刊》，说明没钱过年，稿费要现钱。编辑迟疑了一下，给他五块光洋，勉强度过了年关。

此后五十多年，在青岛，在延安，在东北，在北京，他利用业余时间辛勤笔耕，写下了许多佳作；先后出版过《羽

青岛名人园里和吴伯箫坐姿塑像合影

书集》《烟尘集》《出发集》《北极星》等集子，在我国散文园地里结出了丰硕的成果。他的散文，文笔严谨、感情真挚、朴实无华，读了以后，如含橄榄，耐人寻味，令人神往。那组回忆延安生活的作品，如《记一辆纺车》《窑洞风景》等，把大生产运动中纺线织布、开窑种菜，描写得那么富有情趣，充满劳动的诗意，使人读来爱不释手。

吴伯箫同志对我说：他写散文，往往酝酿成熟了，才开始动笔。写好了，要多听别人的意见。他回忆青年时代在青岛和王统照、洪深、老舍、臧克家在一起的情景。那时每隔一段时间，每人都要拿出一篇作品来，互相讨论，切磋研究，使大家得到提高。后来，1943 年，他在延安杨家岭中央党校学习，和杨朔、马加住在一个窑洞里，朝夕相处，互相探讨创作，取长补短，获益很大。

他一生朴素，生前在《人民日报》上发表过一篇《布衣》的短文，表达了他艰苦朴素的生活态度。他去世前还留下了遗言，叮嘱后事一切从简，“不要给人民添任何麻烦，不通知亲友，不举行任何仪式”。他的品德，堪称作家的模范。吴伯箫同志永远是我尊敬的老师。

1982 年 12 月

沿着徐志摩的足迹

徐志摩笔下的康桥，就是英国的剑桥(Cambridge)。2010年初夏，我从伦敦出发，向北驰驱。公路两旁，延伸开平坦、碧绿的原野。细看车窗外，掠过一座座林子，一片片麦田，一块块牧场。牧场上星散着或吃草、或踱步、或躺卧、或站立、或甩尾的牛群。道旁田边到处开放着五月的鲜花。呈现在眼前的是典型的英格兰风光，有点儿像我国江南，但这儿空旷开阔，民居很少。突然有一群白鸟扑扇着翅膀，驮着阳光从东北方向飞来，越过大片大片金黄色油菜花地，依次遁入不远处青翠的丛林。我想，那不正是一幅色彩浓重的经典油画吗？

车行一个多小时，就到了剑桥。这里是著名的大学城。

徐志摩

乌斯河支流的剑河穿城而过。它像一条蜿蜒爬行的藤蔓，剑桥大学傍河而建的一个个学院，就是结在这条长藤上的瓜。市内建筑尖塔林立。草坪园圃，点缀其间，整个儿是一座花园城。

我沿着铺砌碎石的老街向前走去，与迎面而来的剑大师生擦肩而过。最先参观的是徐志摩留学的国王学院。三层石头建筑正门上，狭长窗户中间华盖下，塑着一尊站立的国王像。他就是这个学院的创办者。院门前树荫下，整齐排列着一溜自行车。拱形的黑木门半开半闭。门前红色岗亭里有人值班，婉拒游人入内。

往前走是三一学院。牛顿在这儿上过学，留校当过数学、天文学教授。院门前左侧草坪上，有一株从外地移植过来、正开着白花的苹果树，意指牛顿是受了苹果落地的启发，才发现了万有引力定律。这虽是形象化的传说，但我仍站在苹果树旁照相留念。

三一学院看门的人比较通融，允许我进去参观。走入学院大门，一溜淡灰色建筑前，静得一枚银针落地，也能清晰听见。宽大的草坪，修理得像足球绿茵场那么平整。这儿真是研究学问的圣殿。右侧耸立着一座教堂，上面是钟楼，底层厅堂洁白大理石座上，置放着一尊尊培根、牛顿、弥尔顿、拜伦、达尔文的高大塑像。我绕着大厅，肃穆地瞻仰他们神态自若、各有气质的身姿，细看刻在每个基座上的说明文字，油然而生敬慕、敬拜之心：这里不仅是祭神的教堂，更是褒扬三一学院培育的科学、文艺巨匠的名人堂。从这座剑桥大学里还走出过中国著名数学家华罗庚、作家萧乾、叶君健，还有诗人徐志摩。

出了三一学院，从两幢石头建筑夹峙的狭弄里往亮处走，面前豁然开朗，流淌着清澈明亮的剑河。我看见了河上的桥，桥旁的柳，柳荫下并排泊着三四条狭长如梭的平底船。河对岸是碧绿的草坪。草坪周围簇拥着蓊蓊郁郁的树林。林边镶嵌着开粉红花的樱树，垂吊着一球球橙黄色、紫罗兰色、玉白色花朵的佳木。众多学院建筑，就掩映于这植物园般的林荫之中。

在徐志摩的诗文中，剑河称为康河。我走到康河边，依着桥栏，俯看游人在河上撑篙缓行，听着林子里婉转的鸟鸣，闻着岸边水草散发的芳馨，回想徐志摩在这儿度过的一个个蜜甜的清晨，一个个悠闲的黄昏。我记得他常斜倚在河边草坪上看书、看霞、看天边出现的第一批星星。这种自由自在的独处，使他获得无限的乐趣。当年他曾冒雨骑自行车沿河前进，浑身落汤鸡似的登上高坡喜看雨霁后横空弧现的彩虹。有一次在康河上游大道上迎着诗人走来一大群吃饱了肚子蹒跚晚归的羊群，一只只羊背上溅射出落霞的金辉，见此他情不自禁双膝跪地，感恩上苍赐给他天国里才有的美景……

放眼康河两岸，阳光明丽，茂林耸翠，百花争艳，风光旖旎。如果在我先后拜访过的北大、清华、哈佛、耶鲁、牛津、剑桥等世界名校之间选美，剑桥的校园得天独厚，肯定荣获冠军。

我在康河上划了一回船，看两只白天鹅悠然漂浮，亲密地相依相偎。上岸后在几个学院后门外东瞅西瞧，迷恋于脱离尘世的优美环境，流连忘返，一直徘徊至傍晚。

西下的夕阳，照耀着河边一株老柳，把它燃烧得熠熠放光。这正如徐志摩在《再别康桥》中描写的情景："那河畔的金柳 / 是夕阳中的新娘 / 波光里的艳影 / 在我的心头荡漾……"黄昏来临，野鸟归橡树林，桨声人声逐渐消停。康河边异常安静。河对岸三一学院教堂里的晚钟响起。钟声低沉而悠扬。余音荡到草坪上，我似乎觉得身边玫瑰花丛的艳瓣轻轻地摇曳，连康河的水面也震颤起微微的波纹……

我走累了，坐在徐志摩多次躺卧过、十年前拍摄过记述他和三个女人情感纠葛的影片《人间四月天》的那块草坪上，一边喝着矿泉水休息，一边回忆他短促的一生——

1920 年冬，志摩在伦敦结识了民国司法部长林长民的女儿林徽因。徽因风华绝代，聪慧俏丽，徐很快坠入爱河；而他的风流潇洒，才气过人，也在林心中掀起情感的涟漪。两人在伦敦街头、康河两岸散步谈心，畅聊人生，共享美丽的青春。自从志摩心中有了徽因的倩影，顿觉来剑桥与他团聚的妻子张幼仪言行粗俗，看不顺眼，说她是“土包子”，嫌弃她。徐与张感情逐渐疏远，最终签字离婚。摆脱了羁绊，诗人专心追求他的美神。可那时徽因已随父离开了伦敦。这位窈窕淑女，年轻胆怯，不敢贸然接受有过离婚经历、且有年龄差异的男士作为终身伴侣。她离英前留诗告别：“忘掉曾有这个世界，有你……你也要忘了我，曾经在这个世界里活过……”1924 年徐志摩回国后在北平创办新月社，主编《晨报》副刊，自任翻译接待自印度来华的泰戈尔。在这期间，他认识了参与接待工作的倾城名媛陆小曼。徐陆两人互相恋慕，亲密交往。小曼乃有夫之妇。绯闻传出，世俗不容，闹得北平满城风雨。徐志摩迫于舆论压力，辞去北大教授，赴欧暂避。1925 年 5 月，他来到意大利佛罗伦萨。诗人把佛罗伦萨 (Florence) 称为翡冷翠。这一神译，在听觉上有音韵的清脆，视觉上闪烁着珠宝的光辉，触觉上更具碧玉般凉润依偎。志摩在这富有诗意的地方，沉醉于欧洲文艺复兴之城里达·芬奇的绘画，米开朗琪罗的雕塑《大卫》，乔托设计的教堂钟楼，但丁的史诗《神曲》，南欧的橄榄林和葡萄园。在翡冷翠，他写下了著名的《翡冷翠的一夜》《爱眉小札》献给朝思暮想的远方恋人陆小曼（陆眉）。他宣称："主的面前，爱是唯一的荣光。"那年秋回北平后，徐志摩和陆小曼冲破重重阻扰，蒙受种种艰窘，始获双方家长认可，正式结为夫妻。结婚之后，他们移居上海。陆小曼本质上是朵交际花。进入十里洋场，她如鱼得水，跳舞，看戏，设家宴，打麻将，甚至因治病吸食鸦片成瘾。志摩则疲于奔命，在沪宁两地大学里身兼数职，挣钱供妻子奢靡消费。诗人爱静，他劝小曼改掉这种纸醉金迷的热闹生活，重画丹青。小曼不听，志摩心有烦怨，闷闷不乐。1931 年 11 月 19 日，徐志摩为了听一直暗恋着的林徽因在协和医院小礼堂的演讲，由南京乘机赶往北平，不幸于济南党家庄一带遇空难身亡……

这样一位才华横溢的人，新月派的诗魂，梁启超的学生，郁达夫的同学，金庸的表兄，胡适的至交，在《晨报》副刊来稿中发现沈从文的伯乐，与闻一多先生切磋诗艺的文友，竟一辈子如此为爱所累，如此为爱牺牲！

林徽因闻此噩耗，痛不欲生。林的先生梁思成和徐的学生沈从文赶到出事地点，捡回一片飞机残骸，送给徽因。她一直把它悬挂在卧室墙上，朝夕相处，泪眼相伴，直至1955年4月1日去世……

20世纪30年代末，美国米高梅公司在徐林谈过恋爱的伦敦滑铁卢桥上，拍摄了一部由费雯·丽主演的悲剧片《魂断蓝桥》（英文片名 *Waterloo Bridge* 滑铁卢桥），其感人肺腑的主题曲《友谊地久天长》深情、忧伤地吟唱："我们往昔情意相投……友谊地久天长……"徐志摩对林徽因的爱恋，岂不正像影片中主人公玛拉和罗伊的恋情那样，缠绵悱恻，荡气回肠，至死不渝！

翡冷翠和康桥，是徐志摩一生所到之地的最爱。这次我沿着他生前的足迹一路走来，由北京飞往翡冷翠，再从意大利渡海赴英伦，今又自伦敦赶到这里亲眼目睹、实地体验志摩在《我所知道的康桥》中所描绘的种种精彩。我在剑桥大学整整逗留了一天。天色已晚，河那边国王学院、三一学院一扇扇窗户里逐渐亮起了灯。我从草坪上站起，准备赶回伦敦。我独自悄悄地走来，也将悄悄地离开，心中无限感慨：不顾一切的痴爱，必是毁己的灾；生命如闪电般烁亮，霎时间就不再存在。人之命运由性格所安排。诗人啊，你是被你苦苦追求的浪漫爱情所害！

大学者钱锺书和杨绛的人生风采

一

高级的学问和智慧，是暗夜中的月亮。黑暗里的月亮，一视同仁地、不加区别地照亮所有的行人。在我看来，钱锺书和杨绛这对情深伉俪，就是暗夜里月亮般的人物：我从二十岁起从事外语译员工作，以后当记者、做编辑、写散文，至今已是八十四岁的耄耋老人。应该说，读过的中外书籍已经不少了。但我要坦白告诉读者，尽管我十分敬佩、仰慕、崇拜他们的为人为文，但我没有资格当他们俩的学生，因为他们是大树，我只是大树下的小草而已。

杨绛 1911 年生于北京，1932 年毕业于苏州东吴大学，

80 年代钱锺书在南沙沟家中

杨绛

旋即考入清华大学研究院外文系。钱锺书在清华第一次见到杨绛就钟情于她，说：“我没有订婚。”杨绛回答：“我也没有男朋友。”世纪佳缘就此诞生。1935 年，杨绛与大她一岁的钱锺书结婚。不久，夫妇俩赴英国牛津大学埃克塞特学院 (Exeter College) 留学，后又到法国巴黎大学深造。他们夫妻俩于 1938 年回国。

杨绛 1933 年开始发表散文。1942 年从事剧本创作，相继有《称心如意》《弄真成假》《风絮》等问世。20 世纪 50 年代起，从事外国文学翻译工作，译著有《小赖子》《堂吉诃德》《吉尔・布拉斯》等。80 年代以后，著有长篇纪实散文《干校六记》《我们仨》，以及长篇小说《洗澡》等。

杨绛的先生钱锺书更是世纪奇才。1938 年秋从里昂回国，先后在西南联大、湖南师范学院、上海暨南大学任教。抗战期间撰写了打通中西诗学的《谈艺录》。1947年出版了描绘知识分子众生相的《围城》，轰动全国。新中国成立后被郑振铎聘到文学研究所编《宋诗选注》。他在“文革”的困境中编撰了一部雄贯古今的《管锥编》，里面采摘了中外四千多位作家写的上万种书的引文。为了逃避当时严密的监管，他故意用文言写成，并在注释中用了英、法、德、意、西的原文，犹如天书般艰深。1979年《管锥编》出版后，有文化修养的读者，对钱先生照相机式、过目不忘的记忆力，佩服得五体投地。早在清华大学时期，钱锺书就发过“横扫清华图书馆”的宏愿。有一次，吴组缃在曹禺鼓动下请小他两岁的学弟钱锺书开列几本外国类似《金瓶梅》那样的“黄”书。钱拿过手边一张纸，立即不假思索地在正反面一口气列出四十多部英文书目，令曹禺、吴组缃两位同学惊讶得瞠目结舌，敬佩之至。我知道大画家黄永玉讲的一个有关钱锺书如何博学的故事。80年代中，国家请黄永玉画一幅画送给外国友好城市。黄永玉便画了一幅《凤凰涅槃》，寓意火里再生的大幅国画。代表团出发前，团长王震老人关照他写一个“凤凰涅槃”的说明文字，以便到时候派上用场。结果找遍了《辞海》《中华大辞典》《佛学大辞典》《人民日报》资料室，始终找不到这四个字的说明。于是打电话给邻居钱锺书说：“钱先生，平时绝不敢打扰你，这番有了困难，只好搬师傅下山。‘凤凰涅槃’我查遍北京城，都找不到它的出处和根据……”钱先生不假思索地在电话里说了以下的话：“这有什么根据？是郭沫若1920年自己写出来的一首长诗的题目。三教九流之外的发明，你哪里找去？凤凰跳进火里再生的故事那是有的，古罗马钱币上有过浮雕纹样，也不是罗马的发明，可能是从希腊传过去的故事，说不定和埃及、中国都有点关系……这样吧！你去翻一翻《大英百科全书》……啊！不！你去翻翻中文版的《简明不列颠百科全书》，在第三卷里可以找得到。”黄永玉马上找到了出处，解决了困难。

什么叫学富五车？什么叫百科全书式的头脑？大学者钱锺书先生，就是百年不遇的英才！

二

2015年5月，我访问鲜花盛开、芳草萋萋的英伦三岛。参观了大英博物馆、伦敦塔桥、泰晤士河等著名景点后，迫不及待地赶到了距伦敦一小时车程的牛津大学，想一睹钱锺书、杨绛夫妇在此留学的埃克塞特学院的风貌。

牛津大学没有校门，街道从校园里穿过，我仿佛来到了英格兰一座古镇。漫步于校园内，好奇地观赏尖顶的教堂、圆形的剧场、坚固的城堡、碧绿的草坪、古老的书店、爬满青藤的石墙、纪念殉教者的碑亭以及风格不同、雕刻精美的众多学院的建筑群。我从皇后街前行，经过博德利图书馆、三一学院、耶稣学院，终于找到了钱、杨在此留学两年的埃克塞特学院。学院门前鹅卵石铺砌的道路，路边放置的黑靠背长椅，带有花饰的铁杆上吊着的方形玻璃灯，一切都保持历史悠久的风貌。我走进淡黄色的学院大门，心生好奇，想进去仔细探看钱、杨夫妇在此学习的真实环境。不巧院门关闭，无法入内。我在院门外徘徊良久，心想七十多年前，这对夫妇肯定在校门前长椅上坐过，并留下了他们年轻的脚印。

走累了，我来到金十字小广场咖啡店里休息。咖啡店墙上挂着毕业于牛津大学的杰出人物的大幅照片，有古典政治经济学家亚当·斯密、发现了彗星的天文学家哈雷、诗人雪莱和艾略特、剧作家萧伯纳。钱、杨两位在这巨星辈出的名校内深造，也把自己熏陶成了大儒。

是夜睡在离莎士比亚住宿过的车马店不远的小栈里，我做了一个梦，梦见自己有幸和钱锺书、杨绛一家成了邻居。傍晚时分，偶见这对幸福夫妇出来到一溜绿树下散步。他们像初恋情人那样相亲相爱，携手同行，构成住宅小区里一道浪漫的黄昏风景。望着这对儒雅的学者夫妇，我心生怯想，愿把自己院子里一盆盛开的白玉兰送给他俩分享。几次想搬过去，几次怕打扰他们清静。有一个晚上，我呼哧呼哧把盆中玉兰端出栅栏门，搬到他家门口，但始终没有勇气敲门，又无奈地把它抱回到我庭院里。一天深夜，大风猛刮我院中的杨树，还淅淅沥沥下起了雨。听见风声雨声，我心想糟了：

“夜来风雨声，花落知多少？”凌晨，拉开窗帘一看，院里那株玉兰，张开的花瓣全都凋落尽净。大瓷盆里只剩光秃秃的枝干。我懊恼至极：一株花朵凋净的老杆树，怎么赠给我敬仰的邻居夫妇呢？打开门，穿上雨鞋，拿了脸盆，到院子里把萎落在地的玉瓣，小心翼翼地一一捡起。正当我走出庭院，想把留有余香的盆中落英，铺洒在邻居钱锺书夫妇阶前绿篱夹峙的小径上时，突然响起了洪亮的教堂钟声，一下子把我惊醒。睁眼一看，窗外树梢上一片晴空，我正躺在异域的小客栈里。那一记一记大学城中基督大教堂悠远的晨钟，轻轻洗涤着我的心灵。哦，日有所思，夜有所梦呵。

我至今铭记着牛津大学小客栈里那场奇妙无比的五月夜之梦。

三

杨绛的《干校六记》《我们仨》多次再版，获得广大读者的喜爱。杨绛写完《干校六记》，把稿子给钱锺书看了一遍。钱先生觉得她漏写了一篇，篇名不妨暂定为“运动记愧”。钱锺书在该书前面的“小引”中说：“学部在干校的一个重要任务是搞运动，查清‘五一六分子’。干校两年多的生活是在这个批判斗争的气氛中度过的；按照农活、造房、搬家等等需要，搞运动的节奏一会子加紧，一会子放松，但仿佛

80 年代钱锺书和杨绛在南沙沟阳台

间歇症，疾病始终缠住身体。‘记劳’、‘记闲’、记这、记那，都不过是这个大背景的小点缀，大故事的小穿插。现在时过境迁，也可以说水落石出。在这次运动里，如同在历次运动里，少不了有三类人。假如要写回忆的话，当时在运动里受冤枉、挨批斗的同志们也许会来一篇《记屈》或《记愤》。至于一般群众呢，回忆时大约都得写《记愧》：或者惭愧自己是糊涂虫，没看清‘假案’‘错案’，一味随着大伙儿去糟蹋一些好人；或者（就像我本人）惭愧自己是懦怯鬼，觉得这里面有冤屈，却没有胆气出头抗议，至多只敢对运动不很积极参加。也有一种人，他们明知道这是一团乱蓬蓬的葛藤账，但依然充当旗手、鼓手、打手，去大判‘葫芦案’。

按道理说，这类人最应当‘记愧’。不过，他们很可能既不记在心里，也无愧怍于心。他们的忘记也许正由于他们感到惭愧，也许更由于他们不觉惭愧。惭愧常使人健忘，亏心和丢脸的事、总是不愿记起的事，因此也很容易在记忆的筛眼里走漏得一干二净……”

这就是大师的手笔，抓住要害，把“文革”中各种人的面目说得一清二楚。

杨绛的《我们仨》描述他们一家三口几十年平淡无奇、相守相助、相聚相识的生活经历。1997 年，他们唯一的女儿、北京师范大学教授钱瑗去世。接着 1998 年，钱锺书的逝世使文化界深感悲痛。四年后，九十二岁高龄的杨女士用心记述了他们这个特殊家庭六十三年的风风雨雨、点点滴滴，结集成《我们仨》。杨绛文笔平实、自然，追思往事，哀而不伤，字里行间充满了对亲人深深的爱意、绵绵的回忆。

四

每次拜读杨绛的经典美文《老王》，我总想起鲁迅先生 1920 年写的《一件小事》。说的是 1917 年冬天，“我”雇了一辆人力车，叫他拉着自己到 S 门上班去。快到时车把上带着一个头发花白、衣服破烂的女人，把她摔倒了。她伏在地上，车夫便停下。“我”认为老女人慢慢地倒下去，并没有跌伤，便怪他多事，误了“我”上班。那车夫却搀起她的臂膊，慢慢走向前面的巡警分驻所。“我”这时突然感到车夫的背影越来越高大，同时显出自己皮袍里面的“小”来。分驻所里走出一个巡警，对“我”说：“你自己另外叫车吧，他不能拉你了。”“我”没有思索地从外套里抓出一大把铜元，交给巡警，说：“请你给他……”风住了，路很静，“我”走着想，这一大把铜元是什么意思？奖他吗？“我”还能裁判车夫吗？这把铜元的付出，和车夫用心对待老妇的态度相比较，不是高下立判吗？

散文《老王》堪称平易自然、人物鲜活的典范之作。杨绛描写了她所交往的蹬三轮工人淳朴、善良的品格。“文革”开始后，老王蹬着三轮车送钱锺书先生到医院看病，不肯收钱。因为当时高级知识分子都挨批斗、被扣工资，正处于困难时期。杨绛一定要给钱。他悄悄问她：“你还有钱吗？”即使拿了钱还不放心。作者通过送冰、送香油、送鸡蛋的细节，描写了老王诚实、感恩的品德。该文语言简洁、平静，炉火纯青，看起来平平淡淡，没有波澜，但在平静的叙述中，深藏着杨绛一家和老王相互之间深厚的感情，并闪射出不幸的底层劳动人民的道德光芒。

最令人感动的是作者在文末对自己的谴责，“总觉得心上不安”。老王临死前送来香油和鸡蛋，是用心来感谢他们一家人对他的真情和关爱。他坚决地说：“我不是要钱。”可是杨绛还是给了钱：“不过你既然自己来了，就免得托人

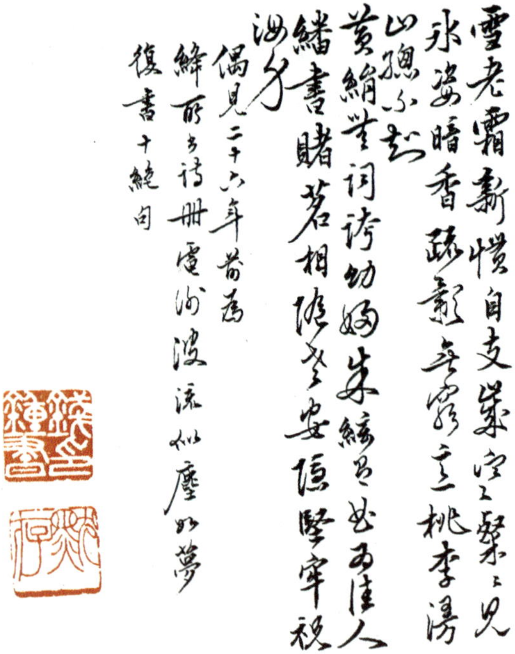

钱锺书手迹

捎了。”老王无奈地接受了他最不愿接受的“钱”。之后她不断拷问自己的灵魂：她对老王钱的回报，与老王对自己心的付出，两相对照，愧悔难当。她因自责、自省而有一种揪心的痛楚：她在80年代把钱付给三轮车夫老王，和鲁迅先生20年代掏出一把铜元交给人力车夫，这两件事比较起来，难道有什么差异吗？！

经典美文，不仅美在纯净、朴实的文字，更美在深邃、自审的思想，——这就是大学者、大作家的风采！

冰心——一朵美丽的晚霞

冰心属于五四时期的作家。早在 1919 年就开始发表作品。她初期的诗集《繁星》和《春水》，显然受到过泰戈尔的影响。稍后的《寄小读者》最享盛誉。她的《小橘灯》《樱花赞》是当代范文。冰心一生的散文，文笔亲切、委婉、淡雅、清丽、柔美，这是她特有的艺术风格。她在 20 世纪散文史上独树一帜。改革开放以后，她的《空巢》获全国优秀短篇小说奖。20 世纪八九十年代发表的《霞》《我的家在哪儿》才几百字，写得精炼、精致、精美，朴素简洁，炉火纯青。她的创作历程，前后长达近八十载，几乎经历了五世同堂（上世纪一〇后、三〇后、五〇后、七〇后、九〇后），是个太祖母级别的人物。创龄之长，古今中外，极其罕见。

冰心

这样一位老作家，很关心北京出版社的工作。1978年《十月》创刊后，她一直阅读我们的刊物。因喜欢陈祖芬的报告文学《经济和人》，1985年11月，已是八十五岁高龄的她，犹认真给我们写了一篇《从〈经济和人〉里所呈现的陈祖芬形象》，发表于《十月》1986年第2期上。这使我们异常感动。她生于1900年，1999年仙逝，生活了近一个世纪。

冰心原名谢婉莹，生于福州，童年在海边度过，因而特别喜欢大海。在她早期的作品中经常有关于海的描写。

七八十年来，冰心发表了许多歌颂母爱、歌颂大自然的作品，深得读者的喜爱。

冰心小时候没有进过小学，只在家塾里做过一个附读生。她四五岁起，母亲就教她识字，七岁就开始看书。《聊斋志异》中狐鬼的故事曾使她着迷得废寝忘食。狄更斯的《大卫·科波菲尔》，她曾反复阅读。当看到可怜的大卫，从虐待他的店主那儿出走，去投奔他的婆姨，旅途中饥寒交迫的时候，冰心一边流泪，一边吃母亲给她的小面包，以此体会她自己过的是幸福的童年生活。

小时候，冰心见书就读，即使不是一本书，而是一张极小的纸片，她也要仔细看看，并记下上面写的内容。当她八九岁的时候，她要求她的私塾老师教她作诗。老师说作诗要先学对对子，她要求试一试。老师只给她写了三个字——“鸡唱晓”，她几乎不假思索地就对上个“鸟鸣春”。老师大为诧异，以为她已经看过韩愈的《送孟东野序》。其实“以鸟鸣春，以雷鸣夏，以虫鸣秋，以风鸣冬”这几句话，是她在一个香烟盒的背面看到的！

冰心从小就聪慧好学。她后来写得一手优美清丽的文字，早在儿童时代就打下了扎实的基础。

郁达夫在《〈中国新文学大系〉散文二集·导言》中说：“冰心女士散文的清丽，文字的典雅，思想的纯洁，在中国要算是独一无二的作家了。”

除母爱外，大自然是冰心在散文中经常描写的对象。她爱写大海，爱写晚霞。她从小在烟台海边长大，是海的女儿。冰心笔下的大海，温柔而秀美；不像普希金的大海，辽阔而自由；更不像海明威的大海，狂犷而惊险，充满搏斗的魂魄。

冰心在诗和散文中多次写到晚霞。1929 年末的旅途中，有人指给她看一片晚霞，激发了她心中的诗魂："惊爱如同一阵风，／在车中，他指点我看／西边，雨后，深灰色的天空，／有一片晚霞金红。"1934 年 8 月，她到塞外草原旅游，曾描写过大西北美丽的黄昏："晚霞艳极，四山青紫，起伏如线，萋萋芳草，平坦的（地）直铺到天边，而西天的晚霞，由紫而绯红，而浅绿，而鱼肚白，层层的（地）将这一片草原包围起来……"

自那时起又整整过了半个多世纪，当她经历了人生的酸甜苦辣，有了更多的尘世阅历之后再写晚霞，就显得更丰厚、更练达、更富哲思了。"从云翳中外露的霞光，才是璀璨多彩的。""生命中不是只有快乐，也不是只有痛苦，快乐和痛苦是相生相成，互相衬托的。""落霞也许会使人留恋，惆怅。但人类的生命是永不止息的。"

暮年的冰心，就是一朵美丽的晚霞。

刊登于《十月》1989年第一期封二的冰心肖像（油画） 王晖 绘

回忆我和管桦的友谊

在我门厅的西壁上，挂着一幅与人等高的墨竹：一浓一淡两根粗壮的竹竿顶天立地，一枝嫩竹依偎着它们，婀娜着身子扶摇直上，将一簇翠叶盛开在它们腰际。画的左侧题着两行字："悠悠江河，万载烟波；野风中摇曳着翠绿枝叶，思念大地之恩泽"。并写上题赠："守仁陈珞伉俪清赏，一九九二年元月于苍青馆 管桦"。又在右侧和左下方钤着三方红印章："火焰灿烂""多竹之家""管桦"。这是二十多年前管桦专门画了送给我们三口之家的一幅大画。每当写作、编稿疲困之时，坐在门厅沙发里观赏这幅墨竹，总能汲取到一种挺立、奋进的力量。

管桦自称"多竹之家"，其言不虚。无论是他住在西城

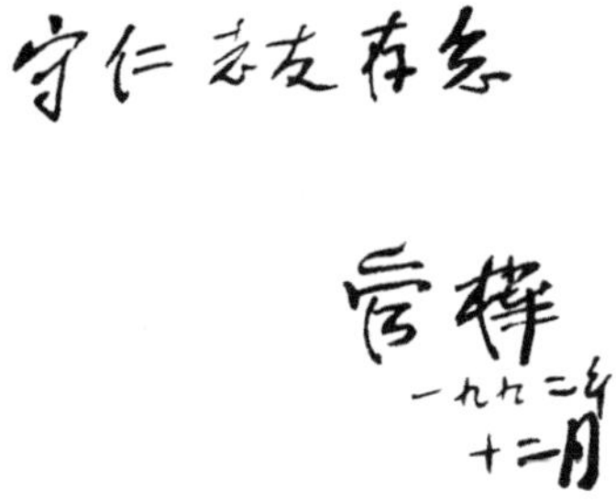

区灵境胡同石板房24号那个大四合院里，或者后来他搬到东三环路西坝河小楼新居里，他的窗下总是栽种着、摇曳着茂密的青竹，傲霜斗雪，显示出不屈的生机。

自从管桦迁居东三环路之后，我们见面的机会比以前多了。在他那名为“苍青馆”的画室里，我饱览了多姿多态的竹画：有和狂风暴雨奋力搏斗的群竹，有雷电击打时行将倒下又昂然崛起的英姿，有粗大的竹根上滋生出来的新竹，有细雨蒙蒙中悠然自得的倩影……

不少画幅上题着小诗。有些题画诗十分精彩，如：“扎根大地，渴饮甘泉，未出土时便有节。枝横云梦，叶抱苍天，及凌云处尚虚心。”“因其力量，而有生命的随意和飘逸。”“有最高价值之生命，总是伤痕累累。”“岁不寒无以知劲竹，事不难无以知贤哲。”

出于好奇，有一次晚上我跟管桦聊天，问他由于什么原因而爱上了竹子，画起了墨竹。他告诉我，他的故乡在河北丰润县女过庄。冬天的夜晚，在一灯如豆的茅屋里，老祖母一边嗡嗡地摇着纺车，一边给他讲关于竹子的故事。

故事说的是北宋有一个宰相名叫寇准，秉性刚直，坚持真理，皇帝有错，也能当面指出来。因为他为人清廉，严惩了贪官污吏，得罪了许多奸臣。于是，他们在皇帝面前说他坏话，皇帝听信了谗言，把寇准撤了职，发配到南蛮之地。寇准因受到奸贼们的折磨，屈死在雷州。他的灵柩运回故乡陕西，路过荆南公安县，成千上万老百姓，把折断的竹竿儿插在地上，挂上纸钱焚烧，祭奠寇准。过了一个月，那些插在地上的枯竹竿竟然长出了尖尖的嫩笋，很快便长出一片青翠茂密的竹林。老百姓便在竹林里给寇准盖了一座庙，名叫“竹林寇公祠”。老祖母说，因为竹子耿直，宁折不屈，挺立在寒霜冰雪中不变颜色，就像寇准的为人一样，才流传这么一个枯竹生笋的故事。

于是童年时的管桦知道，人民把竹子作为刚直、忠诚、谦虚、善良、敢同邪恶做斗争的象征。从那时候起，他就喜欢上了竹子。过年的时候，他从集市上买了一张松竹梅“岁寒三友”画，贴在烟熏火燎的土墙上，手舞足蹈地给小伙伴们讲竹子的故事。

1938 年，管桦在天津志达中学读书时每天放学回家，便摊开《芥子园画谱》，磨墨挥毫，临摹画竹。1940 年，他在冀东参加革命工作。1942 年毕业于华北联合大学文学系，做过多年随军记者。新中国成立后，在中央音乐学院和中央乐团从事歌词创作。他作词的儿童歌曲《听妈妈讲那过去的事情》《我们的田野》《快乐的节日》名闻全国。并有中篇小说《小英雄雨来》《辛俊地》等名作问世。

“文革”后期，北京出版社为他出过一本配有精美插图的小册子《我要上学》。我开始和他频繁联系。1974 年，管桦在《解放军文艺》上发表了长篇小说《将军河》的一个片段《惩罚》（写日本侵略军焚烧一个村庄，杀死一个小孩，以及民兵、八路军杀敌的故事），江青一伙诬指该作品“宣扬战争恐怖”，必须批判。由于郁闷，管桦得了心肌梗塞病。我常到西城区灵境胡同看望他，安慰他，说我仔细看了《惩罚》，是部好作品，绝无问题，劝他放心养病。从此我俩建立了深厚友谊。管桦遵医生叮嘱不能写作，便拿起了画笔，开始画竹。医生要他坚持散步，管桦便由儿子陪着到陶然亭或紫竹院赏竹。有一天在紫竹院里，突然乌云飞来，狂风怒吼，千万条暴雨的鞭子，抽打着园中竹林，竹林发出惊心动魄的呼啸声，不屈不挠地同暴风雨搏斗。1976 年，清明节后，管桦用整张巨幅宣纸，画了一幅《一阵风雨摧不折万竿劲竹》，表现人民是不可战胜的力量，江青一伙的疯狂不过是一阵风雨而已，他们的日子长不了。

管桦的墨竹，用笔简练，追求意境和韵味，因而为人们所喜爱，被誉称为“管桦竹”。

管桦画的墨竹

在抗日战争期间，管桦当过随军记者。他深入前线，多次和战士们一起冲锋陷阵。在交谈中他对我说，战斗打响之前，心怦怦跳动，有点紧张，有点恐惧。一旦跃出战壕，呐喊着向着敌人冲去之际，一切全都忘却。在那狂潮般汹涌的人群里，他和战士们一起怒吼，感到自己变成了一头雄狮，无所畏惧地向前冲去。他感受到在手榴弹的轰鸣声中发出怒吼的欢乐，在呼啸的弹雨声中呐喊的欢乐，与战士们向前奔跑冲锋的欢乐，用鲜血和生命拯救祖国免于沦亡的欢乐。

战斗生活的亲身体验，以及他多年采访、收集到的素材，就成了他写作长篇小说《将军河》的基础。1994 年 7 月，管桦亲笔签名，赠我五大本《管桦文集》。其中前三本是《将军河》。《将军河》里的主人公古佩雄屡临险境，一次又一次出生入死，冤枉和屈辱、误解和痛苦，像影子一样跟踪着他。但他蔑视一切威胁和灾祸，以全部的爱与恨，沉浸在枪炮轰响、刀光闪闪、战马嘶鸣、人声呐喊的血与火的战斗中。古佩雄的血液里奔流着一种对奴隶命运的反抗。当他向敌人冲锋陷阵的时候，感受到不屈者的生命的快慰和陶醉。古佩雄们，就是将军河两岸顶天立地、正直不屈、誓死保卫祖国的英雄人民的代表。

管桦是书、画、诗、歌、散文均有名作问世的作家。他改革开放后当过多年北京作家协会主席、北京市文联主席、北京老舍研究会会长。他是北京文艺界极有代表性的人物。

管桦不仅小说写得好，墨竹画得妙，歌词也写得十分精彩。一代又一代的孩子们都喜欢唱他作词、瞿希贤作曲的那首《听妈妈讲那过去的事情》。我妻子是音乐老师，每当她边弹琴边唱起“月亮在白莲花般的云朵里穿行，晚风吹来一阵阵快乐的歌声。我们坐在高高的谷堆旁边，听妈妈讲那过去的事情……”我总是为它曲调的优美、感情的深沉而陶醉。

也是出于好奇，有一次我问管桦，这首歌词是怎样写出来的。他说：“互助组、合作化高潮时期，我想接近基层，回到故乡河北丰润县女过庄深入生活。一天晚上，我带着爱人、孩子到河边树林里挖尚未蜕皮的蝉，忽然飘来一阵歌声。抬头望去，西边不远打谷场上，是黑压压的人影。一轮明月，穿过如花的朵朵白云。打谷场是夏天夜晚农民休闲欢聚的场所，或谈古论今，或放声歌唱，或孩子们听妈妈讲那过去的事情。我被这美丽景色和歌声所感动。刹那间，我领悟了新生活的欢愉和希望以及那往日的忧伤。于是我有了创作的冲动。回到茅屋里，坐在油灯下，很快写出了《听妈妈讲那过去的事情》的歌词。深入生活，触景生情，便有了那首歌词……”

电视里又响起了《听妈妈讲那过去的事情》的美妙旋律，情不自禁抽笔写下了回忆我和管桦的交往和友谊。

从维熙苦难结出了文学硕果

新时期之初，人民刚刚经历了曲折的遭遇和深重的磨难，翘首盼望着从各地回归的作家们把他们积累多年的丰富生活素材熔铸成篇篇佳作，打破当时文坛荒芜的局面，活跃人们的思想，丰富人们的精神生活。作家们不负众望，先是诗歌、报告文学、短篇，接着是中篇小说，如雨后春笋般涌现，出现了一个井喷般的创作高潮。维熙兄就是这一文学创作时期的代表人物之一。他的《大墙下的红玉兰》（以下简称《红玉兰》）振聋发聩，激奋人心。我在《收获》上看到这部作品后，掩卷沉思，心想：只有被风暴卷到生活最底层的作家，才能写出这样严酷、坚实、又有分寸感的力作。当时我和心武、仲锷等友人正在编辑《十月》，因为没有能拿到这样有分量

从维熙

的稿子而深感遗憾。《红玉兰》是“大墙文学”的开山之作，它解放了人们的思想，开阔了人们的艺术视野，把中篇小说这一文学体裁推进到一个新的阶段。之后，维熙接连发表了《泥泞》《遗落在海滩的脚印》《远去的白帆》等十多部描写劳改生活的小说。他当时的创作态势，犹如解冻后的一河春水，汹涌奔腾，一发而不可收。现在，当我们冷静下来科学地审视，《红玉兰》等作品，暴露出一定的缺陷，带着特定时期的烙印，但它们在当代文学史上所起的积极作用和所占的明显位置，是确定无疑的事实。

近二十年的劳改生涯，其中的屈辱、辛酸、困顿、冻馁，常人难以想象。维熙曾在骄阳蒸烤的炎夏，赤身露体挖渠，休息时钻进棺材里遮阴。为了探望老母、幼儿，他骑着一辆破自行车从渤海之滨劳改农场赶回北京，朝发夕至，疲累不堪。三年困难时期，劳改人员们饥不择食，吃牙膏、牙粉、鞋底、棉絮，吃癞蛤蟆，甚至吃毒蛇。一次大家集合在一起听训话，一只带翅膀的蝼蛄从眼前飞过，有人一把抓住它就塞进嘴里，吞进肚中……

50 年代初期，阅历不多的维熙兄迷恋于屠格涅夫、孙犁作品的清新淡雅。在经历了七千多个炼狱般的日日夜夜之后，他的文学之舟，再也驶不进美丽平静的白洋淀，而呈现出一种严酷、冷峻、厚重、沉郁的风貌，这是再自然不过的事情。

苦难是一所学校。只有沉到最底层，才会经历最卑微的生活，从事最艰苦的劳动，遇到聚散频繁的、最复杂最多样的人物和矛盾。正如《远去的白帆》中的老者所说：“你喝了几口水，沉到海底来了；虽说苦点，可是这儿既有鱼虾，也有珍珠，还有不要脸的王八，横行的螃蟹，咬人的鲨鱼……比你在海面上捞海带、海滩上捡贝壳不是强得多吗？”维熙的作品，是苦难之树结出的花果。尤其是他的《走向混沌》，既真实，又感人；既有理性升华，又有感性铺垫，堪称纪实文学中灵肉交织的佳作。

1995 年 4 月初接到维熙兄约请我当他文集责编的电话

时，我刚刚帮广西卖药材的青年女工阙小兰修改完她那部四十万字的长篇小说《爱人》。我本想稍事休整，但维熙是我好友，又是比我早出世五个月的兄长；我们曾先后工作于同一单位——《北京日报》，我们曾共住在一个胡同——南吉祥胡同。因此我欣然答应编辑这部近四百万字的八卷文集，由华艺出版社出版。那年7月下旬，我因稿中疑难问题，打电话给维熙，他悲痛地告诉我："我母亲去世了！"我一惊，问："伯母的后事处理了吗？"他说："处理了。一部分骨灰让小从（维熙在美国工作的儿子从众）带走，一部分埋在昌平的墓园……"

接到这个电话，使我悲从中来，想起许多往事。"文革"中，维熙远在山西劳改，他母亲带着小孙子就住在南吉祥胡同一间十平方米的小屋里。小屋里仅有一床、一炕桌、俩板凳。窗外屋檐下，靠墙码着一摞蜂窝煤。这间小屋南面，耸立着一幢吴姓茶叶商的三层楼房，故终日很少见到阳光。"横扫一切"的风暴刮起之后，吴宅老太太畏缩楼中不敢出门。一天深夜，她悄悄委托我妻子买过火柴、蜡烛、剪刀等日用品，但不久就去世了。我岳母出身地主，也被赶回原籍崇明县。维熙母亲娘家是破落地主，也受到了冲击，罚她挂牌扫街。冬天清晨，我听到窗外笤帚声在狭窄的吉祥胡同里哗啦哗啦响着，知道老人家又扫街了。有一天，维熙母亲在堆着雪的胡同里扫着巷子。她十来岁的孙子安慰祖母说："奶奶，别怕，有我呢。"他帮着祖母扫了一程，才去上学。我听了这个小学生的话深深感动。就这样，我亲眼看见祖孙俩相依为命地支撑着苦难的家。

伯母从年轻时就守寡，苦苦地把维熙拉扯大；维熙进入“大墙”后，她老人家又负起抚养孙子的责任。这是一位慈祥善良、坚忍不拔、令人敬佩的女性。我要说：这位坚强的母亲，对维熙的成长来说，也是一所好学校。

从维熙

在编辑过程中，我明显感到，大概从 1985 年开始，维熙悲凉深沉的小说风格开始有了变化。他的创作手法多样化了，有的作品如自传体长篇小说《裸雪》，文学性更强、更鲜灵、更耐看了。那指甲草的故事，那雪野中与大山爷爷对话的故事，是多么美丽温馨啊。至此，我发现维熙是有多副笔墨才能的作家。

我不敢苟同的是，维熙兄常以“黄昏斜阳”自喻。对于一个成熟的作家来说，六十来岁正是如日中天的黄金岁月。我只想劝维熙少吸烟、少喝酒、多锻炼身体。健康是创作的资本。我们同属鸡，为祖国明天的早晨勤奋啼鸣，是摆脱不了的职责，愿以此与维熙兄共勉之。

大地的歌者

——苇岸

一

我第一次见到苇岸，是1994年6月在京东北怀柔雁栖湖畔召开的“当代散文创作研讨会”上。那次盛会，名家云集，发言精彩。刘锡庆博导、楼肇明先生从各个角度分析了散文文体的特征。林斤澜畅谈了鲁迅《野草》中的梦幻散文和周作人《乌篷船》等篇章中的聊天散文的区别。顾骧、张锲、张颐武、张同吾、赵玫等论述了孙犁、汪曾祺、贾平凹、周涛、余秋雨等人对当代散文的贡献。诗评家吴思敬教授的话——“散文是散步，诗歌是跳舞；散文的情，如小河流淌；诗歌的情，像瀑布飞溅”，给我留下了深刻的印象。

苇岸（原名马建国）

苇岸在会上沉默内敛，只是倾听。当晚，我约他出去散步，踱到湖边，夕阳正贴近远山顶部，红霞满天。被晚霞染红的湖波，有节奏地轻拍着堤岸。远处湖面上游弋着三五野鸭。岸边，停泊着一只小船，静静地、轻轻地摇荡着。

我看一眼夕阳下的湖光山色，对苇岸说："我写过一篇《黄昏速写六则》，记下我在西双版纳、兴安岭南麓、飞机上、海轮上、黄山上、密云水库边观察到的六个黄昏。我发现天南、地北、空中、海上看到的黄昏，是各不相同的。”

苇岸望着对岸，低语道：“黄昏是白昼向黑夜的过渡，由于它包容着前者和后者，因而显得丰富多彩。”

我听了这富有哲理的话，便把目光投注到他那清癯、戴眼镜的脸上：“听说你是学哲学的，怎么爱上了文学、爱上了散文呢？”

苇岸说：“70 年代末我在人民大学哲学系读书时，校园里正流行朦胧诗，我便喜欢上了诗歌。到昌平执教以后，和你们《十月》编辑骆一禾的好友海子比邻而居，结识了顾城、黑大春、蒋蓝等诗友，继续写诗。1986 年冬，诗人海子向我推荐《瓦尔登湖》，我一连看了多遍，爱不释手，还作了近万字笔记，自此兴趣从诗歌转向了散文。”

“那你是从什么时候开始写散文的呢？”

“大概是 80 年代后期吧。《去看白桦林》《美丽的嘉荫》就是那时写的。1987 年 8 月，我旅行到了黑龙江边上的小镇嘉荫。江对岸有一簇白房子，偶有狗吠和歌声传来。这是一个分界点。它被中国称为北方，而俄罗斯却称它为南方。我望着越江而过的飞鸟，感到自卑。我想，总有一天人类会像鸟类那样自由，共同拥有不被边界阻隔的北方和南方、东方和西方。那时人们走在大地上，如同走在自家的院子里一样。”

我告诉苇岸，我也有过类似的情感体验。1986 年 8 月，我西行到了新疆伊犁霍尔果斯，抵达中苏边境的口岸。对面就是哈萨克斯坦的山林、田野。我发现霍尔果斯两侧有着相同的地形，长着相同的向日葵，两边林子里鸣叫着相同的杜鹃。我看见天上的白云，在边界上空无阻挡地飘来飘去；界河里的鱼群，没有中心线概念，悠闲自在地游到这边、游到那边。和它们相比，人类显然少了自由，多了樊篱。听说欧盟已经成立，以后可以从这国开车到另一国，无边境阻碍，长驱直入，如进自己的家园一般。

苇岸说："1993年欧盟正式成立，是人类历史上的进步。在遥远的将来，也许真的会出现大同世界吧。让我们一起为人类的未来祝福。"

暮霭垂落，群山如黛。晚鸟归林，湖水入眠。夏日雁栖湖畔的黄昏，凉风习习，舒爽宜人。

那次散步闲谈之后，我和苇岸成了文友。

二

1995年9月的一天，苇岸来我家中，请我推荐他加入中国作家协会。我欣然允诺。

坐下之后，我问他想喝什么饮料："茶？可乐？咖啡？"

他说："只要一杯纯净水。"

他总是那么俭省。苇岸归属于"生活简朴、内心丰富"的那类知识分子。

我递给他一杯清水。他送给我一本由楼肇明先生主编、中国对外翻译出版公司出版的“游心者笔丛”之一的散文集《大地上的事情》。扉页上用工整的钢笔字写着请我指正的话，还郑重钤了一方阴刻的篆体红印章。我知道，他的作品就是他的生命，因此特别珍惜。

交谈中我对他说：“自从雁栖湖畔见面之后，我一直关注着你发表的作品。我发现，你的作品不多。”

苇岸告诉我：“我有看不完的书，再加上写得很慢，对朋友们的委托又不会说‘不’，所以产量极少。”

我接过他拿出来的申请表，在介绍人一栏，写了几句推荐的话：“苇岸是真正意义上的散文家。他秉承着《瓦尔登湖》作者梭罗、《林中水滴》作者普里什文的传统，倾全力描绘生机蓬勃的大自然的一切。他热爱大地上的动物、植物，怜惜一切生命。他的散文像他赞美的白桦树那样，淳朴、正直、简洁。他在当代散文中最早地、创造性地表达了土地伦理学的先进思想。作品虽少却精致，给人善意、温暖和博爱，因此我乐于介绍他加入中国作家协会。”他拿过去，看了看，说：“过奖了。谢谢您对我的鼓励。我能否跟您一起照一张相？”

我说：“当然可以。”苇岸的谦卑和自律总使我感动。于是他拿出带来的相机，我俩站在我书房中的一排书架前，合影留念。

另一位介绍人，是中国社科院文学所研究散文美学的楼肇明先生。苇岸于1997年5月加入中国作家协会。

三

1998年深秋，著名的“蓝月亮酒吧”举办散文朗诵会，苇岸邀我参加。

那年10月11日下午2时许，我从城里北三环路寓所出发，在北京大学西门下车，越过马路，经蔚秀园往南不久，看见路边有一个“BLUE MOON BAR”的店面，便下了斜坡走过去。瘦高的苇岸，站在店门前迎接我。他回身引领着，绕过吧台，把我带到靠边一张小桌旁。楼肇明和黎先耀先生已经先到，便与他们握手问好。

苇岸告诉我，他也邀请了北师大教授刘锡庆先生，但刘教授感冒了，特地派了两个研究生代表他到会。

坐下之后，我听见室内有小提琴声像水一样轻柔地滋润着、伴奏着簇拥在那边的周晓枫、冯秋子、胡晓梦等年轻散文家的谈话。酒吧间后墙上，装饰着巨幅艺术摄影作为背景——静静的湖面，密密的树木，一棵高高的松杉，树冠顶着夜空里一轮皎洁的月亮。我在脑子里搜索：摄影师抓拍下的是世上哪个美丽之湖的月夜呢?

苇岸用盘子端来三杯热茶，请我们品茗。楼肇明吹吹热气，抿了一小口，说：“菊花茶。菊花是诗人的花，‘采菊东篱下，悠然见南山’。”他的话儿引发我的感慨：“近十多年来写花写得最有灵气的，恐怕要算福建唐敏写水仙的《女孩子的花》了。”肇明说：“唐敏擅长巫性思维，时有禅宗的顿悟。这是其他散文家所不及的。”当过北京自然博物馆馆长、多识于鸟兽虫鱼花木的黎先耀兄，认为五四以来，徐蔚南写的紫藤花、冰心笔下的樱花、宗璞赞赏的丁香花，应该算是群芳中的名篇了。肇明把思路引到国外，说：“托尔斯泰笔下的牛蒡花，坚韧不屈；德富芦花描绘的芦花，朴素平凡。德富还以芦花作笔名，可见对它很钟爱。”我补充说：“日本女作家壶井荣写的《蒲公英》，寓意挺深。蒲公英趴在地上，屡遭践踏，屡被蹂躏，仍能顽强地存活下去。”

那次散文朗诵会，依年龄大小排序。最年轻的元元首先上台。

元元那时还没调到中央电视台，是北京电视台“都市阳光”节目的主持人。我看见她站到台上，头发上别着一枚精致的发卡，穿着时尚，确是都市里一道阳光丽景。肇明小声对我说：“她当主持人之后不怎么写散文了，很可惜。”

元元用目光扫视了大家一下，像当今中央电视台董卿主持的节目“朗读者”嘉宾濮存昕、乔臻、蒋雯丽字正腔圆地朗诵那样，口齿清楚地、满怀深情地朗诵她写自己失恋的那篇成名作《好大的雨》：“……你走后，我让眼泪悄悄流下来。说实话，我很希望你能回头看我一眼。从此以后，时间会在我们之间筑起一堵高墙。请记住：今天我着红色的衬衫，白色的裙子，再见面，我决不会有今天的青春和亮丽……”会场沉溺在元元早恋失败的哀伤氛围之中。

接着由周晓枫背诵她长篇散文《鸟群》中的《鹦鹉》。

她平时思维敏捷，伶牙俐齿，语速极快，你很难跟上她说话的节奏。那天她为了让大家听清楚，故意放慢速度，改变说话习惯。对口腔和舌头的人为控制，给她带来了鹦鹉学舌般的不便，决不像隔了十多年她成为张艺谋文学策划之后的老练和成熟。

冯秋子眉宇间总透出忧郁，脸上带着苦难阅历的印痕。她写作，她跳现代舞，是因为她悲伤，因为她柔肠寸断。她带给大家的是《蒙古人》的片段。朗诵的语调低沉、苍凉，蕴含着心灵的忧伤，让人情不自禁肃然谛听。秋子长调般叙说着草原上无限延伸的小路，蒙古高原的冬寒夏旱，马背民族生存的艰难，牧童因为寂寞向放牧的羊群讲述故事；静静的午后，老额嬷晒着太阳，唱着苍郁的古歌，感动得发脾气的母羊平静下来，泪流满面，重新用乳汁喂养它才生下几天的幼羔……

祝勇、洪烛、胡晓梦在会上贡献了什么作品，印象不深了。

那次文学聚会，最难忘的是苇岸朗诵他那篇《我的邻居胡蜂》。他用缓慢的语速，淳厚的声音，诚挚的文字，记述他对胡蜂这种小生命的感恩之情。

那篇散文描写的是，胡蜂们筑巢在他窗下，他深为感激。为了不打扰它们的活动，他自觉封闭了一扇窗子。他坐在书房里，观察胡蜂们如何扩大巢穴，建设与繁殖和谐地同步推进。幼蜂破巢而出后，立即投入工作，为新生命的诞生继续建设。到了10月，小精灵们依依不舍地告别蜂巢。“它们为我留下的巢，像一只籽粒脱尽的向日葵盘或一顶农民的褪色草帽，端庄地高挂在那里。在此，我想借用一位来访诗人的话说：这是我的家徽，是神对我的恩赐和奖励。”

屏息聆听的整个酒吧，变成了安静肃穆的教堂，悄然无声。静默里隐藏着感动。人们被苇岸博爱、平等的精神所感染，慨叹于他对大地上弱小生命的尊重、关怀和怜惜。朗诵已完，感人的气氛弥漫扩散，像水波似的溢出室外。入定般的听众突然爆发掌声，纷纷站起来欢呼。刘锡庆博导派来旁听的、北师大两位研究散文史的年轻姑娘，扯出桌上的餐巾纸，擦拭她们眼角暗流的泪水……

散场时重新凝视吧墙上的大照片，我忽然判定摄影师拍下来的是美国马萨诸塞州瓦尔登湖畔林梢上那轮美丽的蓝月亮。

四

苇岸从小心软、善良，悲悯万物。童年时他看见河边簇拥着一群人围观宰牛，他吓得逃离现场，脸上淌着同情的眼泪。他绝对不能看屠宰牲畜，连杀鸡也不敢看。他是个素食主义者。面对社会弊端，他因内心痛苦而自伤，身体日渐羸弱。他预测自己活不到 21 世纪。

1999 年春，他果然发现得了肝癌。进入 5 月，病情迅速恶化。他抓紧时间整理、修订自己的全部作品。正在写作中的《一九九八廿四节气》将成为未完篇的绝笔，这是他最大的遗憾。

临终前，他让他妹妹马建秀记下他最后的忏悔：“我平生最大的愧悔是在我患病、重病期间没有把素食主义这个信念坚持到底。在医生、亲友的劝说及我个人的妥协下，我没能将素食主义贯彻到底。我觉得这是我个人在信念上的一种堕落——保命大于了信念本身。”他叮嘱亲人等他死后把骨灰撒在家乡昌平他出生的北小营村麦田、河流里，和大自然融合在一起，助万物生长。他请求他的文友们在撒骨灰时为他朗诵他心爱的诗人弗朗西斯·雅姆的诗《为他人的幸福而祈祷》：

天主啊……
把我未能拥有的幸福给予大家吧，
愿喁喁倾谈的恋人们
在马车、牲口和叫卖的嘈杂声中
互相亲吻，腰贴着腰。
愿乡村的好狗，在小旅馆角落里，
找到一盘好汤，安睡在阴凉处；
愿慢吞吞的一长溜山羊群，
吃着卷须透明的酸葡萄。
天主啊，忽略我吧……

1999年5月19日19时，苇岸平静离世，年仅三十九岁。

啊，在中国，在当代，有哪一位年轻作家能用虔诚祝福他人的方式迎接死亡，告别人世？

苇岸把爱留在人间，因为他思考过：“在我之前，这个世界生活过无数的人；在我之后，这个世界还将有无数的人生活；那么在人类的绵延中，我为什么就与我同时代的这些人相遇，并生活在一起了呢？我不用偶然来看这个问题，我把它视为一种亲缘。”因此，他把他遇到的人，都视作自己最宝贵的亲友。

南方的林贤治评价说：“苇岸是20世纪最后一位圣徒。”

五

苇岸去世之后，诗人林莽精编了他的文集《太阳升起以后》，预定在他逝世一周年之际出版。他和冯秋子、周晓枫一起，分别邀请了全国各地的散文家参加2000年5月19日在北京六铺炕中国工人出版社会议室召开的“苇岸逝世一周年纪念会暨《太阳升起以后》首发式”。这个民间集会，参会者空前踊跃。与会的有远自广东的林贤治、从山东赶来的刘烨园、从郑州北上的张若愚、从西安东来的陈长吟、自武汉专程赴京的袁毅，更有“蓝月亮酒吧”散文朗诵会的参加者，以及北京市作协的几位负责人。福建的散文新秀楚楚因故未能来京赴会，她托人送来了一个大花篮，端放在主席台中央。

会议主持者林莽，走到我身边要我首先发言。我推辞不了，便站起来对一百多位与会者说了如下一席话——

文友们，苇岸离开我们整整一年了。随着时间的流逝，我们越发感到他的离去，目前还没有哪位散文家能够弥补这种损失。我坚信，在未来的岁月里，京北昌平不仅因为有了十三陵而著名，更因为它诞生、培育了苇岸这样一位大写的自然之子而感到自豪。北京文坛有了苇岸，就证明了它存在着崇高、圣洁的亮点。当代散文界有了苇岸，就让人们看到其中个别卓越者所达到的那种如泥土般纯朴的境界，似野草晨露那样没有受到污染的洁净。

苇岸敬畏大自然，钟爱农耕文明。他对于工业文明的负面带来的污秽、喧嚣、放纵、奢侈、竞争，怀有天生的厌恶和抵拒。在不到四十岁的短促生涯中，他热情歌颂田野上的蚂蚁、蜜蜂、喜鹊、野兔、麦子、桦林以及白雪、阳光、星星、月亮。大地上每一个角落的细微变动，都给他带来不安和牵挂。苇岸是大地母亲忠贞不渝的歌者。

笔友们，俄罗斯诗人叶赛宁说过：“在大地上我们只过一生。”人的生命只有一次。生命的质量和价值，不在于人寿的长短，而在于思想的贫富、精神的高卑。我们这位早逝的挚友，像一株善于思考的、岸边的芦苇：正直谦恭，平凡朴素；身处郊野，严谨自律；出污泥而不染，耸苍翠而不炫。

苇岸热爱大地、观察大地、书写大地。他写了《大地上的事情》之后，早早走了，但他的精神却与大地同在。

朋友们，我相信我们今后会在心中珍藏着这位圣徒的形象和品行，会常常怀念他，想起他。常常怀念他、想起他，会促使我们自己变得更好一些，更善一些，更诚实一些，多一点爱心，多一点责任，多一点约束，多一点节制。让我们大家都像他那样，为他人的幸福而祈祷；像他那样，为我们这个星球的现在和未来而自觉俭朴，节省资源，造福后代……

六

笔者在2005年春天玉兰花开放的日子，又去北京大学西门外蔚秀园南侧二百米外的地方，寻访那间苇岸朗诵《我的邻居胡蜂》给我留下难忘记忆的“蓝月亮酒吧”。令我感到遗憾的是，那酒吧已消失得毫无踪迹，原址变成了一片凌乱的土地。我停下脚步，懊丧地坐在路边一块石头上，怅然若失，仰问苍天：“为什么世上那些美好的人、物，总是存在得那么短暂、消逝得那么迅疾？！这到底是为什么？！”

写于2017年3月5日惊蛰

忆青年诗人骆一禾

骆一禾，你是《十月》的诗歌编辑。你和海子、江河、多多等一起，是20世纪80年代新诗潮的代表人物。你在《十月》当编辑六年期间，像磁铁一样吸引来一大批诗人给刊物投稿，从而提高了刊物发表的诗歌水平。你为人儒雅，生性好学，诗艺精湛，故我欣赏你。你1989年夏天因脑溢血去世之后，我主持料理你的丧事，咱俩永别前在八宝山殡仪馆整容间里单独默处了一刻钟——那是我永难忘怀的十五分钟。

我凝视你的脸，惊奇地发现，你剃光的头，又长出了发梢；你蜡黄得透明的额上，竟渗出了细密的汗珠。我掀开白布单子，看见你新穿的西装上衣皱皱巴巴，便轻轻地、轻轻地抬起你的上身，把你压在身下的衣角抻直、拉平。我触摸

骆一禾

着你的手，你的手冰凉冰凉，那为什么额上出汗呢？

看见你额上出汗，我就想起那个厚冰覆盖河面、北风呼呼啸叫的冬夜。我们一起为办公室搬家。一捆捆书，一捆捆杂志，装上卡车。卡车由南向北，沿着中轴线，穿越城市的心脏，来到北三环中路上。我们一起卸车。把书刊从楼下搬到七楼，我看见你头上蒸腾着热气，额上缀满细密的汗珠。那个寒风呼啸的冬夜之后，我俩的办公桌便整齐地前后并列在 703 房间里。

你谦逊，谦逊是因为你博学睿智。编稿时，我每有困惑，常回头和你商讨。你安慰我：“困惑是因为懂得太多、思考周全、选择性广泛、知识充盈而产生的晕眩。”我年龄大你一倍，听到你温婉、柔和、聪慧、幽默的语调，内心感到愧疚。有一天，你拿来一本《古建筑瓦当拓片集》。我翻了翻，一个个灰色的圆圈里，嵌印着质朴的图案。你兴趣广泛。于是我们谈起汉墓前的石刻、徐悲鸿的《徯我后》、莎士比亚的《亨利五世》以及大西南文学未来的走向。

你沉默，沉默是因为你内心充实。冥想时，你点起一支烟。当蓝色的烟缕像雾一样越过我的肩膀荡到我眼前来时，我知道你的诗思正如浪似涌，撞击巉岩，直逼云海。

你宽厚，宽厚是因为你心地善良。你有时不来编辑部上班，我便说你“散漫”。其实，那正是你最忙的时候，在家里跟作者谈心、谈稿，详细指出他们作品的得失。外地青年作家来京，你给他们导游，还自费负责他们食宿。你的时间和精力的投入，数倍于上班。但你对我的批评沉默着，从不解释。

两年前，那个初夏的晚上，你的脑血管突发性大面积出血，实因劳累所致。海子去世之后，你奔波于山海关和北京之间，接待海子的父母，处理海子的丧事，整理、抄写、编辑海子的遗稿……四十多天时间里，你超负荷地运作。这是人间最感人的友谊。你为挚友奉献一切。

我想起你在《先锋》中写的诗句：“世界说需要燃烧／他燃烧着／像导火的绒绳／生命属于人只有一次／当然不会有／凤凰的再生……／在春天到来的时候／他就是长空下／

最后一场雪…… / 明日里 / 就有那大树的常青 / 母亲般夏日的雨声……”

你是燃烧得太炽烈了，生命便过早地变成灰烬。

我不会抽烟。当淡蓝色的香烟飘过来把我氤氲、包裹之时，便戏谑地对你说：“一禾，你怎么又让我被动抽烟呢？”你便自觉躲到室外，一直到抽完，才回到桌子边来。如今，我习惯地回首与你交谈，咖啡色的烟碟犹在，但人却走了，留下永难弥补的空白。这时候，我多么希望你吐出的蓝烟再来熏我、缠我、包围我啊。但这是永远不可能了。

在八宝山殡仪馆美容室里，我独自一人端详着你的脸，久久地、久久地。你昏迷之后，天坛医院要给你头部做手术，故为你剃去了头发。从昏迷到心脏停止跳动，延续了十八个日日夜夜。你的发楂就是在这些失去意识的日子里长出来的。你额上渗出的不是汗珠，而是冰冻的身躯离开了太平间骤遇热气后化成的粒粒水滴。你嘴巴抿紧，沉默着，永远地。我想起了中山公园音乐堂，想起了使世界和谐、使心灵荡涤的一支支乐曲。音乐会散场之后，我看见你和正在北京大学中文系攻读戏剧专业的研究生——你的爱人小张喁喁私语。你俩的身影像亲昵相傍的一对小船从幽香的树荫下缓缓向前滑动。青春美好。我不再年轻，因此悄悄地羡慕你们。我还想起你抿紧嘴角给远方朋友奋笔疾书的情景……可是，你这样年轻，只有二十八岁，竟这样匆匆走了。一个歌颂过大海的青年诗人，如今像大山一样沉默。呜呼，少者殁，长者存，其悲何深！泪花蒙上了我的眼睛。我轻轻盖上白布单子，别过脸，转过身去。

和你遗体告别，我代表《十月》编辑部拟了一副挽联——“博学多才诗苑耕耘文章千古，英年早逝壮志未酬悲痛万重”，请人写了，挂在你遗像两侧，以寄托我们的哀思。

灵堂里，哀乐声中，我再次凝视你的脸。我默想着我们共同相处的、中国文学史不会忘记的这五六个年头。我低首向你鞠躬致敬。永别了。我心里说。

亲友们从丰台花乡运来一大车鲜花，又在白布上写了许多悼词，在千呼万唤的痛哭声中，将鲜花和悼词把你整个儿覆盖起来。你就这样带着旷野的鲜花、悲切的祷祝，还有你年轻未婚妻小张的彩照，走了，走入另一个世界的永恒之中。

一禾啊，一株禾苗在大地上倒下，变成泥土，仍将哺育新芽。

骆一禾，你走得美丽。充满恸哭和抽泣的场景永记我心间。

1991 年 6 月于京郊

张洁的天真、向往与决绝——从《拣麦穗》谈起

张洁（1937年生，祖籍辽宁抚顺，生于北京），是当代最有才华、情感上磨难最多的女作家之一。因为工作关系，我和她有过较多的接触。我编过她的《世界上最疼我的那个人去了》。她告别了母亲，告别了相依为命的人，便是告别了她留念的一切，最后便是告别故国，终老他乡。我为她撕心裂肺、肝肠寸断的一生，感到惋惜和怅惘。

张洁是因《沉重的翅膀》和《无字》而唯一两次获得茅盾文学奖的著名作家。她不仅国内有名，在国际上也享有盛誉。她是美国文学艺术院荣誉院士，获过意大利马拉帕尔蒂国际文学奖，早已驰名中外。

张洁走上文坛，其文学启蒙老师是她父亲的朋友、老作

张洁

家骆宾基。她少年时就爱文学创作，骆宾基像个守护神似的关怀着她。当张洁在抚顺念中学的时候，就开始和骆宾基通信。骆持之以恒地指点她。1955 年春天，骆宾基去黑龙江国营农场体验生活，特地绕道到抚顺看望张洁。张洁在中国人民大学上一年级时，开始写诗。骆宾基指导她如何写诗，劝她学习俄国的涅克拉索夫写出《谁在俄罗斯能过好日子》那样的佳作。1977 年恢复高考招生之后，骆宾基把听来的中央音乐学院考生的动人故事告诉张洁，指导她写出了《森林里来的孩子》，并获得首届全国优秀短篇小说奖。

张洁的散文创作，几乎是与小说创作同时起步。开始，她怀着对童年生活的怀念之情，写了不少回忆儿童生活的散文，代表作有《哪里去了，放风筝的姑娘》《挖荠菜》《拣麦穗》。

其中，《拣麦穗》写的是张洁天真无邪的心灵和普通人善良的心地。文中写她二姨望着她拣麦穗的篮子说：“看看，我家大雁也会拣麦穗了。”又问她：“大雁，告诉二姨，你拣麦穗做啥？”

她答：“我要备嫁妆哩。”

二姨问：“你要嫁谁吗？”

她说：“我要嫁给那个卖灶糖的老汉。”

问她为啥要嫁给他，她说：“我要天天吃灶糖呢。”

真所谓童心如雪，天真烂漫。童稚的她像山泉水那么清澈，又如野草上的晨露般透明晶莹。

人是要长大、成熟的，这个小名叫“大雁”的女孩，长成大姑娘后看到她守寡的母亲与另一个已婚男人一段刻骨铭心、生死不渝的爱情。她母亲和那情人从未握过手，但心心相印，像太阳和月亮互相照耀，彼此温暖。那种牵心扯肺的恋情，犹如一片白云追着另一片白云，一撮青草依偎着另一撮青草，一朵浪花推涌着另一朵浪花。她母亲有个“爱，是不能忘记的”笔记本，记下母亲对心上人每年、每月、每日、

少年张洁和她的亲人们

每夜刻骨铭心的思念。那男人曾把一套《契诃夫文集》送给母亲作为爱情信物。她母亲把文集看了一遍又一遍。为了防止旁人来借阅，她另买一套供他人阅读。她母亲常捧着契诃夫小说集发呆，一旦被张洁（文中称“姗姗”）发现，母亲像初恋的姑娘，头一次和情人约会便让人撞见时那样羞红了脸。临死立下遗嘱，要求把契氏文集和她一起火化。上一辈人的爱情是那么圣洁、忠贞，像溪边的蕙兰那样散发幽香。张洁对母辈的情爱充满艳羡、憧憬与向往，于是她满腔热情地写了《爱，是不能忘记的》这篇小说。小说发表后，引起很大的反响，也引来很多争议。

岁月流逝，《拣麦穗》中的大雁、《爱，是不能忘记的》中的姗姗、《无字》中的中年女人吴为……生活不如想象的那么浪漫。生命之河向前流淌，绝不会像源头那么清澈，其中必然会遇到礁石，掺进杂质，碰上曲折和坎坷。

小说《无字》以女作家吴为的人生经历为主线，讲述了她及其家族几代女性的婚姻故事，饱含了女性的自省及对真爱追求理想的破灭，并直露地描绘了由婚前爱转变为婚后恨的情感历程。作品描摹了社会大动荡、大变革中各色人等的坎坷经历及人性扭曲，对20世纪的中国做了独特的、有个性的记录与审视。

吴为和朝思暮想的苦恋对象——那个有着革命经历的副部长一起，排除干扰，终于结成了夫妻。但婚后的生活是现实的、具体的，绝不如想象的浪漫、美妙。以前从远处看到

张洁

的海市蜃楼般的迷蒙景色，一经近距离接触，那不过是一片沙漠、一堆乱石。“床前明月光，疑是地上霜”，真飞到月球上一看，并没有光和霜，有的是荒凉和旷茫。是距离创造了美，没有了距离，只露出真相。

实际生活中柴米油盐过日子，锅碗瓢盆使起来，免不了磕磕碰碰有声响，加之经历、气质不同，性格、爱好迥异，便常发生摩擦。日子久了，往日的恩爱演变成心智的较量与争吵的频发。曾经渴望在一起的婚姻生活，竟提供了彼此互伤的机会。至此，吴为和副部长的夫妻关系，全是折磨和仇恨，两人伤痕累累，生活陷入苦海之中。到了那时，做爱是施虐，吃饭是对骂，婚姻已成地狱。吴为对婚姻由渴望到失望而绝望。有过离婚经历的吴为，只好再次分手。离婚后的吴为（即张洁），又遇上世上最疼她的母亲去世，她便成为虽有房子、却无家庭的孤身一人。

张洁在孤独中进入晚年，写了《一生太长了》之后，便告别文坛，以无师自通的油画宣泄自己的情感。她离群索居，性情乖戾，决定远走天涯。她远走他乡之前，我在中国现代文学馆里看过她举办的一次小型油画展。作为告别“演出”，画展上，她画的那匹孤立荒野上的母豹，回望来路上西下的夕阳，身前是天苍苍、野茫茫的迷途。我似乎听到了旷野中一声野狼般凄厉的长嗥。这荒郊野外孤豹的神态，不就是张洁自身的真实写照吗?

张洁叫来密友拿走家中所有的衣服、首饰、藏书、绘画、家具，自己销毁了所有文件、日记、照片、手稿，卖掉了北京的房子，只拎着一只超市购物的布袋子，里面包了几只旧碗、旧盘，戴着一顶旧帽子，决绝地、不留一物地走了……

张洁告别故土、孤走天涯时，希望国人永远忘记她。回顾当代文学史，我们能彻底忘记那个《拣麦穗》里的大雁、《爱，是不能忘记的》中的姗姗、《无字》中叫吴为、才华卓溢的女作家张洁吗?

据说她现在的小公寓位处美国纽约哥伦比亚大学旁边的一个住宅区，那里有草坪，有树林，非常安静。我但愿她在那里过得安康、平静，但愿她在那里能和自己的生命、和社会、和世界和谐共处，颐养晚年。作为她作品的编辑、她的文友，祈愿她、祝福她有一个较为轻松、较为平和、较为愉悦的耄耋之年。

程乃珊的微笑

看了《蓝屋》之后，我去上海向程乃珊组稿。我到那座花园洋房时，乃珊正在市政协开会，她先生严尔纯同志先接待我。严先生把我领进门。我在宽敞的会客室里，见淡雅的墙壁上，吊着几个圆盘，挂着几张乃珊的照片。像我们在一些文学刊物封面上见到的那样：浓浓的短发，齐齐的刘海，宽宽的脸盘，扁扁的鼻子，小小的眼睛。嘴角上流露出灿烂的笑容。大眼镜下，一对热情的眼睛，真诚地注视着你。

我发现，在这个房间的沙发里、藤椅上、墙旮旯、书桌上，杂乱地堆放着许多书籍、杂志、稿纸、草稿、信件，但室内荡漾着的轻音乐，似乎把这些零乱的东西梳理、组织成一个和谐、宁静、有秩序的整体，创造出一种温馨舒适的氛围。

程乃珊

就在这里，程乃珊写出了她的第一篇作品《妈妈教唱的歌》以及后来的《黄丝带》《在我心有空处为你……》《蓝屋》《丁香别墅》《女儿经》。乃珊作品中的人物，大都是以她生活中的亲友作为模特儿写出来的。她如实地记录下她那个阶层的亲友们艰难地顺应着时代前进的步履，他们的痛苦和困惑，他们的命运和理想，他们的纠葛和矛盾。读者从这些人物种种复杂心态上，可以窥见大上海一角的某些面影。

程乃珊在作品里经常写到家庭、学校、英语、音乐……这和她的身世、经历分不开。她祖父是香港中国银行的高级职员。她从小就跟随父母赴港上学，从小就热爱英语和音乐。

50年代中期回到上海上学，她一直对英语怀有浓厚的兴趣。“文革”期间，她和几位女伴经常聚在一起研习英语，后又进教育学院深造了一年，毕业后在上海一所中学里任英语教师，一直到1985年当专业作家为止。故她的作品里，常有唱英语歌、学英语、进修外语、从事翻译等情节。有一次美国作家代表团访问上海，在上海作协座谈时，乃珊用英语朗诵了自己写的一篇小散文。举座皆惊，博得一片赞扬。

正当我和乃珊的爱人严尔纯同志交谈时，楼下响过来一阵橐橐橐的皮鞋声，接着从楼梯上出现她那张阔大的笑脸。她穿着黑短袖上衣、黑裙子，拎着一个小包急步走过来，一迭连声地道歉：“对不起，对不起，让您久等了。今天是市政协会议闭幕的日子，市长最后来讲话，所以回来迟了。”她跟我握握手，又说一声“对不起”，便转身去换下她的高跟鞋。她家里养的那只叫“利利”的狼狗，一见主人回来，高兴地摇着尾巴，围着她转开了圈子。乃珊回来坐在沙发里，说：“利利可聪明伶俐啦，它一听到门铃响，就从楼梯上奔下去迎接我。我写作时，它总是陪着我，把嘴巴搁在我膝头上，安静地望着我爬格子，可乖啦。”

乃珊总是那么开朗、爱笑。也许正因为她开朗、乐观，具有一颗纯真的童心，她才显得比她实际年龄要年轻得多。白润润的脸颊上，经常飘着两朵健美的红云。许多年轻朋友见到她，都向她请教保持青春的秘诀。她的服装也时新、可体、典雅、大方。她住宅旁边有个服装研究所，那里一位老师傅特地为她绣制的一件银色珠子花黑旗袍，还在上海服装比赛中得了一等奖呢。

我问她近来在写什么作品。她说："正在为广州一个刊物写中篇小说《秋天的盼望》，叙述一个女人在香港的奋斗以及她那不幸的家庭生活。这个女主人公是有生活原型的。她在上海圣约翰大学毕业，三十多岁去香港。一开始单身独闯。后和男人一起开辟事业。事业成功了，有钱了，她想享福了，拼命美容、填胸，结果男的不爱她了。她过着一种似婚非婚的生活，最后自杀了。她立下遗嘱，把香港的房子卖掉，分给三个儿女……"

我说："您的作品经常以家庭生活为题材，甚至题目都和家分不开，如《蓝屋》《丁香别墅》等。"

乃珊挥动着两手，以加强她的语气："我觉得家太重要了。人生在世，应该有个温暖、美好的家庭。家庭好比是人的大后方、根据地。有了和睦的家庭作为宿营地，一个人在外奔波即使再苦再累，也无后顾之忧。我很难想象，一个人没有好的家庭，而能全神贯注于他的事业之中。"

我注意到乃珊在作品中形象地透露出的信息：财富未必就是幸福。即使有了"蓝屋"，有了"丁香别墅"，如果人很空虚，贪图享受，好吃懒做，没有事业上的追求，实际上他是很不幸的。温暖的家庭，在人生中确实太重要了。人如果没有一个安乐停泊的窝巢，没有一个可以把幸福和生命都能交付出来的依托之所，那痛苦将是撕心裂肺的。我感觉到，乃珊的家庭和谐、美满。爱人严尔纯在中学里当物理教师，温文尔雅，富有学识，待人诚恳，在家庭生活中大力支持她的写作活动。女儿十六岁了，长得亭亭玉立，正在上高中一年级，也酷爱文学。乃珊的家宁静平和，这为她的创作提供了良好的条件。

谈到创作，她谦虚地说："我写得慢，不是个多产作家。我在生活中比较马虎（我注意到了她的卧室和书桌的零乱），但对写作很认真，初稿写出来之后，总要反复修改。每次修改，总要从头抄写一遍，因为修改得多，所以我喜欢用小稿纸。我的处女作《妈妈教唱的歌》做了七次修改才发表出来。现在我写的作品一般都能发表，正因为如此，我更应该严格要求自己，希望一篇比一篇写得好。我不久前发表在《人民日报》海外版上的短篇《洪太太》，对这个人物的模特儿可以说很熟了，已认识二十多年了。本想写一个中篇，后来浓缩成一个小短篇，只有几千字。许多内容我只点到为止，让读者自己去想象、补充。"

乃珊严肃的创作态度，令人感动。

我们谈到了信仰和爱国主义。她说，她到菲律宾访问期间，在马尼拉见到一块第二次世界大战中美国阵亡将士的墓地。碧绿的墓园，插着七千多个白十字架。七千多个十字架下，安息着七千多个将士的英魂。墓园旁有一个小教堂，教堂里点着长明灯，从里面飘出柔和、悠扬的钟声。教堂旁有一个小小的纪念馆，里面挂着阵亡者的照片以及生平事迹，显得十分肃穆。每一个来到这个墓园的人，心灵上不能不受到震动。她说，她在美国访问时，参加过一次群众活动。许多美国公民开会前多次反复高唱自己的国歌，唱得泪流满面，一片虔诚。我插言道，苏联也相当重视爱国主义教育，青年男女崇拜、尊敬民族英雄，登记结婚时总要到烈士墓前献上一束鲜花，学习他们为国捐躯的献身精神。

乃珊把她的几本影集找出来让我看，我匆匆翻了一遍，获得一个突出的印象：微笑，是她生活中的阳光。她怀着一颗善良、纯真的心，热爱生活，热爱文学，热爱她周围的人们。

萌娘、唐敏的代表作

萌娘的《秋天的钟》

多年前，我在郑法清、谢大光主编的《中外散文选萃》第一辑《闲话散文》里，看到汪曾祺先生推荐萌娘写的《秋天的钟》。此后，我就注意起萌娘发表的作品。读多了，我发现她的散文里有许多诗的因素，她对客观世界具有敏锐、细腻、准确的感受能力。

萌娘的笔，仿佛是一支魔棒，一件普普通通的事情，经她轻轻一点，就渲染得情致盎然，韵味悠长——这就是写作的才气。

她写散文，就像说话。她有很好的记忆力。在她脑子里

萌娘

储存着许多鲜明的、感伤的、难忘的、感动过她的印象。她把读者当作世界上最亲近的人，不设防、不做作，平静、从容地向她的亲人倾诉这些印象。

萌娘擅长以小见大，通过身边琐事，如一枚顶针、一把钥匙、一张方桌，引发出一缕绵远的情怀，如《你别忘记带钥匙》《有方桌的房间》等。

萌娘的语言颇有密度，相当精炼，很形象，如“那歌跳着橡皮筋来了，穿着红舞鞋来了”（《歌是唱给你自己的》）；“妈妈是温暖，是安全，是随时为我们打开的门，是永远等待我们的岸”（《母亲的节日》）；“鸽子们就像一支正在点爆的花炮忽地星散在天空里”（《一只叫娜佳的鸽子》）。

她还能化“硬”为“软”，即使写经常开会、搞文学活动的中华文学基金会总部的文采阁，也能写出文采来。

《秋天的钟》是一篇用意识流写的佳作，新意迭出。1992 年夏天，在京郊怀柔水库边，我和汪曾祺谈起散文，谈起萌娘的《秋天的钟》。汪先生说：“我去鲁迅文学院讲课，如果早知道学员中还有萌娘这样的作者，那我该讲得更好一些。”言语间充满对作者才华的赞赏。

1993 年初夏，一个偶然的机会使我和萌娘同去河南洛阳参加青要山笔会。在青要山自然保护区开满映山红的绿色山坡上，她曾向我讲述过她构思《秋天的钟》的过程。她说，1989 年鲁迅文学院学习告一段落时要交作品。那时鲁院里

萌娘

花繁叶茂，绿色使她想起曾祖父那个爬满常春藤的、宁静的院落。童年，她曾躺在曾祖父家的炕上，望着阳光移过绿墙，尘星在光线中舞动，听见木轮碾轧沙路的吱吱声从远处响过来，便知道那是Madam送牛奶来了。这时墙上的老钟响了，教堂的钟声也悠扬而来，声音笼罩着天空，阳光也就变得更加灿烂辉煌。她说："我项链上有一个镶嵌着宝石坠子的饰物，那是我从曾祖父怀表链上摘下来的。曾祖父死了，我一触到那宝石就无限感慨。人生体验到的痛苦像丝带一样缠绕着你，不论你走到哪儿，一辈子都摆脱不开……"萌娘望着青要山对面的绿树，又感慨地对我说："成年后秋天里听到了钟声，回想起在老爷爷家里感受到的、对她心肝宝贝地呼叫的疼爱，醒悟到'钟爱'这个词语所包含的深刻意义。"

唐敏的《女孩子的花》

唐敏原名齐红。我认识唐敏，是在20世纪80年代初一个开满洁白玉兰花的初夏。我出差到福建作协，郭风热情地接待我。其时，他正在编一期《榕树》散文专号，忙得不可开交，便请唐敏把我送到福州西湖宾馆住宿。

唐敏推着自行车，站在暗香浮动的树荫里对我说："当我在闽东茶乡采茶的时候，我们就住在山顶上的小屋里。早晨起来背着茶篓子去采茶，云雾就在我们脚面上飘荡，像水

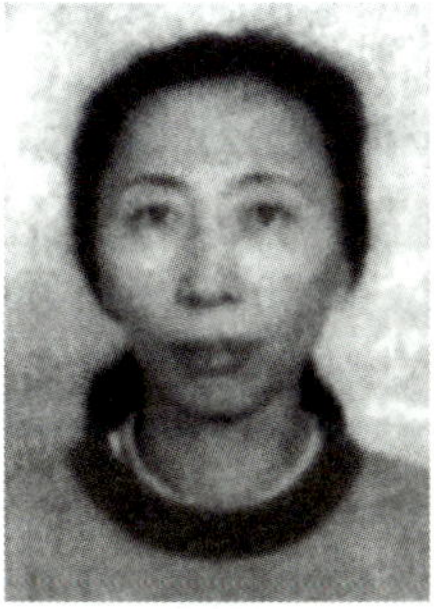

唐敏（原名齐红）

波一样涌动。我们走进云雾之中，仿佛潜泳在大海里一般。这时候，我们若伸出一只胳膊，或者蹦跳一下，头和胳膊就会露出在云海之上，远看像是在海浪里击水游泳。我们几个采茶姑娘，好像一群天上的仙女，打打闹闹，跳跳蹦蹦，真快活。”

我听得神往，觉得唐敏有一种独特的艺术感受能力。唐敏说，在乡下干活时，夏天清晨站在小河边，我看见透明的小虾子喜欢排成一列，在池塘的浅水里睡觉。尖尖的鼻子整齐地顶着石头……人的影子一点点也不能照在水里。它们一看见就跑了……闪电一样，一弹就没了。

我听了，对唐敏说，你观察细致，语言形象、灵动，如你练习写作散文，肯定能写出精美的佳作出来。

不久，我看到了她发表在《青春》上的散文《怀念黄昏》，还获得了当年的“青春文学奖”。于是，唐敏对创作开始有了信心。

她那时写信给我说，她还要写一组题为《心中的大自然》的散文，写她看到的大自然的几个奇特而优美的景象。写落在她眼前的彩虹，写长在深山悬崖石缝中的“七叶一枝花”，写一只蔑视她的老虎——有一次她和妹妹上山打柴，听见山下放牛的喊：“老虎来了！老虎来了！”她问：“老虎在哪里？”一回头，一只华南虎就站在她面前二十米外的草丛旁。它站停在那里，阳光把它浑身的皮毛照得发出金光。老虎扭头看了她们一眼，并不想伤害她们，只是高傲地蔑视她们的弱小。她还想写一只被人打落的老鹰——她童年时候福州郊区上空飞翔着许多老鹰。有个大人用猎枪把一只老鹰打落了下来，说是把老鹰的脑子挖出来，让人吃了，可治脑震荡。她心疼地摸摸那只垂死的老鹰的翅膀，觉得它真可怜，好端端一个飞翔着的生命，就这样被毁坏了。她说，这是一组她想了很久的散文，笔调与《怀念黄昏》不同，情感也不一样。她希望《心中的大自然》比《怀念黄昏》写得更好。接着她问我：“您那组关于黄昏的散文写出来了吗？您写到了怀柔水库边上夏日黄昏爬行的蜗牛。我告诉您一个关于蜗牛的细节：我家住在一个大杂院时，地上潮湿，墙上全爬满了成群的蜗牛。它们的样子非常难看，浑身又黏又湿，令人起鸡皮疙瘩。但有一次，我看着一只蜗牛在矮墙头上爬，穿过墙头的小草和土块。这时，夕阳正落在墙头上，蜗牛被夕阳照得透红，两只触角亮得都看不清了。我觉得那一刹那间，蜗牛显得好神圣！您应该把蜗牛写得更漂亮，于是这一节就一定美得让人不相信。我希望您能写出更美丽的黄昏来……”

那封信写得自如、随便，洋洋洒洒七张纸，如行云流水，本身就是一篇好散文。我看了感到惊异：后生可畏！我虽然写了多年散文，但唐敏显然走到前面去了。看到她创作上的进步，我是多么高兴啊。

1983 年 11 月，唐敏出差到北京修改她的中篇小说《远山远水》，这样，我又有了和她接触的机会。我陪她游天安门，游故宫。她到了天安门广场，觉得一切建筑比她想象的要小得多。所有电影镜头教给她的巍然如山、仰头落帽的巨大感不存在了。亲身接近了它，它反显出一种自然、平凡和亲切的风度。她觉得金水桥下的流水，也没有她想象的那么清澈、纯净。晚上，我和她乘车经过德胜门内的小街，看见有人从城外赶着一大群绵羊，从槐树下寂静的路面上走过，她感受到一种古朴的韵味。

唐敏那篇描绘水仙花的《女孩子的花》写得情致深沉、情意绵绵，情辞切切。它在《福建文学》散文专号上作为头题发表，不久被《散文选刊》转载。许多人争相传阅。有的姑娘把它抄在日记本上。它被专门研究散文的刘锡庆教授收入他编的《当代艺术散文精选》之中，认为此文怀有对女孩子无法形容的、镂骨铭心的爱怜，有对女孩子种种不测命运的忧戚，有对女孩子心高气盛、一切在所不惜的痛楚。小说家张弦到我家做客，我女儿张帆向他朗诵了全文。张弦这位善写女性的作家，慨叹唐敏体验之深刻，笔触之细腻，自叹不如。

在《女孩子的花》里，唐敏这样描写水仙花倒在蜡烛上自尽的情景：蜡烛把两朵水仙花烧掉了，每朵烧掉一半。剩下的一半还是那样水灵灵地开放着，在半朵花的地方有一条黑得发亮的墨线。我吓得好久回不过神来……世上可以做许多错事，但绝不能做伤害女孩子的事。

萌娘的《秋天的钟》、唐敏的《女孩子的花》均被我编入作家出版社2014年出版的《世界美文观止》之中。

到密歇根大学看望李陀

时间过得真快。回想20世纪70年代中后期我与一批爱好文学的年轻人聚集在西长安街7号北京市文联大礼堂（现已拆除）里围炉朗读小说，或在东兴隆街51号西院北京市文学联络站里畅谈国事、切磋写作技艺、互帮互助、彼此提携的岁月，竟已是几十年前的往事了。从那批文学爱好者中，后来出现了一批有作为的作家，即改革开放后的北京作家群。他们是陈建功、李陀、母国政、郑万隆、甘铁生、傅用霖、刘孝存、陶正、田增翔、理由、刘树生等。那些聚会的参加者中，以建功、李陀为骨干。记得有一天，我和建功还走了许多路，奔波到新街口外小西天李陀住的平房里，坐在矮凳上听他给我俩念刚用铅笔写成的一个短篇小说的草稿。那时

李陀（原名孟克勤）

文学爱好者之间是多么亲密啊。正因为有此友谊，二十七八年后，当李陀在密歇根大学东亚系当文学教授时，我和他异域相见，就显得格外亲近、亲切了。

2004 年 1 月，元旦刚过，我在芝加哥接到评论家李陀从安娜堡 (Ann Arbor) 打来的电话，邀请我到离底特律不远的密歇根大学一游。域外遇故交，我欣然前往。

离开芝加哥那天，下着大雪。开往底特律的 350 次火车，在美国东北部雪原上飞驶。火车前进中带起的风，把雪粉高高扬起，弥漫在车厢两侧，于是列车便在白茫茫的雪雾中穿行。

李陀，本名孟克勤，原是京西重型机械厂工人。20 世纪 70 年代末，他的《愿你听到这支歌》曾获首届优秀短篇小说奖。后又陆续发表了《带五线谱的花环》《香水月季》《雪花静静地飘》等小说，以及电影文学剧本《李四光》《沙鸥》。

接着他被调入北京作协当专业作家。1986年起，林斤澜当《北京文学》主编，他当副主编，对莫言、马原、余华等一批新人热情扶持，于是他又被人尊称为“陀爷”。1989年6月2日，他应芝加哥大学之邀，前往讲授现当代文学，后又辗转于伯克利大学、杜克大学、北卡罗来纳大学、密歇根大学当教授。70年代中，北京出版社还在崇文区东兴隆街的时候，他常来开会。中午休息，我睡长凳，他睡乒乓球桌，躺下入睡前，他总要看一段英语小说。当时的苦读，给他后来生活在美国，打下了一定的英语基础。

车行四个小时，抵达安娜堡，李陀和他教比较文学的夫人刘禾等在小站上迎接我。

刘禾开着小车，驶进城区。密歇根大学规模很大，有学生三万多人，还有教职员工、家属数万人，形成一个十万人的大学城。当天下午，李陀带领我参观了大学里的博物馆、艺术馆、体育馆、图书馆。进入东亚系图书馆，这里的经、史、子、集等中文图书以及中文杂志，林林总总，琳琅满目。甚至连中国的县志也能找到，可见这里的资料是多么丰富。经过大学里的一个剧院，伦敦莎士比亚剧团正在这里演出《罗密欧与朱丽叶》。我在这里，真正领略到了美国著名大学的学术氛围。

李陀家在一条林荫路的尽头。两层的木板小楼，傍着一条小河，被密密的树林所簇拥。走进屋子，地板、天花板全是淡黄的木头本色，素雅、洁净。坐在客厅里喝茶，忽见墙上挂着一幅文人画。画的是水墨秋菊，上题“莫嫌颜色淡，香味却更浓”。站起来走近一瞅，原来是我大学老师、红学家冯其庸的墨宝。还看见汪曾祺送给李陀夫妇的一幅画和一副对联。壁画旁边是一帧《枫桥夜泊》的书法作品。

当晚，刘禾下厨，做了几道特色菜宴请我，有烤鸡、麻辣豆腐、胡萝卜丁炒青豆、新鲜的蔬菜。我们喝着红葡萄酒，谈起刘禾带的博士生已把余华的《活着》译成英文出版。不久，余华要到美国来签名售书，并参加他的作品研讨会。李陀对我说，现代文学资料出得不少了，建议我多写点当代文学史资料。尤其要注重细节。只有细节才能使时空具象化、意象化，使历史活起来，有了呼吸和体温。

吃完晚饭，刘禾把她写的《跨语际实践》和主编的《持灯的使者》送给我之后，便到她书房里校对她那本即将在哈佛大学出版社出版的新著。李陀陪我在客厅里聊天。他打开了壁炉，放进几块木柴，点火燃烧。室内渐渐温暖起来。炉中的木柴不时发出噼啪的爆响，室外密林里却是皑皑的白雪。我们围炉夜话，回忆起我搬到北三环中路之后，曾邀请他和当导演的前妻张暖忻到我家里做客，谈到了 20 世纪 70 年代中设在东兴隆街 51 号的文学联络站，还回想了 1976 年“四五”事件中天安门广场的情景。数十年前的旧事，像一幕幕电影似的在我俩眼前映现。

当晚入睡，凌晨醒来，我的枕边是一片鸟声。窗外的树影渐渐清晰起来。我站到窗口，看见小松鼠越过雪地，沿着

李陀

树干噌噌噌爬到树梢，看见一只黄鸟在脱叶的树枝间飞掠。几十米外的小河上，是一片发暗的冰面。最美的是蒙雪的枝梢，在高处轻轻摇曳，仿佛一根根竖琴的粗弦，正在奏出冬雪之中大自然的天籁。

吃了早饭，我和李陀到室外散步。厚厚的雪地上，留着狗的、狐狸的、鹿的蹄印。李陀说："我和刘禾有一次看见一只很大的鹿，极其敏捷地从白色栅栏中间穿越过去。"我问李陀："你们原在加州伯克利大学教书，那里气候好，华人也多，为什么要到寒冷的北方来呢？"李陀说："我爱雪。

生活在加州时，一到冬天，我和太太就开车到有雪的山区，租一间小木屋，住几天。加州没有真正的冬天，而且那里人口太密集，经常堵车，所以搬到这儿来了。你看这里的雪景、密林，像不像俄罗斯冬天的景色？”我说：“我去过俄罗斯。你们的住家，倒有点像我从莫斯科到彼得堡途中看到的、被密林包围的庄园。”李陀听着，得意地笑了。我感叹道：“雪是冬天的精灵。上个月圣诞节，如果不下一场大雪，节日的气氛就差多了。”

中午离开密歇根大学，李陀、刘禾送我到火车站。我们挥手告别。李陀殷殷叮嘱：“你可一定要把你了解的当代文学史的实况、当代名作家的印象详细写下来，把作家们的音容笑貌、性格特征、情感历程、兴趣爱好记录下来，写下来，作为资料留存，这是对当代文学史负责！”我点头应诺，并相约在北京再见。

写作机器张笑天

参加第七次中国作家代表大会，在北京饭店金色大厅外，我又遇见了吉林省文联主席、作协主席张笑天。岁月不饶人。尽管他比我年轻六岁，也和我一样变老了：头顶更秃了，脸上的皱纹更多了，背也有点儿驼了。回想三十年前，他到北京铁路局丰台机务段毛泽东号机车上体验生活，跟铁路工人一起铲煤、清渣、擦车，弄得满身油腻，当时他是何等的生龙活虎啊。他根据铁路上体验到的生活、搜集到的素材，写成了长篇小说《严峻的历程》，由我当责任编辑，在北京出版社出版。这是他用“张笑天”名字署名的第一本著作。在这之前，他还出版过反映农村赤脚医生奉献精神的长篇小说《雁鸣湖畔》，但署的是“纪延文”的笔名。从那时至今，

张笑天

他辛勤笔耕，真正做到了著作等身，已发表了四千多万字的小说、散文、随笔、杂文、游记、创作谈、电影剧本、电视剧本；已出版的《张笑天文集》三十卷，只收进了已发表作品的二分之一。这样的写作数量，在20世纪新时期以后冒出来的作家中，实属罕见。而且其中有不少精品，如他的《前市委书记的白昼和夜晚》获全国第四届优秀中篇小说奖，长篇小说《永宁碑》获1979年辽宁省优秀图书奖；他的电影剧本《开国大典》拍成影片后，先后获十项大奖；他写的电影剧本《重庆谈判》中塑造的毛泽东、蒋介石形象，不但广大观众认可，在中南海为中央领导放映电影时，也博得了笑声和赞赏。他的作品不仅数量多，而且题材广，既有历史的、现代的、军事的题材，也有农村的、工厂的、校园的生活。而且在他笔下涌现出丰富多彩的人物形象，从现代领袖、将军、战士写到封建君王、大臣、宫廷仕女；从人民公仆、贪官污吏、朝廷谋士写到机车工人、采蜜工、农民。有个朋友跟他开玩笑，说他一个人承包了近代、现代、当代史上所有重大的题材，从《太平天国》到《孙中山》，从《抗日战争》到《重庆谈判》，从《开国大典》到《朝鲜战争》。

由于笑天的辛勤写作，他获得了吉林省劳动模范的称号；中国电影百年纪念时，被国家广电总局授予优秀电影艺术家称号；在第六、第七次作代会上，被选为中国作家协会主席团成员。

那天我跟笑天见面，仍像过去他穿着军大衣、脚蹬翻毛皮鞋到我小阁楼上那么亲热、调侃。他夫人杨静曾用长影作废的电影胶卷给我做过台灯灯罩，我请他代我向她问好。他也问候为他煮过榨菜肉丝面的我妻子陈珞。我批评他当了吉

作者和张笑天（右）在作家代表大会上交谈

林省文联领导，犯官僚主义，不关心当地新出现的、极有前途的年轻人。他辩解道：“你打电话给我，叫我关心吉林市城建局的散文作者格致，我不是立即看她《转身》《减法》等作品，并让她到鲁迅文学院深造了吗？”

笑天随手塞给我几张明信片，叫我找北京代表团里的刘恒、毕淑敏、毛志成等给他题字、签名，以作留念。我一一照办。想起我们共同的朋友——轰动全国的电影《创业》作

张笑天（左）和张守仁

者张天民已经去世，我建议什么时候去看望看望他的夫人赵亮。他点头答应，随即消失在人丛中，到台上主席团就座去了。

张笑天写作速度之快，我是有亲身体会的。1981年春天，张笑天、张天民和我去云南西双版纳，欢度那里一年一度的泼水节。路经昆明时，我们“三张”一起游览了西山风景区，穿过石洞，登临龙门，俯视五百里滇池浩渺碧波，又拜谒了人民音乐家聂耳墓后，回到翠湖旁边的招待所里休息。我和张天民坐在旁边聊天，谈昆明四季如春的气候，谈龙门太华寺里一副副精彩、工整的楹联，谈西山上鲜艳硕大的茶花。不一会儿，同室里伏桌疾书的张笑天忽然抬起头来，说：“成啦。”我问：“什么成啦？”笑天说：“你们闲聊这会儿，我写成了一篇散文。”我和天民感到惊奇，拿来一看，确是一篇三千多字的散文，笔迹流畅、清楚，文章也行云流水，写得相当不错。我还朗诵了一遍，他把龙门前那个卖香烛的、羞羞答答的女孩，写得诚实、可爱。我是专攻散文的，惊奇于他的倚马可待的疾速，问他：“你怎么能写得这么快呢？这么短的时间，叫我誊抄也抄不出来啊！”他说：“我在回来的路上就构思好了。这样，我一拿起笔，就可不停顿地写下去。一个个句子，好比是闸门前一个个浪花，翻腾着，鼓涌着，挤撞着，急不可耐地想从我笔尖上奔泻出来。”我怀着钦羡的心情说：“你简直是一架写作机器。”他自夸道：“这样的短文，是小菜一碟。当年我在敦化一中当高中毕业班的语文辅导老师，高考之前，总要写出二三十篇‘押题’短文，供学生们参考。1965 年高考语文作文题为《我站在世界地图前边》，我写出来交给学生的‘押题’文中，有一篇题为《我站在地球仪前边》。学生跑出考场，说我是‘押题’大王。”

有年夏天，举办长山岛笔会，日程安排得很紧。与会者邓友梅、从维熙亲见笑天利用几天会议间隙时间，给主办方写了一个万余字的短篇和一部六万多字的中篇《公开的内参》，发表在《当代》杂志上。于是他俩著文说：“我俩曾目睹他的笔下如行云流水，一日之内，写成万余字的短篇小说。不但文稿清清爽爽，而且少有丢字漏词及涂抹之处。文思的彩翼在稿纸上展翅飞翔，使同行们为之目瞪口呆。”

『海碰子』

邓刚

一

多年前，我第一次去大连。同行的诗人老金说：大连，像秋天成熟的苹果，芳香、姣美。这是一个我觉得很新鲜的比喻。那次旅行最使我难忘的，是认识了青年作家邓刚。

1982 年 10 月 6 日晚上，我坐在大连中山广场街心花园的长椅上，月季花坛里，一株雪松荫庇在我身后。爱打扮的年轻妇女们，穿着翻领西服，挎着精致的手提包，目不斜视地从长椅前的水泥甬道上翩然而过。晚霞退去，俄式建筑的圆形屋顶，在黄昏灰暗的天穹下，渐渐消融掉它那清晰的剪影。

邓刚

回到广场旁边的大连宾馆，走进房间不久，便响起笃笃的敲门声。开门一看，一个魁梧高大的男子汉，矗立在我的面前。互通姓名之后，我们紧紧握手。他的手又大又厚，像簸箕一般，透着一股温暖。我心中闪过一个念头："在文学界，这是冯骥才之后的又一个巨人。"

我们坐在沙发里随便闲聊起来。我发觉他的海洋知识渊博丰富，对辽东半岛一带的海域，熟悉得了如指掌。他说，这里地处温水和寒水交汇之处，故鱼产丰富。如果从辽东半岛最突出的部分老铁山和山东的成山角之间画一直线，那么，线外是黄海，线内是渤海。黄海色呈深蓝，渤海则是淡黄色。两海交接处，很像两个不同的色块拼接在一起，色泽迥异。黄海汹涌澎湃，性子刚烈，具有男子汉的剽悍性格；波浪涌到岸边，在陡峭的岩壁上，撞碎成万朵雪花。渤海则温柔、平静，海滩舒坦开阔，具有女性的妩媚。由于环境不同，海生物为了生存而产生了变形。黄海里的鱼、蟹、海参，就不同于渤海里的同类。黄海里的鱼牙齿锋利，贝壳坚硬，螃蟹长得五大三粗，横眉立目，螯大脐肥。连岸边的礁石也犬牙交错，圪圪塄塄，显出一种狰狞状态。

邓刚有声有色地向我叙述他和海碰子们一起钻到海底礁丛里捕捞海参和鲍鱼的情景。

春天，当海水仍然冰凉刺骨的时候，他们就来到曲折的海岸线上，拣一处比较平坦的海滩，预先把枯枝树叶敛成小堆，然后脱下衣服，一个猛子扎入海底，钻进礁石洞穴里面，眼疾手快地捞取海参。然后从礁洞的另一边钻出来。初入水底，海水像尖刀一样剐开皮肤，骨头似乎都要冻裂，全身疼得难以忍受。不一会儿，又进入麻木状态，皮肤似乎失去了一切感觉。此时，海碰子抓紧时间，潜入冰冷的暗礁深处去铲鲍鱼。不久，体内的温度全被海水吸尽，手脚变得僵硬，便爬到海滩上柴草堆旁，先在石头上把水淋淋的手擦干，颤颤抖抖地拿起小瓶，倒点煤油在柴堆上，划根火柴，烧起火堆，让冻僵的躯体贴着火焰烘烤。翻过来，转过去，一直烤到全身暖和，额头上冒出汗珠，浑身烤出白花花的盐末来。这时身体里又储备了热量，才能再次下海捕捞。

在一个潮流的时间里，海碰子一般要下三次水。也就是说，他们的肉体在冰冷的水里冷却三次，再到火堆上加热三回。海碰子们为了谋生，捞取海里珍品，不惜拿生命去冒险。

我听得津津有味。心想邓刚那钢浇铁铸般的身子骨，大概就是无数次在火里烤、水里淬地锻炼出来的吧？

谈到创作时，他说很苦恼，他还没有找到好的角度。

我说："你有这么丰富的海上生活，就写写海碰子们怎样和风浪拼搏，不是很新颖、有趣吗？"

深夜，我把他送出门去。我们从铺着红地毯的汉白玉楼梯上走下去。他指指华丽的大厅说："外国人不知道在这里待多久，竟建造了这么坚固的建筑物。"我说："也许他们认为能在这里永久地待下去呢。"

我们相视而笑。

走出转门，他回身指着镌刻有"大连宾馆"四个字的铜牌，说："这座建筑物是1904年俄国人造的。建到第二层时，爆发了日俄战争。日本人把俄国人赶跑了，继续建上去。建成后，日本人把它叫作'大和旅馆'。大连老人都知道，这个大和旅馆是当时日本人在中国收集情报、搞间谍活动的一个中心。这座大楼七十八年的历史和这个城市有着千丝万缕的联系。如果把它作为中心，扩展开来，写一部关于东北的历史小说，那一定会是很吸引人的。"

他高大的身躯，骑着自行车，向河口区方向驰去。身影渐渐消失在温馨、凉爽的秋夜里。我望望中山广场上月季花丛旁的雪松，喃喃自语："大连，我要感谢你！你让我认识了这样一位很有生活准备、很有文学潜力的年轻朋友。"

二

1986年5月13日，当我在辽宁营口开完部分文学期刊联谊会，和与会者乘着大面包车又来到大连。车子绕过中山广场，经过大连宾馆向棒棰岛驰去时，四年前的那次会见，便清晰地浮现在我的眼前。在这四年时间里，邓刚先后写出了《迷人的海》《芦花虾》《阵痛》《龙兵过》等佳作，一跃而为文坛上众人瞩目的新星。他的作品，别开生面，不断给我艺术上的满足，我的欣喜之情，可以想见。

我们下榻在棒棰岛宾馆。

棒棰岛宾馆位于大连东北侧海边的丛林之中，这儿远离烟雾腾飞、喧嚣扰攘的市区，是个空气清新的安静处所。除主楼外，一幢幢各种颜色的精致小楼，掩映于树荫和花圃之中。对面海中两三百米处，水面上耸出一个棒槌形的小岛，宾馆因此而得名。

第二天清晨，天蒙蒙亮，我就在鸟雀声中醒来。走出大楼，经过绿林和桃园，沿着石砌的花径走向海滩。这时，海面上异常恬静、安谧，空气清爽得透明一般。细浪舔岸，霞光染天。远处泊着一只小舟，轻轻地颠簸着。我不禁赞美了一声：大海，自由的诗篇。

我把大海作为观赏、咏叹的对象，而邓刚则把它作为搏击和征服的对立面。我们之间的感受多么不同。在北京的时候，有几位海军作者跟我谈起海洋题材的文学创作。他们作为水兵的歌者，因写不出邓刚笔下那么瑰丽、迷人的大海而惭愧不安。我认为要写出邓刚笔下的大海，写出那涌动的、冲撞的、悲壮的力量，必须有他那种艰辛的身世，厄逆的境遇，以及相当的才气。邓刚的祖籍在山东。他的先辈们大都是闯海的渔民。他身上流淌着踏波冲浪者粗犷的血液。由于家境的贫困，他十三岁起就进厂劳动。为生活所迫，他与海碰子们为伍，把青春和生命抛向大海，换取全家人的衣食之需。

人的胆量、技能、智慧，常常是由对立面激发出来的。所谓道高一尺，魔高一丈。海是邓刚的对立面。为了战胜海这个对立的自然力量，他必须是强者，必须是硬汉子，必须是高超的弄潮儿。因此，他的《迷人的海》《龙兵过》，和观赏者笔下的大海，诗人咏叹的大海，不可同日而语。

海面上，海鸥宽阔的翅膀，已涂上玫瑰红的朝晖。红日快要在远处水平线上升起了。我情不自禁地背诵起邓刚笔下海上劳动者所看到的壮丽日出：

> 一个金红色的圆边冒出来，世界变得清晰了；那圆边升腾着，扩展着，变成大半个金红色的圆。于是，大海被煮沸了，火球在升腾，它要剥离和跳出大海的母体，升向广阔的天穹。大海母亲恋恋不舍地拥抱着这个刚分娩的婴儿不放，于是这金红色的圆球的下半部被拉长了，变形了，像一巨大、站立着的金卵。最后的粘连剥离了，那伸

长的下体渐渐收拢，脱开了母体，腾地跳向空中，骤然射出万道金线……

三

费了好大的劲，我才在白云山下新建的楼群中找到邓刚新分到的宿舍。走上五楼，邓刚已等在那里。我走进他的客厅。坐下之后，见对面墙上挂着一首张光年赠给他的诗。头两句是“倒海翻江龙兵过，人迷大海海迷人”。迷人的大海，是邓刚的领地，是他的乐园，既是他的疆场，又是他的炼狱。

交谈中，我明显感到，他比四年前自信、成熟多了。他说话节奏很快。他的感想、语言、见解，像波浪一样，汹涌而来，滔滔不绝，层出不穷。视野开阔了，思想复杂了，感情丰富了。我甚至有点儿跟不上他那波浪一样的思路推涌前进的速度。

他说，他从小在海边长大。人走到海边，第一眼看到的，不是波浪，而是远处的海平线。童年时，有一次他看见夕阳落在海平线上，一半在水上，一半在水下。他便幻想，如果他乘船驶到海平线边沿，看看另半边落下去的夕阳是个什么样子，一定是十分有趣的事情。但是，海平线是永远走不到的，它永远在前边招引着你。你乘船往前走，海平线便不断往前推移。它像个迷人的希望、美好的理想那样，永远诱惑着你。当你来到大海深处，你的身后甚至也会出现海平线。你永远追求，永远无法达到；无法达到，也永远追求。生活，就是永远的追求。不追求，还有什么意义呢？

他说，目前的作家已不能像歌德、托尔斯泰、巴尔扎克那样，涵盖一切，包容一切。一个作家就是一整个世界，那个时代已经过去了。现在不大可能孤峰独秀，更多的是群峰林立，形成一个高原。无数个片面，构成一个全面。无数个局部，汇成一个总体。无数个别的精彩，融成集体的精彩。八仙过海，各显神通。

他说，这次和张光年、从维熙、陈祖芬等作家去日本，他感受最深的是日本人进取、改革的精神。即使对鞋拔子这样细小的生活用品，也在不断改进，务使它用起来得心应手，方便舒适。日本很早以前，就进行一场宗教改革，有过一次几乎是流血的大争论。争论结果，和尚也可以享受世俗的幸福生活。他们的庙宇洁净庄严，供奉着鲜花，充满人间生气。日本渔民出海捕鱼，有的夫妻俩驾驶渔船，深入大洋，单独作业，富有冒险、开拓意识。这些，对于我们，不是很有启示吗？

他说，生活中好和坏、爱和恨、乐和忧、甘和苦不能一刀切，有着复杂的组合。我们不能简单化。快乐的生活，有时也需伴之以淡淡的忧伤。淡淡的忧伤，将使生活更加快乐，犹如菜里必须有酸辣味一样。只有甜味就要腻人。生活的花环应该由赤橙黄绿青蓝紫多种色彩编成……

他说，我写作喜欢力度。主线是什么呢？这就是“力”。我那些生活经历，我心中的画面和感觉，都在“力”的旗帜下，排列得整整齐齐。在我的笔下，大海注进了力的生命，变得活泼泼的；山石注进了力的色彩，变得光闪闪的；人物注进了力的血液，变得热腾腾的。在力与力的摩擦、力与力的纽结、力与力的较量中，我深深地感到，人拥有最大的力，人是这个世界的强者。

听着听着，我觉得邓刚的文学观念在变化，甚至思维方式也在变化。他对自己过去的作品感到不满足。他想试试新的艺术手法，用另一副笔墨写写他所熟悉的海洋。

邓刚过去所写的关于大海的作品，是献给人类海上劳动的顽强精神的，是献给那些征服了大海和即将征服大海的人们的。我想，他的写作，不也体现了一种顽强精神；他本人，不也是一个海的征服者吗？

郭雪波和沙漠

记得有一次到解放军艺术学院讲课，我即兴发挥，说作家的优秀作品，往往和他的童年、少年、青年生活相关，往往和他的故乡相连。因为，少年时代留下的人生印象最为鲜明，终生难忘；因为一个人对故乡最熟悉、最了解、最挚爱。即使童年生活是贫困的，贫困中也有难忘的乐趣。

有一年夏天到哲里木盟参加科尔沁草原笔会，遇到擅长写沙漠文学的作家郭雪波，与他在火车上做了一次长谈，更证实了我如上的想法。

列车离开通辽市，穿过扎鲁特草原，往霍林郭勒市进发。一路上先是碧绿茂密的玉米地，然后是辽阔的草原。间或露出一片片发白的盐碱地。草长得不算高，草丛中点缀着五颜

郭雪波

六色的野花。不时有马、牛、羊星散在旷野里低头吃草。

雪波就坐在我对面。我俩对草原的沙化感到忧虑。他说："我的家乡在库伦旗，原是绿浪翻滚的科尔沁草原的组成部分，如今已变成八百里瀚海，变成了科尔沁沙地，是全国十二个大沙漠沙地之一。几十年来开垦草地种庄稼，把草原破坏了，演变成了茫茫的沙漠。"

我想，郭雪波几百万字的作品，如《沙狐》《沙狼》《沙鹰》《沙月》《沙溪》《沙祭》《大漠魂》等长、中、短篇小说几乎都和"沙"字联系在一起，大概因为他从小就在沙坨子里滚大的缘故吧？

仿佛是回答我内心的思绪，他望着窗外故乡的方向，对我诉说自己的经历：我从娘肚子里出生时，接触这个世界的第一个东西就是沙。家乡的母亲们生孩子，都在炕上铺一层干软舒适的细沙，来迎接即将诞生的生命。大概这就是我和沙结下不解之缘的根由。我对沙漠太熟悉了。孩提时代光着屁股在沙坨子上追跳兔，挖“酸不溜”，摘野杏，采山乌拉儿，撅一根沙柳条子当马骑，弄得浑身上下全是黄沙土，到晚上跳进沙洼地的水泡子里戏水……童年，是难忘的。

我对大漠之子雪波说，南方山区的农民常年挑担，生活的负重使他们的脊椎骨骼扭曲变形。这次我乘火车从北京来通辽，路经奈曼旗沙地，看见一棵棵光秃秃、没有枝丫的柳树，朝同一方向倾倒，形态奇特，可能是长期被风沙猛刮、侵袭的缘故。我慨叹道：逆境和重压，往往使人类和生物变态、变形。

雪波说：“但生命毕竟是顽强的。沙坨子上有一种‘酸不溜’，无论沙怎样掩埋它，它总要拱出一个尖顶出来。沙再压，它再拱。严酷的环境，逼迫生物采取特殊的生存方式。我老家门前，有一条羊西木河，起源于一座沙山脚下。那是一个长有水莠草和鸡爪芦苇的浅水坑，里边汪着驼眼大的泉眼。一股清澈的水便从那泉眼里汩汩冒出来，水量不大，或被两旁的青草遮掩，或被漂来的浮叶覆盖。这条可怜巴巴的小沙溪，用一部分水去对付干燥空气蒸发，用一部分水去供应两岸流沙的吸吮，再用一部分水去冲刷挡住去路的沙坨。可它还是顽强不屈地冲出去了，闯过八百里瀚海，形成一条

张守仁和郭雪波（右）

沙流，汇入西辽河，最后注入渤海湾，奔向大海。这条生命不息的小河，多么坚韧、倔强。它代表了一切沙漠中苦撑苦挣、表现不凡的生命，代表了祖祖辈辈在沙坨子里繁衍生息的科尔沁父老兄弟……”

创作需要悟性。这就是雪波的悟性。他找到了自己的创作基地，找到了自己的文学视角，从而真正找到了自己在文学中的位置。沙漠，成了雪波创作中特有的“领地”。

漫漫黄沙、莽莽沙坨，绝不是一无所有。聪明的人能从枯燥中悟出它的多彩，从粗犷中看到它的细腻，从平淡中开掘出丰富的内蕴。能从“一粒沙里见世界”，这就是作家的睿智和灵性。

雪波以沙漠小说蜚声文坛。他出版了以大漠为背景的长篇小说《火宅》。他的《大漠魂》获台湾《联合报》文学奖。短篇《沙狐》已被译成英文，收入联合国教科文组织出版的《国际优秀小说集》内。他在《沙狐》那篇小说中，借治沙老人的口说：生命是相互依靠的。这说法既朴素又充满哲理。在沙漠里打死了狐狸，野鼠就要泛滥，它们就要啃啮庄稼的根。没有了庄稼，人就活不下去了。

雪波每年都要带着美丽娴静的妻子、活泼可爱的儿子回家乡一次，一再体验家乡沙坨子的苦涩，不断从乡亲们艰困、独特的生存方式中汲取营养。他的创作正如他家乡门前那条羊西木河那样摸索着挺进，挺进……

生态文学先驱者——徐刚

青春岁月爱诗篇

徐刚和笔者是同乡。他的出生地崇明岛保安镇西北乡村，与笔者庙镇的家，相距仅四五公里。我俩上过同一所母校——崇西中学，都是十七岁参军，退役后都到北京上大学，毕业后都留京做文学编辑，且都热爱写作。

徐刚生下三个月，父亲就去世了。是他守寡的母亲日夜操劳，把他抚养长大。童年的徐刚，爱钻进油菜田里追蝴蝶，上柳树梢头掏鸟窝，下小河沟里捞鱼摸虾。春天趴伏在明沟沿上，看芦芽拱开湿土，冒出带血似的粉红尖头，第二天、第三天再去看，眼见着它长大、长大，给孤寂的他带来草木

徐刚

新生的喜悦。芦叶长长、长阔后，他就叠芦叶船放漂，折芦秆制芦笛，吹着给飞舞在蚕豆花丛里的蜜蜂伴奏。再大一点，他跟着母亲到江边割芦柴。回家路上，他像个小小纤夫似的，肩上背着绳子在前头拉独轮车，减轻母亲的负重。他看到了寡母像树皮一样粗糙、干裂的手，冬天冻得渗出血珠的手。母亲整日忙碌，清早起来做饭，然后到农田里干活，吃了晚饭，收拾完毕，在一盏豆油灯下纺线。他母亲右手摇纺车，左手从棉卷里抽出棉线，纺车上的锭子就越转越大。夜色越来越浓，油灯火苗越来越幽。睡前他渴望母亲用她那粗糙的手抚摸他、抚慰他，但那时温饱比温柔、温暖更显迫切。上了西保小学，他对语文最感兴趣，放学时常钻进茶馆里听苏州来的说书人讲《三国演义》《水浒传》《封神演义》，接受民间艺人通俗文学的熏陶。那时小学六年级语文课本里有首袁鹰的新诗《时光老人的礼物》，张其文老师教完该课，要求大家以“光阴”为题练习作诗。学生问怎样作诗，老师说：“分行、简练、顺口就行了。”徐刚回家，反复琢磨，决定写写艰辛的母亲、早逝的父亲。他在油灯底下写到半夜，才憋出生平第一首诗。开头几行说：“父亲在我出生百天时就死了，／把我留给母亲、留给光阴。／总想让光阴还我父亲，／看见的却总是母亲种花地（庄稼）的身影……”级任张老师叫他站起来朗读，还把它刊登在学校墙报上。老师奖给他一本《唐诗三百首》、一本《诗经》、一支钢笔。后来他考取了三乐中学上初中，因无学费，母亲让他辍学。张老师知道了，赶到茅屋里，对他母亲说：“再穷，也要让伊读书。这个小囡是做诗人的料。”母亲听了张老师的话，卖掉了山羊、鸡蛋、蔬菜，凑钱作学费。徐刚于是穿上了母亲纺纱织布做成的新衣，背起土布新书包，去上中学。后来，三乐中学和笔者上的宏仁中学合并，改称崇西中学。徐刚上了高中，用两毛钱到庙镇新华书店买了郭沫若的《女神》。那时的两毛钱，可是他几顿饭钱啊。但徐刚已懂得，精神食粮远比普通饭菜重要。从此他接触到五四运动以来的新诗，背诵起了《女神》中的《天狗》《炉中煤》《站在地球边上放号》。参军、上北大以后，迷恋于艾青的《大堰河，我的保姆》、徐志摩的《翡冷翠的一夜》、戴望舒的《雨巷》、贺敬之的《桂林山水歌》、郭小川的《望星空》，并开始在笔记本上写诗。他的作品陆续在《解放军文艺》《诗刊》《人民文学》《人民日报》《文汇报》《光明日报》发表，遂以诗歌成名，著有《抒情诗100首》《徐刚九行抒情诗集》《徐刚诗选》等。他赞美故乡的绿竹："故乡的绿竹呀，/多像我故乡的农人，/像故乡的母亲，/像故乡的儿女……/脱颖而出时，一身都是秀气，/脱颖而出后，节节都有骨气。"他曾爬上黄山险峻的天都峰，看见悬崖旁一朵艳丽的杜鹃花，突发灵感，作《悬崖上的红杜鹃》："你悬崖上的红杜鹃，/对着我莞尔一笑，却使我心惊胆战！/我唯恐你掉下，/在峡谷里粉身碎骨——/美，从来都是面临着灾难……/你悬崖上的红杜鹃，/真像是黄山的笑容：/甜蜜中带着狡猾，/亲近中带着疏远，/你会使每一个人想起自己的初恋。/哦，那已经过去的岁月，/有时，真像悬崖上的红杜鹃……"大诗人艾青看重、欣赏他，给他的诗集题词："蚕在吐丝的时候，想不到吐出一条丝绸之路。"

敲响伐木毁林的警钟

2018 年 2 月 2 日，我冒着冬天的严寒，奔赴徐刚北京西城区的寓所，到他古色古香的书房里，坐在小桌旁，喝着浓酽的普洱茶畅谈。我问他："你是位出色的抒情诗人，为什么从 1987 年开始，改写起报告文学来了，从此走遍大江南北，三十年如一日，撰写有关山河大地的生态文学作品？"

徐刚坐在我对面，沉吟有顷，道：说来话长，但主要是当年两件事情，促使我离开北京，走向祖国河山。一件是 1987 年 5 月至 6 月的那场大兴安岭森林火灾，一直烧

徐刚

了二十多天，过火面积达一百三十三万公顷，五万多同胞流离失所，193 人葬身火海，当时动员了许多万军民围剿二十五个昼夜才将大火扑灭。这是 1949 年以来毁林面积最大、伤亡人数最多、损失最惨重的一次。那期间，看见电视里播放的熊熊烈火，我心痛楚，焦灼不已。我们国家本来森林面积就少，覆盖率仅占 12%，而发达国家的覆盖率达 30%、40%、50%，甚至高达 60%。那时我国每年增加人口一千万，而耕地面积每年减少一千万亩。我对同胞未来的生计，忧心忡忡。就在那时，我的一个视腐恶为敌的文友，从武夷山下来，告诉我那里名胜区盗伐现象极严重，竟有公社、大队领导带领农民砍伐大树。有个林管人员陈建霖劝阻无效，被迫立碑刻上盗伐者名字。风景区负责人说是有碍观瞻，影响不好，竟命人将它推倒。看到、听到这些，我坐不住了，便请假暂离《中国作家》编辑部，南下武夷山，找到了陈建霖，跟他一起生活了半个月，了解到许多难以想象的咄咄怪事。

陈建霖家住崇安县城，每天吃了早饭，骑车走十多里山路，赶到风景区一面施工一面护树。看见砍树的人，他总是先劝后求，直到声泪俱下。鹰嘴岩旁屹立着一棵巨松，一个农民挥动大斧砍它。陈建霖闻声追过去劝阻。农民家中煮饭要柴烧，哪里听得进他的劝告。陈建霖只好从口袋里掏钱让他买柴。只有五元，太少，砍树的农民不接受。陈建霖告诉他：“我家里还有钱，我马上骑车下山回家拿钱，五点钟以前赶回来，求你千万别砍了！”陈建霖急匆匆回家拿了仅存的六十元钱——这是他每月工资的一大半，回到鹰嘴岩把钱交给砍树人，才救下了一棵松树的命。农民怀揣六十元钱走后，陈建霖抚摸已被斧子砍进三分之一的受伤的松树，心痛欲裂。武夷山是石头山，所覆土层，其实不过是厚不过一寸的地衣薄尘，长一根灌木尚且艰难，何况一棵大树。武夷山公社黄柏大队的负责人，率领农民到风景区金鸡洞砍树十八棵，最小的直径三十厘米，最大的直径八十厘米。如此严重的违法事件，仅仅罚款两百元了事。1985 年，崇安县红星大队党支部书记叶广昌，每天雇成百民工上山砍树，在九曲溪发源地实行砍光政策，先砍大树再砍小树，伐木五千多立方米，占崇安县当年用木量的四分之一。面对如此无法无天的情况，陈建霖给各级领导写信，给报纸写文章，力诉武夷山毁林之严重，但领导不作为，舆论的作用有限。武夷山风景区向上级汇报，永远是“成绩是主要的，山山有树，岭岭披绿；砍树是个别的，而且已经教育了他们”。陈建霖面对有关部门不管、自己劝阻不成的无奈，就在武夷山幔亭山房重要风景点竖起一块石碑，申述毁林之害，并凿刻上了毁林者的名字。出人意料的是此碑揭了当地的伤疤，使有关部门丢脸、难堪，他们立即行动起来，雇请民工到幔亭山房前将毁林碑推倒、砸碎，这才使他们心中的一块石头落了地，又过起一杯茶、一份《参考消息》、尸位素餐的清闲生活。这件事使陈建霖痛彻心扉，一个人爬上天游峰，抱头大哭了一场。我知道了这一切，义愤填膺，下山后便写出了长篇报告文学《伐木者，醒来！》向国人敲响警钟。这篇作品，先在杂志上发表，后《新华文摘》全文转载，产生了很大影响。

长江赤子写长江

那天徐刚坐在自己书房里对我说：我血管里流的是长江里的水。我和你都是喝着长江水长大的。水是生命之源，更是文明之根。我们国家缺水，人均拥有量只占世界四分之一，却在污染水。这几十年，我们污染了淮河、太湖、巢湖、滇池、海河、黄河、松花江，还有咱们的母亲河长江。这样下去，

未来岁月我们民族怎样生存？物质、财富、GDP、金钱，可以代替水吗？我们正走在离物质财富越来越近，距江河、大地越来越远的不文明路上。幸运的是，近年国家开始重视环境，每条河、每个湖都设立了河长、湖长，对河湖水情、水质严加监管，情况有所好转。从20世纪八九十年代起，长江污染越来越严重，江水浑浊，我便动了写长江的念头。长江下游的城市，如上海、南京、芜湖、黄山，20世纪80年代初我生活过、游历过，写过诗，较为熟悉。1995年，我受林业部门委托，踏访长江中上游防护林，顺便对那里的码头、城市进行考察、研究。1998年，得到福建教育出版社资助，于是西上青藏高原，了解长江源头数月。深入三江源之后，我才知道长江真正的源头在唐古拉山主峰各拉丹东雪山西南侧的沱沱江，全长六千三百公里，比美国的密西西比河还长，仅次于南美洲的亚马孙河和非洲的尼罗河。各拉丹冬，藏语意为“高高尖尖的山峰”，海拔六千六百二十一米。区域内有许多座雪山，覆盖着厚雪，发育成冰川，这就是长江真正的源头，从这儿开始点点滴滴地向下游流泻。在《长江传》构思完成后，为了对比，写作前先去了浙江温州永嘉县境内的楠溪江。楠溪江是瓯江下游最大的支流，为东边的雁荡山、西边的括苍山所挟持。河谷深切，茂林葱郁，清澈见底。楠溪江水质优良，达到国家一级水标准。我沿江走了大半天，带的水喝光了，便捧楠溪江水喝，清冽甘甜，如饮醇酿。为使楠溪江水保持纯净，永嘉县不允许任何有污染的企业染指江边。同时在上游封山造林，大片的亚热带阔叶林和次生阔叶林在山谷里保持原生态。因为水分充足，山青树绿，草密花艳，源头地区森林覆盖率90%以上。守仁兄你大概看到了近日报道，说朝韩三八军事分界线两侧是宽阔的禁区，积以半个多世纪的铁丝网封闭，那里的植物葳蕤葱茏，遮阴蔽日，动物更是繁多，生机盎然。可见人的狂砍滥猎、人的活动，是森林地貌破坏的主要因素。楠溪江使我激动，也使我怅惘。永嘉以一县之力，保护了一条干流为一百四十公里的楠溪江；中国为什么不能倾全国之力，保护六千三百公里长的中华民族生命之河长江呢？

怀着这样的心情，开始我对母亲河的踏访和书写。起首是通天河，接着是金沙江。金沙江是古战场。诸葛亮《前出师表》中有所谓“五月渡泸，深入不毛”。这里的“泸”水，指的就是金沙江。金沙江和岷江，在四川宜宾附近汇合，始称长江。往前流淌就是山城重庆。重庆坐落在长江与嘉陵江之间狭长的丘陵间，群山怀抱，三面倚江，夏季酷热，与武汉、南京并称为长江沿岸三大火炉。传说中治水的大禹娶涂山氏为妻。涂山在重庆。夏禹常年治水在外，涂山氏独守空房，便到江边巨石上呼喊“禹兮归来”——那块巨石便称为“望夫石”。下面是万县、奉节县。奉节又称夔州，再往前瞿塘峡、巫峡、西陵峡在望。历史上这儿是文人荟萃之处。李白、杜甫、刘禹锡、白居易、苏轼、黄庭坚、陆游先后来到奉节，留下了宝贵诗篇。李白在瞿塘峡口白帝城下获赦，返舟东下，留下了千古绝唱："朝辞白帝彩云间，千里江陵一日还。两岸猿声啼不住，轻舟已过万重山。"杜甫漂泊流离，贫病煎熬，在夔州住了近两年，写了四百多首诗。他于公元 767 年写了《登高》一诗："风急天高猿啸哀，渚清沙白鸟飞回。无边落木萧萧下，不尽长江滚滚来。万里悲秋常作客，百年多病独登台。艰难苦恨繁霜鬓，潦倒新停浊酒杯。"诗之格调雄浑，古今独步。过了三峡，我走向平原，"极目楚天舒"，欣赏了楚乐、楚舞，便奔赴赤壁、黄冈、武汉、庐山、安庆、金陵、扬州、镇江、上海……

写完长江，搁笔浩叹：长江天造地设，神圣无比。我们中华民族只有一条长江。我们决不能污毁这条母亲河的容颜，务必要像保护眼珠那样保持它的清澈、洁净！

徐刚 摄于 2014 年秋，塔里木湖胡杨林

《大森林》的史诗品格

2017 年秋，徐刚送我一本新出的《大森林》。仔细阅读，爱不释手，每个章节所呈现的丰富内容、出彩语言，紧紧吸引着我。该书记述从史前时期、三皇五帝的神话传说到先秦、汉、唐、宋、元、明、清的森林状况、体制沿革，一直写到中华人民共和国成立后的“绿化祖国”、始于本世纪初全面推行的林改政策，林农发挥生产积极性、树立“绿水青山就是金山银山”的爱林观念。

中国生态文学写作始于 20 世纪 80 年代徐刚的《伐木者，醒来！》中经他写的《中国：另一种危机》《中国风沙线》《守望家园》《地球传》《长江传》《崇明岛传》，到《大森林》，是他自然文学写作集大成的总结。《大森林》涉及植物学、地理、历史、气象、文学、考古及文化人类学等众多学科，是一部文化信息量大、知识丰富、史料翔实、百科全书式的大作。《大森林》描写了与森林有关的方方面面：比如古代的文字刻写在竹简、木板上，这就涉及中国文字史、典籍史；中国的宫殿、房屋大都系木结构，这就谈到了建筑史、家具业；古代车船以木材建造，这和航海、交通业有关；中国的瓷器靠林木烧窑而成、青花瓷需用松木烧制，这就关联到陶瓷业；中国的书院、寺庙大都建于林泉秀美之处，这就关涉到学术流派和佛教、道教；国人爱喝茶（西人称“中国树叶”）、爱穿绸（筑成了丝绸之路），这就联系到饮料业、服装业……

这本书好比一棵参天大树，根深蒂固，枝繁叶茂，浓荫蔽日，百鸟云集，无疑是当今浩瀚书林里的一架巨构。

徐刚以天、地、生、文、史、哲的阔大视野，以宇宙史、地球史、生物史的时空眼光，来阐释人类只有一个地球以及森林是陆地生态的总枢纽。《大森林》具有实地考察者的详细记录、确凿数据，文化学者的博大精深、融会贯通，更有诗人的激情澎湃，隽语潮涌。它是森林的史，史的森林；森林的文，文的森林；森林的诗，诗的森林，因而具备了史诗品格。

《大森林》告诉人们：如果把地球上植物发生、发展，直到人类出现的漫长历史，浓缩到一天之内，以最早的微生物发生于午夜为起点，当一天的时间过去了六分之五，即晚八点左右，古海洋中蓝绿藻完成了光合作用的程序繁殖旺盛；晚九时以前，植物登陆；晚十时左右石炭纪森林盛极全球；晚十一时以后，始有开花植物出现；午夜结束前十分之一秒时，人类才姗姗来迟。人类是地球上的迟到者。迟到者无权毁坏他出现之前的地球生态以及地球上的万类万物。森林是人类的摇篮。人类社会不能没有森林的庇荫和滋养。林中的一草一木、一禽一兽都是平等成员。人和众多草木、禽兽是兄弟姐妹、至爱亲朋的关系，一荣俱荣，一损俱损，人类和动植物是命运共同体。爱惜它们，就是爱惜人类；呵护它们，就是呵护自己。

徐刚是诗人。他的作品洋溢着诗的语言。他是这样描写冬日林中兽类的足印的："在北方冰雪覆盖下，林中小路退隐了。林地的白雪只显示出一些脚印，护林员的脚印，那些猛兽觅食的脚印。这时隐时现的路还有一些浅淡的印迹，那是鹿经过之处。鹿是森林动物中少有的、自信的冒险者。它昂起头，撒开腿，不贮备食物，不冬眠，而让全身长满空心的冬毛，保有一层相对温暖的空气，然后腾挪跳跃，啃食树皮，或者群鹿踏雪觅食。还有狐狸在冰雪中追逐野兔的足印……"他像录音师似的描绘夏日林中风拂树叶的声音：松林"唰唰"有声。榆树"飒飒"作响。白杨叶梗扁平，风过时叶子颤抖、翻动，漾起"哗哗"声浪。"栎树的叶梗像弹簧，上下弹跳，妙不可言，故两千年前罗马诗人维吉尔以'风中的簧片'赞之。柳叶细长、柳条柔软，风过时婀娜多姿。银杏的叶子似随风摇曳的小扇子。鹅掌楸叶令人想起马褂。林塘中的荷叶如碧波仙子在水面上托起翡翠般的绿玉盘……"绘形绘音绘色，让读者获得视觉、听觉享受。这是音画诗篇，更是经典美文。

笔者为上海市崇明岛同乡兄弟写出了如此杰作而骄傲，更为笔者曾经工作过数十载的北京出版集团推出这部巨著而感到荣耀，并向本书责编章德宁女士表示由衷的敬意。笔者悦读《大森林》后，由衷感慨：我们活着，为祖国的繁茂工作着、写作着，那是多么美好、多么美妙！

向青山绿水创造者致敬

三十多年来，徐刚走南闯北，不知跋涉了多少路，攀登了多少山，蹚过了多少河，踏进了多少沙漠。他矢志于生态文学写作，从中年写到老年，从黑发写到白发，从森林写到江河，从土地写到沙漠，始终钟情于、牵挂着祖国河山风貌，既有痛楚，也有感动。那些用双手老茧、额上皱纹、身上血汗、整个生命防沙造林英雄们的业绩，永远铭记他心间，终生难忘。

20 世纪 90 年代初，徐刚跋涉到甘肃河西走廊古浪县八亩沙农民护林站。这是一个小小的院落，干打垒的屋子里只有一排炕，一张旧桌子。那儿周围原有八步沙丘，树草丰茂，牛羊成群。不到一百年时间，由于人口增加带来的垦荒伐木及过度放牧，那一片土地荒漠化了，流沙入侵之后出现了茫茫无际的沙地。家园即将毁弃之前，站出来六个农民承包了这大片荒沙地。他们没有得到国家一分钱资助，耗尽六户农民所有积累，卖掉了鸡羊换成了钱，从自己家里背来粮食、种子，盖起窝棚，三块石头架个锅，睡觉时还得蒙头挡住沙子，开始了他们治沙植树的伟业。经过十三年苦干，终于有了 3.8 万亩的沙漠植物和林地。他们的嘴唇厚实而干裂，脸上的皱纹深刻而枯燥，手掌像树皮一样粗粝，但徐刚看到了他们新种的梭梭，绿得像江南的小葱。这六位农民像愚公移山那样搬掉了一片沙漠。

山西保德县有个人称“树疯子”的张候拉，一个人住在山洞里，一条被，一口锅，一辈子用细粮换成粗粮，省下钱买树秧子。一生育苗种树一百多万棵，治理了九塔河水流域。当树变林、水变清的时候，他两手空空，一无所有地离开了人间。

河北与内蒙古交界的塞罕坝林场，清代康熙年间还是一大片原始森林，设有“木兰围场”。1690 年，康熙曾策马从承德行宫来这里猎鹿。道光年间，清政府为增加财政收

入开始砍伐，到清朝没落时这里的森林已经荡然无存。从1956年到1962年，这里云集了上千年轻人，住在干打垒里，吃的是莜面、土豆、咸菜，造林季节就吃住在野外。他们一锹一锹挖坑种树。经过四十多年奋战，那里出现了上百万亩人工森林。与森林相邻的草原上牧草青青，黄羊飞跃。鸽子花、断肠草、喜鹊花、虞美人等美丽小花与高大的落叶松、樟子松、云杉、水杉一起生长，享受塞外阳光的抚慰。那里天是那么蓝、月亮那么大、星星那么亮。场长对徐刚说："有了森林，飞的、走的、开花的、不开花的，一切都回来了。"那百万亩森林，使河北、内蒙古一大片地域，处于绿色保护之下，涵养了滦河的水源，阻止了沙漠向京津地区漫延、侵袭。那里秋天的傍晚，已颇有寒意。徐刚裹着场长借给他的棉大衣，独自信步去探看滦河很小的源头。徐刚周围是无边的草原，梦幻一样的黑色森林。在月上中天之际，草和树正沐浴着天露。他伸手探进滦河源头的流水里，慨叹着：引滦入津的工程已载入史册，可是那些建设塞罕坝林场、保护滦河源头者的业绩，何时能让更多国人知道呢？幸运的是，十多年后的今天，报刊、电视台、报告会已经大规模宣扬塞罕坝人的精神。塞罕坝已被人誉为"河的源头、云的故乡、花的世界、林的海洋、珍禽异兽的天堂"。

徐刚喝了一口茶，动情地对我说：动物是有感情的。我给你讲讲陕西汉中地区城固县铁路乡陈秀莲老人的故事。20世纪70年代，秀莲老人和她的儿子袁德山让两对鹭鸟在他们门前树上筑巢安居，孵育雏鸟。陈秀莲喂鸡食时还让鹭鸟与鸡共享。由于陈氏的百般呵护，鹭鸟们飞回南方后，第二年清明前夕，竟带来二十多对鹭鸟飞到陈秀莲家四周树木上筑巢安居，鸣声不绝。陈秀莲总是笑眯眯地看着它们在她头上飞来飞去，在林子里看到雏鸟跌落在小路上，她捡起来叫儿子搁进鸟巢里。第三年它们按时北归，还引来了白鹭、夜鹭、池鹭。他们家三十亩地全是鸟窝，成了鸟的乐园。发展到 1987 年，鹭鸟筑巢四千多个；1988 年，增加到六千多；1990 年，鸟巢超过一万。每到夏天，万鸟飞翔，翅膀遮天，鸣声不断。1990 年 9 月 26 日，日本著名鸟类学家尾崎清明来到二岭沟，在陈秀莲田边林子前，连声感叹：奇迹！奇迹！鸟专家从未见过如此大的鹭鸟群。1992 年农历十月二十二日，本该在半月前南飞四川越冬的鹭鸟们，竟推迟了归期。这些灵鸟似乎得悉关爱、呵护它们的陈秀莲老人已病危、辞世。上万只鹭鸟围着陈家宅院，绕屋低飞，哀鸣不已，依依惜别，直至翌日即二十三日清晨，才展翅飞离……

讲完这个神秘、动人的故事，徐刚站起来，走到我身边，说：“万物有灵。在我看来，爱国主义就是爱我们脚下的土地和土地上的一切。时间晚了，在我家用顿便餐吧。”我婉辞道：“不用了。你今日所讲的一切，就是佳肴美食。”

我俩走出大楼，站在寒风劲吹的十字街头，他帮我打到了出租车。我们互道保重，握手告别。

我有个亲人
胡冬林
在长白山

一

冬林，这一切不是就发生在昨天吗？我多么希望往日的相遇相识、倾心交谈、上山体验，能够再次重现。可如今想起你，我的眼睛就湿润，情不自禁暗自流泪。我已八十五岁，在六十多年文学生涯中，认识的作家很多很多，但像你这样把全身心都献给东北大地，让生命和长白山融化在一起的人，一生只遇见你一个。我想你诗人父亲胡昭的在天之灵肯定因有你这样的儿子而感到骄傲。我同时认为，吉林文学界的朋友为有你这样的自然之子同行而深感荣耀。你多年生活在长白山的日子里，我是那么牵挂、惦记。而人有牵挂和惦记，也是一种幸福，已经永远不再。

胡冬林

二

冬林，认识你，我要感谢多年好友张笑天先生。那年，身为作协主席的张笑天，带了一批拟评上首届吉林省文学奖的文学作品，进京请雷达、李敬泽、白烨以及笔者再研究一下。我们审读后一致认为其中以胡冬林的《青羊消息》为最佳。第二年全国第一届环境文学评奖终审会上，我发现竟没有《青羊消息》的篇目，便向主持评奖的全国人大环境资源委员会主任曲格平先生指出，这次评奖漏掉《青羊消息》是很大的遗憾。会上，同任环境文学奖评委的雷达、李敬泽同意我的看法。根据评奖规则，有三位终评委同时提议、推荐，便可列入评议对象。包括王蒙在内的全体终评委看了《青羊消息》，便一致同意该作品荣获首届环境文学奖。

事有凑巧，不久，《中国作家》杂志举办全国散文奖评选活动。评委包括中国散文学会会长林非先生在内有十九位之多。评奖会由刊物副主编杨匡满先生主持。会上我看了被评的篇目，对匡满说："据我看来，胡冬林写水獭的《拍溅》，比这次列出的所有被评作品精彩得多。"匡满说："既然你认为好，那请你把《拍溅》复印十九份，让评委们审读。"

胡冬林的林中写字台

我立即复印了十九份，请全体评委审阅。结果一致称赏，全票通过，又获了奖。这事不知被谁告诉了胡冬林，导致他进京领奖时特地到我家拜访。这是我和冬林认识的开始。

之后冬林每次来京，必造访我家，并带给我他在山上采购的蘑菇、木耳、红景天等土产品。我们之间公事私事、闲闻轶事，无话不谈。到了吃饭时候，我和老伴儿便带他到附近的松竹园、张生记便餐。因为他患有糖尿病，饭前都要在肚子上打一针胰岛素。我们边吃边聊，融乐无比，亲如家人。交往多了，熟了，他邀请我到长白山玩几天。长白山我没有去过，也希望看一下中朝边境的天池，便欣然接受他的邀请。第二年夏秋之交，我买了火车票先到长春。次日由冬林陪着，乘火车到了二道白河镇，住在长白山生态植物园宿舍。先去参观了长白山博物馆，后几天钻入原始森林里，看野猪拱土的足迹，欣赏满山斑斓的红叶，认识了许多蘑菇，有猴头蘑、刺儿蘑、伞蘑、榆黄蘑，还发现了许多其他菌类。走在林中小路上，冬林告诉我，过去长白山上动物很多，有东北虎、梅花鹿、豹子、熊、水獭、狐狸、狍子、马鹿、松鼠……现在野生动物越来越少了。过去长白山人参很多，现在人参也很少了。我们边走边聊，忽然听到鸟鸣，它们就在附近枝头上跳跃歌唱。冬林轻声告诉我，那鸣声圆润的是棕扇苇莺，那叽叽叽唤友的是长尾山雀，那地巢中抱窝的是白鹡鸰。你看那只栖在松树上的鸟叫松鸦，它用细长的嘴把松塔里的松子啄出来，吞在颊囊里，运到树缝里藏起来，作为过冬的储备粮。穿过林子，我们站在河岸上，欣赏难得一见的中华秋沙鸭在水面上扎猛子、觅食。河边有只小狗崽玩耍，鸭子们和它熟了，不怕它。冬林羡慕地说：“我要是那只小狗，多幸福啊。”沿着林中小径，走向裸露着树根、碎石的小河，冬林告诉我：“这是马鹿们到河边饮水踩出来的小道。”我们踩过厚厚的腐叶层，冬林见到枯倒木上有紫貂拉下的一截蚯蚓似的黑屎。他不但不嫌脏，还捡起来用手指掰开，鼻子凑近去闻闻，还伸出舌头舔一舔，告诉我紫貂吃的是什么食物，还说紫貂皮很珍贵，现在山上的紫貂已经罕见了。

走累了，我提议在树墩上坐下来歇一会儿。冬林笑道：“这是我记笔记的书桌啊，现在成了您的坐凳了。”我说：“那就一墩多用吧。”

冬林坐在倒下的枯木上，说：“山中的空气新鲜、纯净。树木、花草、鸟兽，哪怕是一只纺织娘，都是我最亲密的朋友。现在我一天不上山就不舒服。上山了，赏花开心，听鸟悦耳，见绿养眼，真正是人间天堂，什么烦恼都没有了。有人以为我像个野人似的在荒山里苦熬，我心中窃喜：试问作家中谁能像我这样独来独往、充实自在呢？”

三

从长白山回京不久，冬林送给我一本美国土地伦理学家阿尔多·李奥帕德（Aldo Leopold，1887—1948）写的《沙郡岁月》（另有译本为《沙乡年鉴》），说此书和《瓦尔登湖》一起被誉为自然文学写作的经典，建议我抽时间看看。

李奥帕德 1909 年毕业于耶鲁大学，一生从事林业管理和野生动植物保护工作。1935 年，他在美国威斯康星河畔购买了一座废弃的农场，带领家人在这块土地上亲手从事生态恢复工作，仔细观察一年四季动植物的种种生态，在农场破旧的小木屋里过着梭罗式的简朴生活。经过多年的观察、研究、思考，写成了《沙郡岁月》。他在书中《大地伦理》一文里，首次提出了大地伦理观。文中指出，传统伦理只是处理人与人、人与社会之间关系的伦理，而大地伦理则是处

胡冬林

理人与大地以及人与大地上动物和植物之间关系的伦理。其基本原则是："一件事物，当它倾向于保护生物群落的完整性、稳定性和美时，就是正确的；反之，就是错误的。"这里的"完整性"，指的是多样性。由于这一原则的提出，《沙郡岁月》便成为环境保护主义者的"圣经"。

李奥帕德在书中强调，如果我们能把土地看成一个群落，而了解到我们人类只不过是这个群落中的一个成员，那么就会怀着爱和尊重去珍惜土地和土地上的生物。

《沙郡岁月》使我认识到李氏是现当代生态文学的先驱。他对土地，对土地上动植物热爱的观念，与佛陀的"众生平等、万物一体"的信念一脉相承，从而使这部兼备哲学、美学、伦理学的巨著成为不朽的典籍。

1995年9月，我曾介绍《大地上的事情》的作者、生态文学散文家苇岸加入中国作家协会。我的推荐词里，虽然使用了"土地伦理学"的提法，但那时我并不知道这一首创性的概念最早是由李奥帕德提出的。这时我才感到，冬林把这本好书送我阅读，使我得到醍醐灌顶般的醒悟，我是多么幸运。

读了《沙郡岁月》，我才晓知冬林矢志于生态文学，一方面源于他青少年时期养成的爱好和兴趣，另一方面也是受了李奥帕德的影响。冬林曾告诉我，他要写一本长白山年历的书，单日写一种动物，双日写一种植物，附上精美的照片和插图，一直写三百六十五天，组成一本特殊地区的历书。

他的这一想法，可能也受到了《沙郡岁月》结构的启发。该书主要部分就是从1月、2月、3月，一直写到12月，详细记述李氏在农场附近观察到的每月的风景、物候，何时融雪，何时解冻，植物何时开花，候鸟何时迁飞，庄稼何时成熟……

哦，世上一切成功者，总是站在前人的肩膀上，才能攀登更大的成功。

四

2013年6月9日，中国作家协会和吉林省作家协会在长白山白桦树包围的宾馆里举办了一次“胡冬林定点深入生活现场座谈会暨作品研讨会”。与会的成员有中国作协书记处的白庚胜，评论家雷达、胡平、阎晶明、彭程，作家韩作荣、蒋子丹、王松、李浩，吉林省作协主席杨廷玉、副主席张未民、吉林省作协秘书长兼《作家》杂志主编宗仁发等。与会者对胡冬林定点深入长白山以及所获得的创作成就给予高度评价。笔者也应邀赴会，就胡冬林的动物散文做了发言。

我说：胡冬林的《狐狸的微笑》《拍溅》《青羊消息》，可以进入世界经典散文的行列。他的动物散文可与美国梭罗的《瓦尔登湖》、法国布封《自然史》中的美文、英国珍妮·古道尔写黑猩猩的文章、俄国屠格涅夫在《猎人笔记》中写夜莺与猎狗的名篇媲美。我仔细研究过梭罗在《瓦尔登湖》中写潜水鸟的文字，拿它和《拍溅》里写交媾的水獭在水中“柔软的躯体弹簧般地扭搅在一起，在水下舒展伸缩、翻腾旋转，幻化出无数曼妙姿影；它们在激情中的一次次颤抖，一次次癫狂，把整个湖面变成了鼓荡不息、喧喧嚷嚷的水上婚床”那段精彩绝伦、绘声绘态的美文相比，立即就能发现观察的粗细、运文的高下。冬林描绘的笔力、体验的深刻，在国内生态文学作家中雄踞高端，堪称领军人物。

那次发言，我还谈到了《青羊消息》。文中生物学家赵正阶说，“保护局展览馆一直缺少青羊的标本”“都把希望寄托在我这次上山考察上”。老向导金炮听说要打一只青羊做标本，乐坏了。他在攀爬第一座山崖的途中告诉赵正阶，青羊血是治跌打损伤的良药，青羊角更有滋补壮阳的功效，会有人花大价钱收购的。他们在蘑菇顶子严寒山区跋涉、攀登了几天，终于找到了青羊的粪便、足迹，最后看到了七只青羊组成的族群时，其激动的心情可想而知。金炮立即端起枪，屏息凝神，击发在即。可是赵正阶毫不迟疑地按下他的枪，低声喝道：“不许开枪！”金炮扭头看了赵一眼，表示不解。生物学家下了第二道命令：“快趴下，我死也不会让你开枪。”“你干什么！”金炮怒气大发。“快向后退！”生物学家的口气更坚决。赵正阶想：这可能是长白山最后一小群青羊，它们和东北虎、金钱豹、兀鹫一样极为珍稀。保护珍稀动物的生命，远比做一个动物标本重要。他们为寻找青羊而来，终于找到了青羊反而把它们保护起来，放掉了。

于是大自然报答了他们，后撤时他俩欣赏到了一场高山精灵演出的、美妙无比的雪峰之舞。青羊们下山、跳崖的动作，敏捷得他们看了目瞪口呆，只见青羊们飞身下坡，“腾挪时，蹄下生风，白雪片片，宛若一群踏浪低飞的白翅浮鸥，在凝止的巨涛间翩翩飞舞。转眼间，青羊们下至山腰，来到一座断崖上，这断崖高约五米，犹如刀削……头羊叫了两声，上前兜了一圈，似在估量高度，然后退回几步，突然像离弦之箭，发力向崖头冲击。在跳离崖畔的刹那，它勾头悬蹄，纵身腾向空中……它在半空里猛然甩头拧腰，如大鸟抖翅身子打横，凌空翻转，像颗大炸弹，旋转着撂入两三米深的雪堆中，炸起小山般的雪浪……”这样的描写，令我这个研究国内外散文已有半个多世纪的八旬老人，击节赞赏，誉之为地球上经典散文之最，如获至宝地将它收入我编选出版的《世界美文观止》之中。确如周晓枫所说，遇见写出佳作、绝品的人，我像老年得子般狂喜莫名。

五

我曾经去过冬林在长春市的家。看到他单身汉的住处那么脏乱、湫隘，深感心酸，迫切希望他拥有一个更洁净、更舒适、便于他写作的场所。2017 年初，为了安慰我，冬林兴奋地告诉我，他已搬入新居，空间大了，整理后干净宜居了，今后您和阿姨来吉林可以住到我家里了。他说，妹妹夏林送给他两个结实、精致的大书架，准备采购一批新书，充实一下书房。他为了让我放心，还说，今年与吉林北方妇女儿童出版社签约出几本书，会有一笔稿费，经济情况将大有好转。还说要南下广东签名售书，顺便看看女儿。回东北后，他要带上电视台的朋友上长白山拍摄纪录片。他最后说，今年最主要的任务，是集中精力写一篇报告文学，揭露长白山某些腐败官僚，竟敢砍树修路，建造高级宾馆和别墅，建高尔夫球场，让富豪们、贪官们进山享乐……

2017年5月4日下午5点，周晓枫从四川奉节打来电话，告诉我胡冬林今晨去世，可能是心脑血管病突发致猝然死亡，吉林省作协已成立治丧委员会处理后事。晓枫是经由我认识胡冬林并知道我俩亲密关系故立即通知我。我迅即打电话给吉林几位作家朋友，得到了证实。这一噩耗给我的打击，犹如我失去了家中一位亲人。我和老伴儿闻讯悲痛之极，潸然泪下。从此我俩再也见不到他了，再也听不到他从长白山打来的电话了，再看不到他打算编写的长白山森林年历了，再也不可能听到他在我家里讲他山居的轶闻趣事了……

唉，他还年轻，刚搬进新居不久，就猝然离世，而我已老迈，却还活着。年轻者殁而年迈者存，上帝待人不公啊。冬林曾对我说："私下里我叫您老爷子，是我父辈的人；公开场合，我称您张老师，可以吗？"我说："在生态文学写作方面，对动植物性状的了解上，你是我名副其实的老师，所以你就叫我老张吧。”

冬林，这一切不是就发生在昨天吗？我多么希望往日的相遇相识、倾心交谈、上山体验，能够再次重现，再次发生。如能这样，我们之间往昔的一切，过去的时光，不是可以继续下去了吗？如今家中一提起你的名字，我老伴儿就啪啪啪掉眼泪，伤心之至……

2018年2月20日写于北京西黄寺

『文学摆渡人』崔道怡

一

1956年夏末，毕业于北京大学中文系、年仅二十二岁的崔道怡，兴冲冲走进东城区小羊宜宾胡同东头门前有棵大槐树的四合院，到影壁墙上挂着“人民文学”木牌的院子里报到，从此开始了他的编辑生涯。当时他被分配看来自京、津、华北地区的小说稿。

1957年5月，春光明媚，草木葳蕤，院子里弥漫着丁香花的芬芳。崔道怡把椅子搬到前廊，探宝似的审阅来稿。突然眼前一亮，他在一摞自然来稿中发现有篇《改选》的小说，文笔精粹，结构圆熟，写一个为群众排忧解难、处处操

崔道怡

办贴心事的工会干部郝魁山，遭到常说空话、不做实事、唯上是从的工会主席的排挤，改选时竟把他从候选人名单中划掉。实际选举时，他却在热烈掌声中以高票当选，但结果他又被折腾致死。崔道怡看到了一个具有典型意义的人物鲜活出世，心想这是整风运动中需要的反对官僚主义、形式主义的力作。通过复审、终审后，他便怀着兴奋心情通知小说作者李国文："你寄来的《改选》，将于 1957 年 7 月份特大号上作为头条隆重发表。"

世事难料。1957 年 6 月、7 月，开始了大张旗鼓的"反右"运动。《改选》被人指斥为"毒草"，作者李国文被划为"右派"，派到远方艰苦的铁路工地劳动改造二十一载。一部近八千字的短篇小说，竟让他招致了八千来天的苦役煎熬。一字一天，付出之代价，何其高昂！

可是被推入深渊、受尽苦难的李国文，"右派"改正后对崔道怡的发现与提携，始终铭记在心，称道怡是使他"走上文学道路的第一人”。他忍受《改选》带来的灾难，从不嗟怨。他不仅不抱怨，还对崔道怡表示由衷的感激。他在《作者与编辑的缘分》一文中说：“还真得感谢道怡君，他没有把无名之辈的我的一篇来稿，不屑一顾地撇在一边，而是收到我的稿后，约我到编辑部谈谈……我不想用伯乐这样的字眼形容他，那实际等于变相地认为自己是千里马的吹嘘。我远非千里马，但也不是一匹驽马。这一点自信，确实来自崔道怡的第一声肯定。他这一声好，决定了我一生的命运。”

复出后，李国文的作品荣获茅盾文学奖、鲁迅文学奖诸多奖项。成为获奖专业户的李国文认定：编辑是把作家从此岸送到彼岸的摆渡人，是让小说胎儿顺生到人间的助产士。几十年之后，他把崔道怡最初写给他、且保存完好的信函，复印一份，回赠写信者，作为彼此永志纪念、永恒友谊的物证。

李国文说：“编辑的劳动，是一种付出代价、但成果却并不属于自己的劳动。正是由于编辑的劳动，才得以保证作家的劳动，不致付诸东流……一部文学史，上面刻满了作家的名字、文学评论家的名字、领导文艺运动者的名字，独独没有编辑——为我们摆渡过河的人的名字，这当然是不公平的。”

二

整整二十年之后，即 1977 年 12 月 28 日至 31 日，《人民文学》主编张光年，受当时中宣部部长张平化委托，在东城区海运仓总参第三招待所主持召开在京文学工作者会议。

那是十年动乱后文坛精英们第一次大聚会。与会者都是文学界如雷贯耳的人物，有茅盾、周扬、夏衍、林默涵、刘白羽、曹禺、曹靖华、周立波、吴组缃、徐迟等百多位名家。当时王蒙、从维熙、邓友梅、刘绍棠等“右派”作家，尚未落实政策、得到改正，因而还没从新疆、山西、辽宁、通县农村回到京城，故未能与会。

1961年我从中国人民大学新闻系毕业后，被分配到《北京晚报》副刊部任职。60年代初《北京晚报》曾连载北京市委文教书记邓拓的专栏文章“燕山夜话”，受到批判后晚报被勒令停刊。于是我带着户口被下放到京郊门头沟深山区干体力劳动：垒堰、种地、送粪、养猪、挖煤、烧石灰……1973年回城，分配到北京出版社文艺室做编辑。从1977年7月开始，我和文艺室的王世敏、章仲锷筹办一本大型文学杂志《十月》。我以《十月》筹备组成员的名义参会。

在那次会上，我第一次见到了崔道怡。他高高的个儿，健拔的身躯，一头浓发、风度翩翩，声音好听，和蔼可亲，立即博得我的好感。崔道怡兴奋地告诉我一则消息：“我在北京地区来稿中，发现一个叫刘心武的中学教师寄来一篇小说《班主任》，揭露‘四人帮’在精神上对年轻学生的奴役和戕害。作者眼光敏锐，思想领先，写法别致，便拿去送审。我和主编光年同志力争让它发表于今年11月号。因刊物拖期，直到 12 月才出版。你回去看看，我预测这篇小说会引起很大反响。”

我回单位后，到图书室借了《人民文学》11 月份那一期，仔细阅读了刘心武的《班主任》。我感到在揭批“四人帮”高潮中，这篇小说描写了谢惠敏、宋宝琦两个中学生在“文革”中受到了疯狂思潮的恶劣影响，故班主任张俊石喊出了“救救孩子”的呼声。文章合为时而著。因它切合时宜，故作品显得重要。但又觉得它文学性稍差，语言直白，概念大于形象，随着时间推移，会显露它在艺术上的不足。

那时刘心武已从十三中调到北京出版社文艺室，成为我的同事。我看到他收到许多读者来信，《班主任》反应强烈。我和心武外出开会、组稿，见他获得许多名家如赵丹、黄宗英、宗璞等人的赞赏。接着我又在 1978 年出版的《十月》创刊号上编发了他的《爱情的位置》，同样引起读者的热烈反响。

公正地说，刘心武的《班主任》在当代文学史上功不可没。它的出现，是万丈坚冰解冻的征兆，是伤痕文学最早的代表，更是预报新时期文学春天即将到来的信号。

一花引来万花开。1978 年起，各地佳作如雨后春笋般陆续冒出来：上海有卢新华的《伤痕》、北京有宗璞的《弦上的梦》、西安有陈忠实的《信任》、广州有陈国凯的《我该怎么办》、山西有郑义的《枫》、南京有张弦的《记忆》、河北有贾大山的《取经》、苏州有陆文夫的《献身》、西宁有余易木的《春雪》、天津有蒋子龙的《乔厂长上任记》、长沙有韩少功的《月兰》、保定有铁凝的《哦，香雪》、军旅文学则有徐怀中的《西线轶事》……

新时期文学井喷阶段，呈现出百花齐放、万紫千红的繁荣局面。崔道怡从自发来稿中敏锐地发现并勇敢地编辑了刘心武写的《班主任》这篇转折时期的发轫之作，因而他的特殊贡献，理应在当代文学史里记上一笔。

三

《人民文学》杂志，是文坛“国刊”，与中华人民共和国同龄。崔道怡在四十多年编辑生涯中，曾和《人民文学》历任主编严文井、秦兆阳、张天翼、袁水拍、张光年、李季、王蒙、刘白羽合作，并在自然来稿中发现了老、中、青作家的多篇名作，称他为小说编辑家，当之无愧。笔者有机会常和他一起开会，或编书，或评奖，或讲学，或外出采风，无论为人为文，向他学到许多东西。

1996 年 4 月 30 日，我和他同游井冈山，入住井冈山市杜鹃宾馆。那天傍晚下了一场春雨。雨后街道湿润，空气清新，我约了同室的旅伴到外面散步。

我们第一次来到井冈山，想不到这儿森林蓊郁，绿荫遍地，城市建筑全都掩映于翠绿之中。井冈山深居万山丛中，宛如一朵盛开的莲花：花瓣是环绕四周的群山，花蕊正是我

崔道怡（左）和张守仁

们溜达的茨坪。散步在茨坪街道，时有两旁水杉的翠叶上滴下残留的雨珠，掉在脸上，洗去了我们旅途的疲惫。幽静、洁净的环境，打开了我俩的心扉。我问道怡："你几十年来一直看小说稿，有什么经验？"道怡说："我没有什么理论，根据多年来阅读和编稿的体会，总结出五个字，即人、情、事、理、味，用以检验小说的质量。人，就是人物；情，就是感情；事，就是故事、情节；理就是内涵、意蕴、哲理或思想；味，就是味道，就是在有限的空间里，浓缩着密集的美感信息。"我说："这'五字诀'真精彩。尤其是这'味'字，就好比有人把粮食酿成了酒，更把酒酿出了浓香。"

这时，我俩已走近中心大道，看见远处绿荫里闪出一团红云。好奇地走近，才知道市里正在举办杜鹃花节。一里多长的街道中央，摆满了多姿多彩、形态各异的杜鹃花。数十万盆花簇聚在一起，仿佛有人从天上扯下一大片晚霞，铺展在长街上。道怡说："文坛就应像这花坛一样，花团锦簇，自由绽放，各呈异彩。"

一株株高耸挺立的水杉，像一面面绿帆，张挂在花街两侧，为它镶上翠边。我们呼吸着馨香的空气，议论着文坛。我说："现在的热点是长篇小说。长篇小说当然重要，其实短篇最难写，现在好的短篇小说太少。"道怡说："现在的短篇大都质量差，且越写越长。鲁迅的《孔乙己》只有两千八百字，用了四个细节：一开始写孔乙己穿着长衫站在鲁镇酒店曲尺形柜台外喝酒；第二个细节是他说茴香豆草头下面的‘回’字有四种写法；第三个细节是他给每个孩子分一颗茴香豆，孩子们不走，他连忙用手罩住碟子，说：‘多乎哉，不多也。’最后写他穿件破棉袄，盘着的两脚下面垫个蒲包，一副落魄相。这样一写，活灵活现，千古不朽。”我说：“孔乙己这个名字和他说的‘窃书不能算偷’已成了全民口头上的语言，北京开了咸亨酒店，绍兴甚至成立了孔乙己饮料公司，可见这个短篇影响之深广。”道怡道：“要是现在有的作家写这个题材，为了稿费，可能会把两千八百字拉长成二十八万，其中还少不了爱情和武打。比如孔乙己在何家抄书，就添个丫鬟，让他和丫鬟产生缠绵、曲折的爱情。孔乙己偷了举人家的书，被人发现，展开一场激烈的武打，结果被打折了腿……如此掺水地写，有什么味道呢？短篇就是要短，要精炼。”

那晚是阴历十三，月儿分外明亮。街旁水杉林外清澈的挹翠湖里，倒映着圆月、花影、树影。那真是一个花好月圆之夜。道怡看着花坛说：“编辑无非是园丁，不过是剪枝修理、锄‘草’浇‘花’而已。”

夜深了，离开了花街，我们被芳香裹挟着，踱回宾馆。进门之前，道怡突然站住，对我说：“我总猜想鲁迅先生早年在绍兴街道上确曾看见过一个穿长衫的人站着喝酒、并给孩子们分茴香豆的情景，多年后触发他写出《孔乙己》这个名篇。”

四

当晚我和道怡洗漱完毕，各自上床就寝。不一会儿，他便响起了呼噜声。我却情绪亢奋，头脑清醒，一时无法入睡。

那晚月光很好，穿越透明、轻柔的窗纱从屋外照进来，照在我床头，照在我伸出的胳臂上。我想起认识道怡已近二十年。拥有这个文友，是我的幸运。共同编审《21 世纪文学之星丛书》过程中，编委们坐在大巴车上高谈阔论，他却独自手持书稿躲在后面角落里，如老僧入定般埋头审读，故能写出精准的审读意见，深受大家敬重。我们平时相处中，我虽比他大一岁，却愿心悦诚服地甘当他的配角，追随在他身后：每当开会，我坚请他坐上位，我坐下位；给鲁迅文学院或年轻作家讲课，我让他主讲，我做补充。每次他讲小说创作，神采飞扬，滔滔不绝。他说：小说是语言艺术。语言是小说第一要素。我拿起一篇来稿，一看语言不行，立即终止阅读。你看汪曾祺的语言，干净如水，朴素自然，且富质感。他在《羊舍一夕》里是这样描写火车灯光的："车窗蜜黄的灯光，连续地映在果园东边的树墙子上，你总觉得灯光会刮下满地枝叶来似的。"这个"刮"字用得有力，写急驶中的火车灯光，犹如激光器一般，能把树叶"刮"下来。这就是文学语言的独创性。他说：小说必须有独特的细节。细节是作品的血肉，是小说这条项链上闪光的珠宝。哥伦比亚

的马尔克斯，他小时候手握冰块，觉得“烫手”。多年后，这一细节感受，孕育成为《百年孤独》。他说：一切艺术，以情为重。文学实质上是情学。作家就是情种，比一般人更多情善感。曹雪芹笔下贾宝玉这个人物的核心，就是一个情字。小说所以吸引人，是作者用作品中人物的喜怒哀乐，感染读者，使他们情不自禁地欢笑、仇恨、哀伤、流泪、痛苦。他说：人物是小说的主体。塑造人物，是作家最基本的功夫。鲁迅之所以伟大，是因为他创造了阿Q、孔乙己、闰土、祥林嫂等典型人物……

这样东想西想，时间已进入后半夜。井冈山之夜静悄悄。只偶尔听到旷野里传来一声遥远的狗吠。月儿已从窗外密密林梢上转移到西边去了。屋外已不如先前明亮。旅伴正在酣睡。我心里着急，再不睡着，明天赶路就没有精力了。便偷偷起床，摸摸索索吞了两片安眠药躺下，才昏昏入睡。

五

在人群麇集的地方，比方在中国作协每年举办的春节联谊会上，或在剧院前厅里持票等待入场的众多观众中，或于蟹岛度假村评审书稿之余散步在茂密绿林里，寻找崔道怡极容易，因为他身高、发白，再加上一袭红色上装，目标显著，

鹤立鸡群，一下子就会吸住我的目光。

崔道怡是许多文学写作者、爱好者的偶像。我的文友刘学颜是哈尔滨阿城区金上京历史博物馆的馆长。他拜读了崔道怡的《水流云在》，对他油然而生敬佩之情。尤其关于小说需要含蓄、艺术需要装糊涂的话，使他茅塞顿开。道怡在该书中说：“真正纯粹的思想家，不一定能成为作家。他们过于聪明，把一切都看清看透看穷尽，也便开拓不出想象的空间，伸展不开幻想的翅膀了。对于艺术创造说来，聪明虽难，糊涂更难。作家的聪明，往往在于‘难得糊涂’。作家糊涂之难，还在于他得会‘装糊涂’——不把自己的感受直截了当和盘托出，而要‘欲说还休，却道天凉好个秋’，让读者自己去琢磨、思索、深究。”由于对道怡学养之仰慕与崇敬，刘学颜多次委托我邀请他到阿城一游。

2013 年 12 月，我终于邀请到崔道怡去哈尔滨近郊阿城一游。刘学颜兴奋之至，亲自开车到火车站迎接。到了宾馆，设宴招待，合影留念，带领我们参观金上京博物馆，又去野外欣赏当地著名的摩崖石刻。

那金代亚沟摩崖石刻，是全国重点文物保护对象。我们乘车离开阿城，向东南方向驰行数十里。展望窗外，厚厚的雪原延伸到视线的尽头。车行不久，抵达张广才岭石人山地区。我和道怡看到在一大块裸露的灰褐色花岗岩上刻着一男一女两帧画像。右侧是男像，武士装束，头戴盔，脚穿靴，圆领窄袖，肩挂披风，身材魁梧，姿态威武。左侧是女像，盘膝端坐，两手合袖，头上戴有饰着飘带的女帽。仪态安详，一副贵妇模样。道怡看了石雕说："这两幅石像，当属金代早期石刻艺术的佳品。"

回阿城后拜谒金上京遗址。我和道怡没有看到金代古建筑的任何遗存，仅仅在原址上竖立一块石碑。我在三九凛冽冷风里，掏出笔记本详细记下碑文，抬头往远处一看，老崔身穿红棉衣漫步在北方十二月白雪皑皑的原野上。白雪红衣，兀自组成一道鲜亮的风景。这黑土地上燃起的红色火焰，顿使冬之旅途增添了温暖和愉悦。当时我心有所动，想到老崔故名"道怡"。

那次在哈尔滨，刘学颜还带我们到太阳岛上看了五彩缤纷、美轮美奂的大规模冰雕，参观了富丽堂皇、庄重肃穆的圣索菲亚大教堂。在教堂前广场上，巧遇一位在《人民文学》上发表过小说的中年作者。他见到了崔老师惊喜万分，盛情带我们到中央大街上最著名的华梅西餐厅用餐。老崔在哈尔滨更有意外收获，就是他在阿城见到了多年未见的他大哥的儿女——他的侄儿、侄女。他们在当地宾馆相见，拥抱叙谈，亲情融融，一派天伦之乐。

六

中国作家协会杭州创作之家，地处西湖最佳名胜区灵隐寺东侧百亩龙井茶园内。2017 年 8 月 28 日至 9 月 6 日，我和崔道怡有幸在那儿度假十天。抵达那日傍晚，我和道怡站在小院内观赏周围景色。创作之家接待我们的老叶走过来，向我俩介绍说：“这幢房子是 1988 年同济大学建筑系刚毕业的女大学生设计的。有关方面规定，这棵大樟树决不能移动，土地面积小，便只能盖座黑瓦白墙的两层小楼。”老崔和我均觉这儿小巧玲珑、精致舒适，很好。老叶说：“巴金先生八十高龄后四次来此小住。现在崔老、张老你们住的 806 号、807 号，就是当年巴老和他的女儿李小林分别住过的房间。这儿林子密，空气新鲜，巴老喜静，又爱吃清淡的杭帮菜，很中意这个地方。”

老叶离开后，我和老崔看见巴老住过的房间窗外大樟树旁一块立石上，用红字刻着一段话：“这真是我的家。我忘不了在这里过的愉快的两个星期。谢谢你们。巴金一九九〇年十月十四日。”

我看了这段话，想起《十月》杂志创刊三周年之际巴老发表的《致〈十月〉》的文章。巴老说：“《十月》杂志是很好的大型刊物……作品是刊物的生命。编辑是作家与读者之间的桥梁。作家无法把作品直接送到读者的手里，要靠编辑的介绍与推荐。没有这个助力，作家不一定能出来。”

老崔说：“巴金是大作家，又是大编辑家，这是巴老的切身体验。”

我说：“‘编辑是作家与读者之间的桥梁’，这话说得多好、多贴切、多形象。没有编辑这个助力，‘作家不一定能出来’。文学史上许多实例，证明了这句话。1928年，要不是叶圣陶老从来稿中发现了巴金的《灭亡》，并把它连载于《小说月报》上，那时还只有二十四岁、且身在巴黎的作者，怎能如此年轻就走上文学道路？1934年，巴金在北平三座门编文学期刊，他在积稿的抽屉里翻到了曹禺的《雷雨》，捧读之后受了感动，立即把它刊登在当年《文学季刊》一卷三期上。曹禺先生从此走上了剧作家之路，且在写出《日

出》《原野》《北京人》之后成为戏剧大师。曹禺终身铭记巴老对他的发现和提携。1934年末，鲁迅先生接到萧红、萧军慕名交给他的《生死场》《八月的乡村》，阅读之后，立即推荐、作序，并把它们编入《奴隶丛书》于1935年出版。二萧的文名，从此耀眼于20世纪30年代左翼文坛。鲁迅先生1936年去世之后，萧红撰写了一组回忆鲁迅的长文，作为永不凋谢的花圈敬献于鲁迅先生灵前。而萧军听说鲁迅先生病逝，伤心之至，忙去奔丧，捶胸顿足，号啕痛哭，扶灵抬棺，报答师恩。一部现当代文学史，作家和编辑之间如此感人肺腑的故事，屡见不鲜。”

夕阳坠落，从北高峰西侧，越过西湖龙井茶一级保护基地斜照过来。我和老崔走到院中一株枫树下张望，见面前植有一片茂密的竹林，间有几株叶子既阔又长的芭蕉在夏末、初秋的微风里摇曳。我和道怡走上草坪，发现翠竹掩映下立着一块扁圆形灰褐色巨石，上面镌刻着千多位历年来此度假、写作的作家们的亲笔签名。面对参差错落、字迹各异的签名，晚霞中我们发现石上刻着名字的老作家如巴金、夏衍、张光年、朱子奇、草明、冯牧、黄裳、李准、罗洛、汤用宽、徐迟、杨子敏、邹荻帆、柯岩、赵长天、陆星儿、章仲锷、张贤亮等人已先后离世。岁月流逝，苍天不挽，人杰隐没，令我俩感慨万端。接着我们讨论起目前刚过五十岁那一代优秀作家的名字。崔道怡不假思索地脱口而出：“南有毕飞宇，北有迟子建。”

我同意老崔的评价。毕飞宇的《青衣》《玉米》《推拿》篇篇是精品杰作。他是江苏兴化冒出来的奇才。而生于黑龙江漠河县北极村的迟子建，富有灵性，天分很高，是光耀于北国天空的文学明星。她说："故乡和大自然是我文学世界的太阳和月亮，照亮和温暖了我的写作生活。"她写故乡的天地、清风、明月、冰雪以及生活在北方边境上的众多人物。她荣获茅盾文学奖的《额尔古纳河右岸》，以一个年届九旬的鄂温克族最后一位酋长女人的口吻，讲述这个弱小民族顽强的抗争和美好的爱情。她哀叹美之伤逝，使小说具备了史诗的品格。我记起了在陈思和主编、山东画报出版社出版的《艺海双桨》中，登有迟子建写崔道怡的文章。子建在鲁迅文学院读研究生时，崔道怡当她的辅导老师。她在文中说："崔老师高高的个子，戴一副宽边近视眼镜。他既谦逊又认真，对我们交上去的每篇稿件都仔细阅读并提出审读意见。我比较喜欢的《原始风景》本是一篇作业。当时崔老师在家中读完这篇稿子，立即给我打来电话，说他很欣赏这部作品，争取上《人民文学》。有一年新年，崔老师请我们几位学员到他家做客。我们在黄昏时分围着木炭火锅吃涮羊肉，然后欣赏维也纳新年音乐会。记得一曲《拉德茨基进行曲》的旋律响起的时候，崔道怡不由自主地和着音乐节奏打起了拍子。那一瞬间他显得如此年轻、如此忘情……"

附近名寺里的晚钟，它那清越、悠扬的梵音，随风飘送。我和老崔站在暮色渐浓的翠竹丛中，谈起迟子建对他的感念和赞颂。道怡竟说根本不知道有这么一篇文章，还说凡是要采访他、写他的人，一概婉拒，内心从不看重。

哦，道怡有“道”：功成不居，大美不言，大音希声。

七

崔道怡原是辽宁铁岭人，很早就来北京上学。北大毕业后，经吴组缃推荐，一直在《人民文学》工作。一生坚守一个刊物，先后送走了八位主编。他十七岁就开始写作，发表过儿童文学作品《队员的道路》、短篇小说《关于一个鸡蛋的“讲用”》、中篇小说《未名秋雨》以及得奖散文《我右手的无名指》。出版过《创作技巧谈》《小说创作入门》《水流云在》《方苹果》等专著，为数十本小说集作序。主编过《中国新文学大系》《新中国五十年短篇小说精选》《21世纪文学之星丛书》。荣获过全国文学期刊优秀编辑奖。

道怡是位极有鉴赏力、极敏锐、经验极丰富的编辑大家。1962年，他在自发来稿中见到当时下放在张家口、住在羊圈里干活、一直无人理睬的汪曾祺写的小说《羊舍一夕》，如同泥沙中拣到了金块，欣赏备至，便把它刊发在《人民文学》上。连汪曾祺这样的当代大家都赞赏崔道怡，说：“我的作品能够得到老崔的欣赏，我就像喝了瓶老酒似的从心里往外舒坦。”

我和老崔相识深交整整四十载。他给我的印象是他犹如飞翔在云端、振动双翼、伸直两足、姿态优雅地向前挺进的领头鹤，用它的慧眼锐利地寻找、发现大地上的一切佳品。我不止一次地听到赵瑜、徐剑、凸凹们称他是“国编”，认为他是首席小说编辑家——我们这个职业行当中至高无上的称谓。

2017 年 10 月于北京

怀念和章仲锷在一起的日子

2008年10月3日中午，我正在翻阅《文学界》2008年第9期上所载章仲锷专辑中的文章，电话铃响了，拿起话筒，一听竟然是他女儿章则哭着告诉我："张伯伯，我爸爸今晨走了！""什么？！国庆节前我还跟他通电话，好好的怎么突然走了！"章则说："先是发烧，后转为肺炎、心衰，就没有挺过去。"我说："新新（章则小名），你先陪着你妈妈，我立即就来。"

放下电话，冲下楼，打的奔往潘家园。

一路上思绪混乱，我和章仲锷三十多年友好相处的点点滴滴，像电影似的在眼前翻腾过去。尤其不忘我和王世敏（已去世）、章仲锷三个人共商创办《十月》杂志的往事。

章仲锷

章仲锷生在湖南，长在山东，故他对山东的情况比较熟悉。1977年夏天，我们三人在北京出版社文艺室工作，同到济南组稿，顺便参加山东文联在南郊宾馆召开的文艺大会，听山东省委负责人白如冰做报告。天气很热，我们不愿听枯燥的报告，就溜到报告大厅外树荫下聊天。我们你一言我一语地交谈，说国家形势有了变化，文艺界也会松动，应该抓紧时机有所作为。“文革”之后人民翘盼着从各地回京的作家们创作上的喷发，打破文坛上荒芜冷清的局面。我们越说越起劲，便商量创办一个大型文学刊物，迎接创作高潮的到来。接着大家便想刊名，最终王世敏想起了“十月”的名字。

仲锷和我一致赞同，觉得这个名字响亮、大气，表示金秋之后丰收的意思。从山东回京后，我们和黎汀一起，经过一年筹备，《十月》便在改革开放之初的1978年秋天创刊。半年之后，《收获》复刊，一年之后《当代》创刊，随即《花城》《钟山》等大型文学刊物如雨后春笋般涌现，为中篇小说这一文学体裁的兴起和繁荣提供了广阔的园地。仲锷在《十月》工作的三年多时间里，埋头苦干，先后编发了邓友梅的《追赶队伍的女兵们》、刘绍棠的《蒲柳人家》、张洁的《沉重的翅膀》、刘心武的《如意》、从维熙的《第十个弹孔》等脍炙人口的佳作，其中有的荣获茅盾文学奖，有的荣获全国中篇小说奖。仲锷为《十月》创刊后获得的盛誉，付出了开拓者的辛劳，是《十月》的功臣之一。

之后，仲锷被孟伟哉调到人民文学出版社《当代》编辑部工作。从1982年到1988年，仲锷在《当代》主编秦兆阳领导下，编出了刘心武的《钟鼓楼》（获第二届茅盾文学奖）、李斌奎的《啊，昆仑山》、柯云路的《新星》、焦祖尧的《跋涉者》、郑义的《远村》、陈冲的《厂长今年二十六》、王朔的《空中小姐》、张曼菱的《这是一个美丽的地方》等名篇。秦兆阳赞许仲锷的编辑成绩，给他写过一个条幅，曰："磨稿亿万言，常流欢喜泪；休云编者痴，我识其中味。"这条幅道出了编辑工作中的甘苦，仲锷就请书法家写了"磨稿斋"三个字，作为他书房的斋名。

1988年，仲锷从《当代》调到作家出版社任副总编后，又创办了《文学四季》。它秋季问世，尽管只出了六期，也经手发表了张贤亮的《习惯死亡》、王朔的《玩的就是心跳》、朱春雨的《血菩提》、张聂尔的《名门淑女》等力作。

后仲锷于1990年冬天调入《中国作家》杂志。他和高洪波、杨匡满等一起，又编发了《马家军调查》《落泪是金》等一批轰动全国的作品。新时期文学以来，仲锷是唯一一位曾在首都的《十月》《当代》《文学四季》《中国作家》等大型文学刊物都工作过，且都编发出许多名作的编辑家。在当代文学史上，他理应占有一席位置。

从北三环路赶到潘家园，的士整整走了半个小时。我冲上仲锷在第十七层的寓所，见他的亲人都在。新新迎过来对我说："张伯伯，您跟妈妈说说话，劝劝她。"我走进卧室见高桦倚靠在床上，她一见我哭着诉说："守仁，他怎么就突然走了呢？我有责任，我没有叫人及时安起搏器。"我赶紧过去轻拍她的背，安慰她："你别这样说，仲锷能活到今天，全是你照顾得好。1975年我和他同一个办公室，就见他手掌心是红的，当时就已肝硬化。多年来，是你不断让他吃胎衣，叫他按时服药，服侍周到，才能活到今天。"新新站在床边说："妈，几十年来张伯伯是见证人，您别自责，别太难过了。"我说："高桦，仲锷这几十年能一心扑在工作上，编出这么多好稿，这军功章的功劳有你一半，不，一多半，这是有目共睹的事。仲锷身前还希望编一本自己的杂文集、一本评论集，你要节哀，保护好自己身体，才能完成他的遗愿啊。"

作者与编辑家章仲锷（左）和他的夫人高桦
2008 年 6 月合影于江西婺源风景区

仲锷“磨稿斋”书房里已经布置了简单的灵堂。在他遗像两侧已有铁凝、金炳华送来的花圈。我向仲锷遗像鞠了三躬，见高洪波、石湾等人来了，便离开他家，遵高桦嘱咐，打电话通知李存葆、崔道怡、赵大年等文友以及北京作家协会、中国野生动物保护协会等单位。

是夜，我难于入眠。这半辈子，我和仲锷算得上挚友、诤友，情同手足。20 世纪 70 年代末，我们两家都住在东四，他住三条，我住六条，相隔仅一箭之遥，往来频繁。有年初冬，我在他家里，第一次见到了从银川来的张贤亮。当时他人很瘦，披着一件脏兮兮的黑棉袄，脸色疲惫，风尘仆仆。我们喝着啤酒，吃着高桦包的饺子，听贤亮讲他在劳改农场遭受的种种苦难。贤亮的第一个中篇《土牢情话》就是经仲锷之手编发在《十月》上的。后来我们编辑部的同事侯琪同志还编发了他的代表作《绿化树》。那时冯骥才在人民文学出版社宿舍修改他的长篇小说，有时候从人文社拐到南小街和三条交界处的仲锷家里，我们三人围炉夜话，畅谈解冻后的文坛种种。有一次我俩南下到湖南、广东组稿，在长沙听了康濯的介绍，深夜赶火车到郴州，向古华组稿，带回来一篇《送你一枝玉兰花》发表在《十月》上。后经我们介绍，古华进了当时的文学讲习所学习有了提高，才写出了获奖的《芙蓉镇》和《爬满青藤的木屋》。1978年春天，我和仲锷路过保定，

章仲锷

参加河北作家张庆田主持的散文座谈会。在那次会上，我们结识了年仅二十一岁、刚开始写作的铁凝。后来，我们分别在《十月》和《文学四季》上编发了铁凝的中篇小说《没有纽扣的红衬衫》和她的长篇小说《玫瑰门》……

仲锷生性木讷，少言寡语，不善交际，但冷不丁说出来的话颇为幽默，且像他的杂文那样带着刺。但只要我俩相遇在一起，就有说不完的话。正如高桦所说，我们两人互相揭短，从彼此争论中获得无穷乐趣。他常批评我说话南腔北调，不会说普通话；我说他不懂礼貌，宴会上主人没有发话就自己拿起筷子夹菜吃；他说我下棋太差，是个臭棋篓子；我说他毫无生活能力，竟用去污粉当盐煮鱼吃。他还用生僻的繁体字、少见的成语考我，偶尔我说错了，他就抿嘴自乐。

在我们这一茬老编辑中，他的案头功夫最硬，在看稿、看校样时，他像只啄木鸟似的，能飞快地啄出行文中的“害虫”（错别字、病句）。他看电视剧读荧屏字幕，或翻阅新出的书籍，或听演员、主持人讲话，常能发现用错、念错的字。他说像吃饭时硌到了沙子那样膈应，便咬文嚼字地写出一批纠错文章，以正视听。他这种火眼金睛的本领，活字典式的博学，令我佩服。

这三十多年来的往事一一闪过我的心头：我怎能忘记我们共同编辑数百万字“碧蓝绿”环保丛书时相互切磋的情景，怎能忘记我们同去新加坡参加“人与自然——环境文学研讨会”的经历。我不会忘记我们西去河北太行山赞皇地区采风，携手到山东荣成饱览“天尽头”的风光。我回忆起我们同登岳阳楼，观赏浩浩洞庭水；回忆起共乘东京地铁车，去观赏临海修起的迪斯尼乐园……

然而你突然走了。唉，今后还有谁能像诤友似的指出我的短处，如顽童般跟我斗嘴取乐呢？深夜想及你的离去，不禁唏嘘叹息。

仲锷，失去你，我像失去一位亲兄弟那样内心无比伤痛。兄弟，你走好！现在我心里很乱，且让我这篇不成样子的悼文送你远行！安息吧，仲锷！

2008 年 10 月 6 日

在老子撰写《道德经》的地方

一

在我一生阅读史中，发现世上没有哪本书比《道德经》更有高度、广度和深度。自从我二十岁那年，在南京新街口书店购得这本小册子后，它一直是我的枕边书，指导我如何做人，教育我无我无争、无奢无欲、无怨无悔地生活。

我今年已八十四岁，经历了许多。我的青年、中年、壮年岁月，怀有许多困惑、疑虑、苦闷。当我陷入无力自拔之际，是《道德经》如一盏指路明灯，帮我释疑解惑，教我忍辱负重、谦卑自下、刻苦砥砺，让我摆脱郁闷，渡过难关。

我是个普通人，一生得益于《道德经》极多。就是至圣

老子

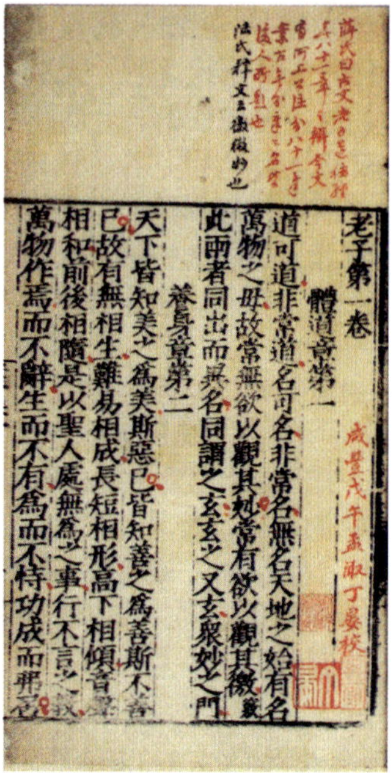

老子第一卷

體道章第一

道可道非常道名可名非常名無名天地之始有名萬物之母故常無欲以觀其妙常有欲以觀其徼此兩者同出而異名同謂之玄玄之又玄衆妙之門

養身章第二

天下皆知美之爲美斯惡已皆知善之爲善斯不善已故有無相生難易相成長短相形高下相傾音聲相和前後相隨是以聖人處無爲之事行不言之教萬物作焉而不辭生而不有爲而不恃功成而弗居

《老子》（明嘉靖六年本）

先师孔夫子，也要向老子李耳请教。他老人家长途跋涉，自鲁至洛阳向时任周朝国家图书馆馆长的李耳虔诚问学。他听了老子一席话，出门后对弟子说：“我知道鱼怎样在水里游，鸟怎样在天上飞，兽怎样在地上走，却不知道风云之中的龙到底是什么。今天见到的老子，就是这样的龙。他的智慧像大海一样深。”

老子是先秦时期孔子、墨子、孟子、孙子、庄子、荀子、韩非子等智人的启蒙导师，他的学说获得德国大哲学家黑格尔高度赞赏。美国前总统里根在其1987年国情咨文中，曾引用老子《道德经》第六十章“治大国若烹小鲜”的名言，阐述他的治国理政方略：煎小鱼如果经常翻腾它，鱼碎了，就不能吃了；治理大国，如果多变，随心所欲，率性而为，必然劳民伤财，搞乱国家。几任联合国秘书长包括安南、潘基文在内，常引用《道德经》中“善士者不武”“不以兵强于天下”“大军之后，必有凶年”“夫兵者，不祥之器也，不得已而用之”等隽语，引导各国人民和平共处。

老子常用日常之物如水、弓、谷、车轮、器皿等形象地说明深奥的哲理：至柔如水，却能冲决坚石；一只碗、一间屋空了，才能盛饭、住人；虚怀若谷了，方可增长智慧；书法、绘画留白了，更显咫尺天涯、丰富多彩。

《道德经》是一部论述天道、宇宙、万物、军事、政治、经济、教育、修行、建筑、艺术的哲学大书，也是一册语言巨著。精炼五千言，竟有上百条箴言、熟语流传至今，成为人们日常语言：如“祸兮福之所倚，福兮祸之所伏”“圣人无常心，以百姓心为心”“我无欲而自朴”“千里之行，始于足下”“民之饥，以其上食税之多”“鸡犬之声相闻，老死不相往来”，以及“金玉满堂”“功成身退”“出生入死”“宠辱不惊”等众多成语。仅此一端，已使我这个终身以编辑、写作、翻译为业的人，佩服得五体投地。

美国《纽约时报》曾郑重评出世上最著名的十大作家，老子排名第一。目前全球各大小语种翻译《道德经》的译本，阐释它、评论它、关注它的著作，已有三四千种之多。《道德经》在各国的发行量仅次于《圣经》，但《圣经》是古代犹太民族的集体创作，而《道德经》是两千五百年前老子一人所写。我退休后用二十年的时间编选、出版了一部六十万言的《世界美文观止》，其中辑集了古今中外一百六十位名家的经典作品一百六十篇。我个人认为，把我编选的这一百六人的名作加在一起，放在天平上称，其重量不如一册五千言的《道德经》。《道德经》是一座珠穆朗玛高峰，高不可攀；它是一片浩渺的海洋，深不可测。《道德经》已教导了人类两千五百年，还将继续教导人类几千年、几万年。《道德经》和《圣经》一样，内在精神是相通的，都是不朽的人间瑰宝。《道德经》这部宝书写于纪元前灵宝县（古称桃林县、弘农郡）的函谷关，因而那道远古雄关，一直是我多年来盼望登临、瞻仰的圣地。

二

2017 年 11 月初，趁去豫西讲学之便，终于在河南作家刘育贤、灵宝市作协主席李亚民等文友陪同下，赴市北十多公里处瞻仰了函谷关。

那天天气晴暖，红叶满山。我们乘车来到著名景区，经过阔大的广场，便是老子当年写经的太初宫。新中国成立之初，这所房子里曾开办过一所简陋小学。后经多次修葺，模仿汉唐风格，改建成面阔三间、有景深的圣宫。殿前植有古柏数株，当年老子汲水的深井一口，右侧是颇有仙气的铁锈色写经陨石一块。

相传公元前491年（周敬王二十九年）的一天，函谷关令尹喜清早从家出门，站在观星台上看气象，见东方紫气腾腾，霞光四射，心中大喜，欢呼："紫气东来，必有异人通过。"忙命人打扫路径，洒洗庭院，恭候宾客。不一会儿，果有一位银发飘逸、器宇轩昂的老翁，骑着青牛前来。尹喜忙上前迎接，互通姓名之后，诚邀贵客在此停留休息。老子对尹喜说："我要出关往西云游。"尹喜说："您老在此写部著作，留给后人，再出关不迟。"老子欣然允诺，以他博爱之心、辩证之思，在太初宫陨石上，废寝忘食地写了五个月，著成五千言《道德经》交给关令。尹喜接书后想再挽留老子住些日子。李耳婉辞道："我急想找个清净地方安度余生。"尹喜便设宴饯行，送老子出关。李耳西去秦地后，行踪无人知悉，遂隐去。

绕过太初宫，前面就是函谷关。关楼砖木结构，巍峨雄伟，气势不凡。关门高大，坚如宫阙。进入重门，穿越瓮城，路经书写"函谷古道"四个大字的碑石，前面就是主关楼。据《辞海》释义：函谷关"因关在谷中，深险如函得名"。它西靠高原，东临深涧，南接秦岭，北滨黄河。真可谓一人守关，万夫莫开。据最近发现的史料证明，三千多年前周康王时已置关于此。

秦汉以来，政治中心主要在长安、洛阳。于是函谷关这咽喉要塞便成刘邦、曹操、张鲁、安禄山、李自成等的必争之地，上演了无数惊心动魄的战争场面。

我站立在主关楼外的台阶上，问导游：“除了帝王将相们在这一带活动、打仗外，有哪些重量级的文人在函谷关、在灵宝留下了他们的脚印和作品？”

导游说：提到停留灵宝、函谷关写出作品的人，最重量级的要数老子李耳。他在这里写成的《道德经》，已成为全人类共同的精神财富。唐代大诗人李白、杜甫、白居易都在灵宝停留过、写过诗。“初唐四杰”之一的王勃，还任过灵宝县参军一职。公元765年春夏之交，他从这儿出发，前往交趾探望贬官在那里的父亲，路经洛阳、扬州、江宁，于当年9月抵达南昌，留下了“落霞与孤鹜齐飞，秋水共长天一色”的千古名句。诗圣杜甫娶的妻子，是灵宝杨村的闺女，故他经常往来于老家巩县和灵宝之间。安史之乱后，杜甫从洛阳经新安、灵宝去华州，一路所见，惨不忍睹，为此作了“三吏”“三别”的组诗。他在《石壕吏》中写道：“暮投石壕村，有吏夜捉人。老翁逾墙走，老妇出门看。吏呼一何

怒，妇啼一何苦……”此外，宋之问、张九龄、高适、岑参、刘禹锡、孟郊、贾岛、皮日休等都写过函谷关的诗。宋之问的《函谷关》云：“六国兵同合，七雄势未分。纵成拒帝秦，策决问苏君。”张九龄的《经函谷关》云：“函谷虽云险，黄河已复清。”皮日休的《古函谷》云：“破落古关城，犹能扼帝京。今朝行过客，不待晓鸡鸣。”如果把历代诗人的诗汇集起来，编一本《函谷关集》，一定很有价值。

这时一位灵宝作家告诉我：“大文豪鲁迅先生也登过函谷关呢。”我惊问：“真的吗？”导游姑娘说：真的。1924年暑假，鲁迅应国立西北大学和陕西省教育厅邀请赴西安讲《中国小说史》。当年8月8日，返京途中，临函谷关，俯瞰黄河，远眺秦岭，逸兴飞扬，兴致盎然。鲁迅在1924年8月9日日记中写道：“九日晴，逆风。午抵函谷关略泊，与伏园登眺。归途在水滩拾石子二枚做纪念。”后在1935年12月创作的历史小说《出关》里，鲁迅就是根据十一年前登临函谷关的感受，描绘了老子李耳出关路过险峻山道的情景。

我对旅伴们感慨道：“和只有六百多年历史的山海关相比，这三千多年前就建置的古关，才是‘天下第一关’啊！”

三

离开函谷关，东南去燕子山森林高处，采摘了两兜大苹果，直奔黄河岸边。文友告诉我：“灵宝古有三宝：棉花、核桃、枣。后来发现了金矿，还大规模引种了苹果，就改说成黄金、苹果、枣。”说话间，我们穿过万亩枣林，时值深秋，绿叶脱尽，黑褐色的枣枝零乱地斜、直伸向天空。文友望着窗外连片枣树说：灵宝的枣集中产在沿黄河沙壤地带，果大、皮红、肉厚、核小、味甘，还带有清香，闻名全国。枣子将熟，枣商云集，赶来采购。翻译家曹靖华是邻县卢氏人，早年就是鲁迅“未名社”骨干成员，两人交谊很深。曹先生常把灵宝红枣寄赠给鲁迅享用。鲁迅1935年1月15日日记中记道：“得靖华信，并红枣一包。”三天后复信给曹：“红枣早取来，煮粥、做糕，已经吃得不少了，还分给舍弟（周建人）。”后又写信给曹说：“红枣极佳，为南中所无法购得。”鲁迅先生对灵宝大枣赞誉有加。我接着文友的话说：曹靖华先生我认识，在北京的一次文学座谈会上见过，与周立波、徐迟等同桌吃饭时跟他交谈过。他是北大俄语系教授，曾译过契诃夫的《三姐妹》、绥拉菲莫维奇的《铁流》、费定的《城与年》等名著。我年轻时学俄语，也译过几本苏俄文学著作如《屠格涅夫散文选》等，曹先生是我的学习榜样。

经过绵延不尽的枣林，掠过植株很高的几块棉田，驰过千亩荷塘——塘中莲茎已枯，荷叶残败。又颠簸过一段凹凸不平的泥路，终于来到黄河滩地。这儿离三门峡水库不远，水量丰沛，河面浩阔。当我们站到岸边，西方正有一轮鲜红落日照射过来，霞光贴着水面延伸到脚下，仿佛给我们铺了一块长长的红地毯。一行大雁排成人字形从我们头顶上自东向西飞去。雁阵飞进长河落日的大圆轮里，天然形成一幅难得的画面，朋友们赶紧举起手机抢拍起来。我们站立的岸边，簇长着一片开着灰白芦苇的苇丛。苇边泊着一只半浸水中、半搁泥浆的小舟，颇有“野渡无人舟自横”的意境。

离开人群，我独自穿过一排杨树林，跨过滩地上耕种的一畦畦玉米根茬，向主河道靠近。河北岸黄土崖参差高耸，那儿已属晋南芮城县境。我清晰听到了从对岸塬上山村里传来的狗吠、鸡鸣声，西边就是老潼关，真切体验了“鸡鸣三省”的情景。

静坐在河边黄昏里，看见不远处曳游着四五只野禽。我想到来灵宝已经三天了，接触了村主任、乡长、小学校长、文联领导、创新苦干的企业家以及二十多位亲如兄妹、热情似火的文学爱好者们。我从他们的眼神、手势、语气里，从接待我的简朴、自然、亲切上，感受到自己始终被温暖和真诚重重包围，心情分外欢畅。这儿是《道德经》诞生的地方。想不到它深邃的哲理，已潜移默化地融入当地不少精英分子的血脉和行动里。人们“甘其食、美其服、乐其俗、安其居”、自足无争的日常生活，一直是我向往的伊甸园。

黄河水从我面前汩汩东泻，奔向大海。李耳曰：“上善若水。”水是生命之源，更是文明之根。世上一切古文明均孕育于大河流域：巴比伦文明诞生于底格里斯河和幼发拉底河；埃及文明萌芽于尼罗河；印度文明肇始于恒河；中华文明则发源于黄河两岸。五大洲各国人民都深情地歌颂养育他们的母亲河。印度尼西亚人民唱着《美丽的梭罗河》，奥地利人奏起《蓝色多瑙河》。诗人光未然1938年从离此不远的晋西经过壶口瀑布时，写下了雄浑豪迈、气势磅礴的《黄河颂》：“啊！黄河！你是中华民族的摇篮，五千年的古国文化，从你这儿发源……”

世上没有比水更善的事物。它润泽万物，谦居低处，清白自守，大美不言。

暮色中离开黄河滩，归路经过函谷关，关前那尊高达二十八米、手执《道德经》宝卷的老子镀金塑像，以他大哲人的慧眼，远远地俯视着我们，关注着他的后代子孙们的言行……

我和张弦一家人

一

我和小说家张弦第一次见面，大约在1978年底、《十月》创刊不久的时候。他在长春电影制片厂改完电影剧本《苦难的心》，回宁路过北京，在《十月》当时办公的崇文门外东兴隆街51号搭伙。张弦身体清瘦，脸色憔悴。可能因长期农村劳动、经济拮据、营养不良所致。早在1956年，我就读过他发表在《人民文学》上的短篇小说《甲方代表》，后改编成剧本《上海姑娘》，拍成电影公演。他是很有才华的作家，便在吃饭时约他坐在会议室一角交谈。

我向他介绍：打倒了“四人帮”，坚冰融化，文艺春天

张弦

可能要到来。1957年后散至各地的作家们正从新疆、山西、辽宁等地陆续回京。我们估计王蒙、从维熙、邓友梅们平反归队后，必然会把基层生活积累多年的体验、感受，熔铸成文学作品发表出来。因此我们紧抓机遇，创办了一个大型刊物，迎接文学井喷时期的出现。刊物取名《十月》，是因为本世纪几个重大转折事件，如1935年长征胜利、1949年中华人民共和国建立、1976年“四人帮”覆灭，均在十月发生；同时还想表达金秋十月、硕果累累、大地丰收的喜悦之情。我送张弦一本《十月》创刊号，请他以后多给《十月》写稿。

张弦向我诉说他的经历。他说：我从小就爱写作，在上南京五中高三时，主编过《五中文艺》。第一期墙报竟在市大中学校比赛中得了第一名。于是心里有了想当作家的念头。看到苏联工程师阿扎耶夫，投身于火热的经济建设之后，写出了长篇小说《远离莫斯科的地方》，成了著名作家，于是我报考了工科大学。1951 年夏，我考上了华北工学院冶金专修科，第二年院系调整，并入清华大学。大学时期是我读鲁迅、茅盾、巴金等人作品最多的岁月。毕业后我分配到鞍钢。1957 年春我写了中篇小说《苦恼的青春》，被定为“右派分子”，下放到安徽农村干活。我车过水，插过秧，挑过粪，赶过马车，在马鞍山市电影院里当过扫地的、引座的、看门的……1977 年秋天回宁后重新创作。这次听到了十一届三中全会精神的传达，心情振奋，准备大干一番。

张弦从 1979 年到 1981 年，短短三年里，接连发表了《记忆》《被爱情遗忘的角落》《未亡人》《挣不断的红丝线》《银杏树》等名篇。《记忆》《被爱情遗忘的角落》荣获了 1979 年、1980 年全国短篇小说奖。当时《十月》缺乏精彩的短篇，故我每当《十月》出版之后，首先向住在南京上海路 25 号的张弦寄赠样刊，并附上热情洋溢的约稿信，切盼他赐稿。这件工作我整整坚持了九年。

二

1982 年初夏，我到南方组稿。到了南京，首先去拜访张弦的家。我从市中心新街口走了很长的路，探问着寻找到上海路25号小院。我见院子里晾晒着一竹竿衣裳，像阔叶似的争探出低矮的檐头，去迎接被附近建筑物挤窄的阳光。这时小屋里正有个中年妇女提着一只擦得锃亮的水壶走出来，到院子里自来水龙头上接水。我问她："这儿是张弦的家吗？你是……"她微笑道："是张弦的家。我是他妻子张玲。"我问她："张弦在家吗？"她说："他老不在家，不是到外地参加笔会，就是去电影制片厂改编电影文学剧本。你是？""我是《十月》杂志编辑，来向他组稿。"张玲白皙的脸上戴副眼镜，苗条的身子穿一套素净的短袖夏装，胸前系条镶边碎花小围裙，伸手道："那你请进。"

秦志钰

张玲

他们的小屋很暗，里外两间，外间小，里间大，中有门相通。在里间坐下后，张玲给我沏了一杯茶，笑道："你大概是张守仁先生吧？"我吃惊道："你怎么知道我的名字？""你持续不断寄赠的《十月》，还有你写的约稿信，我们都按期收到了。张弦不在家，信都是我拆的封。我都为你坚持不懈的编辑精神所感动，觉得张弦早应该还你们文债了。他写作认真，数量不多，应付不了众多刊物约稿。但你专程来了，我就催他给你们写。"我说："那就谢谢你了。"张玲说："我也要谢谢你。你寄来的刊物和书张弦没时间读，正好成为我的精神食粮。"

我和她谈起近几年文学界对张弦复出后发表的小说交口称赞。《被爱情遗忘的角落》拍成电影后，观众爱看，还推出了一位优秀女演员沈丹萍。张玲指指靠墙的小桌子，说："他平时就埋头在灯光下写作。深夜，他常把我从睡梦中摇醒，硬要我听他念刚写下的得意段落。我经常给他泼冷水，指出他作品中的毛病。"

我为张弦高兴，他有懂文学的妻子作高参，使他的作品如虎添翼，更加出彩。趁张玲给我削水果之际，我环视小屋，发现张弦的家虽小，光线不足，但窗上挂的、桌上摆的、床上铺的，都精心，品位高雅。水泥地擦得发亮，一尘不染。张玲显然是个懂生活、爱整洁、善理家的主妇。

桌上摊开一本《安娜·卡列尼娜》。我问她："你在看？"张玲说："儿子张远、女儿张为上学去了，闲着无事，欣赏欣赏。”

造访不遇，感到遗憾。临别时我托张玲转告张弦：“下一篇小说，写完了务必寄给《十月》，别再投沪、宁刊物了。”张玲送我离开小院，说：“你放心吧，我一定转告他。”我得到主妇的允诺，欣然离开了她的家。

1985年4月，中国作家协会由王蒙、陆文夫主持会议，在春暖花开的南京市隆重颁发中篇、短篇、报告文学奖。群英荟萃，记者云集，举城欢腾。会议间隙，张弦夫妇特地要了江苏作协的车，邀请王蒙、谌容和我到新街口附近新开张的一家西餐厅用餐。当晚在中山东路307号俱乐部（原国民党励志社招待所）有一场舞会。舞场气氛热烈。先有一位南京歌舞团女演员表演独舞，作为开场。那女子身材细高，两腿修长，舞姿奔放。大家在乐队伴奏下，翩翩起舞，裙边飘扬，欢声笑语，如痴如醉。但我很少见到张弦带领张玲进入舞池。她独自戚戚地默坐一边。我便走过去邀她跳舞。不知为什么，张玲眼神忧郁，似有什么难言心事。我不便问，又带她跳了两支舞曲，见她不像往日那么健谈，就离开了舞场。

三

1987年秋，我听说张弦在离我北三环路住所很近的北京电影制片厂红楼招待所里改编电影剧本。一天晚上，我骑了自行车，兴冲冲去了北影厂区。走进红楼214房间，张弦正在跟人打电话，已摁下免提，声音较大。从他们交谈中我获悉对方是我们共同的朋友邵燕祥。燕祥原是写诗的，但那时主要写针砭时弊的杂文。燕祥说："你近十年的小说、剧本，写的都是女性的性格和命运，她们的受害、受骗、失望、绝望，或者沉沦，或者默默死去。善良、软弱的性格，导致悲剧的命运，值得同情。"

张弦说："历史上，多数读书人与女性的命运是相似的。他们都处于被豢养的地位，不能自主，依附于人，扮演听喝的角色。"

燕祥说："五四文学的特点之一，是突出了诸多社会问题中恋爱婚姻家庭问题，往往从女性的命运折射出被压迫阶层的困境，于是发出控诉的呐喊。这印证了经典作家所说的话：妇女解放的程度，是衡量社会解放程度的标志。"

张弦说："我近年一直忙于写电影、电视剧本，写小说的时间很少了。"

燕祥说："如今你小说家的名声已被剧作家之名覆盖。我作为你的读者，还是希望你给我们多写一些精彩小说出来。而改编剧本，更多属于专业技巧性的活，让他人去干吧。"

张弦说："守仁来找我，我正巧要跟他谈谈最近寄给他的一部小说。"

那年初，张弦给我写过回信，感谢我多年来坚持向他赠书、赠刊、约稿。他在信中写道："你每封来信，使我又感动又着急。如今我居住条件改善了，已搬离上海路狭窄的平房，住进了省作协分给我的锁金村新房子，但仍不能静下心来写小说：一是陆文夫小说《井》要改编成电影，老陆的事不好推辞；二是我要访问中国香港、日本。但是我向你交稿的决心是不会变的，无论如何今年九月底前要交出一部写婚外恋的中篇小说……”这样，我持之以恒地约稿九年，才在上个月收到他寄给我的小说稿。

张弦和邵燕祥打完电话，坐在我对面问：“我给你的《情网》你审读了吧？有什么意见？”

我当文学编辑多年，只看作品质量，决不顾及作者知名度和亲疏关系。我直截了当地表示自己看法：写小说的作家触“电”之后，改编影视剧本时间长了再写小说，他的文笔就粗了，语言没有以前那样细密、精致了。这是因为小说语言和影视剧本语言，有雅俗之分，细粗之别。小说的魅力在语言，而影视剧本的语言允许简略。比如写“黄昏”，作家在小说中要用几百字甚至几千字卓尔不群地、细致入微地描写黄昏的色彩、光影、氛围；但剧作家写影视剧时，只要短短几行或只写“黄昏”两字就够了。到底是什么样的黄昏，则由导演、摄影师到野外寻找、选景，使之形象化、视觉化。剧本的文字是草图，而小说语言要求细密性、精致性、唯一性。《情网》最大缺陷，就是语言粗糙。我建议他有了充裕时间，慢慢细改。

张弦听了我的话，面露愧色：“你是行家，指出了《情网》文学语言上的不足。稿子退我吧，以后重写。”

我说：“最近我审读了散文家韩少华上高三的女儿韩晓征写的中篇小说《夏天的素描》，她把每个同学的个性描写得活灵活现、生动传神。尤其是她的语言鲜活、伶俐、机巧。我很佩服，已签字，将在《十月》发表。我听张玲说，你们女儿张为也热爱写作，准备明年考南京大学中文系。”

张弦说：“小为爱看书，作文出色，可能是个写作坯子，但写作是很苦的，她能坚持下去吗？”

我说：“你儿子张远特爱摄影，可能是你在马鞍山电影院里干杂活时，小远从南京去看你，常拿张小板凳坐在过道里蹭看电影埋下的爱好。我听说北京电影学院明年招生，在全国设两个考点：一个在北京，一个在福州。北京考点人才集中，福州考点人少可能好考些。明年《十月》杂志将在福州举办笔会，我建议你带着儿子与会，顺便去了解一下电影学院福州考点的详情。”

张弦说：“谢谢你关心我儿女上大学的事。不过我和张玲的夫妻关系已经闹僵了，互相折磨，你知道吗？”

我说：“有所风闻。但我觉得，张玲是在你处境艰困、一贫如洗的时候爱上你、嫁给你的，又抚养大小远、小为一对可爱儿女，你一定要善待她、体贴她、关心她。”

张弦说：“张玲陪伴我风雨同舟度过了一段极艰苦的日子。这我铭记在心。但人是会变的，生活改善后，她虚荣心重，爱打扮，视钱如命，看到爱慕我的女性写的情书，就跟我大吵大闹，要死要活。我们的家已无安宁，斗得不可开交。”

我说：“正因为她爱你很深，才不能容忍你这样那样的绯闻。她写信告诉我，你老不着家，偶尔回去，总是疲惫不堪，没有精力温存她、爱抚她。”

张弦说：“骨子里你不了解她。她要我完全听从她支配，经济上控制我，感情上淹没我。在这样的家里，我感到空气窒息，不能自由呼吸。总有一天，我要跟她分道扬镳，摆脱互相伤害的困境。”

我说：“清官难断家务事，何况我也不是清官。但我作为你的挚友，还是劝你和张玲重归于好。你要珍惜你和张玲之间近二十年来相濡以沫的患难亲情。”

时间已晚，我正要离开，214 号房间里，推门走进来一位撑雨伞的女子。她收下伞，跟张弦说外面下雨了，又指指我：“这位是？”张弦说：“《十月》编辑张守仁。”又向我指指她：“她叫秦志钰，北影导演。我写她导，正合作一部电影《失恋者》。”

我仔细端详，进来的是一位亭亭玉立、身材姣好、眉清目秀、肌肤白润的女子。她穿一件红色秋装上衣，下身是深色长裤，脚上套双新款女靴。她把给张弦洗净、叠好的一摞衣裳交给他，转身对我说：“由于《高山下的花环》轰动全国，你的名字早已如雷贯耳。我听北影剧本室主任江怀延——就是演员江珊的父亲，多次夸你组稿能力特强。今日幸会。”我谦辞道：“谢你过誉。”联想到刚才在盥洗室看见张弦已

秦志钰

放了半浴缸温热水准备洗澡，猜测秦女士今晚是来欢度良宵的，便借故匆匆离开了北影招待所。

四

1989年4月20日，中国作协党组书记唐达成率领多位评委、编辑家、散文获奖者到江苏无锡市金城宾馆召开第一届全国优秀散文集颁奖会。散会后回京途经南京，我顺访了上海路25号。本来张弦、张玲夫妇已搬至紫金山下、玄武湖畔锁金村住宅区。后因夫妇离婚，于是张玲又搬回旧居平房过日子。1988年后张玲常写信给我，诉说她命运之不幸、生活之绝望。有一封信里她甚至说：“我走在马路上，巴不得大卡车轧过来，把我推进死神的怀抱。那么含辛茹苦都挣扎过来了，张弦却移情别恋，把我抛弃了！我为什么要活着？为什么活得那么累、那么苦还要活着？为什么活得那么没有希望还要活着？我随时准备结束这其实没有必要再拖延下去的残生！”

那次我一踏进小屋，张玲一反往昔的热情和礼仪，向我一面流泪、一面倾诉她苦难的童年、苦闷的青年、苦楚的中年：年轻时渴望有个历尽沧桑、学养丰厚的男人与己结伴同行。十九岁那年遇到了张弦，一见面心就怦怦跳，渴望见他又躲着他，夜里睡不着觉想他。有时一连几个小时站在他路过的街上，只盼望见他一面。在如此疯爱的心情下，不顾亲友反对，痴恋着与穷作家在“文革”中结了婚。那时穷得天天只吃一毛钱菜，以八十六斤体重的瘦弱身子，拖带着两个幼儿上班；背一个，牵一个，下着雨，还要挤公共汽车；挤车时牵着的孩子滑进路边水沟里，捞出来，拧拧水，再挤车；下班了还要伺候张弦瘫痪的老母，为她梳头、洗脸、喂饭。多睡一个钟头都是奢望。中秋节张弦从马鞍山回来，全家人只能分一块月饼。那些心碎的岁月、泣血的日子，都熬过来了，生活好过了，他竟这样对待我、遗弃我……

我耐心听完她诉苦，邀请她到旁边“一棵树”小饭店吃顿便餐。她摇头说心里难受，没胃口。我便请她到户外走走，散散心。路过五台山体育场，张玲告诉我：“我常避开孩子，孤零零坐在这空旷的台阶上独自暗泣：我为什么这么命苦？命运为什么如此蹂躏我、捉弄我、折磨我？”

我劝慰她："事已至此，只能想开点。人要随遇而安。换个角度想想，摆脱了相互的折磨，解除了依附的羁绊，得到的却是轻松和自在。你老师夸你作文好，让你在班上朗诵，何不利用充裕的时间，从事写作呢？对于文学创作，痛苦的体验，是一种极宝贵的资源。你写给我的信，文笔比我的散文好，你搞点创作吧。"

这时我们已从上海路转到了北京西路，又从北京西路拐上了树林茂密的颐和路。我们沿着高大的法国梧桐树走去，暮色中见树荫下一对恋人正紧紧地相亲相拥。那男青年甚至把女的抱起来走了一程。那姑娘欢欣地撒娇着、挣扎着，轻声叫唤："让我下来，快让我下来！"待那对情侣的背影消失之后，张玲说："作为离婚的单身女人，如今我不敢面对他人的幸福。面对他人的幸福，更衬托出自己的不幸和孤独。"我告诉张玲：看到这两位恋爱中的青年，我想起了自己年轻的时候。从 1953 年至 1956 年，四年时间里，我一直住在这颐和路一幢三层楼别墅里，给华东军区首长当俄语翻译员。那时下班后，苏联专家住进北京西路的 AB 大楼，首长们回到自己的家。我独享一座花园洋房：楼下耸立着一棵高大的雪松，有一座玫瑰园，园旁植有三四株金桂，连接着一片草坪。这条颐和路原是国民党高级将领和各国大使集中居住的地方。路两侧拥有两百多幢风格各异的西式建筑。解放后，这些豪宅均为人民军队接收。1952 年，我在外专毕业后，就住到这里当翻译。那时每天晚饭后，我走出爬满藤蔓、蔷薇摇曳的铁栅围墙，足踏被月光照耀的树叶碎影，听着附近别墅里传出的曼妙钢琴声，一个人怡然散步。到了星期天，就骑着自行车到新街口新华书店、南京图书馆买来、借来一大摞中外古典文学名著，钻进小楼里狼吞虎咽地阅读。青春岁月，无忧无虑，充满向往，那是我一生最充实、最美好的时光。现在，我常怀念住在颐和路的日子。

张玲说："那时你才二十一二岁，和我儿子张远现在差不多年纪，就已从事这么重要的工作，真令人羡慕。"

我问："张远、张为在大学里学习好吗？"

张玲说："挺好。这得感谢你周到的安排。张弦带着儿子到福州参加你们的笔会，顺便让儿子在福州考点报了名，经过考试，被北京电影学院摄影系录取。你在《十月》发表了小为一个短篇，有了编辑部推荐，再加上她成绩越过了考试分数线，顺利进了南大中文系。守仁老师，对于一个独身女人来说，儿女是她生命中的唯一依靠：儿子意味着她今后生活的希望和支撑；而女儿呢，则是母亲美丽的梦和贴身小棉袄。"

在街上溜达了近两小时，我沿原路送张玲回家。临别叮嘱她一定要抓紧时间写作，有了作品就寄到北京去。

五

1989年6月，我在《十月》编辑部收到了张玲用纤细的钢笔小字写成的散文《偶像》。那是一篇蘸着血泪写出来的精品。尽管我反复阅读，仍找不出一处需要我润饰、修改的地方。

张玲年轻时崇拜张弦，视他为偶像，深陷爱情旋涡不能自拔：一厢情愿的盲目，不顾一切的痴情，全心投入的狂热。张弦成名后，张玲发现他在外不断拈花惹草，心中的偶像迅即跌成碎片。往日浓烈、炽烈的爱情，破灭得一无所有。离婚后她从锁金村带回一大包分居两地时写给张弦的信。她清楚，布置新房时，这包感情浓浓的信函，将当作破烂扔到垃圾堆里，可能在风雨中飘散成零乱的纸片，被好奇的路人偶然捡拾起来，窥探到原本属于他们两人之间的隐私，从而耻笑一个痴情的女人。

张玲在《偶像》中写道："我们一同走了二十年。二十年永远像是昨天。突然间，我们同舟共济的小船搁浅了，我们眼前的大河干涸了。一切都似有魔鬼驱使。一切都猝不及防。河底交错着裂纹，似一张无法修补的破网，更像一篇用古老甲骨文写成的悼词……"

我得悉时任江苏省作家协会主席、党组书记艾煊在调解张弦、张玲家庭纠纷时所说的话语："两人都是感情极丰富、爱得欲死欲活的人，但两人的感情趋向，又差别极大。张玲的爱是排他的，又是极端专一的。在她心中，除了张弦，世上所有的男人都是不存在的；张弦的爱是泛爱，也是情爱和性爱不可分的爱。”既然江苏作协主要领导做了这样明确的评定，《偶像》又写得凝练、深沉、精致，我便把此文签发于 1989 年《十月》第 4 期。旋被人民文学出版社、百花文艺出版社出版的当年散文选转载。京城作家王蒙读了评价道："婚姻如此剧痛，才能憋出这样的妙文。"

《偶像》发表后，我忙于编辑部的事情，还受从维熙委托编他拟由华夏出版社出版的四百万字八卷本文集，便和南京的张玲疏于联系。有一年我忙里偷闲给张玲打长途电话致以问候。她说："我病了，老是胃痛，吃不下饭。一吃就呕吐，夜里睡不着觉，人瘦得不成样子。"我焦急地问："你去医院检查了没有？"她说："去了，照了片子，医生说我肠胃上出现一串小泡泡，大概是淋巴结核吧，叫我住院进一步检查。"我说："那你快住院吧。有病快治，千万别耽误！"之后我心里一直惦记着张玲住院的病情，几次想抽身去南京探望，都被办刊、评奖的事情挡住了。过了一个月，我往张玲家里打电话问讯，是她儿子张远接的。我问他是否需要给你家寄点钱，以补贴你母亲住院的费用。张远说："张叔叔，母亲原单位可以报销医疗费，不要寄钱来。妈得的是胰腺癌，剖腹动手术，医生发现已到晚期，癌细胞已扩散，只好又缝上。"我听完冒出一身冷汗。现在看来，医生说她肠胃上有一串泡泡，就是癌症扩散的迹象。不过他当时不能如实对患者明说罢了。

张玲发表《偶像》后，众多报刊、“年选”纷纷转载，遂引起散文界重视。南京的文艺刊物开始向她约稿，不久她加入江苏省作家协会。我猜想张弦是看过《偶像》的，当张玲得了胰腺癌处于危重之际，他念及患难中的恩爱，伸出援手，和众多亲友一起，千方百计寻觅偏方，踏访名医，紧急抢救张玲生命。但病入膏肓，无法挽救。在剧痛得难于忍受之际，张玲于 1995 年 12 月 21 日凌晨 6 时 50 分设法自尽，结束了她苦难的一生……

六

张弦和秦志钰结婚后，就在北京电影制片厂附近建立了他们的新家。我的住地离北影仅两站路，所以两家往来频繁。张弦、秦志钰介绍我认识了影评家李尔葳，让我出版她编的《巩俐影集》。李尔葳和陈凯歌很熟，为我们弄到了观摩《霸王别姬》首映式的四张电影票，地点在凯宾斯基大酒店后面的 21 世纪剧场。开映前，我们见到了导演陈凯歌和领衔主演张国荣、张丰毅、巩俐、葛优等名角。片子很长，接近三个小时。影片情节围绕两个伶人半个世纪的悲欢离合故事展开。看完电影，我们在剧场附近吃自助餐。一面吃一面议论张国荣饰演的男扮女装京剧旦角程蝶衣，入戏很深，扭着身段，说话娇滴滴，笑起来酸溜溜，举手投足活脱脱一个旧伶人。制片人告诉我们："开拍前张国荣从香港到北京生活了六个月，专门学戏，故演得如此传神。"秦志钰说："葛优演的戏霸秦四爷，戏份不多，可多么出彩。我是看着葛优在北影大院里长大的，他一直亲热地叫我秦姨。想不到他长大后比他父亲葛存壮演得强多了。"张弦说："这部电影众星云集，摄影是顾长卫，配乐是赵季平，并由林忆莲、李宗盛演唱主题歌《当爱已成往事》。阵容强大，才拍成如此出众的电影。"

当晚我约张弦到我们两家之间的北三环中路双秀公园散步。进园门后，我们绕过芍药园，坐在竹林旁一张长椅上。我对张弦说：我们的友谊好比一杯美酒，不希望掺进不洁的成分。作为诤友，我要指出你最近干的不应当的事。我的朋友看见你在西单星巴克双人座里，跟年轻姑娘 S 搂搂抱抱，十分亲密。起初我不信，正巧 S 是我耐心辅导的文学青年，我们俩亲如父女，便打电话问她。她据实相告，在一次讨论会上经人介绍彼此认识。次日你约她到外面喝咖啡。过几天又请她到北海公园玩，送她一条金项链，又进"仿膳"饭庄吃饭。饭后钻到白塔旁的树林里，你抱住她、摸她、亲她。我知道了很生气。这事一旦被秦志钰知道，后果不堪设想。秦是李鸿章的后代，又是电影学院被人瞩目的美女，娶了这样的大家闺秀，你还不满足，太不像话了！怪不得艾煊批评你泛爱，张玲说你像换菜碟一样换女人……这时一对老年夫妇携手经过我们长椅前，我便停嘴，待他们走远后我又说下去：你可要吸取教训。太湖笔会后，你把 D 女士写给你的情书，撕碎了，扔在家中纸篓里。张玲见到了，小心把碎纸片拼接起来一念，才知你在外面拈花惹草，从此感情破裂。你如今已块六十岁了，还想老牛吃嫩草，这使我感到忧虑。好色者，必失足，也必伤害我们的友情。

张弦听我劝说，闷声不吭，脸露羞愧，猛吸香烟。我又说："男人要自律，别出底线。好女人是生活中的花朵，可看可欣赏，宜加保护，决不可采摘。"为了缓和气氛，我拍

拍他的肩膀，胡噜胡噜他的头发："张弦，我请你听我的话，别再浪漫了，到此为止吧。"

沉默了一会儿，张弦尴尬地靠近我，握住我的手："守仁兄长，谢谢你给我一顿当头棒喝。你严厉斥责我的老毛病，是挽救我。今晚你说的话我都记住了，往后一定管住自己，改邪归正。"

从那次双秀公园谈话后，张弦一直规规矩矩，兢兢业业，认真编剧，和秦志钰配合默契，夫妇俩拍出了《杨开慧》《双桥故事》等多部优秀影视剧。

这样平平安安过了几年，张弦感到胃肠不适，到医院检查，吃了一惊，和张玲一样，也患了胰腺癌。他的医疗关系在南京，于是回宁治病。过了几个月，1996 年 12 月中旬，中国作协在京西宾馆开第五次全国代表大会。我在人民大会堂听报告时遇到江苏作协专职副主席赵本夫，详细询问张弦治病情况。本夫说："正在化疗，服药，练气功，时好时坏，眼下没有根本好转。"我急切地请他回宁代向张弦问候。本夫说："一定一定。"

胰腺癌是消化道恶性肿瘤。发病后治愈率极低，几乎是不治之症。拖到 1997 年 3 月，张弦离开了这个他留恋的世界。当年清明节，我托秦志钰扫墓时代我向白龙山公墓他的坟茔送去一束鲜花，表达我对他的哀悼、思念之情。秦志钰扫墓后拍了一张照片寄给我：墓碑正中镌刻着"作家张弦之墓"；左上角是一帧照片；右侧是张弦生卒年月：一九三四年六月二十二日生，一九九七年三月十九日卒；左下角刻着“妻秦志钰、子张远、女张为敬立”。墓碑后浅褐色立石上刻着“性格即是命运”六个字——这是张弦生前的遗嘱。在墓碑和立石之间，靠立着一束我送的鲜花。右边白带上写着“张弦先生安息”，左边白带上署着“张守仁敬挽”。

唉，这样一位幼年丧父、苦难不断、懦弱多情、才华横溢的作家，就这样撒手人寰，离开了我们。

让我们宽待逝者贾宝玉式的怜香惜玉——为此他付出了多大代价。让我们多想想他刻苦廉洁、勤奋写作、平易近人的优长。让我们多念念他在文学和影视编剧领域所做的贡献。人无完人。扪心自问，我们每人身上谁没有这样那样的毛病，谁没有甚至比他更严重的这样那样的问题？！

张弦，我的好友，我永远怀念你！

七

张弦去世七年后即 2004 年的一天，我到北京师范大学拜访研究散文的刘锡庆教授。登上过街桥，巧遇从对面走过来的秦志钰导演：“哟，秦导你怎么到这儿来啦？”她见到我很高兴，说：“我身体不适，到对面德威治药店买点药。张兄，我常在《文艺报》上看到报道你的活动，还那么忙？”我靠在过街桥栏杆上回道：“每年和朋友们一起编一卷‘21

世纪文学之星’丛书，顺便写点小文章而已。你还住在北影旁那套小房子里吗？”“我搬家了。这几年我拍电影、电视剧挣了点钱，在西三旗买了一套房子，又置了一辆小车，进城挺方便。你老伴陈珞老师好吗？”“她到芝加哥看望女儿、外孙去了。”“那我买了药，你到我郊外新房子看看，有兴趣吗？”“好啊。”

秦志钰那天开车把我送到她新购的西三旗机械学院附近的新房里。一进门，我看见电视机旁桌面上，竖放着她和张弦的结婚照。她领我在房子里转了一圈，屋内布置得整洁、幽雅。我脱下外衣坐下。她给我沏了一杯雀巢咖啡，指指挂在墙上的油画说:“这是我父亲秦宣夫1933年留法时画的《卡邦齐夫人像》，入选当年法国春季沙龙。”我问：“令尊还健在吗？”“我爸 1998 年就去世了。”说着她从书柜里拿出 1990 年出版的《秦宣夫画集》，在扉页上用签字笔签写了“张守仁先生惠存 秦志钰赠 2004 年 12 月 24 日”送我，说：“守仁兄你先翻看画集，今晚我包饺子给你吃。”她系上格子布绣花围裙，走进厨房里忙碌起来。

我翻开《秦宣夫画集》，扉页上是一张他在画展上的西装彩照。接着是徐悲鸿 1945 年为他画展写的前言：“宣夫先生以画名世，但彼尤为吾国卓绝之西洋美术史家。彼留学欧洲已以油画《快乐的旋转》一幅显名于法国也。返国复遭丧乱，作画不辍。又写《母教》，作风简雅。又写静物，亦出新意，如《辛夷》，生动活泼，可称创格。至所写人像，尤有精诣……”画集刊印了大量的素描、速写、油画、风景画、肖像画、水粉画、水彩画……种类很多，美不胜收。

秦志钰端着一盆馅儿到桌上包饺子。我对她说：“想不到令尊是油画大家，几次画展受到司徒乔、林风眠、傅抱石等大师赞誉。”

“我父亲任南师大美术系主任。我在南京长大，在那里上小学、中学。我家教甚严，从小就是南京小红花艺术团第一批团员，常背着很重的手风琴到玄武湖练琴，带着画夹去中山陵写生。我还喜欢作文。1960 年我能考上电影学院，是从小耳濡目染打下的文艺基础。”

“所以你还能写出电影《甜蜜的事业》里的主题歌词：

‘我们的生活充满阳光，充满阳光……’”

秦志钰表示惊讶：“张兄，这你也知道？！”

“这首歌是于淑珍演唱的，唱得欢快、深情、好听。”

“你记性真好。”

“我老伴陈老师一辈子教音乐。她说，到我们家的众多女士，以秦志钰的形象、气质、风度最好。她至今还记得，你曾掀开靠墙的钢琴盖，弹了一曲《致爱丽丝》，让我们欣赏。”

“你老伴是朝阳区优秀教师，能得到她夸奖，深感荣幸。”

我说：“你气量大。张弦去世后，照法律规定，你是他财产的第一继承人。可是南京锁金村房子、家具、书籍，你全都送给了张弦和张玲的儿女，视他们如己出。我和老伴非常钦佩你。”

秦志钰说：“张远、张为如今已长大成人，且在影视界站稳了脚跟。张兄你对他们也很好，那次张为到北京来跟她兄张远讨论剧本，你还盛情邀请我和他们兄妹俩到北太平庄大上海酒家聚餐。正巧葛优也在那儿吃饭，与他交谈甚欢。”

我说：“我尤其赞赏你为整理、出版张弦遗著所付出的辛劳。那篇《情网》未能在《十月》上发表，你竟在他去世后多年想法出版了单行本。这令我深受感动。”

“张弦生前还写了一个为赛金花平反的剧本。由于种种原因，《赛金花》剧本一直搁浅，没有搬上银幕。为之我抱不平。《孽海花》作者曾朴也承认，说赛金花和瓦德西的两性关系纯属虚构。那时瓦德西已年老，不近女色，怎能和赛金花有染。瓦德西侄女搜集了很多证据，发表了声明，为赛金花洗清了所谓‘汉奸妓女’的冤案。林语堂在《京华烟云》中说：‘赛金花于社会有功，上苍总会有眼的……北京总算有救，这有赖于名妓赛金花的福荫。’连电影界权威夏衍在他《懒寻旧梦录》中都说‘朝堂上的大人物的心灵还不及一个妓女’。于是我就把张弦二十万字剧本改写成六十万字长篇小说《红颜无尽——赛金花传奇》，已交南京出版社出版。”

我听了慨叹道：“你对张弦感情很深，不禁令我想起苏轼的《江城子》，‘十年生死两茫茫，不思量，自难忘’。”

秦志钰说：“张弦去世多年，我一直想念他，夜里梦见他。1997 年 3 月中旬，他已病危。病危期间，他有时昏睡，有时醒来。醒了，就跟我谈心。他说：‘我肠胃伤成这样，早就埋下祸根。这是三年困难时期饿的。饿得常吐酸水，就啃树皮，捉蚂蚁、挖蚯蚓吃，甚至去生产队偷马料。一次炊事员蹲在塘边洗萝卜，不慎漂走一个，我就冲进塘里，捞起来就大口吞嚼。那时抽劣质烟、抽树叶，熏坏了肺，吐出的痰都是灰色的。’他闭上眼睛，喘息了一会儿，又说：‘我这辈子做了错事，好色，要忏悔。但总不能叫我是坏人吧，我还应该算是一个好人吧？’我毫不犹豫地安慰他：‘你是好人，你当然是个好人。搞文艺的、演电影演戏的，花花草草的事很多。徐志摩娶了张幼仪，还在伦敦追求林徽因；回京又对有夫之妇陆小曼爱得死去活来，你能说他是坏人吗？影帝金山追求张瑞芳，娶她为妻；后到了青艺又爱上了导演孙维世，你能说年轻时就抗日，一直演革命戏的金山是坏蛋吗？傅雷先生译艺高超，教子有方，夫人朱梅馥无微不至服侍他；被红卫兵批斗、毒打后，夫妻俩携手自尽共赴黄泉路，可谓伉俪情深——即使这样，傅雷还曾和刘海粟小姨子成家榴相爱，你能说傅雷是坏家伙吗？’弥留之前我苦口婆心百般安慰，他听了眼中噙泪，稍释负疚之心。便希望我给他洗一次澡。当他赤身露体躺在澡盆里，见到那只剩下一副骨头架子的躯体，我无法忍住眼中的泪水，转身跑到卫生间，打开水龙头，让哗哗流水冲洗我的眼睛……”

我说：“你对张弦离世前说的安慰话极得体，是生者对逝者怀有的浓浓爱意。情爱、性爱、外遇、婚变之类的人间情事，太多、太复杂、太奇妙，谁能说清楚？英国王子查尔斯娶了天仙似的戴安娜，却爱上了姿色远不如她的卡米拉；屠格涅夫终身不娶，只和庄园里的女仆有个私生女，却痴爱着一个已婚的法国歌唱家波琳娜·维亚尔多，长期住在巴黎与她为邻，写给她的情书收入屠氏全集的，就有一百多封；但俄国人仍尊称他是爱国的语言大师、俄罗斯的经典作家；《老人与海》的作者、诺奖得主海明威，一生先后和哈德莱、波琳、玛莎、玛丽四位女子结婚，又有记者、明星多位做他情人，尽管遭受非议，但绝大多数美国人仍认他是‘文学教父’‘硬汉作家’。凡多才多艺多情的人，往往有婚外故事发生。”

我和秦导，边吃饺子，边喝果汁，回忆往昔。她好奇地问我："守仁兄，在我看来，你也是多才多艺多情的人，能编、能写，又能译，还发现、推出多位文学新人，对女士们彬彬有礼，一派绅士风度，难道没有恋慕你的婚外故事吗？"

我说："你刚才送我画册，签上了'12 月 24 日'的日期，使我想起今晚恰巧是圣诞节平安夜。为了让你节日快乐，满足你好奇心，我就实说吧。有是有的，但我没有冲昏头脑，陷入情感深渊。我懂得，一只鸟在两棵树上筑窝，决得不到安宁和幸福。"

秦志钰紧追不放："小说、电影的精彩之处，全在细节。请你尽量说得详细一点。"

我迟疑有顷，便说：H 市的妇女杂志有位女编辑 W 来京组稿，问她闺蜜 C，北京文坛有没有值得宣传的模范夫妻。C 说："当然有啊！你去采访张守仁一家吧。"W 按 C 提供的地址找上门来，说明来访目的。我和妻子陈珞热情接待，交谈了半天，照了相，请她吃了饭，把她送走了。过了半个月，W 打电话给我："张老师，请原谅，我改变了主意，不想刊发你们夫妇的事了。但我写了一首诗想送给你：'当我跋涉时巧遇你这颗晨星，照亮并温暖了我孤独的黎明……'"又过了两个月，W 再次来京组稿。她从太阳宫宾馆打电话给我："张老师，今天下午您在家吗？"我说："在家。""您夫人呢？""她到北京农业大学她大姐陈琰家玩去了。"过了一个多小时，W 摁门铃进屋。大概她刚洗了澡，脸上红扑扑的，容光焕发，身上还洒了香水。一进房间，送我一束玫瑰花。坐下后，她笑着问我：“张老师，您是否把我忘掉了？”我说：“哪能呢？你是那么可爱、漂亮、能干。我见过登在贵刊封面上你那帧骑马驰骋草原的照片，英姿飒爽，多么威风。”她眉开眼笑：“谢您夸奖。”接着她诉说到各地采访的不易：有次住在浙江温岭小旅馆里，那儿的大老鼠咬破了她新买的丝绸连衣裙；在海口，有个歹徒拿匕首逼住她，要她掏出身上全部现金……我说：“年轻姑娘在外采访，要防备坏人欺侮。”她从精致小提包里拿出一本新出的诗集《紫色薰衣草》送给我。我翻阅了一下，说：“写诗需要灵气，更要皮肤湿润。”她睁大眼睛，非常兴奋：“您不说写诗要灵感，而说皮肤要湿润，这多新颖别致。”我把她送的玫瑰花插进花瓶里，加了点水，随口吟诵了一句我译的俄国诗人米亚特列夫所作的《玫瑰花》的诗：“玫瑰花，多么美丽，多么鲜艳……”W 听了惊讶道：“张老师，您真是多面手，还会译诗。”我说：“这是年轻时候译的，现在没有时间了。”接着她探问我：“您是名人，有没有婚外的感情波澜？”我说：“我好比一条河流，向前流淌，会有新的际遇，穿越峡谷或遇到礁石，会激溅起这样那样的浪花，但因有坚固的河岸约束，从未泛滥。”W 说：“H 之夏音乐会办得很棒，您来欣赏吧，我会热情接待。”我说：“听听好音乐，比如《友谊地久天长》《美丽的梭罗河》，觉得生活充满真善美。不过我很忙，恐怕去 H 市的机会不会多。”

时候不早了，我起身送客。我走去正欲开门，她用背部

抵住门，凑到我耳边低语："我可以吻你一下吗？"我感到突兀、犹豫：她还年轻，如果婉拒推开，那会令她伤心；如果热烈呼应，那是不明智之举。应急之际，我轻轻点头，自己却像根木头似的，站得笔直，两手贴住裤缝，任她抚弄。她抱住我，在我脸上亲了几下，又用手掌反复擦去我脸上留下的鲜红唇印，以延长拥抱的时间，因此我闻到了她身子散发的体香。在门后幽幽的灯光里，我看见她那对闪亮的黑眸子，漾出欣悦的波泽。为了弥补刚才不够热情，我拍拍她的肩膀，礼貌地说："谢谢你对我的友爱，谢谢你送我的玫瑰花。"接着我拉开房门，送她到楼下，叫了出租车，让她回旅馆。之后每逢新年，她向我寄赠能奏响《友谊地久天长》音乐的贺卡，我没有回送，关系也就断了……

偶遇交谈，推心置腹，深入坦诚，畅叙衷怀。见夜深了，我站起来说："白胡子圣诞老人快要降临了，我可要起身回城了。"志钰说："我用车送你回去。"我辞谢道："女同志深夜开车不安全，我打的回城。"

我们站在街头拥抱、握手、告别。这是我和张弦遗孀最后一次见面。

八

又过了六年多时间，即到了 2011 年春天，我在北太平庄远望楼下遇见一位北影老人。他告诉我秦志钰去世了。“啊，她得了什么病？！”“和张弦一样，也是胰腺癌。她吃足了苦头，两次大手术，十二次化疗，人折腾得只剩皮包骨头。她人缘好，许多亲朋好友悉心照顾她，安慰她，但是回天无术，人还是走了……”

得悉这一噩耗，我浑身发冷，汗毛直竖，震惊之至。独自进了远望楼斜对面的双秀公园，坐在那张竹林旁熟悉的长椅上，陷入沉思。由于为《十月》杂志组稿，我先后结识了张弦、张玲、秦志钰三位好友，跟他们建立了深厚友谊。他们都比我年轻，张弦小我一岁，张玲、秦志钰小我十岁，都先我去了那个永不能回来的地方。他们都得了胰腺癌不治身亡。我心怀困惑：难道胰腺癌会在亲人之间互相传染、彼此感应吗？对我来说，这是一个谜。

我身处的公园名叫“双秀”，文友们却是“三秀”，三位优秀作家：张玲有《偶像》、张弦有《记忆》、秦志钰则有《红颜无尽》，但愿他们的作品，存活得比他们的生命更久长。

恩格斯说过：“死亡对于死者并非不幸。对于生者才是不幸。”因为生者会悲痛、思念。想及即使地球也只是浩瀚宇宙中一个蓝点，迟早要消失，最亮的星星也会熄灭，心情就平复下来了。我不知上苍为什么把老迈的我留了下来。既然留下来了，就得好好活着，珍惜点点滴滴时间，把我独有的、不可替代的阅历，用文字记录下来，作为当代文学史的资料留给后人，这也许是我这八旬老翁应尽的绵薄责任。

双秀公园里花红柳绿，春光明媚。往西一看，瞥见一个姑娘踮脚去闻盛开的粉红桃花，而跟她携手的男青年趁机吻他女友桃花般的粉红脸颊。这奇妙的瞬间双吻，顿使园中景色生动而美好。长椅对面凉亭里，有个穿绿纱裙的女孩，双手捧着毛茸茸的玩具熊猫，在弥漫天际的熔铜般晚霞光辉里，欢笑着对身旁的小男孩说悄悄话儿。据媒体报道，那个在电影学院摄影系毕业的张远（已改名为张家和），因在2009年导演、拍摄了四十集电视剧《大侦探》而闻名影视界。张弦、张玲的女儿张为1992年南大中文系毕业后，分配到了江苏电视台电视剧部，编写了多部电视剧如《国脉春秋》《离婚启示录》《奶娘》《十里兰花香》等，好评不断，频获大奖，显示了不凡的才华。他们兄妹俩大有作为地继承着父母生前酷爱的文学、影视行业而被人们称赏。哦，一代一代人就这样在世界上出现着、成长着、爱恋着、工作着、传承着、离去着——这就是长河般绵延不断的人间生活……

2018年4月5日清明节

跋

看完本书校样，忍不住还想说几句话，作为跋语，附在书尾。

我在自序中感激那些以最佳作品支持《十月》的作家们，如丁玲复出后最早写的《牛棚小品》、蒋子龙的《开拓者》、刘绍棠的《蒲柳人家》、陈世旭的《小镇上的将军》、张承志的《北方的河》、宗璞的《三生石》、张贤亮的《绿化树》、李存葆的《高山下的花环》、张洁的《沉重的翅膀》等。

在后记里我要感谢《十月》编辑部的同事们。是他们齐心协力约到、编出了许多好稿，才使《十月》在新时期文坛上大放光彩。一个刊物办得出色，是团队协作、群策群力的结果。

1978 年 5 月之后，全民都在讨论、热议《实践是检验真理的唯一标准》。那是个文艺破冰、思想大解放的时段。

我要感谢当时北京出版社的领导陆元炽、鲁刚、田耕们。他们以开放、宽容的态度，放手让我们大干，敢为人先，走在时代前面。只是引导，从不干涉。我要感谢和我一起办《十月》的负责人苏予、张兴春。我感谢在编辑工作中给予我帮助的黎汀、晏明、田增翔、侯琪、王洪先等同事。一个人的力量总是有限的，众人拾柴火焰高。俗话说得好，“一个篱笆三个桩，一个好汉三个帮”。我只是《十月》这道绿色篱笆上的一个桩而已。离开集体的共同努力，《十月》决不会成为那个黄金时段领队的大雁。

我还要感谢十月文艺出版社的韩敬群、责编章德宁、左曼丽以及装帧设计的美术编辑。没有他们的厚爱、精心、辛劳，《名作家记》决不会出得如此精美。

一直关心这部书稿的责编章德宁女士，建议我在书中添上名家们的照片、手迹、书法、绘画，使之真正成为一部令读者喜爱的“图书”。我欣然接受。因为本书中写到的作家大多作古，我只能从个人相册、作者赠我的作品、画册、传记中寻找。找不到的话，只得求助于作家们的亲属向我提供他们的生活照。每当找到一帧传神的照片、一幅有个性的字画，犹如猎人在广漠荒原上寻觅到了稀罕猎物那样，喜不自胜。《十月》编辑中，最有才华的是年轻诗人骆一禾。他1984年北大毕业后来《十月》工作，1989年夏天因病去世。五年时间内我们共处一室，没有一起照过相。找不到他亲属，却偶然在电脑上找到一帧他身穿白色西装的照片，英俊、帅气，便拍了下来，收入本书之中。徐迟在武汉东湖旁寓所里告诉我，五四以来，论诗人，徐志摩第一。受了他的影响，我沿着徐志摩的足迹，走了许多路，去了欧洲的巴黎、佛罗伦萨（徐在诗文中把它译成寓有诗意的“翡冷翠”）、英国剑桥大学的三一学院，并在花团锦簇的康桥上徘徊良久。我翻阅了能找到的他的传记、诗集，但始终找不到令我满意的照片。后来竟然在我收藏的《中国大百科全书》第 25 卷 336 页“徐志摩”词条中，看到一帧风流倜傥，才华横溢、英气逼人的照片，眼前一亮，便用剪刀把它剪下来收入本书之中。还有一次在一本文史杂志上，看到一帧 1993 年 11 月冯牧和陈荒煤受中国作协委托专程去上海探望九十大寿的巴金的照片：三位作家笑容可掬，神态自若，我如获至宝地把它收进书中。每次觅到一帧理想的照片，我都心花怒放，仿佛中了头彩般喜出望外。

本书写作前后经历了多年时间，通读了《十月》创办以来记下的六十多本日记，重新翻阅了书中提到的那些名篇，又采访了几位健在的作家，故花费了我许多心血。

每当长夜无眠、辛勤笔耕之际，我的老伴总在耳边唠叨：“你是个八十多岁的老头了，早就评上了北京市劳动模范，名声也有了，还值得这样废寝忘食地拼着老命写作吗？”

我沉默不语。我已八十六岁，进入“黄瓜敲金锣”的耄耋暮年，早已活过了中国人平均寿命七十六岁的年龄，离世之日不会太久了，因此，要把该做的事抓紧做完。

西川有首名诗《一个人老了》云：“一个人老了……黑

暗逼近。”正如史铁生先生所说：“死是一个必然会降临的节日。”近十多年，那些姓张的名作家，那些与之倾心交谈的挚友，悄悄离世，默默远行。比我年长的有作协领导张光年、《十月》负责人张兴春；和我同龄的有《创业》作者张天民、曾任中国作协专职副主席的张锲；比我年轻的有张弦、张一弓、张贤亮、张笑天、张胜友……我这个姓张的人，决不例外，必将追随文友们而去，加入他们的行列。如今编《十月》的人，都是20世纪90年代以后进入编辑部的。他们对20世纪70年代、80年代的情况不了解，所以我这个《十月》老人有不可推卸的责任，写下长达四十多年的编辑忆旧，记下新时期黄金岁月中旗帜性刊物《十月》的风采，录下作家们的音容笑貌、情感历程、生活细节，不让它们湮灭于历史尘埃之中。这是我晚年必须做的事，也算是我这个老编辑留存给读者的一份薄礼吧。

2019年2月18日

图书在版编目（CIP）数据

名作家记 / 张守仁著. —北京：北京十月文艺出版社，2019.8
ISBN 978-7-5302-1925-6

Ⅰ. ①名… Ⅱ. ①张… Ⅲ. ①散文集—中国—当代 Ⅳ. ①I267

中国版本图书馆CIP数据核字(2019)第045982号

名作家记
MING ZUOJIA JI
张守仁 著

出　　版　北京出版集团公司
　　　　　北京十月文艺出版社
地　　址　北京北三环中路6号
邮　　编　100120
网　　址　www.bph.com.cn
发　　行　新经典发行有限公司
　　　　　电话（010）68423599
经　　销　新华书店
印　　刷　北京盛通印刷股份有限公司
版　　次　2019年8月第1版
　　　　　2019年8月第1次印刷
开　　本　880毫米×1230毫米　1/32
印　　张　16
字　　数　300千字
书　　号　ISBN 978-7-5302-1925-6
定　　价　58.00元
质量监督电话　010-58572393
如有印装质量问题，由本社负责调换。